高半山

潘梦笔 著

四川民族出版社

图书在版编目(CIP)数据

高半山 / 潘梦笔著. -- 成都：四川民族出版社，
2022.1

(阿坝作家书系. 第三辑)

ISBN 978-7-5733-0377-6

Ⅰ. ①高… Ⅱ. ①潘… Ⅲ. ①长篇小说-小说集-
中国-当代 Ⅳ. ①I247.5

中国版本图书馆 CIP 数据核字（2022）第 020229 号

高半山
GAOBANSHAN
潘梦笔　著

出 版 人	泽仁扎西
责任编辑	周文炯
封面设计	力扬文化
责任印制	谢孟豪
出版发行	四川民族出版社
地　　址	四川省成都市青羊区敬业路 108 号
邮政编码	610091
印　　刷	成都兴怡包装装潢有限公司
成品尺寸	145mm×210mm
印　　张	13.5
字　　数	350 千字
版　　次	2022 年 1 月第 1 版
印　　次	2022 年 1 月第 1 次印刷
书　　号	ISBN 978-7-5733-0377-6
定　　价	88.00 元

序

　　相对于生存的故事，生存状态也不乏精彩，虽然其更内涵更隐秘。很早之前，就有人妄言，长篇死了。其实长篇没死，也永远不会死，而是部分读者的耐心被碎片化阅读挤兑了，长篇还在那里，岁月悠悠，依然静好，且茁壮生长。我始终觉得，史学家和方志家笔下的历史，虽真实，却物质而刚硬，属于历史的硬度部分，而关于历史的柔软和鲜活部分，还在于人之生存思考和状态。价值可析，那是哲学家与人类学家的工作，而状态及心理历程可描可述，可圈可点，甚至可渗入、可体验、可同喜同悲……这才是长篇存在之实质，让历史的柔软部分再度真实起来、生动起来、鲜活起来，补缺历史的温度和柔软度。

　　让我颇有感触的是去到一些高半山废弃的古村落，关于这些村落的历史，能见的是断垣残壁，能听的仅有只言片语，更多的是语焉不详，无从考证。比如叠溪周边的废弃村寨，1933年地震让它们从此从地图和人们的记忆中抹去，茂县营盘山古村落、理县增头寨山上的近百座祖基老屋等等，都是这样的命运。甚至有的仅仅几十年，因一次搬迁，一次辗转，仿佛哗然一声，整村整寨就从人们的记忆里消失掉，从历史的记载中被抹去，曾经活生生的人，曾经生动的情与事，曾经千年文化的积淀，都化作尘埃，随风飘散……

关于《高半山》，我一直在述、在描、在还原生于斯长于斯的羌人、羌寨及其状态和心路历程。尽管仅仅还原几十年之短，但不管是营盘山还是三星堆，就因为缺少哪怕一丁点的载述和文字还原，都会导致历史的断片。从这个角度，对这方水土的载述就有了意义，结果导致我与《高半山》中的闷墩、何端公等一众人物在几十万文字中一同度过几十载虚幻得真实的光阴，我们在文字还原的生态里同吃、同住、同玩；同悲、同乐、同喜；同吵、同闹、同感；同思、同悟、同冥。其瞬间的身心真实和感悟有时更甚于现实生活的日复一日、千篇一律，更胜于生存的固执单调和不假思索。从这方面看，《高半山》完成了其使命——至少让一小块土地上的历史不再刚硬，不再被遗忘，因叙述而变得生动柔软，甚至可以如水一样流淌，如歌一样飞翔，如舞一样律动，一部村史在此自然而然生动起来，活泛起来，意味深长起来……

没有这些，何来创作长篇的动能，何来反复修改的冲动，何来灵感瞬间的捕捉，何来咬文嚼字的固执，何来始终如一的坚守……

故事不是目的，状态才是，不仅是人的生理与心理状态，更重要的是一个村落的生理与心理的记忆和历程。

目 录
CONTENTS

狗　崽

　　人生你可以选择任何一天作为新的开始，而结束却只有一天，但对开始的选择也是困难的。

　　我这辈子就很难选择，因为我生来就是为牟家的遗憾和衰败还债的，不仅如此，冥冥之中似乎还有更多的亏欠需要我去偿还。

　　据说我生下来那天，晴空炸响一声闷雷，引出寨中几声狗吠。我不哭不闹，眼睛睁一只闭一只，鼻子狗一样在空中东闻西嗅。奶奶斜眼一看说，完了完了，牟家遭诅咒了，这娃娃肯定跟他爹妈老汉一样。一样的意思就是暗示我遗传上我爸妈的笨人基因。好像就因为奶奶这个误判，牟家亲戚对我就不管不问了。对我的命运，亲戚们的态度高度一致——听天由命吧。亲戚们心知肚明，如果我能活下来，牟家就会多一个笨人，我若活不下来，牟家自然少一份累赘。

　　反正那几年的蚕陵寨，生个娃死个娃稀松平常，更不用说我这个疑似笨人了，况且，对于曾经家族显赫的牟家，我家的存在本身就是牟家脸面的一块疤痕，甚至是一个遥远诅咒的应验。

　　但我妈对我还好，虽然她口齿不算伶俐，还常常傻傻地犯错误。比如给我喂奶，就经常往我鼻孔里塞，弄得我经常呛奶；晚上睡她身旁，几次差点被她翻身压死；抱我时多次失手把我滑落在地；有次背着我去舀水，躬身就把我倒进石水缸……反正我命贱，是死是活光靠我妈靠不住，还得靠运气和黄狗。

满月之前，我妈每天还抱我，洗我，奶我。自从满月后，王队长一敲古柏树上吊着的那坨铁，亮堂堂的金属声便塞满了寨子的旮旯角落，我爸妈便扛起山锄或刨锄，准时出工下地劳动。高山太阳毒辣，阳光下肌肤滋滋作响，好在他们都有头帕遮挡。我妈不敢让我晒太阳，她把我丢家中箩筐里，一天只管喂几次奶，其余时间就等我在箩筐里自生自灭。我在箩筐里的日子自由又无聊，极尽打嗝放屁，屙屎屙尿，抓挠哭闹之能事。箩筐真是个好东西，什么都可以往里装，包括我的婴儿期。箩筐不是本地产，是祖父早年从川西坝子沿岷江松茂古道挑上来的，据说川西坝子的汉人都坐箩筐长大的，所以聪明。牟家是蚕陵寨唯一让娃坐箩筐的，箩筐黄黑油亮，包浆深沉，筐里垫着麦草，我妈不抱我时，就把我放进去，我那点屎尿产生不了多少污染，原因是我还有另一个保姆——黄狗。

黄狗是只土狗，母的，贱得没名字，她的颜色就是她的名字。黄狗平常尽职尽责看家顾屋，见生人就龇牙猛叫。我爸妈出工劳动把我丢箩筐里，黄狗就负责看管我，我吐奶了，她把我吐的奶舔得一干二净，包括我的嘴我的脸；我屙屎了，就是黄狗最好的点心，她毫不客气地把这金黄色的美食舔干吃净，附带把我的屁股和垫子也舔净；我哭闹了，黄狗给我挠痒痒，逗我笑；我翻出箩筐了，黄狗及时把我拱回去……说难听一点，我是我妈和黄狗带大的崽，说好听一点，我是人畜和谐共处的典范。

　　最重要的是，黄狗还负责我安全。寨子里何太基的大儿子何龙就是小时候丢家里没人管，被饿鼠啃脸，现在脸上还留一大疤，坑坑洼洼的，巨丑。我家黄狗逮老鼠厉害，因为我家没猫，逮老鼠的重任就交给黄狗。黄狗保护我的安全，除爸妈外，我对黄狗最亲了。我会四处乱爬时，黄狗就经常把我从危险的地方拖回来。比如，我爬拢火塘了，黄狗怕我被火烧坏，把我拖回原地；我爬门槛了，黄狗又把我拖回，怕我跌下石梯；我爸打我妈了，黄狗疯狂过来护我，怕误伤我……我会走路了，也是黄狗监督我，不让我乱跑。有时我觉得，黄狗就像我的另一个妈，我妈因为智力原因没给我的，黄狗都给补上了；有时又觉得黄狗是我的伴，我的姐，我走哪她都跟着，盯紧我，呵护我。我们甚至还睡一起，亲密无间。热天，黄狗会为我赶蚊虫；冬天，黄狗会为我捂热和。我吃奶吃到五岁，原因是我笨妈根本不知还有断奶一事，只要我吃，她就喂，如果不喂我奶，她也不知道该拿什么更美味更方便更美观的东西来哄我。

　　幸亏她奶水多，不然我会饿死。

　　那几年蚕陵寨穷得屙屎不生蛆，满寨子都笼着浓浓的酸馊味、粪草味。我家更穷，一天两顿饭，一年四季洋芋、酸菜面块、烧馍馍、玉米饭、洋芋糍粑。我除了吃奶，只有吃这些。六岁前，除了奶和蜂蜜、醪糟、洋芋糍粑、腊肉，我没有吃过其他更好吃的东西。我一天到晚跟着黄狗在寨子迷宫般的巷道转悠，拱着个鼻子东闻西嗅，找吃的。黄狗饿了，有屎吃；我饿了，只有回家找吃的。运气好，还能找点剩馍馍、洋芋糍粑，运气不好，只有啃苹果。还好的是，我家竟然半年都有苹果，都是小苹果蛋蛋，就堆在二楼墙角，蔫疤疤的，散发着腐烂果味，想吃自己去拿。上二楼要爬独木梯，黄狗爬不上去，就吃不成苹果。其实黄狗根本不吃苹果，我每次啃剩的苹果扔给她，她只嗅嗅，不吃，这一点，她比我挑食。我家有苹果是因为蚕陵寨盛产苹果，生产队大果都卖了，听说还出口国外，剩下的伤果、小果就分了，我家分的那点苹果在蚕陵寨算是少的。

我爸从来不管我，好像我就是家里的另一条狗。我爸有个坏毛病，沾酒就醉，醉了就打我妈，而且下手狠，劈头盖脸抓着什么拿什么打，经常把我妈打得浑身是伤。等他酒醒了，又给我妈道歉，又哄我妈笑。所以从小我从不指望我爸什么，他能少醉几次，少打几次我妈就阿弥陀佛了。

我就这样成天拱着个鼻子东闻西嗅，在酸馊粪臭的贫穷气味中度过了我的婴幼儿期。有时我觉得，我就是黄狗带大的崽。

青　羊

　　六岁那年的一天，一只奇怪的青羊突然就进到蚕陵寨，给寨子留下一片神秘和躁动。也就是从那天开始，我逐渐懂事了。我永远记得那天青羊从我头上一跃而过时的神奇景象，甚至清楚记得青羊舒展的四肢以及蹄子触碰我脑袋时的清脆感觉，嗅到青羊柔美肚腹下流淌出的浓稠骚腥，好像从此以后，我就开始用气味来记事了。

　　那是1976年仲夏的事，距蚕陵寨百年来的第二次大地震为时不远。那天，午后的阳光还没有当顶，寨内的石墙和巷道被阳光剖成阴阳分明两部分。阳光部分，灼热烦躁；阴影部分，凉爽透心，石墙也知冷知热，正如蚕陵寨经年的心情。我和黄狗在寨中游荡，一会儿进到阳光里，一会儿又进到阴凉里，阳光和阴影交替从我们身上滑过。不知什么原因，我总感觉有一股奇怪的气味正在吸引我，诱导我，让我身不由己朝着那道多年未曾开启的小门走去……

　　那天中午，没一点预兆，那只青羊就兀然出现在寨子巷道的阴影里。至于谁第一眼看见青羊，已经没争论的必要，而且事后为争这个第一，王二娃和杨四保差点翻脸打起来。当时，这个存在争议的第一发现者就大喊一声："青羊，快来看，有一只青羊！"蚕陵寨一下就从午时的慵倦中清醒过来，一扇扇木门訇然洞开，伸出一只只好奇的脑袋。王队长刚一开门，青羊已从门口一跃而过，留给他一大团冰凉的羊骚气，他立即转身回屋取枪。

这是一头壮硕的雄性青羊，有着一对玲珑犄角和鼓凸双眼，浑身泛着青棕色油光，在石头墙体的背景下，映衬着神秘，躁动着不安。它在寨子迷宫般的巷道里左冲右突，撞破了无数落满尘埃的蛛网，却找不到正确的逃生路线。不说畜牲，就连外人进到蚕陵寨也容易迷路，几十年前蚕陵寨闹过一次匪患，从波罗寨翻山过来的十几名土匪窜进寨子，被关门打狗，最后死的死，伤的伤，降的降，没一个跑脱的。

此刻青羊正急红了眼，哮喘着，朝没人堵的巷道冲去，这正中了蚕陵寨多年来的圈套。王队长端着枪和杨四保等几个基干民兵把青羊往死胡同里赶。青羊似乎识破了计谋，它灵巧的身姿转身便往旁边更窄的巷道冲去，王队长带着民兵兴奋地追赶过去，堵住巷口。要知道，这条小巷窄如一线天，两边是壁立的石墙，只有一个出口，且出口那道唯一的小门常年闩着，青羊注定进入了死胡同。就在王队长胜券在握，瞄准青羊准备扣动扳机的那一刹，突然，那道小门訇然洞开，一方阳光跃进巷道，随后王队长扳机上的手指就僵硬了。因为年仅六岁的我不早不迟，突然就打开了小门，进入到巷道，傻傻地面对着青羊。青羊一见阳光，有了方向感，从我头上一跃而过，穿过小门，风快地消失在寨后蚕陵山那片神林。

我的脑袋被青羊蹭了一脚，我跌坐在地，竟然没哭。

"哪个放跑青羊的？"骂声在巷道石壁起伏回响。王队长收起枪走过来，把我拎起来，又摸了摸我脑袋，看有没有被青羊踢伤，见没伤口，他叹道："闷墩，这只青羊可比你的命好多了。"对了，我忘了说我叫闷墩，我爸叫大闷墩，至于谁给我取的这个名字，我不清楚，也不追究，反正是别有用心的人给我取的，或者我传承我爸的。

这是我自打有记忆后印象最为深刻的一天。此后多年，关于青羊的回忆将会成为我记忆纠缠不清时的重启开关，并且青羊蹬踏留给我的后遗症总是在最关键的时候发作，让我神神癫癫，亦迷亦幻。

"要不是闷墩放跑了青羊，我们早就逮着它了。这条笨儿子，早不来迟不来，偏偏最关键时候冒出来……"人们纷纷谴责我，却又无从发泄。因为我爸我妈都是弱智，一句话，我们一家都弱智，都笨，谁会向笨人家告状，与之计较呢？除非你想跟他们一般见识。要是换了其他人放跑青羊，弄不好给你扣个"破坏生产"的帽子。为这事，杨四保狠狠地在我头上弹了个响指，让我头发根根都在痛，我立即放声大哭，吓得杨四保抽身就跑。

杨四保溜这么快是有原因的，我爸我妈虽笨虽闷，但我爷爷奶奶却聪明，而且他们五个子女一个比一个厉害——除了幺儿老六也就是我爸外。

奶奶坐在屋顶一边晒太阳，一边捻纺锤纺羊毛线，听到我的哭声，立即从巷道上方探出头来，发现欺负者的背影，便大声咒人，声音和身影一齐从巷顶投下："哪个背时倒灶砍脑袋的，欺负我家闷墩，出门让雷把他打死，上山让石头把他砸死，走路让道路鬼把他缠死……"后面咒得更难听，一直咒拢对方祖宗十八代。自从奶奶发现我存在不笨的希望后，对我的态度大为转变，不再埋怨我是一个诅咒的应验，也会疼我护我了。奶奶骂这么毒，这么狠，连寨子里最远的耳朵都能听见。杨四保假装没听见，但对奶奶的诅咒还是心存余悸，此后很长一段时间，打雷不敢出门，独自不走夜路，上山不走岔道……

对于青羊突现一事，邻居何端公发表了自己的见解。他说万事如手心手背，有正面背面，这是一个征兆，你们也不想想，青羊为什么会突然跑到寨子里来？自打蚕陵寨有记性开始，这可是从来没有过的事啊，还说什么休褉降于天，更没人听得懂了。那几年，对何端公的话，大家还是半信半疑，因为自从老何端公神秘消失后，徒弟娃何端公被公社批斗过几次，说他搞封建迷信，他就再也不敢乱说话了。

何端公嘴上不再纠缠，心里一直想搞清楚这件事到底预示着什么。对于蚕陵寨来说，青羊突然进寨和我打开那扇不常开的门都是概率极低的事，这两件事好比从山上滚落的上下两扇石磨，到山下又合二为一，简直就是不可能发生的事发生了，凭师父老何端公多年的秘传，何端公觉得这兆头必然预示着惊天动地的大事。回到家里，何端公拿出占卜家当，一母五子六根羊毛绳、青稞、猪骨、鸡颚和一些卦件摆出来，祈祷神灵后，将毛索抛向红布卦盘，打一索卦，然后大惊失色叫起来："老天爷，是福不是祸，是祸躲不过！"

何端公的索卦很是灵验，不到十天，1976 年 7 月 28 日，远在几千里外的唐山突发大地震。隔两天公社广播传来消息，何端公见人就说，我早就预测准了，这下你们相信了吧。何端公的解释是，青羊来寨子是想通明一个信息，让大家快点跑，跑快点。当然，人们并不认可他的解释，说他事后诸葛亮，放马后炮，有人甚至给何端公上纲上线，说你早知道唐山要地震，为什么不报告党中央，不报告毛主席？害得死了那么多人。何端公听到这话，立即噤若寒蝉，仿佛唐山地震的责任和他知情不报密切相关，如果真这样，那可是弥天大罪。

地　震

　　正当人们以为青羊预示的不祥征兆已经破解，没过半个月，青羊所预示的真正兆头才缓缓迟达蚕陵寨。8月16日晚上，劳作一天的人们刚吃完夜饭，蚕陵寨仿佛突发癫痫，浑身上下剧烈抖动起来，地下传来隆隆巨响，墙壁发出吱吱吱呻唤，石缝喷出细碎尘埃，桌上碗碟开始跳舞……寨子外，四周的山峰扭曲着、垮塌着，炮声一样巨响，东北方向蚕陵山后时不时闪现着蓝光，并伴着隆隆的雷鸣，四周翻滚的尘土铺天盖地向寨子扑来。

　　地动了，地震了，鳌鱼翻身了!

　　人们惊慌失措从石屋跑出，山洪一样把寨子巷道挤满，又山洪一样退出寨子。碉房四角白石头纷纷掉落，有人被砸伤，大声叫唤；一堵老墙坍塌，又压伤几人……我和黄狗不知什么原因，好像预先嗅到地震味，早跑晒场呆着了。我看见爷爷奶奶一边跑一边唤狗："崽崽崽……"希望借此把地下正在翻身的鳌鱼吓退。果然，当更多人发出"崽崽崽"的唤狗声后，地下那只巨大的鳌鱼似乎真被吓着了，渐渐停止了翻身，大地也暂停了抖动。再看寨里的狗，一只只夹紧尾巴，腿打哆嗦，胯洒尿滴，哪里还有胆量去吓阻鳌鱼。

　　都这个时候了，我那笨爸笨妈才穿过尘烟，不紧不慢从寨子跑出，而且他俩都赤裸身体，像不知羞的天真少男少女。说真的，我妈光胴胴的身体真是美丽，天使一般，我爸光胴胴的身体简洁如未发育的少年，让人不得不怀疑他成年的真实性，好在我的出生证明了他的成年。我奶奶叹了一句："我的天妈老汉，羞死先人了，这个样子就跑出来，衣服裤儿都不笼一条。"急忙和我爷爷一起脱下身上的外套，给我妈我爸披上。好在大家都惊呆吓傻，加之夜色朦胧，尘埃飞扬，我爸我妈才没丢更大的丑。

　　之后，云层压得更低，雨下了一整夜，空气中充满地震后特有的土腥。老人们说，肯定是大灾，你们看，天都哭漏了。第二天，人们从广播听到结果，这次是松潘 7.2 级大地震，不是唐山大地震的余震，党中央都打电话来关心慰问了。蚕陵寨离震中很近，这次得以幸存，老人们说，全靠民国二十二年叠溪大地震把地底子摇踏实一些。

　　原来青羊是神仙化身，来告诉我们要地动，让我们快跑啊，幸好没打死青羊。闷墩肯定被神灵附体，要不然怎么可能打开那么重的一扇门——他才六岁啊。地震后，人们议论纷纷，似乎也能理解什么叫休褵降于天。也就是从这天开始，何端公对我就有些另眼相看，觉得我这人有点神，和别的小孩有点不一样，有些灵性。

　　杨书记听到大家的议论，觉得封建迷信又有死灰复燃的苗头，于是连忙召集村民开会，让村小学余校长给村民普及地震知识，教大家科学防震。余校长开口第一句就讲："毛主席说，彻底的唯物主义是无所畏惧的，唤狗是封建迷信，起屁大点作用，地下根本没有鳌鱼。"骗猪匠何太基问余校长："毛主席说没有调查就没有发言权，你说地下没有鳖鱼就没有？你总要有个调查根据。"余校长回答："要啥根据？毛主席说对立统一规律是宇宙的根本规律，地下要是有鳖鱼，它呼吸个啥？吃个啥？难道吃泥巴，吃石头？早就饿死了。"余校长是有知识有文化的人，既然毛主席的话都引用得这么精辟，没鳖鱼就没鳖鱼吧。

何太基还不服气："千年王八万年鳖，这世上的事总有说不清的，我看唤狗就是起了作用，要不然，我们寨子会摇得更凶。"杨书记说："看不出你这人还很封建，还有些顽固不灵，需要加强学习哩。"从此后，何太基在村上慢慢就带动了一帮人专门和杨书记唱对台戏，杨书记说东，他们说西，杨书记指南，他们朝北，好像脑袋长了包，天生有反骨。

陈壳子却不这样悲观，他说："地震要震就震利索一点，几下震完算了，一会儿摇一下，一会儿摇一下，打尿点子一样，一点不利索。"都知道陈壳子这人豁达开朗，懒散乐观，用当地话来话，就是有点"醒"。

但地震偏就不利索，余震间或就要摇个两下三下，空气中仍旧残存着浓浓的土腥味，并且一周后，又接连发生了6.7和7.2级两次大余震，直接把全寨人吓怕了。

蚕陵寨全民立即行动起来防震。仅仅两天，全寨人齐动手，木架、杉板、油布、油毛毡搭的简易防震棚就在寨外晒场上、空地边如雨后蘑菇，一朵朵疯狂绽开。有几家搭一起的，有单家独户搭的。我家的防震棚是和爷爷奶奶搭一起，就一简易木棚，几匹杉木板搭一大铺，顶上盖张旧油布。

那段时间，全村人晚上都不回家睡觉，都抱着被盖棉絮到防震棚睡。防震棚太简陋，关不了光，遮不得羞，男人们倒是无所谓，可以脱得赤条条只剩裤衩，男孩都光屁股睡；女人没办法，睡在四壁透光的棚子，只得和衣而眠。晚上蚊虫多，又有余震，睡不踏实。下半夜，先后传来此起彼伏的床板声，隐忍不住的呻唤声，不断起夜的大小便声。尽管搭了厕所，挖了茅坑，但就近方便的依然很多，潺潺流水，稀里哗啦，大白天太阳一晒，防震棚周围便尿骚蒸腾，苍蝇蚊虫乘势多起来，嗡嗡嗡狂轰滥炸。

我和孩子们才不怕地震哩，我们正为村上的变化而兴奋，仿佛一场好戏已布好场景，就等着开戏，至于主演是谁，很快就会见分晓。

果然没几天，主演就露脸了，是村上的老单身汉吴有全，罪名是耍王寡妇的流氓。

好 戏

吴有全的"好戏"在晒场上开演。那天，吴有全被民兵押着，戴了高高的纸帽，上写"流氓"二字。吴有全还算有脾气，拒不认罪。王队长扇了他几个耳光，踢了他几脚，吴有全还是不承认。王队长让王寡妇检举吴有全，王寡妇理直气壮地指着吴有全鼻子骂："臭流氓，不要脸，耍流氓耍到老娘面前了。"然后检举吴有全有一次趁她起夜，躲在草笼里偷看她，想耍她流氓。但吴有全就是不承认，"好戏"演到最后，一些人反倒同情起吴有全来了，说，人家一个老单身汉，看就等他看一下吧，又没折二两肉，万一地震把他压死了，多不划算，眼瘾都没过一把。一听有人给自己伸冤，吴有全再也隐忍不住，委屈地号啕大哭："真的什么都没看见啊，她一下子就蹲下去了，那么密的树笼子，一点肉都没看到，我敢向毛主席保证。"

满晒场立即哄堂大笑，王队长踢了他一脚："你没资格向毛主席保证。"之后，因此"戏"情节过于简单，又没个精彩过程和起伏跌宕结局，社员们便失去看戏兴趣，散了。王队长也觉得再这样下去不好收场，于是草草教育了吴有全几句，要他回去深刻反省，此事也就不了了之。此后，人们见了吴有全就拿那句话开他玩笑——一点肉都没看到哇。

吴有全咬牙切齿地反击："那个瓜婆娘，是在报复老子。"

吴有全本来成分就不好，当年他爸被定成分为"债利生活"，成分在富农之下，在"小土地经营出租"之上。在蚕陵寨，做小买卖是吴家的传统，吴有全天生有这个本事，不知凭什么关系总能搞到彩线、丝线、毛线之类针头线脑的东西，卖给村上妇女或换一些值钱的物件，比如铜器、银饰、银圆等。他人吝啬，价钱又贵，一分钱给你扯不到几尺，简直是投机倒把。为此，妇女们是既气他又离不开他。就凭这一点，村上凡有批斗事项，吴有全一般跑不脱，但他又没大罪，以至于村上形成习惯，要搞演戏一样的批斗会了，不问青红皂白，先把吴有全抓起来陪斗再说，反正批斗吴有全本质上是形式大于内容，是顶指标的事，或者就是演戏。吴有全似乎也习惯了角色，该怎么演就怎么演，很是配合，因为演戏归演戏，他的小生意照做不误。关键是那些针头线脑的东西乡供销社没有，他如果不卖，妇女们到县城买就摊大价钱了，且县城不一定能买到。但对这次耍流氓一事，吴有全坚决予以否认，背地里他甚至还振振有词，说到底哪个耍哪个的流氓还说不清——屙泡尿都故意让别人来看，暗示王寡妇勾引他不成，倒打一耙。

吴有全在村上这样没有地位，是有原因的。吴有全一家是外来户，吴有全的老汉早年是做挑子客生意的，进山贩货被土匪抢了，落难到蚕陵寨，被我奶奶一家收留打短工，之后便在蚕陵寨落户成家。但毕竟是外来户，地又少，平常农闲之余，继续做挑子客生意，慢慢就成了蚕陵寨唯一的小商贩。而吴有全也因为成分原因，三十多岁的人了，还单身汉一条。除了成分原因，还有更损人的传言，说吴有全曾经对公社的母羊耍过流氓，名声坏了，更不好找女人了。而且吴有全的老汉已经七十多岁，还天天喝烂酒，又懒得劳动，全靠吴有全供养，又有几个女人敢进这样的家屋？

我和孩子们对"好戏"是只看热闹，不管内容。不过在防震棚里却听奶奶和我大婶一边喝咂酒，一边数落王寡妇，说这王寡妇，也不是好东西，妖精得很，你偷人就悄悄偷吧，怎么还要转移目标，拉人垫背呢。大婶说，狗仗人势，仗着他堂哥是队长，又当婊子又立牌坊。我妈在一旁只听着，不开腔，或许她根本没听懂。

我听不懂什么叫婊子，什么叫牌坊。我这个年龄，大人的话只要复杂一点，我就听不懂。但这已经超出我爷爷奶奶对我的希望了，自从我四岁那年开口说话，奶奶一听没有胡言乱语，还算正常，就说阿弥陀佛，这娃娃今后也许没他妈老汉那么笨。为了保佑我健康成长，奶奶还带我去寨子口烧香叩头，认老柏树为干爹，以求千年古柏能护佑我成长。奶奶不管是口头上还是对外从来不承认我爸妈弱智，只说他们笨，是两个笨人。

至于奶奶和大婶等村上妇女为什么看不惯王寡妇，后来我才知道，是因为王寡妇自从他男人砍木料被砸死后，年轻守寡，竟开始学城里人穿着打扮。她一个农村人，全村妇女都穿本民族偏门襟凤凰衫，她偏不穿，把自己打扮得跟城里人一样，走路不好好走，屁股左摇右晃，像在给屁股找买主。尤其是夏天，王寡妇甚至敢穿低领圆袖衬衫，一躬身，胸前两坨差点从领口掼出，连妇女们都替她害羞，"哦哟，穿这么点巾巾吊吊就出来了，不害羞嗦，娃娃都那么大了，又不是喂奶的人。"男人们倒是乐见她的风景，清醒时拿眼光在她奶上揉捏两把，酒醉时就直接伸手了……弄得寨中妇女把她当贼一样防，以至妇女们背地里摆谈她，一个个咬牙切齿的，竟没一人替她说句公道话。

甚至有人传言，说王寡妇是毒药猫，说有人夜晚从她家门口经过，看见一股白烟化成白狐从她家窗户溜出来，蹿入寨子。第二天，寨子里不是这家的鸡瘟了，就是那家的狗死了，要不就有人生疮害病，连村赤脚医生杨宝也查不出病因……当然只是传言——封建迷信的东西说多了也没人相信，不科学。大人们虽对王寡妇有看法，表面上却不敢得罪她，甚至还得故意装出很尊敬她的样子，不去惹她，否则，她若真的使出毒药猫放蛊之术来祸害人，那得罪她的人可就倒大霉了。

大人们的闲谈走漏了风声，小孩们立即就给王寡妇的女儿兰香取了一个别名——小毒，意思是小毒药猫。那时兰香才四岁，不懂小毒是什么意思，孩子们毒朵不分，喊她小朵，她习惯后也就认可了这别名。只是喊小朵不能当着王寡妇的面喊，否则的话，马上就会被她骂个狗血喷头，晚上再变个什么怪物来祸害你，啃你的肉，叼你的心，衔你的魂，那还了得。

美　味

　　我们小娃娃虽怕毒药猫，但那是夜晚的恐怖，白天没有，白天有更多的惊喜在等着我们。

　　自从住进防震棚后，寨子里家家户户都把平常舍不得吃的好东西拿出来吃，把酿得醇香的咂酒抱出来喝。有一条恶毒的传言正在蚕陵寨上空乌云般漫延，说蚕陵寨地底下是空心的，即将发生比1933年叠溪地震还大得多的地震，整个蚕陵寨都要沉到海子底下去，防震棚起不了屁大点作用。人生一世，该死毬朝天，不死又过年，趁大地震没来，该吃就吃，该喝就喝，该耍就耍，这也舍不得那也舍不得，等被地震埋了，一辈子太不划算了。

　　这句残忍的预言一下就把全寨人的人生观、世界观、价值观颠覆了。于是，在防震棚里，家家户户都把平常舍不得吃的腊肉香肠拿出来，把陈酿咂酒取出来，把白米干饭煮起来，甚至还杀猪宰羊，要不是王队长坚持，生产队那几头耕牛都会被宰光。

　　那段时间，蚕陵寨天天吃肉，顿顿喝酒，餐餐玉米加白米"金裹银"，要不就是白面馍。有空闲的还砸糍粑，做酸菜糍粑或蜂蜜糍粑。一时间，满寨子充满浓浓的肉香酒香饭香，空气中都飘满细小的油珠，把余震的气味都压下去了。吃饱了就跳莎朗舞，提前进入世界末日狂欢。当然，酒喝多了，就有吵嘴打架的。平常还有人劝架，这时大家心态反而平和了——喜欢打就等他们打吧，反正被地震埋了想打也打不成了，趁现在还没被埋，要打就打个痛快，要骂就骂个舒服。于是，三天两头就有人因醉酒而吵嘴、打架的。等打架的人清醒后，过错一方又得按老规矩赔礼道歉，道歉又得开一坛咂酒，又继续喝醉，醉后又继续争论永远理不清的理，理不清又动手，如此循环往复，有事找事，无事生非，尽情发泄，不亦乐乎。

我爸也喝酒，喝亲戚家的酒，喝邻居家的酒，喝多了也打人和被人打。我爷爷只要见他喝酒就呵斥他，让他回去不准发酒疯，不准打我妈。爸爸最怕爷爷，只要爷爷在，他就不敢打我妈，要不然，他就要挨爷爷的打。爷爷打我爸比我爸打我妈更下得狠手，一拐棍下去，呼呼生风，把我爸打得跛上好几天。

我长这么大还是第一次过上天天有肉吃、顿顿有酒喝的日子。倒不是我家天天煮肉，而是我奶奶家和亲戚家都煮肉，都怕吃了这顿，没福享受下一顿。一时间，整个寨子都笼罩在柴火烟气和酒香肉香饭香里，各家各户都舍得把好东西拿来与人分享，宰了猪的也舍得与亲戚邻居分肉。而且好事一件比一件凑巧，一头两百多斤重的野猪闷头闷脑闯进生产队保管室偷吃，被基干民兵杨四保闯见，抬手叭叭两枪，当场击毙，于是大家又有野猪肉吃了；生产队一头耕牛几天不进食，杨书记一声令下，由我二爸操刀，捆绑住牛脚，白刀进红刀出，把这头牛宰翻，每家又分到几斤牛肉。

我的嗅觉和味觉开始野蛮生长。此前，我家天天吃洋芋、酸菜面块、玉米饭、馍馍，单调而无味。在我味觉记忆里，除了我妈的奶水和我家酿的醪糟,还有吴有全给的蜂蜜,似乎就没有更美好的味道。通过这次防震,各家各户都进入疯狂的吃喝比赛,寨子所有的美食恰如蟠桃盛会,一齐展示出来。我一下就闻到了许多馋人的香味,吃到了许多从未吃过的食物,光肉类就有猪肉、牛肉、羊肉,鸡肉、野猪肉……寨中猎户还拿出了野物,比如麂子肉、青羊肉、猴肉、野鸡肉,甚至还有老熊肉……当然,酒除了咂酒、白酒,还有玉米或洋芋发酵的醪糟。

有肉吃有酒喝的日子真好,老人们甚至感叹,共产主义也不过如此——顿顿"土豆烧熟了加牛肉"、天天有酒喝有肉吃,这才是神仙过的日子。对于美食,大人们的心思多半不在肉上,他们的胃口已经被地震的恐怖代替,他们的酒醉和舞蹈恰如临死前末日狂欢,他们不能预计,即将到来的下一次地震到底有多恐怖,会否让蚕陵寨遭受灭顶之灾。

好日子也不是人人都有福享受的。吴有全的老汉就在这天天有酒喝,顿顿有肉吃的日子里,被酒泡坏,意外跌倒,再没醒来。他死的那天,从早到晚至少吃了七八台酒,走路都走不出直线,晚上上茅坑,直接就一头栽进坑里,爬不起来。第二天被发现,人都硬了,拖上来一身屎尿,出丧都找不到几个帮手。于是吴有全草草给他装个薄棺,办个简单仪式,然后一把火把他烧了,次日一大早去火坟地捡骨头,看脚印,骨灰上留下的印迹细脚细爪的,还有尾巴印,伴着一股淡淡的粪水味,就猜测吴老汉肯定投生变老鼠了。从此后,吴有全从不养猫,不逮家里的老鼠,见小孩逮老鼠玩,也厉声呵斥放生。

这期间,五保户张跛子每天吹奏的羌笛加重了人们的忧伤。张跛子爱吹羌笛,没事就独坐云边山梁,悠悠吹奏,笛声伴着白云在山谷流淌，流到岷江峡谷尽头，诉说着千年孤独和远古凄凉。以前人们还不觉得笛声凄凉，这时候听到羌笛声，才感觉笛声如泣如诉，凄怆幽怨，听得人心寒，听得人气紧。奶奶向杨书记述苦："书记哩，你喊张跛子不要再吹了嘛，吹得人肉皮子都麻了，听得人心脏病都要发了。"杨书记去给张跛子打招呼，张跛子并没停止吹奏，而是走到更远，上到更高的古烽火台去吹。他也不想让大家心里难受，但他不吹，他心里更难受。张跛子没有搭防震棚，他的住房本来就是穿斗架子房，是庙房，防震不防火，他养父留下的，他养父曾是守庙人。

张跛子不怕地震，张跛子庙房里摆满了毛主席画像、石膏像，满屋彰显祥瑞。张跛子声称自己是失散红军，说毛主席会保佑他，他才不怕地震呢。

张跛子到底是哪个寨子的，连他自己都说不清，或者他的寨子早已垮掉。他自称1935年跟老红军走的，他本来就是孤儿，他爸妈和亲人都在1933年叠溪大地震中被埋了。地震那天他在地边玩，被地震强烈的气浪吹到空中，落在几十丈远的草堆上，躲过了整村被埋的厄运，虽捡到一条命，却成了孤儿。之后养父母收留了他，那年他才8岁。但养父母天天让他干重活，干不完不给饭吃，还要挨打，他实在累不起，早就想偷跑了。1935年老红军一来，他立即就加入了童子团，跟老红军走了。后来部队打松潘打散了，他掉队了，一路乞讨回来。他也不知道养父母的地址，到处流浪寻找他们，脚也摔坏了。一天，他来到蚕陵寨，听到一位老人吹羌笛，那笛声实在太凄太怆，跟他的命运一样，听后他鼻子一酸，浑身过电，双脚发软，再没劲继续走下去。于是他就跟了吹羌笛的老人，并认其为干爹。这老人也算我奶奶的远房兄长，是蚕陵寨古庙的守庙人，终身未娶。老人可怜他，收留了他，张跛子自此成了他的养子。老人是解放那年走的，是张跛子给他送的终，而老人留给张跛子的仅有几管羌笛，以及永远吹不完的曲子。

偷　嘴

我们小孩子听不出羌笛声凄不凄、怆不怆。这些跟我们没一点关系，我们天天互换着各自的美食。家里煮肉多的，分给煮肉少的，或没肉煮的；有野物肉的分给没有的品尝；咂酒开坛也多，见客人就请上一碗，不醉不休。就在这酒醉肉香的日子里，我的嗅觉和味觉被彻底唤醒。每天早晨我睁眼第一件事，跟黄狗一样，嗅着肉香寻找美味，不管是亲戚邻居隔夜的肉香，还是天亮刚煮出的肉味，都宛若一根根七彩丝线，盘绕在防震棚周围，吊胃钓口。顺着七彩丝线般的肉香，我被自己的鼻子牵着，和黄狗一个棚子一个棚子挨家探访。那迷人的金色肉香把我带到正在吃肉的人家，当我站在他们家防震棚前，我那夸张的馋相让主人家都找不到拒绝理由，于是亲戚或邻居就会喊："闷墩闷墩，进来吃点。"大家对我如此热情，是因为全寨人都知道我家没肉吃——笨人家怎会有肉吃呢？

因为我家没肉吃，这成了我到亲戚和邻居家吃肉的充分理由。当然我家也是最理想的施舍对象，没多久，寨里又给我取了另一个绰号——狗鼻子。

我才不管别人给我取什么名字，只要有肉吃，绰号算什么。

我整天拱着个狗鼻子在寨子石头巷道东游西荡，搜寻着石屋后的肉味，记录着各家各户的气味。偶然间，我发现了王队长和王寡妇的秘密。王队长经常给王寡妇捎肉吃，而且王队长给王寡妇捎肉从来不去王寡妇的防震棚，而是去山边林子里。那次，我也不知什么原因，和黄狗一起，拱着个鼻子就往有肉香的地方搜寻，然后我和黄狗都闻到了从山林边传来的肉香，那香味奇特，除了肉香还混合着酒香和汗味。我和黄狗寻着肉香，朝着那片树林子走去，靠近后，便听到树林子里有大人在说话、喘气。

多香的肉味啊，我想吃肉，我便朝树笼子里钻，等我看到用草叶包着的几根腊香肠和半瓶白酒时，同时也看见了王队长和王寡妇，他们两人正在树笼子里玩过家家，旁边还放着王队长的枪。好笑人了，王队长这么大个人还没断奶。王队长看见我，奶也不吃了，忙起身提裤子，王寡妇却拉着他说："你慌个毬？闷墩一个瓜娃娃懂啥子。"王寡妇拉下衣服遮住奶，"闷墩，来，给你吃香肠。"王寡妇给我撕了半根香肠，说，"你回去哈，我在给王队长汇报秘密工作，你要保密，不准说出去，你说出去王队长就要把大阿墩拉去批斗。"王寡妇的话充满酒味，臭醺醺的。我又看了看王队长凶狠的眼神和他旁边的那杆枪，自然就害怕了，似懂非懂地点头。王寡妇还有点不放心，递给我另半根香肠，又问我："闷墩，你刚才看见啥了？"我说："吃香肠。"王寡妇又问："那你看见王嬢嬢和王队长在做什么？"我依然说："吃香肠。"

这下王队长和王寡妇都放心了，看来只要有肉吃，闷墩的记性仅有几十秒，而且记性都长肉里去了。

我吃着香肠带着黄狗听话的离开树林子。半路上，我遇见正哭哭啼啼的兰香，我问兰香哭啥，兰香说妈妈不见了，她找妈妈。我吸了一口兰香身上的味道，是一股奶腥，我说："你妈妈在呢，她正在给王队长汇报秘密工作，你等着吃香肠吧。"兰香听见她妈妈还在，就不哭了，就跟着我回到寨子。从此后，只要我闻到奶腥味，我就会想起兰香。

在同龄孩子中，我从不欺负兰香，也是寨子里唯一不喊她小毒的，所以兰香从小就对我很信任，自然就成了我的跟班。

王队长这么霸道，是有原因的。王队长是王浩的老汉，王浩的妈妈眼睛不好，瞎眉瞎眼的，长期窝在家养病，听说人都长绿霉灰了。而王浩是生产队副业队队长，长期带着十多个小伙子在外地做工，砌石墙，每年都要给生产队找几百上千元副业钱回来。王队长文盲一个，能在村上说得起硬话，是因为寨子里的人都不敢惹他那三个儿子。所以王队长有时做出一些出格点的事来，女人们反而觉得放心，觉得如果王队长不去解王寡妇的渴，弄不好自己男人就会跑去揩油偷嘴，世上没有不偷腥的猫。现在的人，少管闲事多发财，只要不影响自家，睁只眼闭只眼算了。况且，王队长一家人那么凶，又有哪个有胆量告他呢？

哪个都不敢。就连王队长几个儿子都要包庇他，不准外人乱摆谈这事。他儿子维护他的目的只有两个，一是维护他村干部的权威；二是王浩几兄弟年年外出，村上有王寡妇，自家媳妇丢家里也放心一些，他们也知道，自家老汉既不是吃素的主，更不是省油的灯。

自　我

　　防震期间孩子们不上学，闲得慌，肉一多吃就上火，咂酒醪糟多喝就无事生非。寨子里两个孩子王——杨斌和何大福，竟各自拉起亲戚家孩子，成立了两个帮派，红卫队和红光队，两派没事就天天打帮派，拳头脚头甚至棍棍棒棒乱打，每天都会整出几个头上青包、满脸鼻血的。孩子们勇敢，尽管伤得鼻青脸肿，血流叭滴，却不告诉大人，只敢去沟边将脸洗净，将伤掩盖，若被大人发现，就撒谎说山上逮雀雀摔的、走下坡绊倒的，若把真相说出来，弄不好还得补挨一顿打，不划算。那些年，寨子里隔几天就有被家长打得哭天抢地的孩子，大多和惹是生非打群架有关。

　　余校长的儿子余刚两个帮派都不加入，被当作中间派，被两边都抓去批斗，但余刚就是不加入，弄得杨斌和何大福没办法。余刚被批斗后，想不通，回家把余校长的《西游记》偷出来，每天坐古柏树下给那些没有加入的孩子们讲故事，来听他故事的都必须答应一个条件，不准加入杨斌和何大福的队伍，加入的也要退出，否则不准听故事。果然，随着听众一天比一天增多，没几天，余刚的队伍就庞大起来，人数比杨斌和何大福的队伍加起来还多，甚至比陈壳子给大人们吹牛皮、冲壳子所聚集的听众还多。

　　杨斌和何大福眼看自己的队伍越来越小，干着急，没办法。终于有一天，杨斌和何大福都失了耐心，他们两派合一，和解了，组成新的一派，矛头直指新对手——余刚及那本《西游记》。余刚本着毛主席"要团结一切可以团结的力量"的战略思想，每天坚持给听众们讲《西游记》，以此聚集人心，围坐在他周围听故事的小孩就越聚越多，其中也包括我。

　　这时，杨斌和何大福一帮孩子就过来骚扰，对着我们吼："妖精妖怪，偷油炒菜，先炒妖精后炒妖怪。"还有人喊，"打倒臭老九余刚。"

　　故事被打断，余刚这边的十分讨厌对方的吵闹，大一点的女孩子就会站出来制止杨斌和何大福："老鸹叫，在飙尿，老鸹哭，要喝毒，老鸹死，要吃屎。"

　　这算文明的，接下来杨斌和何大福就突破文明下限，朝着余刚和女孩们的下身骂，恶毒又难听，直到骂到余刚的妈，这就犯大忌了。余刚忍无可忍，立即放下书，和骂自己妈的人扭打在一起，他身边的大孩子们假装劝架，其实拉偏架，让余刚打。杨斌和何大福一看情况不妙，自己这边人少势弱，整不赢，便丢下几句不软不硬的话，没趣地撤退，收兵。

　　我和多数孩子一样，站在余刚这一边，目的是要继续听孙悟空打妖精的故事。这次冲突之后，余刚的听众越聚越多，甚至连一些大人也加入到听众队伍，去听孙悟空猪八戒唐僧的故事，杨斌和何大福的队伍就没几个人了。

　　突然一天，余刚的《西游记》就不见了，怎么也找不到。因为他的书是放防震棚的，至于谁偷的大家心里明白，但没证据。

余刚吓坏了，害怕他爸余校长发现后收拾他，急得砍人的心思都有了。他知道是杨斌和何大福干的，又没证据，实在没办法，便把家里的弯刀拿出来，到沟边磨得亮晃晃的，一边磨一边下狠心：把人逼上绝路了，那就只有鱼死网破，大不了拼命，砍翻一个算一个，砍翻两个凑一双。然后挥刀一试，刀口深深地嵌入树干中，树的伤口立即流出几滴委屈的液体。

我也急着想听孙悟空的故事，这一急，那天青羊从我头上一跃而过的情形又浮现在眼前。然后，我竟不由自主地对余刚脱口而出："我晓得书在哪里！"几乎就在我说话的同时，我突然感觉到那本《西游记》的独特气味正向我飘来，是那种淡淡的樟脑味，气味如一缕孤独的云烟从寨外飘来，百合花香一样在寨子上空萦绕，我仿佛中了邪，立即感觉到了气味来源的位置。我让鼻子牵着我，循着那缕樟脑味的云烟向寨外搜寻，余刚和孩子们有些不相信地紧跟其后。我们穿过寨子迷宫般的巷道，跨过寨外河沟，一直走到寨外五保户张跛子住的那座古庙，在破烂的天王菩萨背后，我找到了那本《西游记》，而且我还闻出了书上有何大福手汗的气味，就知道，这事肯定是何大福干的，至于杨斌干没干我不知道，但我没有告诉余刚。

从这天起，我知道杨斌没有何大福那么坏。也是从这天开始，我发觉很多事情都有自己独特的气味，冥冥之中会牵引着你去寻找真相，探究实情，比如这次找书。

余刚一看书找到了，兴奋得满眼泪水。孩子们也为我能找到书而高兴，他们又可以听孙悟空猪八戒唐僧了。所有人都认为我之所以能找到书，是因为我发现了偷书人的行踪，没人知道我仅凭鼻子就找到了书，而且就连我自己也为自己能找到书感到惊奇，为那不期而至的神秘气味而灵醒。此事过后，杨斌和何大福那一帮小孩就不怎么欺负我了，他们似乎也觉察到我嗅觉的与众不同，感觉到我异于常人之处，这是我自己没想到的。

　　二十多年后，当已是省府官员的余刚风尘仆仆、满面风光地坐着小轿车回到蚕陵寨时，一定要我陪他喝酒。酒酣之时，他给我摆谈起这件事，告诉我，如果当时那本《西游记》没有找到，弄不好他真的会拿刀去砍杨斌和何大福，不管谁受伤，结局肯定很惨，是我及时找到了书，浇灭了他满腔怒火，制止了一场悲剧，也改变了他的命运。这些，我一点没预料到。我告诉余刚，幸好你没有去砍杨斌，其实杨斌根本不知道这事，是何大福一个人干的。余刚问："你怎么知道？"我只笑笑不回答。然后我闻了闻余刚满手纸墨味，说："你今后还要当更大的官。"余刚笑了笑，不回答我的预言，但看得出他很享受这预言。

　　《西游记》的故事最终还是中断了。突然一天，全寨人都不敢吃肉喝酒，不敢跳舞玩笑了。那天下午，满天空老鸹乱叫，一种不祥的气味笼在蚕陵寨上空，是那种苦涩郁闷的气味，闻了就让人想哭。我预感到有大事情即将发生，随后我的预感就应验了。那天大人们齐聚晒场听公社广播，随着沉痛的哀乐声响起，有人带头哭起来，之后，跟着哭泣的越来越多，只一会儿，整个晒场都聚满了哭泣的人。我和其他孩子都吓蒙了，当得知是毛主席逝世后，晴天突响一声霹雳，仿佛天一下就垮了，我和孩子们立即跟着大人们撕扯嗓子，号啕大哭起来——呜——噢。

　　整整一星期，全寨子都在哭。牲畜们吓坏了，应声哀号；公鸡报晓变成了嘶哑的哀鸣；寨中石墙变得湿漉漉，毫无缘由地浸出液体；大中午，晒场那棵古柏树一滴一滴淌出树汁，到了下午，满山的绿草依旧顶着露珠；所有的蜘蛛网都沾满了水露；风在呜咽，水在抽泣，石瓦在不停滴泪，连寨中那盘老石磨也满面泪痕……

　　我哭泣的层次异常丰富。我最先想到的是以后的日子或许就没肉吃了，为此我为肉哭；第二层我想到的是没有了毛主席，明天还会不会继续出太阳？以后的日子怎么办？为此我为生存而哭；而最终我想到的却是——毛主席都会死，所有人迟早都会死，我是一个人，我也会死，一想到自己会死，脑袋里仿佛炸响一个惊雷，我立即被死亡吓坏了。

　　受此惊吓，从心底深处突然蹦出一个念头，让我浑身一震。我突然醒悟了——我竟然是"我"，我竟然是一个人！此前，我没有一点自我意识，现在，被死亡这么一吓，这个"我"竟毫无防备地蹦进了脑海，打通了神经，畅通了经络，让我神清目明，突然就明白了自我，明白了我是我自己。

　　这是我有了自我意识之后印象最为深刻的一天。说实话，六岁之前，我真的不知道自己是一个人，是一个我，之前我和黄狗的智商差不多。但现在不一样了，就在毛主席逝世这天，满天悲痛欲绝的气氛让我一下就从迷雾般的懵懂中醒悟过来，然后我就启蒙了。我突然就知道我是闷墩，我是我了。我甚至还仔细翻看着自己的双手、双脚，嗅着自己的肌肤，检视自己的身体。我的脑袋仿佛突然开了窍，里边有许多快活的金线在飞舞，我实实在在感受到我就是我，我是我自己！

　　我甚至闻到了"我是我自己"的独特气味，近似淡淡的汗味或奶酪味。

　　我的自我意识和启蒙也来得太唐突了。

好吃狗

自从闷墩我哗然一声启蒙之后，这个世界对于我就不一样了。以前，我跟只狗一样，只会用鼻子记忆，不会用脑袋思考，但启蒙之后，我就懂得用脑袋思考了。我首先想到的是为什么我爸我妈是笨人，我长大会不会也成笨人。这个问题自卑又纠结，总是困扰着我，事关我的脸面，事关我在伙伴中的地位，甚至事关我的终身大事。

我拱着鼻子问奶奶："为什么别人都说我爸我妈笨呢？"奶奶正在织腰机布，被我问得有点猝不及防，停下手中的打纬刀，看了我老半天，对我能提出这样有深度的问题倍感欣慰。奶奶认认真真地对我说："你记住，你爸你妈聪明着呢，他们不笨，你也不笨，只有傻瓜才以为别人是傻瓜。"奶奶的话香喷喷、硬梆梆的，我记住了奶奶这句话的香味和硬度，然后就记牢这句话，以后只要再听到别人诬陷我爸妈傻、笨，我就用这句话扇他们耳光。

王二娃就被我这句话扇得还不上口，呛住了。王二娃说话老爱占别人便宜，连我这么大的小孩也不放过。那天是开始拆防震棚的一天，他得到王队长的命令，通知蚕陵寨家家户户拆防震棚，他说上面通知了，地震都过了，不防震了，要防大疫，晒场被弄得乱七八糟，屎尿遍地，苍蝇蚊子满天飞，已经成了瘟疫的温床，防震棚必须立即拆除。那天，大人们都到地里劳动去了，王二娃走到我家防震棚，喊："闷墩，给你瓜妈瓜老汉说，把棚子拆了。"

王二娃这句话很臭，屎一样的气味，我躲开臭味，反击他："我爸我妈不瓜。"

王二娃笑话我："都知道他们是傻瓜。"

然后我就用奶奶教我的那句话硬梆梆地扇他："只有傻瓜才以为别人是傻瓜！"

王二娃一下就被我这话噎住了，或许是这话的香味压制住了他的话臭，或许这话有点逻辑复杂，他一点防备也没有，突然就脑袋断路了，怎么也不会想到自己会被一个六岁娃娃的话呛得还不上嘴。

王二娃以为自己听错了："你这么小个娃娃还会说哩，你再说一遍。"

"只有傻瓜才以为别人是傻瓜！"我一字一句坚定地说。

这句话分量很足，设伏很巧，重重地砸在王二娃脸上，哔叭作响。王二娃听明白了，紧抠脑袋，想从脑袋深处抠出一句反击的话，指拇在脑袋上旋了半天，却怎么也抠不出只言片语。见他满面窘态，与王二娃同行的人就笑话他，说王二娃你龟儿才是个瓜娃子，竟然被笨人的儿子问傻了。

王二娃憋红了脸，指着我鼻子说："你这个傻瓜娃娃，你这个傻瓜娃娃，嘴还嚼哩……"但就是说不出能对付我这句话的下文。

　　这是我第一次感受到语言的力大无穷，语言的魔力无限。我想我奶奶真是了不起，她说的这句话必将成为今后我反击一切侮辱我爸我妈的有力武器。也就是从这天开始，我突然意识到语言除了有声音有气味，也会像拳头一样有力度和硬度，猛然一击，劈啪作响，击痛对方。

　　虽然我才六岁多。

　　闷墩不闷，闷墩不笨，闷墩嘴巴嚼着呢，一句话就打哑了王二娃！自从陈壳子知道王二娃被我呛闭声之后，到处传言说我会说话，不闷不傻。蚕陵寨人终于见识了我的聪明，开始对我刮目相看，从此不再把我当笨人了。我知道，在他们的思维定势里，笨爸笨妈生出的一定是笨儿子，现在来看，我并没有遂他们的心愿成为笨人，我甚至还有比其他孩子更聪明、嗅觉更灵敏的地方，这让聪明人的优势和自尊多少受到些伤害。但话又说回来，我自以为不笨还是缺乏些底气，毕竟那句硬梆梆的反击话是奶奶教的，其实我也看不出我爸我妈有什么聪明的地方，虽然我竭力维护他们，但他们一点不领情，很快就用行动证明了他们并不聪明，同时也证明了我极力维护他们不笨的那句话就是一句美丽的谎言。

　　八岁那年，我妈给我生了个弟弟。老人们一看，就知道我弟弟有些不对劲，没有眼神，嘴角歪斜，成天到晚流憨口水。奶奶去看我妈我弟弟时，满脸阴晦，不想说话，只是摇头叹气，又开始埋怨牟家遭到了诅咒。我爸我妈才不管这些哩，他们看着我弟弟，跟看家里的黄狗没有多大的区别。好在我妈已经有了哺育经验，知道怎样喂饱弟弟，清洁弟弟。

　　爷爷跟着去看弟弟，却踟蹰在我妈房间外，不好进去。奶奶返回时，还没迈出我家的门，我就听奶奶说："不是说她早安环了？怎么怀上这么久都不知道，这下又多了个包袱。"爷爷说："我上次就说了，还是做结扎才稳妥，你看你看，安环也不稳当，最终还是要去做结扎。"奶奶叹气："唉，都是命，我还以为会生个跟闷墩一样的呢，结果……唉。"这些话气味都不好闻，我只听懂了最后一句，但我把这些话都记在心里，我想再长大一些，我就能听懂这些话了，但我隐约觉得这些话似乎和骟猪阉鸡的事有关，有那么一丝丝腥味和锋芒。

我弟弟的确是笨人，而且是个正常的笨人，因为笨爸笨妈生出笨人是正常事，生出聪明的，反倒不正常了。在我们这里，笨人和傻子是有区别的，笨人是介于聪明人和傻子之间有自我生存能力的人，而傻子却不是，是需要他人照顾的。笨人和傻子的最大区别是，笨人老实不乱来，而傻子却经常胡搞乱整。

对弟弟的到来还有一件事令我高兴，那就是我第一次见到了舅舅——我妈唯一的哥哥。舅舅给我妈带来了红糖、鸡蛋、腊猪蹄。我妈有时就会给我掰一小坨红糖，让我觉得日子并不那么酸涩，间或也有甜味。所以我对舅舅的印象一直很好，一想起舅舅就觉得他浑身上下都散发出诱人的红糖香，只可惜舅舅家远，舅舅就不能常来。

我家本来就穷，弟弟的到来让我家更穷了。还好一点是，我妈奶水足，把弟弟喂得滚猪儿一样。每当看到弟弟吃奶，闻着包裹他的浓浓奶香，我清口水直吞，真想上去和他抢几口。但我妈一点看不出我的胃口，喂饱弟弟，就不管我了。为此我经常跑邻居家、亲戚家或爷爷家守嘴。我爸妈也习惯我了，反正家里一天到晚是一成不变的粗食，玉米糊我爱吃锅巴，洋芋我爱吃烧洋芋和洋芋糍粑，醪糟和馍馍好吃，可太少。如果在外面守不到嘴，没吃饱，我回家就往火塘里埋几个洋芋，烧个外焦里香，百吃不厌。那些年，烧洋芋是我家最方便的美食，当然，苹果除外。

有时运气好，到山边逮到山雀了，溪里捉到羌活鱼了，树上掏到山雀蛋了，林中捡到蘑菇香菌了，就用菜叶包了，加点盐、花椒，埋火塘慢慢烧，那个香味，混着我的口水，就是一次舌尖上的盛宴，就是味蕾霞光万道般爆发。这时，连黄狗闻了，都不想吃屎了。当然，我每次都要给黄狗分一点。

还是奶奶可怜我，见我皮包骨头的瘦样，害怕我爸妈把我饿死，有时她就抚养我一段时间。奶奶家的饭菜也好不到哪儿去，只是奶奶做得更可口。同样的玉米糊，同样的酸菜面块或玉米搅团，奶奶做的味道就好很多；同样的玉米或洋芋醪糟，奶奶做的发酵得更好，更糯更甜；同样的洋芋糍粑，爷爷砸得更劲道，而且奶奶家的佐料要多一些，酸菜发酵好一些。我在奶奶家吃饭常常能吃拢喉咙，直到咽不下去为止，这种吃法，吃得爷爷老是拿眼瞪我："这娃娃，八辈子没吃过一顿饱饭，跟牛的胃口一样，比大人还吃得多，上辈子该不是饿死鬼投胎的？"

爷爷这话满是酸馊味，弄得我鼻子发酸。奶奶护着我，马上反击他："老鸹嫌猪黑，自己不觉得，你还不是一样，像个饿死鬼投胎的。"

听了爷爷的酸话，我也很配合，有时故意少吃一点，然后我就跑亲戚家守嘴去了。至于什么时候该多吃，什么时候该留胃口，我的鼻子会告诉我。每当从亲戚或邻居家传来肉香，鼻子预先会告诉我，少吃一点，留着肚子好吃肉。接下来的结果你们肯定能猜到，我就顺着寨子上空蜿蜒流淌的肉香，溜到正在煮肉或吃肉的人家。那几年，如果不是家里办事，凡煮肉的人家一般都大门紧闭，这时我也有办法，我不走大门，我走房顶。我们寨子的房子家家墙挨墙，房挨房，房顶大多有木梯相通，特别是亲戚家。等哪家亲戚开始吃肉了，我就站他家房顶天窗喊他们家小孩的名字。如果答应了，我就下到他们家，假装找伙伴玩，然后拱鼻噘嘴站锅旁等。一般情况，亲戚关系近的，直接请我吃，甚至还给我倒上一碗咂酒；关系远点的，也会拣一块肉或骨头让我啃。我当然是来者不拒。我的鼻子和舌头仿佛告诉我：吃吧吃吧，没什么不好意思的，你这辈子就是好吃狗的命。

吃完了，我还要捡几块骨头给黄狗带回去，我也不想让黄狗经常吃屎。

当然，有时我也会遇到尴尬难堪。有些亲戚邻居知道我这个坏习惯，故意逗我，刁难我，不给我吃。好吧，你们逗我，我也有办法，我会明知故问，耸着鼻子："你们家吃啥子呢？好香哦。"主人故意不理睬我，看我继续表演，我就把脸面放下来，把手伸到碗前，直接说："好香，给我吃一点吧。"话说到这份上，再吝啬的主人家脸上也会挂不住，只好给我拣肉。可以说，为了这张嘴，我可以不要脸。有一次，我甚至下贱到捡主人家地上吃剩的骨头，还给自己找理由——我看这骨头啃干净没有。若发觉上面还沾一点肉，就用手抠下来塞嘴里，边吃边说这儿还有肉呢，弄得主人家比我脸色还难堪——闷墩这娃娃，真是狗变的。

说对了，连我自己都觉得我就是一条狗，上辈子肯定是饿狗转世投胎的。

更多的时候我不会这样做。毕竟一寨人都沾亲带故，怎么也要给点面子，也知道我不会多吃，他们常常会大方地给我一两片肉或一块肉骨头。我当然也不是想吃饱，我也就图吃个味，解个馋，哄个嘴。要真吃饱，还得等寨里有人办事时才能吃个肉饱。除了我们家，村上大部分人家结婚、生娃、死人、建房、过年等都要办酒席，这时我家就会不请自到，甚至还可以挤上桌子同坐，名正言顺吃个呼儿嘿哟。

至于我爸妈有没随礼，我不管，反正我爷爷奶奶大婶二婶次次都要随礼。

但是有两家人的肉我不想吃。一是兰香家煮的肉，我从不去守嘴。我知道兰香家跟我家都没有喂猪，兰香家的肉来之不易，都是别人送的，而且谁最爱给兰香妈送肉我也知道，我的鼻子也闻得出来，但我不告诉兰香。我虽不去兰香家，但兰香有时会偷偷塞给我一片熟肉或其他什么好吃的，然后留给我一个蹦蹦跳跳的调皮背影。我每次吃兰香给我的肉，都耸着鼻子先闻后吃，所以兰香家的肉来自哪一家我都清楚明白。我始终想不明白，为什么那么多人表面上讨厌兰香妈，特别是一些男人，背地里却又偷偷给她送肉呢？二是吴有全煮的肉。因为吴有全总挨批斗，所以我怀疑他家的肉有作风问题，有反动气味，但不知怎么回事，吴有全总爱主动招呼我去他家吃肉，甚至吃蜂蜜。而且我吃肉时，他总是摸我的头，摸我的身体，还想亲我，让我很不自在。可我嘴巴不争气，为了吃点肉，只有等他摸，等他亲，甚至也不觉得他家的肉反动了。

更令人意想不到的是，吴有全经常拿一个搪瓷缸放我小鸡鸡前，让我往里面屙尿，每屙一次，他都会给我挑一点蜂蜜。至于他拿尿干什么，直到多年后我才知道，是他想通过喝童子尿实现长生不老、金枪不倒的奇迹——据说这是他们家秘不外传的养身诀窍。

　　当然，有时为了吃肉我还得受点委屈。遇到村里知青们聚餐，如果我去守嘴，他们就会要挟我，让我喊他们指定的人为爸爸，为了吃肉，我也顾不得那么多了，他们指谁我就瞄准谁喊爸爸，被喊的人心胸开阔的，一笑了之；心胸狭小的，报复地弹我脑壳，骂我，哪个想当你老汉？乱毬喊。其他人就起哄，喊得好喊得好，来，乖儿子，吃一坨肉嘎嘎；来，乖儿子，喝一口跟斗酒……

　　我知道这些知青跟我开玩笑是因为我妈又笨又漂亮，她这一个缺点一个优点注定是知青们开玩笑的最好话题，也是他们最邪门的下饭菜、下酒菜。

　　有时，全寨人竟然一连十几天没一家吃肉的，连空气中都没有一丝肉腥，没有一点油气。遇到这种情况，我就和兰香到山沟里去逮羌活鱼，在树笼里逮小鸟，掏鸟蛋。夏秋时节野果多，野草莓、覆盆子等等都是我们的最爱，实在没野果了，把洁白的曼陀罗花抽出来，吮几口花蕊的汁液，淡甜淡甜的，也能哄哄舌头，只是吮多了，头会晕乎乎的，醉酒一样。

承包到户

正当我家缺衣少穿、缺吃少喝时，又一件事给了我家一个晴天霹雳——知青们走后不久，大集体被宣布解散，土地要承包到户，从此生产队不管我们了。

仿佛哗然一声掉进真空，天空瞬间失去了大集体特有的气味，连我的鼻子似乎都受到了气味的冷落，我一下就感觉我家既像断了线的风筝，更像没人管的孤儿。以前生产队安排出工，我爸妈无须动脑筋只管下力气，跟头牛跟匹马一样，只管出人不操心，每年生产队都要按四个人头给我家分钱分粮分物，虽然分得不多，但收入四平八稳。现在土地承包到户，哪个来管我家？哪个来给我家安排生产？生产队把这个问题摆出来，杨书记和王队长商量说，土地分到户，也不完全是各顾各，各管各，大家还是要发扬集体主义精神，还是要互帮互助，富裕帮贫穷，先进帮落后。然后掰着指头算，比如大闷墩家，又比如五保户张跛子、独户王寡妇、陈壳子……竟然指头不够掰，越算越多，最后发现，村上就是想管，也管不过来，需要帮助的贫困户确实太多了。

实在没办法，最后村上达成一致意见，除了五保户，凡有亲戚的，亲戚之间必须互帮互助。先想让我大爸家管我家，但大爸家要管我爷爷奶奶，就推给我二爸；二婶不同意，说为什么不让老三家管呢？意思是我三爸家在城里，条件还要好很多。但三爸家仅有两间小屋，一家人都挤着住，不可能把我爷爷奶奶接城里住，再说城里人都吃配给粮，哪有多余粮食？最后决定大爸二爸每年轮流管我家。两个孃孃远嫁他乡，可以不管。于是我家就成了我大爸二爸轮流照管的家——当然他们主要管生产安排，今年种什么，什么时候种，怎么种，怎么赊种子，大爸二爸都按时教我爸我妈。后来他们发现教我爸我妈太劳神费力，反倒是我站一旁撅着个鼻子，不用教就记住了，于是转而教我，让我随时提醒我爸我妈，什么时候该种什么，该做什么，该怎样做。

　　我的记性还好，亲戚们教我一遍我就能记住，但我要教会我爸我妈就困难了。土地承包到户这年，我才十岁出头，勉强可以下地劳动。于是我们家就出现了奇怪现象，到地里劳动时，我就像个生产队小队长，领着我爸我妈，哪里该挖地，哪里该松土，哪里该播种，哪里该施肥，都由我指挥，甚至示范，当然我是打着我大爸二爸的旗号指挥的。我本来力气就小，这时候我学会了偷懒，一边带弟弟和黄狗玩，一边指挥我爸我妈：大爸说了，今天要把这一块地挖完；或者二爸说了，要把这块地种完；或者大爸还说，要给这块地施肥，每一窝要施半瓢粪……总之，只要是打着我大爸二爸的旗号指挥，我爸我妈就老老实实去做，实在累了，歇口气，喝碗咂酒继续干——对了，忘记告诉你们，我们这儿的人下地劳动，口渴了都不爱喝茶，平常劳动都是带着一壶咂酒下地的，咂酒就是我们的茶，就是我们的饮料和白开水。

　　从这时开始，我爸就没法打我妈了。喝醉了他只要敢动手，我就去拉他的手，不准他打，而且我还会威胁他，呵斥他，你再敢打我妈，我就去告诉爷爷，告诉大爸二爸。我爸听后心虚起来，本分老实多了，酒也清醒一些。

这时候，我实实在在感觉到权力是一种有形的、看得见摸得到的可供支配的东西，而且权力是有气味的，臭香臭香的，跟村上的公章、爷爷的私章以及红色印泥的气味和色彩一模一样。

有时，换个角度想，有笨爸笨妈也有好处，别人家都是爸妈管儿子，不听话就拿条子抽、拿棍子打、拿荨麻蜇。我家反过来了，由我来管爸妈。自从我开始行使管治权，我爸我妈很快就习惯让我管，我爸再也打不成我妈了。除了地里生产之外，我给我爸我妈下的第一道生产计划是，我们家也要搞副业——养鸡。本来我是计划养猪的，但没本钱买猪崽，买鸡崽的钱还有。我让爸妈养鸡有自己的小算盘，只要闻到鸡肉鸡蛋香我就口水长淌，我太想吃鸡蛋鸡肉了。虽然逢年过节或别人家办事我可以吃鸡蛋鸡肉，但平常很难吃到。那几年，就是养鸡多的人家，自己也舍不得吃鸡吃蛋，特别是鸡蛋，都要攒起来拿到乡场或县上换钱，买油买盐买醋，添补生活用品。

我的命令立即生效了，在奶奶的资助下，我们家一下就养了五只鸡崽，就在家里楼下喂着。我们碉房的传统是楼上住人，楼下是地下层兼圈舍。但是，五只鸡崽还没喂上一周，突然一夜之间，全部人间蒸发不知所踪——或许是老鼠、黄鼠狼或蛇干的，我气得捶胸顿脚，又没地方发泄，踢了黄狗两脚，骂她没守好鸡。黄狗年迈体弱，自知失职，包满眼委屈泪水，灰溜溜去一旁反省。

我的犟脾气上来了，伸长鼻子仔细嗅着鸡窝，里面除了鸡崽的气息，还有一股冰凉的骚味，空中似乎还若隐若现飘着一丝鸡毛味，我捕捉住这丝鸡毛味，不让它从空气中溜走，我几乎是闭着眼睛仅凭嗅觉跟着空气中残存的气味仔细搜寻，我又想起了青羊。那游丝般的气息穿过寨子，把我带到寨外那块"消息树"已经长大的黄土包前，在那里，我发现了鸡毛，还发现一个胳膊粗的土洞，我不知道洞里是什么动物，但我还是下了狠心，往洞中屙一泡热尿，然后用泥巴和石头把洞口堵死——敢吃我家的鸡，看我用尿臊死你，用泥巴封死你。

之后，我家又买了五只仔鸡。奶奶说小鸡不好养，所以买的仔鸡，不过仔鸡贵，是奶奶给我家垫的鸡钱。大婶就有意见了，说那是奶奶仅有的五块钱。我知道奶奶也没钱，我说："这钱就当是我家借奶奶的，鸡生蛋了，我家卖了蛋还奶奶钱。"

大婶说："你现在都是大娃娃了，说话要算数哦，我信你，鸡蛋卖了马上还奶奶的钱。"

我发誓："我向毛主席保证，要还奶奶的钱。"

五只仔鸡成了我家的宝贵财富，再也来不得半点闪失。为此，我和我爸一起给鸡做了个带门的鸡圈，每晚都把鸡关进圈，圈门用门闩闩死，又让黄狗睡鸡圈旁。自此，鸡才没被叼走。鸡一天一天长大，有几次我都想对鸡下手，捉一只来吃，可一见黄狗对鸡忠贞负责的态度，又不忍心下手。就这样，鸡平安长大了，正好一公四母，并且开始下蛋。

我家第一次煮自己鸡下的蛋，一煮就四个。那天，我爸我妈有多高兴你们也能想到，我们一家人围着火塘煮鸡蛋，怕不熟，煮了很久，弄得满屋子水蒸气。蛋出锅后，我给我爸我妈各一个，我和弟弟各一个，黄狗没有，因为怕她吃了偷鸡蛋。鸡蛋煮久了，橡胶一样弹性十足，壳也难剥，但依旧很香，蛋壳剥开那一瞬，那迷人的蛋香便汩汩四溢了。我吃到最后，还是给黄狗留了小指拇那么大一坨，丢地上，弹跳一下，黄狗一口就吞了，我想她根本就没有尝出味道。

我觉得有鸡蛋吃的日子就是最幸福的日子，就是天空充满美味的日子，就是我鼻子过节的日子，跟有肉吃有酒喝的日子一样幸福。

而我爸和我妈吃了鸡蛋后，先是笑了，后又哭了。我知道，他们心里明白这是我家第一次吃自家鸡下的蛋，知道我家的生活水平从这天开始又上了级台阶——他们心里高兴，嘴巴说不出来，只有用眼泪表达。

感觉从这天起，我爸我妈仿佛没那么笨了，我爸也不怎么打我妈了，不知是不是鸡蛋有特殊疗效。而且也是从这天开始，弟弟开口学说话了，我问他鸡蛋好不好吃，弟弟说："不。"从此后，"不"就成了弟弟应付一切问话的标准答案。问他，幺闷墩，吃饭没有？他说不；问他几岁了，他说不；问他到哪里去，他还是说不；问他要不要糖吃，他就不说话了……才开始，我还以为弟弟以后会比我爸妈还笨，等弟弟长大一些后，我才明白，弟弟的一个"不"字，真的是可以应付一切的万能语言。弟弟不会说是，你问他什么，他不说话，就是表示同意，否则就表示反对，他会坚定地说——不！此后多年，就他的这个"不"字，会令乡村两级干部常常头痛万分，分外难堪。以后他又从"不"演化了更多的语言，比如不好，不来，不去，不走，不吃，不行，不得，不有……所有的话只有带上"不"才能表达他的真实想法。总之，他生下来就是为了说"不"的，他所说的话就是来否定一切的，就是彻底的不配合，就是鞋子反着穿，帽子反着戴，脑袋有反骨，他的这个"不"跟他的智力一样。

　　直到多年后我才明白，弟弟坚定地说着"不"字，也是无奈中的反抗之举。他之所以坚持说不，是因为他知道自己生下来就是被否定的，所以他也要用否定来报复否定，以维持一个笨人的底线和尊严。

　　虽然我家有鸡蛋，也不能常吃，还得攒着换钱，好还奶奶垫的鸡钱。所以我不能把胃口吊死在鸡蛋上。不知从什么时候开始，我鼻子闻到的肉香离我家越来越近，顺着肉香飘来的方向，我发觉浓浓的肉香诱惑来自邻居何端公家。

何端公

何端公不知发了什么财，每月都会外出几天，回来之后，不是带一刀方肉就是带一只公鸡回家，两口子加上女儿九斤妹就经常有肉吃。而且何端公家是全村生活最好的，吃肉吃鸡最多的，这是鼻子告诉我的。当我发现这个秘密后，我并不急着去何端公家守嘴，而是想学何端公的本事，也能过上三天两头有肉吃的日子。

不久，何端公的秘密就被我发现了。

在说这个秘密之前，先来说说何端公家的那些事，他家就在我家隔壁，他家很多事我都清楚，我都能用鼻子闻出个前因后果来，虽然我才十几岁。

何端公算起来是我的一个老辈子，外人都以为他和他老婆荷花同姓，其实荷花姓杨，是村支书杨书记的侄女，叫杨荷花，从杨家这边来说，也算我妈的表姐。村人喊荷花从来不带姓，"荷花、荷花"久了之后，都以为荷花姓何了。荷花身体特别壮，可娃总怀不上，直到中年才怀上九斤妹。据说年轻时，荷花可以跟二十多岁的小伙子在晒场上按跤子，比力气，还经常赢。劳动时，上山砍柴卖给乡中心校，她从山上背下一背柴，你说有多重？过吊秤两个壮劳力抬起来都吃力，三百斤的秤杆要打到巅，超过刻度，余校长不得不抽一根麦草去丈量超出部分，然后以麦草的长度在秤杆上比划出超出的计量。

"三百二十斤有多无少。"余校长报出数目时，眼睛瞪成一对铜铃，荷花比壮男劳力都背得多。也是，人家荷花有那么大一块堆堆摆在那儿，结结实实一百八十斤，又有几块小伙子有她那么大的堆堆？

乡上开各村运动会，每次荷花都参加男女队的比赛，抱蛋、举石、推杆、摔跤、拔河等等，除了羌王棋之类费脑力的都参加。女队比赛完了，她跑去参加男队的比赛，其他村的就笑话蚕陵寨，说蚕陵寨的男人都死光了，要女人上场撑台面。荷花反击："管毬得宽，妇女能顶半边天，我想参加哪边就哪边，有本事你跟我比。"在乡运会上，特别是传统体育项目上，蚕陵寨经常出好成绩，凡女子比赛项目，需要比力气的，第一名多半是给荷花准备的。荷花不知是因为身体结实还是力气用不完，总之，她不管是家里家外，都格外勤快，一天到晚忙个不停，家里忙完忙地里，地里忙完又上山砍柴，下地背肥，总之有使不完的劲，用不完的力。她这样一忙，自然就把何端公衬托懒了。

懒又怎样呢？其实懒人有懒福，陈壳子就经常说这句话。陈壳子是村上出了名的懒人，一天到晚正事不做，只知道晒懒太阳，凭着一张能说会道的油嘴，走到哪里牛皮吹到哪里，嘴巴吃到哪里，还自称长有三寸不烂之舌，至于舌头到底有没有三寸长，没人去丈量核实。而且陈壳子特别会为自己的懒惰找借口，比如别人说，陈壳子，你地里的草比苗都深了；陈壳子嘻嘻一笑，等它；你家花椒也该管理管理了，陈壳子依然一脸笑，等它；苹果树咋还不打药呢？陈壳子依然回答一句，等它；你老鸹等死狗嗦，别人拿话呛他。他顺着话顶回去，反话正说，就是，总有一天老鸹要等到死狗。当然实在等不起了，耐不过去了，还是要和婆娘一起下地劳动，不过还是胡乱应付，好像自留地的庄稼不是自家的，倒像是集体的。到了秋收，地里稀疏没多少收成，陈壳子一样还是那句话，多就多收，少就少收，等它。

　　反正陈壳子只有两口子，加上抱养的一个女儿，三张嘴吃饭，家庭负担不重。地里不够亲戚帮，开春就吃救济粮，一张白嘴牛皮吹上天，走到哪家吃哪家。不过也怪，都知道陈壳子懒散，却都喜欢请陈壳子吃饭，原因嘛，是因为陈壳子可以给人家带去故事，带来乐趣，听着陈壳子吹牛摆故事，主人家里就会充满欢乐和笑声，就是吃白饭都觉得香，有味道。

　　何端公同样也有懒福，但跟陈壳子"耍白嘴"不一样，何端公的懒是有本钱的，因为他有一技之长。何端公原本不懒，当然也不勤快，自从家有荷花后，他就特会享福，逐渐养尊处优懒散起来。别人家里的重活粗活都有男人在干，何端公家却相反，是荷花一人承包了。也不是何端公偷懒不想干，而是荷花看不起何端公做事，每当看到何端公担柴提水东倒西歪的费力劲，荷花就说算了算了，看你那个衰样子，爪手爪脚阴死倒阳的，连妇女家都不如，风都要把自己吹倒，屁泡尿都要把自己顶倒，还是让我来，你去耍你的笔杆子。

　　何端公无力地嗫嚅两句，然后就真的耍笔杆子去了。

　　何端公耍笔杆子不是写字，是画符。

　　自从村集体解散后，家庭成分已不重要，批斗会也不开了，就有人敢来找何端公打卦问卜。这些事往年村上要管，乡上要管，甚至县里也要管。一管起来就上纲上线说何端公搞封建迷信，甚至还把他喊去批评教育过几次——那是以前。但现在，乡上村上好像只管大事，不管这些小事。一些婆婆大娘家事不顺的，找不出原因的，就想起了何端公，想起了何端公的师父老何端公。老人们摆谈起当年的老何端公，那可神武了，说他上可通明神仙，下可驱邪撵鬼，左可逢凶化吉，右可辟邪解秽，脚踩红炭如履平地，身缠赤链不被烫伤，脸打铁钎不出滴血，脚登利刃能上刀山，张口能吞签化骨，挺身可刀枪不入……总之何端公的师父那是神仙下凡，法力无边，十分了得。就连神仙都要敬他三分，鬼怪都要避他九丈，村中万事他都能解能断，邪病能驱能治，一部祖传千年的羊皮册子记载了法术的秘密；一部口传多年的《释比唱经》上坛、中坛、下坛三经好几万言，他能用古羌语倒背如流，只可惜这些东西"破四旧"时被破了。老何端公被批斗过几次后，把经书烧了，把法器藏了。之后，老何端公仰天长啸一声无颜见江东父老，从此消失，了无踪影。有人说他是驾鹤归西了，有人说投水化龙了，有人说入山成仙了。总之说法很玄，最可信的说法是回老家归真了。老家在哪儿？没人知道。反正老何端公的消失成了蚕陵寨永远的谜，谁也不能破、不能解，留下年轻徒弟小何端公再也不敢搞这些活动了。

　　可惜老何端公没有赶上的好日子、好政策，徒弟何端公都赶上了。何端公第一次出山作法就引起了蚕陵寨的轰动。一段时间，村里王二娃媳妇也就是陈铁匠之女陈香花不知得了什么怪病，一天几次浑身乱痛乱痒，一会儿肚子痛，一会儿背心痛，一会儿又痛到脑壳顶、脚板心；痛病停止后，痒病又开始发作，浑身上下痒得心慌，抠得心慌……总之一句，周身乱痛，浑身怪痒，毫无章法，被一万只蚂蚁啃咬一样，把香花折磨得死去活来。乡卫生院、县医院都去医过，吃西药打吊针，熬中药扎银针都不见效，又查不出病因，最后没办法，死马当活马医，王二娃多次上门央求何端公，何端公看在乡里乡亲的面子上，终于同意出山为她驱邪祛病。

何端公出山作法那天，应该是我十一岁那年的腊月间，我记得那天全寨人都在吃腊八饭，整个寨子都浸泡在腊八饭的香气里。那次作法就在王二娃家里，很多人都去看热闹，我也去看了。我个子不高，就敢钻过大人的裤裆站到前排看，不像其他小孩，站近一点立即就被家人从背后拖回去，还会被训斥几句——娃娃家火头矮，再靠近一点，看鬼邪把你抓了去。我爸妈不会把我往后拖，村人也不会把我往后拽，他们都知道鬼邪是不会和笨人计较的，鬼邪找笨人计较那叫自讨没趣，他们甚至还希望我站前面好给他们遮挡一下邪秽。

何端公作法开始了。在一番燃蜡敬香烧纸之后，再做完通明天神、地神、家神等众神仪式，随后何端公渐入状态，他用古羌语唱着释比经文，然后将早已在火盆中烧得通红的铧头夹出来，请神念咒后，双手拿着通红的铁铧，让铧尖靠近嘴唇，之后惊奇之事发生了。只见何端公伸出舌头，不紧不慢一遍又一遍舔着通红的铧尖，铧尖与舌尖碰撞，立即升腾起团团白气，并伴着扑扑爆响，而舌头却毫无伤损。人群中炸起一阵惊叹——不愧是老何端公的徒弟，厉害，学到了真传！

我也吓懵了，担心何端公的舌头被烫熟，我联想起逢年过节时的腊猪舌头。

可何端公没事一样，舔完火红的铧尖，又脱下鞋子，光着脚板，用脚后跟去踩红铧，铧头立即升起一团蓝烟，空中也弥散着烧焦的肉皮味，可任凭何端公怎么踩，怎么蹭，那红铧就不会烫着他，或者说他就是不怕烫。何端公踩完红铧，立即用热脚在王二娃媳妇陈香花身上一阵乱蹭，陈香花发出一种半是痛苦半是享受的呻吟……之后，何端公拿笔在黄裱纸上画几道符，交王二娃拿去悬于门口。再之后，何端公又在王二娃家各房间施了一通法术，具体怎么做的，没人能见——所谓天机不可泄露。最后，何端公开了一服"神药"，又看见王二娃家院子里那块不知何年何月的老石敢当倒在猪圈旁，当了磨刀石，让王二娃赶快把石敢当请起来，擦洗干净立于家门口，并燃蜡敬香请罪，王二娃赶紧照办。之后又叮嘱王二娃媳妇只准穿纯棉内衣，一天两次陈艾水加"神药"擦洗身子……

此次作法后，王二娃媳妇自此痛痒之症全然好转，没隔几天，人就活蹦乱跳，病痛全无，哪儿都不痒不痛了。

这一下，何端公立即威名远扬，而且越传越神。说他把鬼邪妖怪驱赶得叽呜呐喊，躲地钻缝，甚至有人说他的法术能让人返老还童，起死回生。

陈壳子是陈铁匠的堂弟，对于何端公医好了自己侄女的病，他自然会发挥无穷的想象，添油加醋宣传。说曾经看见何端公到茂州城赶场，早晨起个大早走路去，下午天不黑就回蚕陵寨了，几十公里山路来去飞快，比水浒里面那个神行太保还快，不是脚踩风火轮就是腾云驾雾去的。大家对陈壳子的夸大其词虽然半信半疑，但从此后，四邻八寨找何端公作法的便络绎不绝起来，家里但凡有石敢当摆位不正、用途不当的，也立即擦抹干净，端端正正请归神位或立于门旁，并恭恭敬敬燃蜡敬香，再也不敢冒犯和得罪。

何端公的作法，村医杨宝也全程观看了。杨宝一直想抓到何端公搞封建迷信的证据，认为他使的是障眼法，要不就用了大烟果果祛病镇痛，可他只是猜测，没有真凭实据。现在何端公把县医院没治好的病都治好了，问杨宝原因，杨宝不开腔了。后来他仔细分析，说何端公的法术是一种强烈的心理暗示，从科学的角度来分析，就是一种古老的心理疗法，类似《黄帝内经》中的"祝由"。村人抢白他，那你也来个心理疗法，也来个"祝由"，杨宝说我没学过，不会。

那你说个屁，你都医不好还好意思说——村人有些不屑地抢白他，弄得杨宝尴尬无语。

自此，蚕陵寨人但凡有个大病小痛，就走两条腿路线。一路相信科学，不迷信，相信中西医，有病打针吃药吊盐水；一路有病不找医生，专找何端公。不过何端公也能把握好尺度分寸，那些要人命的，急病重病他还是劝病人往医院抬，还是要吃药打针，他说什么疗法都有局限，作法也不是万能，也分有缘无缘，信则灵不信则不灵。说哲理一点，就是你命中该去医院就上医院医，命中该作法治就作法来治，一切都是命定了的。

一话两说，滴水不漏。

技　艺

　　对于何端公的技艺和法力，我一点也不奇怪。因为在我和我爸妈眼里，世间一切都没有固定标准，没标准的东西就存在任何可能性。标准本来就是给聪明人准备的，笨人似乎可以活在标准之外。比如，笨人说笨话肯定是正常的事，这是一种标准；可聪明人说了笨话，就不正常了，就越过了标准；笨人干了笨事，人们可以原谅他；聪明人干了笨事，那这个聪明人就名声损毁，不被原谅了……

　　所以看过何端公作法，我有点不以为然，我想，既然何端公敢拿，我也敢拿，我眼前甚至浮现出多年后我正毫无畏惧舔红铧的场景，我甚至感觉出何端公周围包围着一圈神灵，正护佑着他，神灵形态如云如烟，气味如香蜡柏枝，色彩如虹云烟霞。既然我不怕红铧，等何端公作法后，我也无所顾忌地学他的手法去拿铧头，当我接触到暗红的铧头时，我又想起了青羊，我闻到了一股灰色的肉的焦香，我一点都感觉不到烧红的铁铧的温度。隔有十几秒钟，有人惊叫起来，打断了我，我突然感觉右手被红铧狠狠咬了一口，我听见铧头滋滋滋作响，看见自己的手指艰难地从铧头上挣脱。然后就有人喊："闷墩，拿不得，烫手。"我不觉得烫，我只感觉铧头咬了我一口，我的右手掌一下就热起来，一股灰烟随之升起，我看见右手掌和手指烙上了几块光滑的烫斑，只一会儿，烫斑就变成了水泡，然后，刚才的焦香变成了满手焦臭。

何端公看见了，一把把我拉过去，念了几句咒语，喝了一口冷水，呼的一声喷在我手上，我的手立即凉快起来。之后，何端公又去院子外扯了一些草药，嚼烂后敷在我手上，再用白布包住我的手。包完后，何端公说："闷墩，想学拿红铧还得等你再长大些，红铧不是随便什么人都能拿的。"

不曾想，何端公这无意间的一句话竟戳中了我的未来，再以后，何端公就真成了我的师父。

我的手被烫伤了。回到家里，我想让爸妈看一下我这只勇敢的手，我故意把包着白布的右手骄傲地举高，希望他们看见。但爸爸大闷墩一点也不在乎我被白布包裹的手；我妈更气人，看见我的手，说，白布，做鞋垫。她想把我手上的白布拆下来做鞋垫，我躲开了，不让她拆，我妈就不再坚持。

忘了说了，我终于知道了何端公作法的收获了，那就是一般能得到主人家的一顿热情款待，一方熟肉或一只公鸡、十斤粮，按何端公的说法是要拿回去谢神，其实这就是他的酬劳。当然给亲戚家做法事，可以优惠一些。

我想荷花能长那么结实，劲那么大，和何端公的法力及丰厚的酬劳也有关系。我决定拜何端公为师，学他的技法，我的目的非常单纯，就是跟着师父有肉吃，有口福。

所以每当我闻到何端公准备道具时特有的香蜡气味，听到他出门时弄出的门闩响动，我就候在他家门口。何端公一出门，我就跟在他身后，何端公很快发现了我，问："闷墩，你跟着我干啥?"我耷耷鼻子不回答，只是埋头跟着走。这样一次两次三次后，何端公便习惯了。何端公多数时间在本村或几里外的邻村做法事，路程不远时，我就跟着去。

这一来二去，有人就给何端公开玩笑，问："何端公，收徒弟了?"何端公说："收啥子徒弟哦，闷墩自己要跟着来耍，看热闹。""闷墩都给你打帮手了，还说不是徒弟。"何端公只是笑笑："是我侄儿。"何端公本来就是我表叔，他作法时，需要帮手，比如帮着递法器、拿道具、端神水、理钱纸香蜡、摆笔磨墨等等。我以侄儿的身份主动搭把手，理所当然。这时候，主人家款待的饭菜就少不了我。

我发现，只要我跟定何端公，就有柏枝蜡香包裹相伴，就有口福，有鼻福，就能享受饭饱肉香。这时我的理想就是长大后能像何端公一样，给人作法，驱邪解秽，走到哪里都有人请吃，有人送肉送粮，受人尊重，不怕鬼邪。这也让我对人生目标有了明确追求——尽管仅仅是为了口福。

有天，何端公突然问我："闷墩，你真的想学端公?"我鼻子一耸点头承认。何端公说："学端公要舍得吃苦，你不怕?"我说不怕。"如果你真想学，去问你爷爷奶奶同意不?"何端公说。

我就去告诉了爷爷奶奶，想不到的是，他们既没同意我学，也没说不学，而是把何端公找来问："你把闷墩都教得会?他那样子学得会?"意思是何端公收徒弟看走了眼。何端公说："不是会不会的问题，而是缘分问题。"奶奶其实很高兴，只要有人收我，学个一门半门技艺哪点不好，但奶奶还是担心，问何端公："你不怕他长大后有问题?"奶奶指指脑袋。何端公笑了："你们小看闷墩了，我咋觉得他还有点狡呢。""狡"的评价已经高于聪明了。奶奶听了，紧蹙的眉头缓缓舒开，此前她只是凭自己的感觉判断，确定我将来或许是正常人，现在得到了何端公的肯定，从这天起奶奶就正式把我当正常人看待了。

"那你试试吧，看他是不是那块料。"奶奶基本同意，不需要征求我爸我妈的意见。其实他们知道，就给我爸妈说了，他们也懂不起。

何端公暂时没正式收我为徒，按照我奶奶的说法，先让我试试。何端公第一个考验我的项目是给我一根一尺多长，铅笔芯那么细的铁丝，让我每天在火塘上烧红，练习舔红铁。

自从被红铧烫伤过一次后，我对红铁就有了敬畏心。拿铁丝回家的第一天晚上，我坐在火塘旁，一边烧洋芋，一边想着我到底要不要舔烧红的铁丝。我知道，这是我能否学习这门技艺的第一关。如果我这一步没走好，我就不是学这个的料。我把铁丝放火塘里烧红，之后将铁丝从火中取出，铁丝暗红暗红，热气烫人，我想舔，有些怕，不敢舔。我在心底深处尽力打捞，想找回此前拿红铧时的那份胆量。

这时黄狗正趴在一旁，我竟然干了一件蠢事，让我从此后悔不已。

我喊黄狗，过来，过来。年迈的黄狗步履蹒跚走过来，我让黄狗张开嘴，黄狗老实地张开嘴，然后，当她那长长的舌头露出来后，也许是好奇，也许是试探，我竟然不动脑袋就将通红的铁丝放在黄狗的舌头上。随着滋的一声爆响，黄狗尖叫一声就哭着跑了，再看那铁丝，红色已经暗淡下去，我立即就后悔起来，不为学技艺，而为拿黄狗做试验后悔。黄狗跟我这么多年，养我这些年，除了没有守住鸡崽算是犯错误外，就没有犯过其他错误，我竟然这样坏良心去伤害她，我的冲动猪狗不如，我立即为自己开的玩笑后悔起来。

我的后悔来得太晚了。当晚，我仿佛听到黄狗整夜都在哭泣，满屋流淌着她舌头的焦味，浓稠且黑乎乎的，做梦都梦到黄狗在衔我的裤脚，带我到天空飘浮。第二天早晨，黄狗就没有了动静，过去一看，黄狗已僵硬，死了。我知道是我害死了黄狗，但其他人却认为黄狗是老死的。

我本来想把黄狗埋个全尸，但爷爷说黄狗的皮还可以用，爷爷就把黄狗的皮扒了，晾干后当垫子。黄狗就只埋了个肉身。农村人家离不得狗，几天后，我家又去抱了只狗崽，随口喊它小黄，我断定它是黄狗的近亲，因为它的气味跟黄狗一模一样。

埋了黄狗后，为了惩罚自己，此后我对红铁的态度就变了，我想狠狠地惩罚一下自己。我狠心将烧红的铁丝放自己舌头上……当然痛彻心扉。有了第一步，后来的事就顺利多了，每次练习，铁丝虽烫，但很细，又凉得快，练习次数多了，我就懂得了其中的窍门，就敢用舌头舔红铁丝了。师父何端公又为我换了更粗的铁丝，等我敢舔更粗的红铁丝后，又换成了更大的铁条；敢舔红铁条，又换成更大的铁铲；当我敢舔烧火的铁铲时，何端公就正式收我为徒。本来我想告诉大家舔红铁的秘密和技巧，但后来这项技艺被认定为国家非物质文化遗产的一部分，其具体细节和技巧需要保密，我就不说那么详细了。

练会舔红铁后，练赤手捞油锅，火中取烫石；之后又练打钎，就是脸上穿孔，跟穿耳环一个道理；后来还学了打索卦、羊骨卦、鸡蛋卜、吞竹签、走禹步、敲羊皮鼓等技艺，当然也学掐指算法，用来算生肖属相，但最为重要的是跟师父背释比古唱经。古唱经很长，又没书本，都是口传，背起来要花很长时间。这时，我就经常到师父家中去，而且我变得更像徒弟，经常帮师父师母做一些力所能及的事。

这段时间，我和荷花的女儿便亲近了。

姐　弟

　　荷花的女儿叫九斤妹，顾名思义是生下来有九斤重，便得了这个名。虽然她姓何，但大家叫"九斤妹"叫习惯了，就懒得叫她的书名。九斤妹比我大三岁，我叫她九姐。九姐对我很好，经常给我留好吃东西，留熟肉。但九斤妹有个毛病，第一次我遇到她犯病的时候，真吓坏了。

　　那天，九斤妹一个人在家里，我的鼻子又闻到了肉香，我知道是从师父家传出来的。我想，我该去找九斤妹耍了。九斤妹很大方，她肯定又会为我去翻找她家的橱柜，怎么都要给我找点好吃的，我好吃狗和狗鼻子的名声早就出了名，谁给我好吃的，我就对谁好，我就这狗性。

　　师父家门没关，我嘴里喊着九姐九姐，就直接进师父家了。我一边喊九姐，一边用鼻子在屋子里寻肉。很快，我就闻到橱柜里传来鸡肉的香味，我不敢直接拿，我知道直接拿叫偷，要经主人家同意拿才行，虽然我是徒弟也不敢，这点分寸我能把握。我继续喊九姐，九姐在楼上答应了一声，然后我就听到楼板咚的一声巨响，吓了一大跳。我赶紧顺独木梯上到楼上，一下就被九斤妹吓着了，只见她口吐白泡倒在地上，缩着身子不停地抽搐，她想说话又说不出，口中白沫乱溅。我六神无主地看着抽搐的九姐，不知该怎么办，然后便一溜烟地跑出她家，跑向地里，远远地看到荷花就喊表孃表孃，九姐摔倒了，要死了。荷花和就近的亲戚立即赶回家，上楼一看，九斤妹已经缓过气来，醒了，问她怎么了，她什么都不记得。荷花把女儿扶起来，给她把脸擦洗干净，然后对我和一起来的亲戚说："没有事，没有事，九斤妹头晕，摔了一跤。"

那天我要离开的时候，荷花单独和我说话，让我不要把今天看到的事说出去。然后她就从橱柜里一只整鸡上撕下一块鸡腿给我，让我发誓不把今天的事说出去。我看着那诱人的鸡腿，立即举手发誓："我敢向毛主席保证，我不说出去。"荷花再问："要是说出去了呢？"我想了想，必须发个毒誓才能让她放心，我说："要是说出去，我出门被雷打死。"荷花连忙制止我："好了，我相信，不要发这么毒的誓。"

后来我才知道，九斤妹的病我们这儿喊羊癫疯、羊儿疯，学名癫痫，那几年不好治，但省城大医院能治，而且何端公也带九斤妹去过县城和省城医院，拣了很多药，九斤妹的症状就轻了很多，很少发病了。本来以为医断根了，可这次不知怎么又发病了。不过九斤妹的病一直瞒着外人，何端公也害怕别人说他百病能治却治不了自己女儿的病，那他的法力肯定会受到质疑，大打折扣的。

也许就因为我知道九斤妹的秘密，我拜何端公为师时，荷花很赞同这事。她说："看得出闷墩这个娃娃，做事把稳，口风严，有灵性。"

其实，关于师父一家的事，我知道的还很多。比如师父何端公和师母荷花之间的秘密，我早就知道。至于什么秘密，说来大家不会相信，荷花以前得过一种奇怪的病，任凭何端公法力无边，就是拿她没法，治不了这病。

有一段时间，荷花的病很怪，每天少则发一次，多则发两三次。只要她发病了，她就会脸红脖子粗，呼吸立即急促起来，就马上喊何端公快点快点，来给她治病。然后何端公便老老实实地跟着荷花进到房间。之后房屋里面就传来荷花的声声呻唤，他们那架老床就会被治病的过程弄得吱呀作响。我知道，也闻得出，何端公正用他的法术气喘吁吁地给荷花治病，因为每一次治完病后，最先出门的都是红光满面的荷花，而何端公总是迟一些才满头大汗走出门，就像刚上山砍了柴，下地耕了田，下了大力气一样，满脸疲惫。因为何端公给荷花治病过于频繁，所以我经常经过他家，都能听见何端公治病作法劳累的喘气声，以及荷花被医治时哎哟哎哟的呻唤，我甚至还闻到一种暧昧不明的气味，在空中软绵绵地漂浮，类似淡淡的羊臊。

这时，九斤妹就很知趣地出门，不是去背水就是去砍柴，再不就拿了锄头到地里薅草，反正暂时不回家，像是在躲她爸她妈。

后来，这个秘密在私底下就传开了。因为村人去请何端公，常常就会遇到何端公大白天关门闭户给荷花治病。村人喊："何老师何老师，请你到我们家去看看。"里面突然就没动静了，何端公好像停止了给荷花治病，然后村人又喊："何老师何老师……"话还没有喊完，里面就传来荷花不耐烦的叫骂："又不是公鸡下蛋，牯牛产儿，急个铲铲，等一会儿。"然后又恢复了动静，又一阵治病过程，之后最先出门的依然是荷花，出门后一边扣胸前纽绊，一边骂来者："喊啥子喊，牯牛下儿还是公鸡下蛋了？闹麻了，让人不得清静。"

荷花有病的消息在村中静悄悄传开来。人们私下悄悄议论，说荷花得的这种病一般男人治不好，看何端公那身子骨，再怎么法力无边也架不住天天作法啊。硝盐是柴火熬干的，磨子是越推越薄的，世上只有累死的牛，没有耕坏的地，何端公这么频繁给荷花治病，迟早会灯油耗尽，毁了自己的法力，废了自己的功夫。对于这事，陈壳子当然有发言权，他悄悄对熟人说见过这种病，叫累死老牛，就是女人比男人厉害的那种病。

王二娃却口不关风，就这事在地里劳动时和旁人摆闲龙门阵，不知怎么就把这事说漏了嘴。其实王二娃是在心痛何端公，何端公治好了媳妇陈香花的顽病，也算是自家的恩人，他不想恩人这么累，男人毕竟不是神仙，再这样下去就是铁骨钢身也招架不住啊，除非何端公确实有驭妇神功。他议论何端公时，正好春风习习，话随风飘，一下就把他的话捎带到几块田远的荷花的地里，当时荷花正栽海椒苗。荷花清楚地听到了王二娃对何端公和自己的每一句非议，那意思分明是指责自己在床上欺负男人。

荷花也不多说，直起腰来，直接就走到王二娃地里。王二娃放下锄头，强作笑脸刚想招呼荷花，不料想荷花劈头盖脸几巴掌就向王二扇去。王二娃本来就没有一点防备，遇到荷花动粗，他那干瘦的身子骨哪里是荷花的对手。王二娃只得抱头满地跑，一边跑一边喊："荷花打人了，荷花打人了。"王二娃越喊，荷花越来劲，一直追着王二娃打，一边追一边骂："叫你乱说，叫你乱说……"周围看热闹的人才不劝架哩，都停下手中的活来看热闹，甚至还走过来助威，有喊王二娃跑快点的，有喊荷花使劲打的，其实都是火上浇油。

最后的结果是王二娃没有跑赢荷花，被荷花追上了，骑在身上一阵巴掌拳头，鼻血都被打出来了，鼻脓口水一地……

王二娃媳妇陈香花哭哭啼啼到杨书记那里告状，委屈至极。杨书记把侄女荷花狠狠批评教育了一番。之后，荷花消完气，承认自己打人不对，觉得自己也过了头。然后的事就是荷花隔几天杀一只母鸡炖好了给躺在床上养伤的王二娃端去，补身子。荷花第一次去时，陈香花看见她就躲，王二娃看见荷花，想从床上翻身逃跑，可伤痛起不来，再说，荷花一到他床边，只轻轻一按，王二娃就直挺挺瘫靠在床上，浑身瑟瑟发抖。荷花扶着他往上一提，王二娃便木偶一样半坐起身，荷花给王二娃后背垫好靠枕，端起不冷不烫的鸡汤用勺子给王二娃喂。王二娃先还想拒绝，荷花强行要喂，王二娃几乎哭了，说："姐，我吃不下去。""吃不下去也要吃，"荷花吓唬他，"你敢不吃。"王二娃被逼得没法，一边流泪，一边强咽着荷花喂的鸡肉鸡汤，竟也囫囵吞下半碗。

陈香花见丈夫开口吃了，怕他咽着呛着，壮着胆子，走过来说："姐，还是我来喂……"

送了几次炖鸡，王二娃就能下床自己吃了。又送了猪蹄腊肉红糖白糖等几大包，并开了一坛呷酒以示赔礼之后，王二娃喊："姐，别送了别送了，这事就到此为止。"荷花承认："我打你不对。"王二娃说："反正是开玩笑的。"荷花说："我这玩笑也开凶了点。"王二娃说："不凶不凶。"荷花说："以后我不开这种玩笑了。"王二娃补充说："我也不敢开这种玩笑……"自此，这事才算搁平。

此事之后，也不知啥原因，人们再也听不到何端公大白天给荷花治病了。再后来，荷花的肚子渐渐大了起来，又怀上第二胎。自从荷花肚里怀了小孩，好像荷花的病真的就不治自愈，断根了。

荷花肚子里怀的是我的小师妹何小花，二十多年后，她大学毕业考上乡公务员，并驻村成为蚕陵寨有史以来最年轻的村干部，这些事我以后再说。

关于何端公的秘密还有很多，光是一部《择吉格布》唱经就几天几夜解不完，更不用说上坛、中坛、下坛释比古唱经了。此后还有北京、成都等地的专家教授来找他，给他录音录像，而且把他尊称为"释比"，以区别于汉区的端公。特别是自从他当了我的师父后，我才知道，我所知道的何端公的秘密仅是冰山一角，他那些深藏不露的释比技艺才是真正独甲一方的宝藏。多年后，我将为有这样的师父而骄傲，也将为捧此衣钵而深感荣耀。

当然，这都是今后要逐渐发生的事，包括后来《释比古唱经》以长诗的形式申报为国家非物质文化遗产。

自从专家教授开始采访我师父，并把他的技艺上升到民族传统文化层次后，何端公就不让别人叫他端公了，他说："成都的专家都说了，这叫释比文化、许文化，我不是端公，端公是外地人的叫法，我们本来叫释比，释比跟外地端公不一样，今后你们喊我'释比'或者'许'就行了。"

好，行，那就改口叫何释比吧。很多人嘴上说改，一开口仍然习惯旧喊法，继续叫何端公。我对此倒是无所谓，管别人叫释比还是端公，只要跟着师父有人请有肉吃就行，而且随着我年龄一天一天增长，我的心思有时就不在技艺上，而是开小差，转向师姐九斤妹。

烦　恼

　　九斤妹越来越像我的亲姐。说老实话，九斤妹在寨子里算是身材最标致的姑娘，她虽然长相一般，但身材姣好，个子高，才十五岁，已经比同龄女孩高出一头，当然比小三岁的我更是高出一大截，节日里穿上崭新的凤凰衣，仙女下凡一样。我有时心里就想，像九斤妹这么标致的女孩，如果没有羊癫疯，上门提亲的肯定会踢断门槛，挤破大门，今后要是我有媳妇了，哪怕有九斤妹一半的人才，我都心满意足了。

　　然后我突然就想起了兰香。

　　兰香自从乡中心校去读书后，我们就少了来往。而九斤妹和我都辍学在家，我和九斤妹经常一起上山砍柴，摘野果，捡野菌，掐野菜。我最爱闻九斤妹身上自带的女人香，每次我们上山，总能找到野菜野菌野果，我腿没九斤妹长，就一直跟在她后面走。才开始，九斤妹身上的女人味还不浓，当我们累得开始出汗时，九斤妹就会解一两颗衣服纽绊，散汗。这时候，她那迷人的女人香就从胸口汩汩溢出，比当年我妈的奶味还香，还迷醉人。我看见这香气在我面前堆叠起来，浮成一朵香云，我扩大鼻孔享受着这朵香云，张开嘴巴吞吃着这朵香云。九斤妹是看不见这团香云的，只有我的鼻子能嗅见，我的幻觉能看见。

九斤妹见我大口大口喝空气，说："你累了就歇息一下。""我不累，"我沉浸在香云中，浑身血脉偾张，"九姐，你好香了。"九斤妹说："你乱说，人哪有香味。"我说："就是有香味。"九斤妹问："啥子香味？"我说："奶香味。"九斤妹说："你乱说，女人生了娃娃才有奶香味。"我说："那你咋不生个娃娃呢？"九斤妹说："你不懂，娃娃不是想生就生的。"我说："我晓得，你二天（以后）嫁人了就要生娃娃。"九斤妹："我才不嫁人哩。"我说："你骗我，你绣了那么多鞋垫，那么多云云鞋，嫁人要用的。"

九斤妹立即绯红了脸，说："人家都在做，我跟着学的。"然后就不理睬我了。

但是，关于男人与女人之间的秘密我一直有些似是而非，平常所有的两性知识都是从大人或孩子们吵嘴骂架那里听来的。大人们骂得最凶的一次是我大婶和王寡妇之间的一次嘴仗，为了一点小事，大婶不知怎么就跟王寡妇争执起来，两人才开始用的词是偷人、烂人、烂婆娘、瓜婆娘……后来所骂语句就堕落得越来越难听，越来越下贱，越来越没个尺度边界，直把对方的身体骂得体无完肤——好像那天两人都喝了酒，才敢骂那么野，那么毒，那么脏。

但光听骂人的话，男人和女人到底是怎么一回事，我还是水中月雾中花，还是猜测加想象，没一点直观印象。直到有一天我发觉自己身体出问题后，我才知道那些吵嘴骂架时一口比一口恶毒、一句比一句肮脏的话的确切含义。

又有一天和九斤妹上山捡菌子后，我仍旧念念不忘九斤妹那一身迷人的女儿香。当晚我就做了个梦，梦见我和九斤妹一起去河里摸鱼。河面暗香浮动，河中鱼翔水中央，鱼身光滑，伸手去逮，鱼从手中滑出，那种滑溜溜的感觉，让我手舒脚痒。我继续逮，但这次我逮到的不是鱼，而是九斤妹光滑的大腿，我抱着她的大腿喊，我逮了好大一条鱼，突然那条鱼从我胯间溜走了，我觉得我的小肚子被这条鱼电了一下，一下就电到我的小腹，在我下身打了个闪电，随后一股舒心的电流从我下体掠过，我一惊，以为自己尿床了。

　　我惊醒后闻到被窝里有一股湿漉漉的鱼腥草味，我惊奇地发现自己尿液出了问题，我一下懵了，我是不是身体坏了？我到底怎么了？我要死了吗？

　　此后一段时间，我情绪低落，不知所措，我以为自己坏了，随时会死掉。但我这辈子都还没有离开过蚕陵寨，多不划算，多不值得啊。反正我身体坏了，要死了，我决定死之前也到寨子外面去走一走，去看一看外面的世界。去哪里？我这辈子最想去的地方当然是北京天安门。余校长说过，天安门就在太阳升起的地方，就在蚕陵寨的蚕陵山后面。于是我独自朝着寨子东北边的蚕陵山走去。我谁也不告诉，满怀悲壮，独自一人顺着上山的小路走。那天我从早上一直走到天黑，才走到大半山腰，返身远望，蚕陵寨在我身后逐渐缩小，堆堆叠叠的，最后缩成一堆火柴盒子。

　　天黑后，四周林深影密，野气升腾。我饿了，啃几口自带的馍馍，渴了，喝路边浸水。我没有想到山这么高，北京那么远，我原以为半天就能翻过这座山，怎么办？我只好找到一棵大树，爬上树，靠在树杈上休息。既然我认了柏树为干爹，这些树也是我树干爹的亲戚，也应该保护我。我知道晚上有野物出没，树上要安全一些。这一夜，我很害怕，没睡好，做了很多乱七八糟的梦。下半夜，凉风飕飕，我被冷醒了，再也睡不着。天上星辰满天，林中怪声阵阵，林下湿气浓酽，我因害怕而浑身发抖，我病了吗？我要死了吗？我于心不甘，我还想好好活着啊。然后我的眼泪就止不住流下来，就想家，想热被窝，想好吃的东西，想亲人了。

　　天亮时，我顶着林中露水，继续朝山顶爬。很快我就离开了森林，上到高山草甸，四周山峦逐渐矮下去，晨起的鸟儿隔空啼鸣。太阳出来了，云开雾散后，雪山仿佛突然间就耸立在眼前。我很兴奋，我就要翻过这座大山了，我相信，只要翻过这座大山就能到达山那边的北京，那里是太阳升起的地方，那里能看见北京天安门。正当我沉浸在即将翻山的喜悦中，突然远处有人在喊："嗨，闷墩，你一个人跑山上来干啥子？"我吓一大跳，抬头一看，从草甸深处依次升起大爸牟永福的脑袋和身子，在他身后起伏翠绿的草甸上，散落着一群悠闲的黑牦牛——我竟然来到了大爸放牛的高山牧场。

　　大爸问我为什么一个人上山，我先还不想回答，大爸多问几遍我就纸包不住火，只好说实话。听了我的话，大爸哈哈大笑，然后带我走到草甸台地边缘，向下看，山下悬崖万丈；向前看，云海翻滚，成百上千列雪山铺排到蓝天尽头，我立即就被这壮美景观震慑了。大爸说："这些雪山叫西山，又叫蜀山，天安门就在这大山后，但是在多得数不清的大山后面，你走路几年都走不拢。"

　　从这天起，我对距离和空间才有了直观感受，才知道北京离我们有多远。先前只知道在太阳升起的地方，在大山背后，没有想到是在无穷无尽的大山背后。

是大爸送我回家的。回家后，爸妈对我上山一事只字不提，既不过问也不责怪，只是九斤妹责怪我，说我太笨，有什么不明白的不知道问她。我于是把怀疑自己身体坏了的事告诉她。九斤妹听了，羞得满脸彤红，骂我："瓜娃子，你长大了都不晓得。"然后，九斤妹就跑开不再理睬我了。我仔细揣摩她那句话——瓜娃子，你长大了都不晓得！直到多年后，只要一想起九斤妹，这句话又像烙铁一样烫我耳朵。

我仍然有些摸不着头脑。后来，我碰到大爸儿子也就是我的堂哥牟远贵，问他到底是怎么回事，远贵堂哥哈哈大笑："你真是个瓜闷墩，那叫梦遗，男人发育了都要梦遗，你开始发育了。"

哦，我总算明白发育是怎么一回事了，原来男孩都要有此生理经历才能成为真正的男人，远贵堂哥不给我说，我还以为自己病了，我差点吓死自己。

从这天开始，我对自己又有了全新的认识，自从六岁那年我知道我是我自己后，那只是一种朴素原始的自我意识，现在我才真正懂得什么叫自我，什么叫自我意识，什么是一个真正的男人。一个从男孩纵身一跃为可称作青年的男人；一个可以在女人肚子里种娃娃的男人；一个开始独立思考人生的男人。也就是从这天开始，我突然感觉我应该拥有一个男人应有的尊严，从此后，我将不再厚着脸皮去别人家守嘴——因为我是一个堂堂正正的男人，我需要一个男人应有的脸面和尊严，我这辈子要干几件能体现自我尊严的大事。

成　长

此后两三年，我的身高一下疯长起来，仿佛突然间，一下就比九斤妹还高出半个头。喉结鼓凸起来，体味浓起来，声音变得粗声大气的，而且还长出胡须和体毛。这些变化让我既兴奋又害怕，我发觉，我在没一点心理准备的情况下，就竹子拔节一样哗然一声长大成人。但是有一个隐藏多年的疑问却随着我身体变化让我越来越纠结，我总会想起1976年地震时我爸大闷墩赤身裸体穿过尘埃的样子，我咋觉得我爸的身体怎么看都不像个成年人呢？怎么没有我身体上的这些发育特征呢？难道我当时眼睛花了，记忆出错了？唉，当我这样胡猜乱想时，脑海中突然划过一道闪电——你真是个闷墩，怎么能这样猜疑自己的阿爸？即使没有那么明显的男人特征，也不能说明他不能种娃娃啊？你和弟弟不就是他们种下的娃，结下的果么？这难道不是最好的证明？

也是，儿女是用来证明爸妈的，不是用来置疑他们的。

自从我猛然发育后，九斤妹就开始躲我避我，再也不和我一起上山了。平常到她家里去，也要隔我一段距离，好像怕我会吃了她一样。我是不会吃九斤妹的，即便想吃，也是在梦里吃，在想象中啃，现实中我根本没勇气和信心，我只敢大口吞吃她身上的女人味，直至我浑身热血沸腾。随着我身体日益成长，我的自信却逆向生长，我越来越感到自卑。和我同龄的孩子大多去乡中学或县城学校念书，兰香也念初中了，而我却连小学都没念完。如果我是女娃倒也无所谓，我们寨子女娃都读书少，多半小学没毕业，就早早回家做家务，忙农活，备嫁妆，找个男人一嫁就托付终身。关键我是男人，没托付给别人的指望，又没多少文化，今后我只有继续当农民、修地球了。

我甚至能闻到我身上发出的自卑气味，跟那种在阴暗墙角霉变的酒糟味一样，苦苦的，涩涩的，带着一丝丝霉味，散发出淡淡的忧伤。

其实我读书一点不笨，要不是我家穷，我也是块读书的料，我敢这样说是因为我记性不差，以前读小学，老师教过一两遍的，我几乎都能记住。

我的小学也读得断断续续。七岁那年我进村小念书，那时我们村小学跟放牛场差不多，开学只发语文算术薄薄两本书，其余时间就由余校长自己安排课程。余校长家里忙时，就几天一星期不上课，家里不忙时，又几星期连着上，不过上课都是早上半天，下午布置一点作业就放学回家。

读村小时，我有时去有时不去。因为我记性好，学得也快，而且经常把余校长问住。比如，我问余校长，天外有什么呢？余校长说，天外是宇宙，我就问宇宙外面是什么呢？余校长说，宇宙就最大了，宇宙是无穷的，宇宙外面什么都没有了。我回家就用力思考这个问题，可脑袋想痛了还是想不通，我又使劲用鼻子闻天空，天空深邃，既闻不出气味也闻不出答案。然后我又会回到问题的起点继续为难余校长，无穷外面又是什么呢？余校长说，无穷外面还是无穷，我又问无穷外面的无无穷的外面是什么呢……被我问急了，余校长回答不上来，也会骂人："科学家都搞毬不清楚的事，要毬你这个娃娃来问，你吃饱了胀毬到了？"

我的那几年学校生活真是有趣，课没上几天，字没识几个，破事还多。一会儿要学工，就让大家到村上陈铁匠家看他打铁，要不就看外乡来的修补匠补锅，修自行车，在村里小水电建成前，这就是我们村的工业；一会儿要学农，就帮生产队剥胡豆，剥玉米，背肥、积肥；一会儿又学军，扛根木棍或自制的红缨枪满寨子乱窜，美其名曰巡逻，还在寨子口黄土包上插了一根树枝当消息树，派两名红小兵放哨，来陌生人了，就把树子放倒，给寨子报信。甚至还学坝坝电影《鸡毛信》里的王二小去送鸡毛信，把寨子本来就不多的几只公鸡的尾羽差点拔光。可惜有时一天也来不了一两个陌生人，更不用说阶级敌人了，消息树也就不需要放倒了。再后来，红小兵改名少先队，不再要求学工、学农、学军，插在那里的消息树无人看管，竟然意外成活，长成了一棵白杨树。

三年级刚念完，村小学就停办了，合到邻村下寨子。主要原因是集体解散，土地承包到户，村上没钱发民师工资。余校长便到下寨子教书去了，因为下寨子比我们蚕陵寨条件好一些。此后，蚕陵寨娃娃要读书，只有自己到下寨子或中心校去读。

我家没条件让我继续读书，况且我还要安排我家生产，就只读到三年级便辍学了，反正我读不读书都没人管。随着年龄增长，我也常常设想，当初如果我家有条件，让我把书一直读下去，也许我就会像三爸一样，考上中专分配个工作，当上日不晒雨不淋的国家干部；如果再有出息一些，就可能跟余校长的儿子余刚一样，读大学，在省城工作，那就太给牟家和蚕陵寨争光长脸了。

当然我不可能读三爸儿子卫东那么多的书，人家大学毕业读研究生、博士，从中国读到日本，后来还带回一个日本媳妇。很多人都跑去看稀奇，看那女人是不是天天背着个枕头，结果令人大失所望，这日本人原来跟我们长得一样，你不说，一点也看不出区别。

三爸家

　　三爸家我去过几次，第一次去是十二岁那年，那次我是跟我奶奶和大婶去的，而且我有任务，我要卖鸡还钱。要卖的是我家那只已经下蛋很少的老母鸡，原先设想卖鸡蛋还奶奶钱的，可自从我妈知道鸡蛋可以换东西后，以后鸡一下蛋她就抢先捡走了，蛋捡上十几个，就拿到吴有全那里换针线，换布料，做围腰、头帕、云云鞋；有时又拿鸡蛋到牟哭妹开的小卖部换油换盐，反正鸡蛋永远不够用。而且大婶时不时催我，说欠奶奶的那五块钱都有几年了。

　　真要给奶奶还钱，只有卖鸡。

　　三爸家住县城医院，一个充满消毒水味的地方。三婶是护士，三爸在县革委上班，后来就改成县委了。去三爸家那天，我和奶奶、大婶先走一段山路到公路，再坐一个多小时汽车才到县城。我是第一次坐汽车，虽然蚕陵寨天天都能看到汽车，就在我们寨子下面的沿岷江公路上，拉木材的，拉蔬菜的，旅游的，到成都的，每天汽车牵线一样经过，到我们寨子脚下就开始上盘山道，呜呜呜的声音从岷江峡谷一直传到高山巅，传到白云里。汽车离我们远，看起来小得跟蚂蚁一样。虽然汽车离蚕陵寨远，但有时汽车味会飘到蚕陵寨，不管是汽油味还是柴油味，我们闻起来都是新奇气味，香喷喷的。

当我第一次进入到汽车肚子里，吓了一大跳，原来汽车肚子竟然这么大，里面可以装好几十人呢。我就坐在满是汽油味的汽车肚子里，大口呼吸着汽油芬芳，一颠一簸进了县城。进县城后，先卖了鸡才去三爸家。鸡很肥，卖鸡的钱在大婶监督下，我兑现了承诺，还了奶奶五块钱，剩下的钱买几斤盐就只剩一块多了。我想把钱用完，大婶不让用，让我拿回去给我妈。

我们去三爸家是他们下班时间，正好赶上晚饭。我们也不是空手去，奶奶和大婶给三爸家带去了一口袋新磨的小金黄玉米面，我家也给三爸家带了一小袋洋芋。

在三爸家我第一次吃到巧克力，是堂姐牟卫红给的，好甜好香好好闻了。我吃了两颗还想吃，弟弟卫东就不干了，要把糖盒端走，卫红劝弟弟再给我一颗，卫东说最后一颗啊，卫红说好，我就又吃了一颗。我一下就体会到了为什么农村人都说城里人的生活比蜜甜，原来城里人有巧克力吃，我们农村就没有，反正我没有吃过，我最多能吃点蜂糖，还经常是吴有全给的，还得往他搪瓷缸里撒尿才能换到。可七岁之后，吴有全就不要我的尿了，嫌我的尿变臊了，他要的是六岁以下童男的尿，不臊。

这次去三爸家主要是奶奶去拿钱，因为大婶说三爸既然没有照管爷爷奶奶，那你人不管可以，你钱来管也行。三爸对我们还热情，赶紧让卫红去伙食团端菜，当然是肉菜，双份的，但三婶脸色就没那么好看，她向奶奶诉苦，说家里负担重，开销大，用钱地方多，城里啥子东西都要买，葱葱蒜苗都要钱，哪像农村自家地里随便摘，不要钱。

晚饭吃的是回锅肉，很香很好吃，只是大婶一个劲地压我筷子，她知道，如果让我敞开肚皮吃，那份回锅肉我都要吃一大半。但我突然又发现了一个令人惊奇的事，我惊讶地发现三爸全家人都戴有手表，连卫红和卫东都戴了表！我随口就说："三爸你们家好有钱了，每个人都戴了手表。"三婶马上说："有啥子钱哦，卫红卫东的都是电子手表，同事出差从广州带回来的，那边不贵，十多块钱一只，我们这儿要卖几十上百块钱。"

连我都能看出，三婶这人怕露富。

三爸家人人都戴手表一事是我亲眼看到的，我一定要把这事告诉蚕陵寨人，而且我相信我这样说他们肯定不会相信，连见过世面的陈壳子也不会相信，他们肯定会说我吹牛，说，你说城里大人都戴手表我们还相信，你说小娃娃都戴手表就牛皮吹大了。我就会说，我看到的都是真的，不信你们问我大婶，我大婶可以作证，还有我奶奶也可以作证。

晚饭后，令我三观尽毁的事再次发生。三爸把柜子上一个四四方方的布罩子揭开，露出一个玻璃盒一样的东西，我和奶奶、大婶都不知道那是什么，三爸说这是电视机！十四英寸的。哦，电视机，好高级好现代好科学的名字，我听寨子里大人摆谈过这种东西，说跟小电影一样，天天都可以看，不给钱，人像都是通过电波传过去的。今天第一次见到电视机真身，我简直就要把它当神物崇拜了。我趁大家不注意，偷偷伸手摸了一下电视，冷冷的，硬硬的，有股浓浓的塑料和松香混合的气味。我大口呼吸着电视机的新奇气味，立即觉得我是我们寨子里最幸运的孩子。

大婶问电视机肯定很贵吧，三婶说："我们家没钱，只有买黑白的，要好几百块钱，人家有钱的都换彩色电视了，贵得很，要一千多块。"

一千多块钱啊，那可是好大一笔钱，都可以买一大群羊了，我的三观再次遭到毁坏。从此，电视机气味在我印象中就成了富裕有钱的象征。

那晚电视信号不是很好，一会儿是雪花点，一会儿满屏黑白杠，一会儿人又扭鼻子扯脸的……三爸就不停地出门转天线，我就不停地在空中寻找能变成影像的电波，但怎么找也找不到，怎么闻也闻不出，我非常惊奇——电波真神奇，既看不见又摸不着，既没有形状又没有气味，但它就能够把人和影像从遥远的地方传过来，太神奇了。那晚看了些什么节目已记不清楚，反正一半精力都看电视机去了。听说城里家家都开始买电视，有的还是彩色的，城里人真有钱啊，羡慕死我们了，我遗憾自己没有生在城里，我为自己生在高半山而自卑，我深深体会到了城里人的优越，体会到什么叫没有比较就没有伤害。

电视看完就在三爸家睡，三爸家只有两间屋，这点比不上我们农村。因为我们来了，三婶就去医院夜班室睡，三爸就去他办公室睡地铺，奶奶和大婶睡三爸三婶的铺，我和卫东挤小床。我们的小床和卫红的床紧挨着，这样，卫红就好照管卫东睡觉。熟悉一些后，我和卫东就像亲兄弟了。我们睡前一直在床上疯，疯过头了，弄痛卫东了，他就哭，卫红就不停诓弟弟，大婶就在隔壁训斥我。一会儿我俩又和好如初了，又疯，直到瞌睡上眼。

这一年，卫东十岁，马上就要念初中了，听说卫东五岁就开始读小学了。我觉得城里人天生就聪明，如果我生下来也是城里人，也会跟他们一样聪明，可惜我没得这个选择。

第二天回寨子前，我们带了一些旧衣服走，卫东还把他多余的一把玩具手枪送给我。我坚持要用剩下一元多钱都买水果糖。大婶先还心痛，说一斤水果糖都可以称好几斤盐了，但我坚持要买，大婶说还要留车费，奶奶说："车费就算了，我来出。"奶奶还是拿到了三爸给的赡养费，具体多少钱，我不知道，但从奶奶脸色看，还是满意的。最后大婶就赌气地说："你家的钱你自己去买，从此我不管你家的钱了。"其实我家本来就没钱可管。等我一元钱买了五十个棒棒糖，给奶奶和大婶各拿了几颗后，大婶脸色立即阴天转晴，又夸我懂事了。

我之所以这么大方，是因为三爸家的电视、手表激起了我的远大抱负和理想，打开了我洞悉大千世界的窗口。我决定从今往后也要去挣钱，挣很多很多的钱，我也要买手表、买自行车，当然电视不敢说买，因为我们寨子经常只有几十伏电压，放不起电视。

找副业

有了发家致富雄心壮志这年，我满十二上十三岁了，也就是我刚开始知道自己发育成长这一年。

靠山吃山，我也盯上了蚕陵寨山上值钱的东西。最值钱的是林麝，打到公子就可取麝香，很值钱，一般只有村上几个老猎户才能打到，他们进山一去就十天半月，吃住都在山洞岩窝。麝香不好打，但青羊能打到，打到了就拿来卖肉。有时也能打到老熊，但那家伙性烈，弄不好要整人，不好惹，没有步枪最好不去惹。派出所邹所长曾经就打到过一头，喊了四个小伙子帮忙才抬下山，熊胆都取了一大块。那几年，打猎还没有被叫作盗猎，枪也没有收，乡供销社就能买到猎枪。我大爸就有猎枪，大爸每年都要打一些野物，有时也要给我家拿一些野物肉来。林麝他偶尔能打到，一年能取两三个麝香。大爸没有杨四保厉害，杨四保每次上山都要带几只撵山狗，还有几个亲戚当帮手，每次上山都有收获。一年里，光他一人就要打十几头林麝，更不用说其他野物。杨四保买的双筒猎枪就是打野物卖的钱买的，据说花了六百块钱。后来他家还买了电视机，也是卖麝香的钱买的。

野物之外，山中值钱的就是木材、药材、野菌子。

那几年，我们还习惯把这个叫副业，但不再是集体的副业，而是各家各户自己的副业。十三岁开始，我就和我爸一起上山找副业，以前没人和我爸搭伴，我爸一人不敢上山，奶奶也不准他上山，怕他迷路再也回不来。我妈也不准他独自上山，怕他被林中的妖精拐走。现在有我搭伴，有我带路，我爸就敢跟我上山找副业，我奶奶和我妈也就放心了。我家没枪，当然就打不到野物，我和我爸一般是春夏挖药捡菌子，秋冬烧炭，农闲砍木料。药材值钱的有虫草、贝母、天麻、黄芪、羌活、大黄等。虫草贝母天麻值钱，但比较少，一般零星挖点，想多挖，得走更高更远，还要靠运气和经验，当然我的嗅觉也能起很大的作用。但我和我爸走不了那么高那么远，因为家里还有我妈我弟弟，不放心。所以我们经常就近捡菌子，可以吃的菌子都捡，晾干后晒成干杂菌，贩子来收，每年都要卖几大口袋。

当然也砍木料。村上明文规定不让砍，其实家里有劳力的都偷着砍。我们这里砍木料叫砍墩子，就是到老山林子里把大树砍倒，用片斧砍成方墩子，放山上凉一段时间水汽，以减轻重量再背下山，一般是先背到寨子边树林里，等天黑静后再悄悄背回家。这样蚂蚁搬家集少成多，隔几天砍一棵隔几天砍一棵，一年也能砍几立方木料。村上和林业局也来搜过，但他们永远看到的都是建房的自用料，也就不好收缴了。当然，如果砍过头了，就要遭逮。

何大福就因为太贪心，组织人手过多，砍过头了，遭过一次查。那次他被没收的木料有十多二十方，足足装满一东风车。何大福还被林业公安弄去拘留了几天，后来托关系才放出来。当然这次何大福就亏大了，那些木料有的是他砍的，更多是他拿钱收的，听说亏了一千多块。

以前我家害怕土地承包，现在看到承包到户的好处，也觉得承包好。土地到户第二年，我家卖粮卖苹果卖花椒就有三百多元收入，我和我爸全年副业收入有三百多元，这年我家就有了近七百块钱收入，这对我家来说，简直就是一笔巨大的财富。我觉得自己一下就变成有钱人了，不过除了计划明年买种子化肥农资和还账之外，也就剩二百多块现钱可开销。看着这钱我手就痒，就想买一只电子手表。

我想买电子手表的想法谁也不告诉，只告诉九斤妹。九斤妹听了，问："你戴个手表干啥？"我说看时间，九斤妹说："公社广播一响就知道时间，下寨子学校一打钟就知道时间，抬头看天就知道时间，戴手表干啥呢，在人前显摆炫耀嗦？"我一下就被九斤妹问愣了。九斤妹继续说："你看你的衣服裤子鞋子，都破成这样了，洞洞眼眼的，就没有想过换新的？只想到手表手表，手表能当饭吃？能当衣穿？就你这身衣着，手表戴手上，人都把表显丑了。"

仔细想，九斤妹说的有道理。这些年，我们一家人几乎就没有穿过新衣服，我的衣服都是捡我大爸二爸家堂哥的旧衣服，我爸妈也是捡三爸及亲戚送的旧衣服，我弟弟又穿我小时的旧衣服。可以说，我们一家人就没有穿过像样的新衣服、新裤子。幸亏我爷爷会做羊皮褂，我家的羊皮褂都是爷爷做的，有好几件呢，实在没有衣服穿了，羊皮褂可以披很多年。至于鞋子，云云娃我妈会做，只是布料要钱买。

然后，我就发现一个奇怪现象，那就是钱这东西真怪，再怎么挣，总是不够用。我几乎想象不出，以前我家没钱时是怎么过日子的，现在有了点钱，反而不够用了。我和我爸妈以前不会用钱，也没钱可用，现在有了点钱，便大手大脚起来，我们就到乡上和县上买生活用品。我妈买布料、镜子、搪瓷盆和暖水瓶；我爸买了一把腰刀、一塑料桶白酒；我和弟弟买了棒棒糖、水果糖和玩具、小人书。而且我们一家人还第一次下馆子吃饭，喝酒。总之，从现在起，我们一家人也学会了用钱，我们甚至连过羌年的年货都没有准备好，就稀里糊涂把两百多块钱花光了。

村里喊交粮食税代金时，我家已经没一分钱了。好在当年县上成立了扶贫领导小组，乡上也对应成立了扶贫组，我家自然就成了扶贫对象。其实和我家一样穷的还有很多，比如陈壳子、张跛子、王二娃等等。但三爸在县政府里任了职，听说是扶贫办公室的领导。我想我们家能成扶贫对象，不知是否和三爸有关。后来杨书记说："和这没关系，你三爸为此专门让村上实事求是统计，害怕别人说他假公济私，给你们走后门。经村上调查，你家确实穷，符合扶贫条件，你家都不穷，又有几家比你们更穷的？"

是啊，我家穷得杀不起年猪，请不起春酒，待不起客人。反正我家此前就没喂过猪。但是，我真的好想天天吃肉，好想我家也有猪杀，也想晾腊肉、灌香肠，可我和我爸妈都不会喂猪，怎么办？我反复动脑筋思考，最后还真想出了一个办法——请二爸家帮我们家喂猪。二爸是村上兽医，会打猪针包猪药，二婶又勤快，他们家每年都要喂四五头肥猪，帮我们多喂一两头有什么不可。

当然这事还得让奶奶去说。为让奶奶帮我说话，我去村小卖部赊了一封蛋糕。牟哭妹先还不赊，余校长说赊给他吧，闷墩都会写欠条了，会挣钱了，迟早会还钱的。牟哭妹这才赊给我。奶奶看着蛋糕，突然就泪水汩汩，哭了。她说从来就没有想过要享闷墩的福，想不到闷墩长大了，懂事了，知道孝敬老人了，反正说了我和我家一大堆好话；弄得我都不好意思了。当然我求她的事她也满口答应，而且还问我猪崽钱够不够，不够她垫。我说："杨书记已经开过扶贫工作会了，乡上和信用社说好了，我们贫困户每户可以贷点款，我想先贷款买两头猪崽。"

下一年开春，我家就贷款买了两头猪崽，还有种子化肥农药等农资。猪崽就和二爸家的猪一起喂，我爸妈负责供两头猪的猪粮猪草，顺便一边给二婶打下手一边学喂猪。我家本来想给二爸家一点工钱。二婶对我说："你给你爸妈说，我家不会要你们那点钱的，不过话先说断后不乱，猪可以帮着喂，病了我们可以帮忙打针，但医不好不要怪我们。"

我使劲点头，养猪有风险，猪命在天，这个道理我懂，毕竟那年我都十五岁了。

挣大钱

我家开始喂猪这年，国家改革开放好几年了，蚕陵寨发生了很大变化。最大变化是村上机耕道加宽了，小四轮、农用车都可以开进村里。何太基凭借多年积攒的骗猪钱，竟然给儿子何龙买了一台小四轮拖拉机。何龙自从开上拖拉机，拉人拉货既风光又挣钱，虽然脸上有儿时被老鼠咬过的疤痕，但他竟然娶到了下寨子的媳妇，给蚕陵寨争了光，长了脸，虽然媳妇不漂亮，但配何龙绰绰有余。这么多年了，水往低处流，人往山下嫁，下寨子的姑娘从来都是往山下、往乡上和城里嫁，要不就嫁本村，很少拐棍倒挂往高山嫁的，何龙竟然能够娶到下寨子媳妇，无疑给蚕陵寨单身汉们打了满满一针鸡血。何龙接亲那几天，把全寨人都请了，让全寨人整整酒醉肉饱了三天。

当然也让我的口福鼻福满足了整整三天。那三天，全蚕陵寨都浸泡在油香肉香饭香和酒香中，大人孩子整天都在打酒饱嗝、肉饱嗝，以及消化不良的臭饱嗝，让蚕陵寨的穷酸味瞬间变成了油气味、肉腥味、富裕味。

第二大变化是村上小水电维修好了，用电比以前要稳定得多。此前，家家户户都用调压器，五百瓦的调压器加稳压器都调不到二百二十伏，若不用调压器，二百二十伏电灯只亮个红丝丝，鬼火一样，连油灯甚至松明都不如。要想灯亮，只有经常换一百一十伏甚至三十六伏的低压灯泡，可电压不稳，低压灯泡一遇电压升高就经常爆炸，哪有钱三天两头换灯泡？

还有更多的惊喜事发生。村上杨书记家竟然买了电视，是十八寸的黑白电视。自从杨书记家有了电视，我们才知道，蚕陵寨竟然有电视信号，只是信号比较弱罢了。杨书记家的电视能收到时好时坏的信号，关键是杨书记家的电视天线做得大，杨书记用的是电站的粗铝线做的大天线，架得高，信号强。后来村医杨宝也买了一台同样十八寸的黑白电视，效果就没有杨书记家的好，虽然也做了个大天线，但他家房子没有杨书记家位置好，经常只能收听到声音，图像模模糊糊，满屏尽见北风吹、雪花飘，人脸都看不清楚，时不时会清楚一点，也是靠天气，碰运气。

余校长也不服气，竟然买了台彩色电视机，十四寸的，而且同时还买了录像机，就在原村小破教室里面放录像，片子都是到县上或乡上租的，看部片子每人收一角钱。后来教室也挤不下人，就教室外放，把小彩电放在两张重叠的桌子上，眼睛好的人远远都能看见。这就方便了全村人看录像，从此不用夜晚跑几公里山路去乡上守坝坝电影了。只是收钱要麻烦一些，余校长的老婆牟哭妹经常只能收到有座位的，能看到录像开头部分的钱，录像放到中途，后来的远远站着看的就收不到钱。不过牟哭妹也有办法，有时一些人要单独看通宵，就凑钱包场，具体放什么片子不知道，反正不是港台武打片就是言情生活片，但是不准小娃娃们看。而且牟哭妹还开了小卖部，一边放录像，一边卖东西，小卖部的生意特别好，一年光啤酒、香烟、零食都要卖很多钱，后来她还买了张二手台球桌放小卖部前，也挣了不少钱。

我家也想买电视看，但我家没钱，只能做梦，而且就连我大爸、二爸和爷爷奶奶家都买不起电视。爷爷倒是有一台收音机，是三爸送给他的，这已经是我们牟家最昂贵的家电了。说老实话，看着别人有电视，没电视的哪一家不眼红？哪一家不想多挣点钱也买上一台？没电视只有到别人家看，去蹭，蹭久了自己都不好意思，没脸面。

可是，挣钱犹如针挑土，花钱犹如水冲沙，光从土地刨钱，要挣上一台电视钱，谈何容易？还得有其他经济收入才行。

也就这一年开始，蚕陵寨开始疯狂地向大山索取。以前砍木材还偷着砍，现在是名正言顺大白天也砍。何大福自从被没收过一次之后，聪明起来，不知疏通了哪层关系，竟然买到了木材指标，他收的木材就可以拉出去卖，一米料硬赚一两百。何大福当年就挣钱买了一台二手农用车。蚕陵寨山后那片林子一下就被剃了光头，要砍木料只有到更远的深山老林去砍。虽然有人看不惯，去乡上告何大福，但林业上来人看时，何大福又停止了砍伐和收购，林业上的人也没有证据，事情就不了了之。事后何大福跑到告状的那家门前破口大骂："老子晓得是哪个告的，凭你那点本事还告不倒老子，老子关系硬得很，小心一点，把老子惹冒火了老子六亲不认。"

从此全寨人都知道何大福和林业局领导关系好，告不倒他，也就再没人敢告他。何大福挣到钱后，竟然买了一台十八寸大彩电，一下就把杨书记和余校长的电视机比了下去，只是信号仍然没有杨书记家里的好，而且经常放不起彩色，跟黑白电视没多大区别。

自从有了电视录像看，蚕陵寨的小伙子们开始变得洋气起来，其中一些不再穿羊皮褂、长衫子、云云鞋，都开始以穿牛仔裤，戴电子手表，留电影里的港式头发为时髦。何龙开小四轮挣到了大钱，经常上县城，每次回来都一身港式打扮，散的香烟都是健牌、三五。后来他还戴墨镜，穿喇叭裤、牛仔裤，甩尖子皮鞋，烫满头大波浪卷发，跟县城那些街娃打扮一模一样，太港式了，而且还买了村里第一台双卡收录机，走到哪里都把迪斯科音乐放得震天响，把我们寨子上的小伙子都衬托成了土包子。当然他没有何大福张狂，何大福卖黑市木料，三天两头跑成都，金戒指、金项链都戴起了，粗根大条的，而且经常换外地女朋友，一个比一个妖艳，浑身散发着浓浓的香水味，成天吊在他胳膊上，馋得寨子里的小伙子两眼喷火，肚子钻筋。

我家也想买电视，我也想穿洋气点，也想耍个妖精点的、浑身散香的女朋友。当然，如果再天天有肉吃有酒喝就更好了，就是神仙一样的生活。这就是我当时的最高理想——是不是有点痴心妄想、胡思乱想？

我和我爸我妈也开始拼命挣钱。我们也上山砍木料，然后几十块钱一方卖给何大福，何大福拉出去卖几百块一方，但我们拉不出去，我们没关系、没指标、没本钱，只有卖给他。就在这期间我爸出事了。一次上山扛木料，下山时我爸不注意滑了一跤，结果被墩子木料直接撞到后腰上，痛得我爸龇牙咧嘴，站都站不稳。被我扶回家后，找师父何端公治疗，何端公说："闷墩，你爸运气还好，再差一点腰杆就断了，现在只有好好休息养伤，千万不要再用劲，再干重力气活。"还让我们一定上乡卫生院去拍个片子，以免耽误病情。

　　结果一进乡卫生院医生就喊住院。我爸打死不住院，他说他能走，不就是腰杆撞一下吗，小事情，又不会要人命，搽点药酒就行了。我爸虽笨，但大是大非他心里明白，他怕花钱。直到多年后，我对我爸才有了重新认识，才知道我爸不是真笨，我爸的笨是因为他太老实，老实过头了就是一种笨，一种迂，一种傻。此后我认识到，笨人有时并不是智力问题，而是参照物不同问题，一句话，聪明人需要笨人来衬托。我们蚕陵寨自以为是的聪明人实在太多，会耍小聪明小心眼的更多，像我爸这样老实本分木讷的，自然就成了他们的陪衬——笨人。

　　我爸住了一天院就拄着拐棍偷跑回家，偷跑的结果是从此他腰杆就用不上劲、使不上力、负不得重，只能干轻松活。这一下，一家人的重活都落到我和我妈身上。我最怕背肥、背玉米、背洋芋，只要是量大的，往返地里几十上百趟的，都累得人要死。遇到天气不好，晴天一身汗，雨天一脚泥，不管是背肥背粪还是背玉米、洋芋，都累得人浑身上下水湿，上气不接下气。本来我鼻子灵，现在天天泡在肥堆里、粪堆上，太阳一晒，四周氨臭升腾，钢针一样刺鼻子扎眼睛，让我无处躲避，几乎就要毁掉我的嗅觉。也就是从这时开始，我的鼻子再也没有先前那么灵敏了，有几次我为了躲避熏天刺鼻的氨臭，我一口气憋得太久，一时缓不过气来，差点把自己憋死。

　　这时候，我被累得臭得都不想活人了——当农民怎么这么难、这么累、这么苦啊。苍天啊，老天爷啊，你为什么这么不公平，让我生在高半山贫困家庭，生在笨人家里，如果把我生在城市家里，我会这么穷、这么累、这么苦、这么没人疼没人管吗？如果老天让我有得选择，我会选择生在高半山笨人家吗？

　　还好的是，有时九斤妹要来帮忙，有时大爸家远贵堂哥、二爸家堂姐也来帮着背，其实是换工，他们帮我家背，他们家需要劳力了，我和我爸妈又要去他们家换工。每年我家最忙时舅舅也要来帮几天忙，时间不长，忙完就回去，舅舅家也缺劳力。舅舅家我没去过，不过么闷墩去过，我妈有时忙不过来就托人把么闷墩捎带回娘家，让娘家人帮她带一段时间。舅舅一直没有成家，舅舅非常喜欢小孩子。

　　这三年里，我感觉当个老实农民真是太辛苦、太劳累、太低贱。每天劳动，我唯一的感觉就是累得要死。多年后人们形容一个人太累，总说"累得像一条狗"，其实这世上就没有几条累死的狗。在蚕陵寨，真正最累的是人，当人有时比当牲口还累。我们蚕陵寨的耕地几乎都在山坡上，路窄道远，坡陡坎高；晴天晒，雨天滑，冬天冻，夏天烤，很多路坎连牛马都难以上下。每家少的有几亩地，多的有十多二十亩坡地，你想想，那么多肥，那么多种子，以及收获后那么多的果实，哪一样不靠人挖手种？哪一样不靠肩扛背驮？有大牲口的人家运输肯定要轻松一些，没大牲口的只有把人当牲口使。

　　我家没有大牲口，我和我妈就是家里最大的牲口，而我爸连半个劳力都抵不上。我妈实在累不起时，比我还直率，干脆就将所背的东西倒在路边，然后不管不顾坐一旁喝随身携带的自酿咂酒，等酒喝好了，气喘匀了，再接着背。

　　我爸失去劳力之后，只能干轻活。接连三年，家里的重活都由我和我妈承包。村委会墙上到处写着"勤劳致富"，我相信这话——敢用那么大的字写在墙上的话你都不相信，还有什么话值得信？这三年，为了梦中的东西，我简直是拼了命了，我希望通过辛勤劳动获得应有的收成，应得的回报，希望挣钱致富买手表、买自行车、买电视……实现梦想。

但我错了。第一年，我家种的玉米遭了冰雹，减产一半多，当然苹果、花椒也同样减产；第二年，玉米没遭冰雹，又遭虫旱两灾，同样减产一半多，好在苹果、花椒还有一点收入；第三年，我不种玉米了，村上推广洋葱种植，还派了技术员指导栽种，说洋葱是个宝，怎么怎么好，种洋葱收入高。那年我家地里全部改种洋葱，我家种子肥料都找信用社贷款，人工请亲戚或换工，但要承担生活开支。幸好我家这两年搭着二爸家喂有两头猪，年终杀了熏腊肉、灌香肠，这时候才有油荤开支生活，不然哪有钱去买？

本来希望洋葱丰收后，我家收入能打个翻身仗，还上贷款，再有几百千把块钱盈余就更好了。果然这一年老天争气，一没灾二没虫三没病，洋葱个头长得超级大，一个个白白胖胖，普遍都有一两斤重，家家亩产上万斤。可洋葱一上市，收洋葱的商贩都怪我们把洋葱种得太大，说城里人不吃这么大的洋葱。收购价先还两角一斤，后来降到一角五、一角、八分、七分、五分、三分。降到三分钱一斤就没人卖了，因为卖的钱还不够请工的生活开销，等它烂地里算了。

怪　谁

　　十八岁前，我相信勤劳能致富。因为从十五岁起我就和我妈忙家里几亩地，希望从地里能刨出点发家致富的真金白银，但是整整三年，不是灾害就是天年不好，天年好，种的东西又卖不上价。而且忙了三年，算下来不仅没什么收入，反而倒欠信用社一千多元贷款，每年光利息差不多就要还近百元。

　　不过这三年里，我还是实现了一个愿望，我买了电子手表。不是因为我有钱，而是电子手表没流行几年，价钱就降得不值一只鸡钱了。蚕陵寨买得起电子手表的越来越多，不仅是我，连五保户张跛子都戴上了电子手表，家庭条件好点的，连学生娃都戴电子表，谁也没有想到曾经高端洋气时髦的电子手表竟然会贱得不值钱，更不会料到人人都有手表戴的日子这么快就到来。但电视机我家暂时买不起，尽管彩电已经开始在县城普及。

　　这时，我就开始怀疑勤劳致富的真实性和针对性了。

　　我去村委会，问以前的王队长，现在的王主任："墙上那几个字是哪个写的？"

　　王主任问哪几个字，我说："勤劳致富。""我们请村小学余校长写的，"王主任说，"怎么样？写得好吧。"我骂："好个锤子。"王主任一下愣了："我说闷墩，你今天哪包药吃错了，马尿水喝多了，还是屁儿疯发了？"我说："我洋葱吃错了，我累死累活三年，都白累了，白勤劳了，这几天我天天吃洋葱，火冲，屙屎屙尿都是洋葱味。"

王主任马上明白了我的意思。去年秋全村推广种洋葱，结果今年丰收时都亏了，卖不出去。包括杨书记、王主任家，种得多亏得多。王主任反而向我诉苦："闷墩，你家才种三亩多，我家亏了十多亩都还没有闹。"我说："我不管，哪个动员我们种的，我就要找哪个，就要喊他赔。"

我在村委会一闹，围观的就越围越多，大家先还一直把问题原因归咎为洋葱太大，不好卖。经我这一闹，一点拨，大家一下都明白了，对啊，是哪个喊我们种的，我们就去找哪个，哪个就要承担责任。

王二娃、杨四保、何龙、远贵哥等十几家都跑来了，闹得比我还凶，我们终于找到了问题的根源。我们围住王主任，问他到底是哪个喊我们种的，王主任说是乡上喊的，我们就说要去找乡上。王主任没有拦我们，我知道，他也种亏了，心里同样窝着火呢。当天，我们约了十多个人，坐上何龙的小四轮来到乡政府，而且还拉了半拖斗烂洋葱，要找乡长、书记问话。到了乡政府门口，我们直接把烂洋葱倒在政府院子，熏臭了整个办公楼。我们本想找乡长或书记问话，可乡长、书记都不在家，只有一个年轻的副乡长守家，问他话，那是一问三不知，只会说是上面推广种的，上面具体是哪里，是谁，他说不知道。我们一听更气了，一个副乡长，连这么简单的问题都答复不清楚，三句话问不出一个闷屁，当个锤子副乡长。大家一时激动，情绪没控制好，加之这位副乡长嘴硬，结果我们就把副乡长锤了一顿。

好像何龙最先动的手。当然，最后的结果就是事情闹大了。乡上给县上打电话说蚕陵寨一伙乌合之众到乡政府聚众闹事，好几十号人呢，还打伤了副乡长。其实不是真打，主要是抓扯推攘皮外伤，只是我们这帮乌合之众人多势大，把副乡长吓坏了，他两腿发软，站都站不稳，轻轻一推就倒地不起。

县上就是县上，比乡上厉害多了。县领导一听，这还了得，一声令下，立即就拉了一车武警到乡上，三下五除二就把我们抓小鸡一样全逮了，包括同去的我。

一周后，杨书记来取保我们。"敢打国家干部？咹？吃熊心豹子胆了？要翻天了？要不是新社会，狗子你几个早就关大牢了，晓不晓得？"杨书记当着乡上领导和派出所邹所长的面责骂我们。但是，我怎么看总觉得杨书记骂人有些装模作样，他满脸表露出的都是幸灾乐祸的表情，这让我们很是纳闷。等杨书记和我们坐何龙的小四轮回寨子后，王主任竟然在寨门口迎接我们，而且村上还备了两桌酒席，放了鞭炮，说要给我们庆功，这一下，让我们十几个一下都糊涂了。等坐上酒桌子才知原因，原来我们打副乡长一事闹大了，听说县委书记、县长都知道了，而且州委书记、州长也知道了。先还有人要给我们上纲上线，说我们围攻人民政府，打伤国家干部，要给我们定重罪，后来听说州委书记得知此事后，气得拍桌子，骂县上和乡上不懂政治乱毬搞，骂他们不把群众利益放在首位，把问题严重化，把事态扩大化了，还作出重要批示，要求县上一是马上放人；二是立即联系销售，将老百姓的损失降到最低；三是动员全县吃财政饭的及其亲朋好友，每家每户都尽量多买一些洋葱，而且还组织人员宣传吃洋葱的种种好处……总之，最后我们村的洋葱还是卖了出去，虽然价钱不高，算下来，全年种洋葱不亏或少亏一点就已经阿弥陀佛了，根本不敢说赚钱的话。

当然，这样的结果已经让我们相当满意，否则的话，那么多的洋葱都堆在家里卖不出去，高半山温差大，一冻一热，放坏了后果可想而知。

在村上给我们办的酒席上，我喝的是散白酒，喝了几杯已记不清，最后怎么回去的也不知道，反正我喝断片了，足足昏睡了一天后才醒。醒来后，感觉有暖湿的东西在给我擦脸，睁眼一看，我又闻到当年那股亲切熟悉的黄狗气味，原来是小黄狗正如当年的老黄狗那样在舔护我脸，安慰我心，而弟弟却站一旁开心傻笑。

看见小黄狗，我又想起了当年那只待我如崽的老黄狗，我突然心生感慨，眼泪就控制不住了。我真想痛痛快快大哭一场，这人活在世上真不容易啊，我要是真是笨人傻子还好，就可以像爸妈和弟弟一样什么都不用操心，什么都不用管了。现在我跳出了笨人行列，结果我爸我妈还有我弟三个人该操的心都让我来操，我第一次感觉到，聪明人也不好当啊，责任太大，代价太高，脸面太重，又不会装疯卖傻。

这人啊，有时不会装疯卖傻也不是件好事，要不然古人怎么会总结出"大智若愚""难得糊涂""傻人有傻福"呢？怎么只听说"聪明反被聪明误"，从来没听说过聪明人有聪明福呢！

做什么

十九岁这年，我决定不种地了，我要另谋他事，我要另找发家致富的捷径。我还是相信那句话，勤劳致富，但是必须给这句话加个前提：方向选对了，有环境条件了，勤劳才能致富。开春时节，我家地里全部种上了苹果树、花椒树。总结这几年经验，只有苹果、花椒收入相对稳定，人也没那么累，除了摘花椒、收苹果、打药追肥那段时间多花点劳力，平常要轻松很多。当然玉米、青稞、洋芋也要种一些，只是不种那么多，够自己吃，够酿咂酒和喂猪就行。

到底干什么才能挣到大钱呢？我把全寨家里肉味最浓，悬挂腊肉数量最多的人户挨个顺序梳理比较了一遍，看能不能学到他们的致富办法。我仔细分析，何端公家每年不愁粮油肉，但何端公是我师父，我还没出师，不可能去跟师父抢饭碗，况且，我学技未成，释比唱经和法事技艺都还需继续学习，出不了师就没人请，这条路暂时还走不通；学何太基吧，人家何太基会骟猪、阉鸡，何龙会开小四轮，而且人家有本钱，这条路也不是我想走就能走的；余校长和他老婆牟哭妹放录像挣钱，开小卖部也挣钱，守台球桌挣钱，余校长每月还有几大百工资，要不然，他们怎么有钱供余刚读高中，上大学呢？杨宝虽然是村卫生员，其实是自己到成都进药，拣药卖，不愁钱；想学吴有全做生意，又没有进货渠道和本钱，而且听说吴有全小生意越做越大，早年间换了些古董现在很值钱，他已经到县城做大生意去了；王二娃也开窍了，竟然开了个小酒坊，烤白酒卖，酒糟喂猪，两不耽误，收入也不错；大爸家日子比我家好过得多，大爸以前给村集体牧场守牦牛，集体解散后，他承包了牧场，每年给村上交几头牦牛后，其余就是他的净赚，而且每年他都要打一些野物，挖一些虫草、贝母卖，也是一笔不菲的收入；二爸会打猪针、牛针，每年给蚕陵寨猪牛打针都由他包办，且他家喂的七八头肥猪每年有上千块钱收入；王主任家也宽松，除了地里收入高，他儿子王浩带了十多号人去大城市打工，挣到大钱了，给村小学都捐过一批图书和设备，听说还要回来竞选村主任，等于是接他老汉的班；杨书记家里劳力多，地多，懂果树技术，苹果、花椒管理得好，又有销售渠道，每年苹果、花椒收入都是全寨数一数二的，而且种蔬菜也卖到钱了，农闲时全家上山挖药，又能挣不少钱，他家不缺钱，他们不让杨斌务农，让杨斌参军去了，听说杨斌上前线守中越边境，现在仗已经打完，边境还得派兵守着。而且就连爷爷都有独门手艺，爷爷会做羊皮褂，爷爷比一般人硝皮硝得好，他做的羊皮褂膻气小，柔软。爷爷还会做毛狗蛋，裹上猪油挂树上一咬就炸，专炸毛狗也就是狐狸，每年都要整上几张毛狗皮。而且爷爷还会做马鞍，经常到山边林子里找上了年辰的、胳膊粗的弯弯树，看准了，就把弯弯树砍回来，晾干后，顺弯弯树纹理砍削成鞍轿，大的做前鞍轿，小的做后鞍轿，前后鞍轿再加上左右鞍板，就成了马鞍。马鞍也分大小贵贱，坐人的要小些，要蒙皮或蒙布，精细一些，贵一些；驮物的要大一些，粗糙厚实一些；当然也做铜饰银饰的皮马鞍，但成本太贵，我们周围几乎没人买，但间或有从牧区专程来定做的。

爷爷也给我们指点过致富的迷津，那就是寻宝。爷爷讲蚕陵寨一直流传一个传说，说是"石龙对石虎，金银万万五，谁能识得破，买下成都府"。说蚕陵寨祖先人曾经埋下过一大笔宝藏，就是不知道埋哪儿了，只剩下这个谜语等待后人破解。爷爷讲的这个故事陈壳子也多次讲过，内容讲的都一样，只是宝藏来源不一样，爷爷讲的是祖先埋的宝藏，陈壳子讲的却是张献忠屠四川埋下的宝藏。为此，我曾不止一次拱着鼻子，拿着锄头在寨子周边东闻西嗅，左一锄右一锄乱挖，希望撞大运挖到宝藏。可任凭我怎么寻找，除了几片碎瓷烂陶，连宝藏的影子都没见到，连宝藏的气味都没嗅到。我于是开始怀疑爷爷故事的真实性。寨子里其他人也说这个故事根本就是假的，骗人的，在这屙屎不生蛆的地方，哪会埋有宝藏？从此就断了我寻宝致富的念头。

村里其他人家也是有穷有富，一比较，我家仍然是蚕陵寨最穷的几户人家之一，当然也是腊肉悬挂最少的人家。

我发现我所学的端公技艺或许是误入歧途，既挣不来钱，也发不了财，之后跟师父去做法事，自然就热情不高，手不勤脚不快了。虽然做法事饭菜管饱，但跑前忙后再忙也见不到现钱。师父何端公也看出我有些三心二意，但他对我该做什么不该做什么从来就不开腔，不干预，由我自己定。

兰香复读了两个初三都没有考上中专，再也不想继续复读。她来找我，让我跟她一起去县城、省城打工。她说外面钱好挣，没家里累，还说趁我们年轻，不能像上辈人一样一辈子死守高半山，出不了远门，见不了世面，没啥出息。她劝我说外面的世界很精彩，机会多，应该走出去闯一闯。我被她一劝说，脑袋一热竟然有些心动。换了几年前我会一走了之，可现在一想起我爸妈和弟弟，发热的脑袋就像热炭掉进冷水，刚冒个热泡马上就熄灭了，我就肯定自己走不了。兰香见我不敢走，就骂我笨，骂我胆小，骂我不跟她走今后肯定要后悔，还骂我像个木头，脑袋装的是豆渣，啥都懂不起。骂完后兰香眼睛潮湿起来，潮湿得我没勇气看她双眼。

　　最后兰香咬紧嘴唇，凉透了心："你不走，我一个人走。"

　　之后兰香就约了其他同学，一起去县城打工。听说开始是给私人宾馆当服务员，后来又去成都学美容美发，从此就很少回蚕陵寨。尽管她妈王寡妇多次催她回来，但她坚决不回，不过时不时要给王寡妇寄回一两百块钱，让王寡妇逢人就夸女儿懂事、孝道、有出息，没有忘记她。

捷　径

何龙见我正在找事，他让我跟他去找钱，我问做什么，他说学雷锋做好事啊。我才不相信何龙会学雷锋呢，但我自己找不到合适的事，只好跟他去，反正闲着也是闲着，况且何龙有小四轮，应该能挣到钱。和我同去的还有杨宝的儿子杨春，何大福的兄弟何大贵等人，都是寨子上平常游手好闲、好吃懒做、酒瓶子不离手、经常惹是生非的那些人。我一见他们就觉得他们所说的好事也许并不好，因为这几人都烂泥糊不上墙，什么品行我很清楚，他们屁股还没翘，我就知道他们要屙啥屎。

果然，他们挣钱的办法真叫旁门左道。那几年国道213线路烂，雨季一到，那些烂路段就会陷车。213线有几公里盘山路经过我们村，都是土路，我们就去最烂的那一段路面拖车、推车、修路。才开始我们没经验，那些拉木料的、拉菜的、有钱人的车陷入烂路，我们老老实实把路修好，问他们要钱，他们有的要给，有的比我们还横，喇叭一打，油门一轰，强行通过，没办法拦。他们说国家的路凭什么你们收钱，你们这种行为就是土匪路霸，拦路抢劫。好吧，你们狠，我们更狠。公路局养护段来人前脚刚把路修好，我们后脚就去放水，把路边水沟的水往路面引，过几辆重车后，路面又被压成烂泥浆浆，养护段的也不可能天天守在这儿修。这时何龙和我们就上场了，何龙负责开小四轮拖车，我们负责给车子垫石块，刨轮胎，平路面，推车。当然，我们不是真学雷锋，我们学雷锋是要收报酬的，收费标准也不算太黑，一般大车收一百，小车收五十，如果司机态度好，话说得好，烟撒得勤，还可打个五折八折的。

当然本县熟人熟车和本县官车不敢收，一般只收外地车的钱。

立即就有人告我们阻道收费。公路局的人过来查，我们说，我们不收他们的费，他们主动请我们帮忙的，钱是自愿给的。果然，那些陷入泥泞的货车，见我们有锄头、有小四轮，就求我们帮忙，要借我们的工具。行啊，借锄头用一次十元钱，帮忙拖车，态度好，话说得好，我们优惠，大车八十，小车四十。公路局的人也早成了我们的熟人，他们来看，见我们推车拖车又苦又累，人人满身泥浆，几十号人吃喝都要成本，也就没啥话可说，只好睁只眼闭只眼。毕竟我们付出了劳动，而公路局的来修路，修一次，能管一两天，多修两次，他们也没钱修了。就这样，对公路来说是恶性循环，对我们来说，是稳定收入，这年雨季几个月，我们拖完车后再胡吃海喝下来，还挣有几千块钱。

到了冬季，阴山弯道积雪成冰，不时有车辆滑出车道。我们的拖车队又出发了，拖一次五十、一百。遇到重车大车货物翻倒的，就要帮忙抬车和装卸，收费更高。反正干这一行，昧着良心，黑了心肝，来钱容易。

最后问题出来了。就是分钱时，狗咬狗一撮毛，怎么都分不均，都说自己功劳大。特别是何龙，仗着自己有辆小四轮，要拿大头，这样我们之间的矛盾就拉大了。我们的想法是大家平均分配，至于何龙的小四轮，就当我们租他的，每天给点油钱就行。

何龙坚决不干，指责我们，说我们过河拆桥打发讨口子，说没有他的小四轮，我们毬事干不成，而且还是他想出的这个办法，他就该拿大头！我们也不服气，何大贵和他对骂，虽然他们是家门兄弟："你有小四轮就了不得了？你以为只有你才有小四轮，没有你的小四轮，我们可以去租，一天五十元，好请得很。再不行，我喊我哥何大福的农用车来拉。"何龙回击："农用车管屁用，拖车还得小四轮。"

老话说得好啊，这人啊，穷得富不得，富得了不得。没钱时大家是哥们朋友兄弟，现在有点钱了，心态失衡了，矛盾就爆发了。贪心不足蛇吞象，打伙生意不好做啊，人人都觉得自己劳苦功高，都想多分几个钱，最后钱勉强分了下去，人却得罪了，心也散了。何龙再喊人去拖车，竟没人响应他。

何龙来做我的工作，让我跟他去。我这人老实，心坎不厚，少分就少分点吧，谁让人家有小四轮呢。但是，我也耍了个心眼，提出个要求，说得把我爸大闷墩带上，反正分钱按人头，多一个人多一份钱。何龙说："你爸是炮子，没劲去干啥？"我说："他可以专门收钱啊，也可以去放水啊。"何龙就不好拒绝了。

这段时间，我脑袋里想的只有钱，幻想的好日子也是衣兜裤兜里塞满钱的日子。我知道我为什么需要钱。因为我自卑，钱是医治自卑的良药，只有当我兜里有钱了，腰杆才硬撑得起来，蚕陵寨的人才看得起我家。至于找钱方法正不正当，违不违法，我没想过。后来我们被乡上弄去坐学习班，才知道国家竟然有那么多法律、法规、条例在管束着我们。

我爸被抓了，被抓的原因是他朝公路放水，破坏公路，让公路结冰。

那晚天寒地冻，我爸按何龙的安排上半夜去放水，等下半夜路面结冰后，我和何龙他们天亮后就好去拖那些滑出车道的车。结果天亮后，我发现我爸还没回来，我紧揉鼻孔几下，似乎嗅到了危险气息。我给何龙说今天不对劲，不要去拖车挣钱了，先去找我爸回来再说。果然，话刚说完一会儿，杨书记就来找我，说我爸被派出所抓了，说公安民警整整守了两个晚上，耳朵都冻僵了，脚都蹲麻了，才抓到往路面放水的人。

当天，乡派出所就把我和何龙还有他的一位兄弟一起喊到派出所，请我们去的名目叫拘留，老百姓的说法就是进局子。因为我爸被抓后，他人太老实，一见民警威严的着装和泛着冷光的警械，早吓呆了。派出所邹所长还没开始审问，我爸已经浑身打颤，尿了一裤子。邹所长一开口问，我爸是问什么答什么，跟学生向老师承认错误一样坦白，虽然东一句西一句前言不搭后语，最终还是把整个事情交代清楚了，该说不该说的都说了，让派出所邹所长轻轻松松破了案。

到这时候，我才知道我们的行为已经违法了，也明白我们被别人告发了，我们这儿叫"被点水"了，不然派出所会大冬天深更半夜去蹲守？被拘留的那几天，邹所长教育我们说："现在'一五'普法都要结束了，你们还什么法都毬不懂，一天到晚只晓得瞎毬整，胆子大到敢往公路放水，知不知道这是违法行为？从今天起好好给我学习法律知识。"然后就让我们学什么《刑法》《民法通则》《治安管理处罚条例》《公路管理条例》等等，附带还学了《婚姻法》，我问什么时候可以回去，邹所长骂我们："啥时候把法律学好了啥时候放你们，不然啥规矩不懂，光晓得乱毬整，尽给我们添乱。"

为了能早点回家，我们只得认认真真学法。我爸被吓坏了，抱着法律册子只知道发呆，尿胀了也不知道喊，掏出来就在拘留室墙角尿，派出所拿他没办法，怕他做出更出格的事不好收场，就先把他放了。

以后我将逐步知道，原来国家还有那么多法律、法规、条例：山有《森林法》，田有《土地法》，路有《公路管理条例》，水有《水法》，河有《河道管理条例》，空气有《大气污染控制管理办法》，结婚有《婚姻法》，动物、植物有《野生动物、植物保护条例》……至于更多的法的名称，我也记不具体，只知道原来法律那么多、那么严，甚至严到砍一棵树，打只野物，挖一苗野花野草都是违法。妈啊，如果不是这次乡上把我们弄去学习教育，我们哪里知道国家还有这么一大堆法啊，哪里知道干这些会犯法？而且认真对照一下这些法律，我们全村人几乎在无意中都违过法。比如，我们进山砍木料就违法；打野猪违法；打锦鸡也算违法；打麂子、青羊更是严重违法了；烧火地违法了；挖虫草挖兰草违法了；不扯证结婚违法了；多生个娃违法了；不让娃读书违法了；私搭电线违法了；挖墓地里的坛坛罐罐违法了；春节期间雷管当火炮放违法了；自己造鸣火枪违法了；挖山采石烧石灰违法了……当然还有很多很多我们以前不懂的，今后都有可能违法的事。

这一下，我和何龙都吓蒙了，原来我们曾经习以为常的很多事都存在违法嫌疑，以前我们怎么一点也不知道呢？怪不得邹所长骂我们是法盲，瞎毬整。

学习了十多天的法律法规派出所才放我们回去。通过这次学法，我开了天眼，明了是非，长了见识。原来有那么多的法律法规在管束着我们，以前我怎么不知道呢？而且，我们曾经还犯过那么多法，怎么就没人告诉我们，没人来管过我们？如果严格按法律法规条例，那蚕陵寨违法的就太多了，几乎家家都违过法，因为每家都烧过火地，砍过木料，打过野物。又比如陈铁匠等几个老大爷造的鸣火枪，就违反了国家枪支管理办法，可派出所好像没有管过他们；我们村结婚几年十多年没扯结婚证的还多，也没有见乡上来管过；年年砍柴烧炭也没人说不允许；打到了麂子、青羊，乡上干部还花钱来买，也没谁说违法；冬天打了野鸡、野猪拿到乡上甚至县城卖，也没见人来管来抓……

这就让我糊涂起来，为什么同样都违法，有些事要管，有些事却不管？就这事我问过杨书记，让他给我再说具体一些，哪些事做得，哪些事做不得，以免我今后再违法。杨书记反问我："闷墩你想那么复杂干什么？你只要记住，派出所找你了，你就违法了，没有找你，你就没有违法。""那怎么知道哪些事他要找我呢？"我疑问不断，"比如上次我们朝公路放水，如果派出所不找我们，我们是不是就没有违法？"杨书记说："你是真傻还是假傻啊，派出所不来找你，就是他们不知道你违法，他们都不知道你违法，难道你抓屎糊脸自己给自己抹屎，自己说自己违法？"

此后多年，我一直对什么事能做、什么事不能做有些迷惘，有些选择困难，直到二十多年后在和余刚的一次闲谈中摆谈起这事，余刚想了半天，一字一句地说："道德，知道吧，做人要有良心，要有道德底线，有了道德底线就有了基本的是非判断标准，就知道什么事能做，什么事不能做。"

但我还是做了一件事，让我们一家人尽量合法一些。我爸我妈没扯结婚证这事让我心里很不踏实，按邹所长的教导来解释，我和我弟弟也是不合法的，这事对我来说有点严重。我不能让自己名不正言不顺，我已经是笨人的儿子了，这是改变不了的事实，但如果国家再说我们是违法的产物，那我就更难以接受了。于是我立即带我爸我妈到乡政府去补办结婚证。

幸好乡上通情达理，没为难我们，爽快地给我爸我妈补办了证。

那天刚出乡政府大门，我们就被乡计生干部郑同志喊住，她说她都等了一上午了才碰见蚕陵寨来办事的，她说有紧急事要给蚕陵寨带信，她写了个纸条让我带给村上杨书记或王主任。那几年电话还没实现村村通，老式电话又经常坏，乡上有什么事，一般都是写个字条，折成防拆豆腐干形状，让到乡上办事的村民帮忙带给村干部。这防拆豆腐干折叠很巧妙，如果带信人中途把信拆开看了，是怎么也还原不了原形，所以一般带信的都不敢偷看，都知道如果偷看，一眼就能被发现。

郑同志让我带给杨书记和王主任的这张字条，是催促村计划生育工作进度的，随后蚕陵寨就掀起了计生工作的热潮。在这次热潮中，村干部杨书记和荷花等人都起好了表率带头作用，而之后组织超生户集体去医院却查出了我爸和我家天大的秘密。

最先知道这个秘密的是医院工作的三婶，她把这个秘密告诉了三爸，三爸知道后吓了一大跳，此后一直在思考，到底要不要把这个秘密告诉我爷爷奶奶。因为这个秘密，事关我们牟家的名声，事关我和我弟弟的身份，这个秘密不说出来还好，一说出来，定时炸弹一样，定会引爆整个蚕陵寨。

　　三爸和三婶商量后一致决定，坚决不说出这个秘密，就让这个秘密死在嘴里烂在肚里，从此将此秘密整整隐瞒了十多年，直到三婶用这个秘密报复我们牟家为止。因为这个秘密过于复杂，又不是一句两句能够说清楚的，且暂时或永远没有结论，这里就暂且不说，等以后搞清楚再说。

　　荷花带头示范去医院手术这年，九斤妹的妹子何小花才五岁多。以前何端公还希望再带个么儿，自从荷花断了他的念想后，他把所有的寄托都放在何小花身上，他几乎一大半的收入都花给了何小花。六岁开始，就送小花到乡中心校读书，寄宿在亲戚家；小学后，又供何小花到内地念高价初中、高中，直至高中毕业上大学。十多年后何小花考上了大学，师父何端公才后悔当初没有让九斤妹多读点书，如果他早觉悟一些，手紧一些，也能让九斤妹多读几年书，那九斤妹就不会错过多次决定她不同命运的好机会了。

　　九斤妹的第一次好机会是参军。那年招女兵，九斤妹的身体条件在同一批女兵中算是最好的，可九斤妹文凭太低，只有小学文凭，初中读半年就辍学了。何端公托余校长找关系，给九斤妹补了一张初中毕业文凭，结果还是在政审关被审下来，因为九斤妹的档案根本就不全，这是九斤妹第一次错过命运转折机会；第二次是县上歌舞团招演员，九斤妹什么条件都符合，体检也过关了，已经预录取了，可不知怎么就被人告发有癫痫……从此，何端公和荷花就断了让九斤妹找工作的念头，只有等她在家务农了。这期间，九斤妹没事就成天到晚绣鞋垫、绣云云鞋、绣围腰、绣羌画，凭她灵巧的双手，很快就成了蚕陵寨数一数二的巧手、远近闻名的女工。

省城几位经常来找何端公研究羌文化的老师正被何端公的技艺弄得迷惑不解时，不经间见到九斤妹的绣品，仿佛发现了新大陆，连声赞叹九斤妹绣艺高超，而且非要买九斤妹的绣品。九斤妹有些为难，在蚕陵寨人眼里，绣品从来都是赠品和生活用品，不是商品，怎么能拿来卖呢？多不好意思啊。那位成都来的赵老师开导荷花和九斤妹，说："现在是商品经济社会了，你们还是小农思想，你们要转变观念，要跳出小农经济思想的约束，要有现代商品意识，你看你们的绣品，这是多少古老的羌绣技艺啊，多自然，多朴素，如果再能包装打造一下，今后一定能成大气候。"

荷花和九斤妹听不懂什么叫大气候，但第一次听到自己的绣艺有了正式的名称——羌绣。赵老师解释"成大气候"的意思，就是今后要变成一个行业，一个产业，就像县城做服装生意的那种行业。而且今后你们这种工艺会越来越值钱，虽然工艺还有些原始、粗糙，但毕竟是传统的民族纯手工工艺品，而且很少受外来文化影响，现在的外国人、艺术家还有上层社会的人，越来越喜欢这些纯民族、纯手工、没有现代痕迹的东西，他们都肯花高价买。

九斤妹执意要送赵老师和成都一行老师们每人一件绣品，他们高兴地收下了，临走时，他们一起给九斤妹包了一个大红包，打开一看，九斤妹吓了一跳，整整三百元钱。那是二十世纪九十年代初，三百元正好是一头大肥猪价钱。赵老师他们给钱的目的是想让九斤妹知道自己绣品的价值，用老师们的话说，这些绣品先不说其他，光用在上面的工时都值这个价。从此后，九斤妹就一头扎进传统羌绣技艺的精挑细绣中，并在不久的将来，绣出了自己事业一片新天地。

也就是这一年，九斤妹嫁人了，新郎是杨书记的儿子杨斌。

杨　斌

　　杨斌从部队退伍回蚕陵寨前，杨书记托关系给他找了一个到乡政府当临时工的工作，杨斌一听是到乡政府食堂煮饭、打杂，根本就不理睬杨书记给他找的工作。他回蚕陵寨第一件事，就是用他退伍金和从他爸那儿借的几千元钱，又去乡信用社贷了一笔款，买了一辆二手双排座农用车，专跑蚕陵寨到县城的客运和货运。九斤妹自从赵老师告诉她羌绣的价值后，她就在县城旅游品商店找了个代销点，代卖她的羌绣制品，隔一两个星期就到县城代销点交绣品，收货款，买材料。每次她要去县城时，就提前给杨斌打招呼，杨斌就把副驾驶位留给她，车费也全免，还陪九斤妹在县城办完事才回寨。

　　以前蚕陵寨还有很多姑娘留在山上，可自从九寨沟的游客多起来后，过境茂州城的游客就跟着多起来，县城大大小小的宾馆雨后春笋般冒了出来。蚕陵寨的姑娘身材好，鼻梁高，羌汉双语都说得好，人又勤快、纯朴，吃得苦，很多宾馆一听是蚕陵寨姑娘，还没见到人就答应招了。所以没几年，蚕陵寨的姑娘几乎都跑县城或省城打工去了，嫁人成家了。九斤妹能留在蚕陵寨是因为她更钟情于她的羌绣，要当宾馆服务员，她早就走了。曾经有几个大宾馆都想招她，为了羌绣，她都没去。她说她就喜欢家乡遍山的羊角花，就喜欢安安静静地绣羌绣。后来我才知道，这些都是借口，其实她早和杨斌约定好了，她一直在等杨斌。

连媒妁之言都不需要，九斤妹和杨斌的婚恋关系就正式确定了。后来我才知道，其实杨斌从当兵第一天起，就一直和九斤妹保持着通信联系，该说的话，该交流的感情，书信里早就沟通好了，要不然，杨斌才不会傻到回蚕陵寨哩。听说当年杨斌部队一位首长的独生女看上了杨斌，只要杨斌答应留下来上门，就能留部队转干，就会前途无量。但杨斌没有背叛九斤妹，拒绝了这等好事，还是退伍了。这些都是我后来才知道的。

杨斌和九斤妹的婚礼办得还算隆重，几乎把全寨人都请了，足足办了六七十桌。而且筵席菜品也好，除了整鸡、整鱼、整肘子、蛋包圆子，还有团鱼、基围虾、野物肉等，档次和城里的筵席有得一比。我当然随了礼，我们这把随礼叫"赶礼"或"写礼"，这是我第一次随礼。从小到大我吃了人家无数次筵席，这次终于要随礼了，用农村的话说，我是在给我家撑门面。

但这次门面我没有撑住，也许是因为我太高兴，也许是九斤妹传统哭嫁仪式太感人，也许是当天蚕陵寨的肉香味太重，喜庆味过浓。总之当天我喝醉了，而且还哭了。我不知道为什么会这样，反正我挺伤心的，表现挺差劲的，我一直告诫自己要高兴要高兴，要多吃一点，少喝一点。但饭一吃，酒一喝，心一酸，眼泪就控制不住，不断线地默默流淌。师母荷花知道我心思，知道我心里真心把九斤妹当亲姐了。其实他们不知道，我是为自己的窝囊哭，为自己家太穷哭，为拿不出像样的礼钱而伤心、自卑。

我一直想不通的是，我家为什么这么穷，运气这么差，家屋这么败！

我家没有钱，也贷不了多少款，更没积蓄，当然随的礼钱也少。想搞大的副业，又没条件像别人那样贷款投资，买车挣钱。我总想不通，为什么别人家挣钱都很容易，到了我家，再怎么劳累，再怎么拼命，可要挣点钱，却总是南门种南爪——难上加难呢？难道我们家神位没有供对？风水没有修好？门前弯弯树没栽好？难道我们家命该如此？

挣钱难如针挑土，难道我这辈子就没有发财的命？我都这么努力了，这么全力以赴了，这么把自己当牲口使了，可就是挣不来钱，富不了家，我真不服这口气啊。

杨斌结婚不久，就当上了村团支部书记。这归功于他在部队就被批准为预备党员，回蚕陵寨就转为正式党员了。杨斌是蚕陵寨最年轻的党员，自然就该他当团支书，反正这位置空着也是空着，有人来填就该填。杨斌当上团支书后，发展的第一名共青团员就是我。

那年我二十岁。杨斌来给我做工作，我问加入共青团有啥好处，他说："你入了团，就有组织管你，就比一般青年地位高，今后有什么事都可以找组织。"尽管我都二十岁了，组织这个概念对我还是很陌生很抽象。杨斌最后一句很关键，他说："你入了团，以后家里有什么事，组织就要出面帮你。"原来入团还有这样的好处，我就按杨斌的要求写了入团申请书，没多久，就被批准入团了。不过听说要不是杨斌帮忙，我还差点入不了呢，因为我在派出所挂过号，有案底，杨斌在我档案里面没有写进去，现在想起来还有欺骗组织的嫌疑，好在入团管得没那么严。

发展我为共青团员之后，杨斌又去发展其他青年人。但寨子里和我们年龄差不多的，不是跟着何龙混，就是跟何大福裹在一起。以前杨斌和何大福关系还好，自从杨斌动员何大福入团后，何大福对他态度就变了，何大福很不屑杨斌的动员："现在社会，都挣钱去了，哪个还入你那个团哦。"杨斌听出何大福话中有话，纠正说："这不是我个人的团，是团组织，是我们青年人自己的组织。"何大福问："那加入了要开工钱要管饭吗？"杨斌说："我们青年自己的组织，哪来工钱，哪个管饭？"何大福说："你动员其他人去吧，反正我不入你的那个团。"

杨斌心里骂"狗坐箢篼不识抬举"，嘴上却说，"那不入就算了，入团是自愿的事，不勉强。"

其实何大福心里清楚明白得跟镜子一样，知道杨斌在扩展自己的势力和影响。这一套，小时候他们早就玩熟了，也知道套路有多深，现在看来，儿时的游戏还没结束，还得换个方式重新来，接着玩。

结果此后不久，杨斌竟然和何大福闹翻脸打了起来，而且是脚头拳头真打，撬胎棍都用上了。当然何大福没打赢，人家杨斌在部队混那几年又不是白吃干饭的，战场都上过，随便露几手你何大福就吃不消，加之何大福天天海吃胡喝，一身赘肉，就是个样子货。至于打架原因，据说是杨斌抢了何大福的生意。杨斌的双排座拉客又拉货，以前拉一车货，根据货物多少和远近，五六十，七八十甚至一两百、两三百都在收，但自从杨斌开始拉货，怎么都要比何大福少收几块、十几块。何大福气不过，觉得杨斌坏了规矩，抢了生意，忌恨杨斌，埋怨他根本不是为了拉货，而是故意抢他生意，甚至是借此耍手段拉拢人。为此，他心里一直憋着气。那天正好开车与杨斌的车在村机耕道上相遇，本来该何大福让车，但何大福偏不让，杨斌想让又让不过，杨斌就下车和何大福论理，两人三句两句说不到一块，就动起手来。何大福仗着一身大块头肥肉，先动的手，杨斌也没退让，两人就这样打了起来。

据说何大福这次挑事，还有一个诱因，就是喝多了酒，还没醉醒。

最终战况是，何大福被弄断了一匹肋骨，送进了县医院，杨斌也被派出所传去问话，事情清楚后，杨斌不仅赔了医疗费，还在村党支部会上作了深刻检讨。会上，杨书记脸面很是挂不住，骂杨斌没有党性，骂他以为自己当过兵就了不得，不得了，骂他不懂得团结群众，骂他把自己等同于一般群众……杨书记既教育党员又教育儿子："党员就不能和普通群众一般见识，和群众有矛盾了，要学会忍让，要舍得吃亏，吃得亏才打得堆，群众动手了，你不能动手，动手就是进一步激化矛盾。"他建议支部给杨斌一个党内警告处分，结果举手表决时，二十几名党员只有他和儿子杨斌、王主任、何太基四个人举手同意。集体表决没通过，杨书记就说："民主也要有集中，这次我就不讲民主了，这个警告处分一定要给，不然我们党在群众中还有啥威信？"

有党员反对，问："再这样下去，今后党员受欺负咋办？"

杨书记回答："党员本来就要学会高姿态，党员受欺负了，有组织出面解决，但党员欺负群众，性质就变了，就是给党抹黑，就是脱离群众，这是原则问题。"

杨书记讲的这些话好深刻好"高大上"，连他自己都经常被自己的话感动。杨书记家能"高大上"是有传统和本钱的，听说杨书记的父亲当年是少数民族开明人士代表，二十世纪五十年代随少数民族参观团到北京受过毛主席接见，光凭这一点，谁家敢跟他家比"高大上"。

杨斌最后还是遭了个党内警告处分，让何大福没有话说，这事才算搁平。我和九斤妹都为杨斌打抱不平，挑事的是何大福，杨斌已经赔了医药费，还要遭个处分，而且只有四名党员举手同意，等于是自己给自己表决的处分，实在是有点说不过去。杨斌自己倒是无所谓，说："给就给吧，我爸是书记，工作难做，再不严于律己，今后就威信扫地，没法让群众信服了。"

何大福伤好后，货车生意也不好了，他干脆把农用车卖了，买了个排量250的大摩托，骑到县城做生意去了。具体做什么生意，没人说得清楚，反正是很挣钱，一般人不敢做或不愿做的那种生意。

自从我加入了团组织，家里有什么事忙不过来，就去找杨斌。杨斌果然说话算话，帮助我不少。农忙时节，杨斌就组织团员突击队帮我家抢种或抢收，这和换工不同，换工要管饭，团支部帮忙突击是无偿的，饭都可以不用管，最多散几支烟，备两壶咂酒。我一下就觉得这个团我入对了，也逐渐感受到了什么是组织的力量。

杨斌的处分并没有影响他的工作积极性，接下来，蚕陵寨团支部又干了一件大事。

社　教

那年社教活动在全县推开，县上干部都分派下来，驻乡包村开展教育活动。三爸牟永寿包我们村，他带着工作组立即风风火火进驻蚕陵寨开展活动。这边活动才刚开始，那边找县领导解决问题的就来了。这次找工作组解决问题的是张跛子，要求解决的问题是落实他失散红军身份。张跛子曾经多次找过县民政局，但他当红军那年岁数太小，说不清队伍番号，也找不到证人，连自己从哪个村出来当红军的都记不起了，只知道叠溪地震后自己成了孤儿，被养父母收养，养父母的名字也不知道，只记得养父姓张。

三爸问张跛子凭什么证明自己就是红军，张跛子说他能讲当年当红军的很多故事，他会唱红军歌，他马上就给三爸唱了几首红军歌。三爸说："光会讲故事光会唱歌也不能证明你就是红军啊，还要有人证物证才行。"张跛子说："要人证老红军安登榜认识我。"三爸说："安登榜早就牺牲了，你要找还活着的老红军来证明，你有物证吗？""有物证啊。"张跛子回去拿来当年一顶破军帽给工作组看，三爸说："即使这真是红军的军帽，但怎么证明就是你的？一般人也可以捡到红军的帽子啊！"

　　张跛子发火了："要不是我们当年打江山，哪里有你们这些青屁股娃娃享清福，给我来讲证据！我就是红军，我说的话就是证据！现在你们享福了，来给我讲证据，当年打松潘红军棚子大雪山那一仗，几十名红军冻得硬梆梆的，被砍瓜切菜一样，死了那么多人，人人都是爹妈生的，哪个又来给他们讲证据？"然后开始骂村干部，骂县乡干部，骂民政部门……一直骂累了才歇气。

　　"老人家，骂就等他骂吧，等他出出气就好了，"三爸群众工作经验丰富，说，"其实，我们都相信他是失散红军，小时候我也听他摆过这些事，但是没有证据啊，县上核实失散红军身份是要讲证据的，这事我最清楚。像他这种情况，我们县至少有好几百号人，都是口说无凭没办法核实身份的，没有真凭实据，县上也没办法解决。"

　　三爸和杨书记、王主任最终答应继续帮张跛子找证据，争取还他一个真实身份，这才把张跛子劝回去。其实大家心里都知道，有时，哄、骗、诓是农村工作不得不为之的不二法宝。不然怎么办？客观上解决不了的问题怎么去解决？唯一办法就是有钱钱打发，无钱话打发——所谓话说对了，豆腐都可以做刀头。话丑理端，就这个理。

　　那一夜，张跛子吹了半晚上羌笛，把蚕陵寨的风都吹寒了，把人心都吹凉了，让人感觉凉意阵阵，骨寒森森。好像这细细的一管羌笛，吹出的不是声音，而是一股不可名状的黑色魔力，游魂一样萦绕全寨，让人们陷入深深的遗憾和无限的迷惘中。

　　社教工作组是本着查找问题、解决问题来的。通过几次召开村民大会，面对面开展交心谈心，蚕陵寨的问题便一件接一件浮出水面。师父何端公也被举报，说他搞封建迷信敛财。举报人是村医杨宝，说何端公使了巫医法术，让病人信迷信，不讲科学。

对于这件事，社教工作组相当重视，把它当作蚕陵寨思想教育工作的重心来抓。三爸认为，蚕陵寨之所以穷，根子穷在思想上，穷在迷信、守旧、不相信科学的劣根性上，要消除这种劣根性，就要找准突破口。现在有何端公这个典型，就应该挖典型，求突破，大打思想教育工作翻身仗。

但说易做难，具体怎样突破就成了难点。以前还可以把人抓起来批斗，学习教育，可当今社会已经开始讲法治，讲依法办事，没有犯法，没有证据就不能随便抓人。三爸于是带了工作组一名同志上门来给我师父做思想工作，而且让我陪同，其实是一石二鸟，也顺便做我的思想工作。在他们看来，毕竟我是中何端公流毒最深的。

何端公很配合三爸的工作，三爸讲了一大堆道理，何端公态度端正洗耳恭听，还不停点头表示同意，没一句反对的话，倒是让我越听越觉得三爸纯粹把何端公当骗子来对待了。我有些不服气，反驳三爸："三爸，你别把话说那么严重，我师父根本不是那种人。"三爸一句话就把我反驳了："你不要开腔，还轮不到你说话，你受的流毒影响难道还不深？我还要找个时间单独跟你谈呢。"

最后，三爸让何端公表个态，以后就不要搞封建迷信活动了，只要不搞，村上也不追究。何端公说："都依你们，都依你们，你们说不搞我就不搞，要是人家找上门，我就让他们找你们。"三爸急了："你话怎么能这样说呢？"何端公说："我不这样说咋个说？你把我工作做通了起屁作用，你们有本事多去做群众工作，让他们不要上门来找我就行了，要是今后人家又来找我、求我，都是亲朋好友熟人邻居，你让我把他们往门外推，让我去得罪人，我丢不起这个脸。你们倒好，空口说白话，命令一下，脚一抬，屁股一拍，人一走，什么事都不管了，剩下的事让我们去擦屁股，去得罪人，今后还让我们怎么和亲戚邻居相处？"

何端公的话合情合理，而且用的代称是"我们"，三爸又不是不懂农村的传统规矩，就支吾着没有了后话。

三爸还没来得及做我的思想工作，又一件更严重的事被工作组查到，那就是余校长老婆牟哭妹放"歪录像"，被人告发了。三爸立即组织人力去牟哭妹家搜录像带，果然搜到了几盒"歪录像带"，这一下，把牟哭妹的录像机也没收了，还准备给牟哭妹定个放黄色录像的罪名。最后还是余校长有办法，托我奶奶和杨书记去给三爸说情，还写了检讨，说牟哭妹是文盲，平常托人到县上租录像磁带，她根本不知道是啥内容，怪不得她。之后又悄悄找个僻静的地方给工作组办了一桌酒席，开了一坛咂酒，疏通了关系。最后三爸和副组长们商量，看在牟哭妹文盲不识字的份上，就把录像机还给了牟哭妹，录像带还是没收了。

十几天下来，蚕陵寨不仅问题没有查清，反而问题越查越多。原先把工作重心放上思想教育上，以为开几次会，反一下自由化思想，让大家多学习几次，清醒清醒头脑，洗洗灰尘，走走形式，蚕陵寨就算过关。不曾想，又查出几十户农业税、屠宰税、特产税、农村教育费附加及村、乡镇各种统筹费长期拖欠的情况，以及超生罚款拖欠不交、乡信用社贷款久拖不还等等情况。

针对各家各户情况，工作组与村两委挨家挨户入户调查，并根据各家情况，分类处理，逐个突破。对于交得起税费、提留不交的，必须在规定的时间内交清，否则用家里的财物抵交；实在交不起的，可分期偿还，亦可先还后贷，亦可先贷后还。对于最穷的，实在没办法的，村上统一拿出办法下一步解决。总之三爸这次工作做得相当强势，相当出色，不仅把蚕陵寨多年未交的税费和提留大部分都收缴上来，还把信用社的陈年老账协助催收了，而且顺带把寨子古庙香火最旺的财神菩萨砸了，断了蚕陵寨封建迷信的温床。

砸菩萨由杨斌带队，带着几个小年轻人去砸的，当然也有我的份。古庙名为土祖庙，也不知建于何年何月，"文化大革命"砸过一次，是杨书记和王主任他们年轻时带人砸的，现在恢复了一部分，还新塑了财神菩萨。我们扛着锄头铁锹去时，张跛子还想护菩萨，三爸一句话就把他说愣了："你还想维护封建迷信活动，哪里像个失散红军样子？就凭这一点，你就不像失散红军。"张跛子声音就小下去，自言自语道："老红军经过时，哪座庙子不歇人，哪座庙子不遮风避雨哦！"

当然杨斌也不傻，在他指挥下，只是象征性地砸了门口几个早已破败不堪的小菩萨，做个面子活算作交差。但我却真砸了一座菩萨，我砸的是财神菩萨。这个菩萨是近几年新塑的，香火很旺，我之所以敢砸财神，是因为我觉得我家穷和这个财神菩萨偏心眼有关，因为它太不公道，总是保佑我们村有钱的更有钱，没钱的更没钱，我甚至怀疑这个财神是不是早被有钱人买通了，怎么只保佑有钱人不保佑穷人呢？既然不保佑穷人，那它就不是穷人的财神，我不砸它砸谁？反正它从来就没有保佑过我家，反正有它无它我家一样是穷。

奶奶听说我砸了财神，为我即将遭到的报应忧心忡忡："这个闷墩娃娃，天不怕地不怕，老虎屁股都要摸一下，菩萨都敢去砸，以后出门可要小心点哦。牟家这几年本来运气就不好，家事不顺，遭人诅咒，现在又惹怒菩萨，人在做，天在看，今后做啥事都要小心一点，提防一点。"我一直想问奶奶牟家曾经遭到过什么诅咒，但奶奶从来不回答我。

财神被砸后，土祖庙的香火暂时冷清下来，一派凄凉，蚕陵寨就少了香火味。我一见村里那些经常上香的人心里就想笑，财神菩萨都自身难保，哪个还来保佑你们发财？没有这位偏心的财神保佑，你们还不是和我一样穷。

社教活动风一样刮过，活动结束后，工作组解散了，三爸又回县城继续上他的班。思想认识上有了极大提高的蚕陵寨精神面貌立即焕然一新，很多村民在闲谈中都觉得这次活动搞得好，已经十多年不搞大型集体整顿活动了，现在搞一下，还是满有意思，满有怀旧感的。那些此前老老实实交齐农业税的，缴费积极的，纷纷议论社教的好处，以平衡此前老实交税导致的失衡和吃亏心理：这农村就有那么一批人，有时真是赖皮，被宠坏了，所谓三天不打，上房揭瓦，村上乡上硬一些，他们自然就软了，村上乡上稍微软一点，他们就敢骑到村上乡上头上屙屎屙尿了。这皇粮国税都交了几千年，是农民的本分，以前土司收得更多，现在已经减免很多了，只是象征性收取一点，有些人竟然越减越不想交了，贷了款也有钱不还，简直是耍赖皮，被宠坏了，给脸不要脸……

还是有一部分人抱怨，说一次交清太多了，人家其他地方就会争取政策，就不这样搞。这也不能怪他们，因为他们听说西山背后邻县波罗寨的政策更好，县上争取到特殊政策，所有拖欠的税费都一次性全免，这确实让人心里不公平，头上都顶着同一片蓝天，条件又都差不多，凭什么各地政策就执行得不一样呢？

　　三爸解释，政策怎么会一样呢？五根手指还长短不齐哩，人家是国贫县，我们是省贫县，人家是牧区政策，我们是农区政策。不同地方政策肯定不一样，就不要比了，没听说那句古话吗——人比人，气死人，比过来比过去，最后受气的还是自己。

彩电梦

乡上开始安装地面卫星电视接收站了，就是架在乡政府楼顶的几口巨大的白锅，据说考虑到我们乡地处旅游沿线，所以近水楼台先得月，优先一步安装。

蚕陵寨的电视信号突然就清晰起来，而且可以收看好几个电视频道。对于蚕陵寨来说，这是惊炸天的好消息。周围收不到电视信号的寨子非常羡慕我们寨，这就相当于让蚕陵寨提前进入电视时代，甚至就因为有了电视信号，没电视信号那些寨子的姑娘也愿意嫁到蚕陵寨来。电视信号真是个好东西，不仅打开了蚕陵寨的眼界，还给寨子里的小伙子讨来了媳妇。

秋收时节，有钱人家都争先恐后买电视，而且都是彩电，实在没钱的，也买个二手黑白电视看，甚至连奶奶家竟然都有电视了，是三爸家淘汰的那台旧黑白电视，而且以前最先买黑白电视的那几家又换成大彩电。那段时间，我不管走到寨子哪里，都能闻到新鲜的彩电的塑料香味从各家各户传来，今天这家买，明天那家买。彩电真是个好东西啊，我做梦都想有一台彩电。

我家也想买电视，但一台十八寸的大彩电要两千多元，实在二手黑白电视倒是便宜，一两百元就能买到，但我想一步到位，要买就买新的，买大彩电，让别人也羡慕羡慕我家。

怎么才能挣到买电视的钱呢，一段时间里，我日思夜想，左盘右算，脑袋都要想炸了。我把全家所有的收入都加起来做了个预算，即使暂时不还信用联社的贷款，也还差几百元钱才能买台十八寸彩电。不过如果哪里能再借一点，遇到县上电视搞促销降点价，也许我家真的可以买一台大彩电，实现彩电梦。

我把我家有希望买彩电的美好梦想告诉了我爸我妈和幺闷墩，那段时间，我家仿佛一下就成了正常家庭。我爸我妈见人就笑，喜悦之情难于掩饰，弄得全寨人一见我爸就问，大闷墩，捡到金元宝了哇，那么开心，嘴巴都笑豁了？我爸也会保密，只是继续傻笑，继续合不拢嘴巴，继续笑出一串嘿嘿嘿，不理睬别人。

有压力就有动力。这年我家花椒丰收了，全家四人齐动手，顶烈日，冒酷暑，早出晚归，每天都到地里摘花椒。以前摘花椒，被花椒刺扎破手还觉得痛，现在摘花椒，一想到即将实现的彩电梦，被刺扎手也不觉得痛了，烈日曝晒下也不觉得热了，地气蒸腾也不觉得闷了，就连弟弟幺闷墩也成了全劳力。这年幺闷墩差不多到了身体发育的年龄，他还算听话、勤快，比我爸的劳动效率高，毕竟我爸的腰受过伤，半残疾，稍微重一点的体力活就用不上劲，但我爸一点也不偷懒。所以当我们全家都下地劳动时，就连邻居都有些吃惊了——狗子不要小看闷墩那家人，笨是笨一点，摘起花椒来还凶得很。

花椒摘下后，全靠太阳晒得好。遇到好天气，一个艳阳天就能把花椒晒得一粒粒鲜红，晒得活蹦乱跳，笑口乱开，吐露出里面亮晶晶的黑籽，这就是名震川西的六月红椒子，又称西路椒子，以后我才知道，川菜独特的香麻味，离不开我们这儿出产的茂汶花椒。

这年风调雨顺，全寨花椒大丰收。往年山上烧火地多的，栽花椒树多的，最多收有上千斤干椒子。我家花椒少，只收有一百多斤。因为普遍丰收，价钱就没往年好，上门收购的贩子才给八九块一斤，听说县城价格一斤要高一两块钱，于是我决定上县城卖。

好在杨斌是我的团支部书记，他的车拉我和花椒上县城一般不收钱。我带着弟弟和花椒一起上的县城。去花椒市场一看，只比我们山上的收购价多五角钱，问了几个外地贩子，价格相差不大，我们也就随便找一家卖了，总共卖了一千三百多块钱。这是我长大成人后第一次数这么多钱，哦，我家有钱了，可以买电视了，我激动得数钱的手一直抖个不停，心里那个高兴劲啊就别提了。我带着弟弟竟然进饭馆吃饭，我们还点了回锅肉，我们两人打了半斤老白干，大部分都被我喝了，你们知道我这人嘴馋好吃，现在，我包包里竟然有一千多块钱，已经可以买台十四寸的彩电了。我觉得我一下就富裕起来，我想我砸财神砸对了，财神终于怕我了，不敢再偏心，不敢再堵我的财路。

回寨子的车还要等些时间，我酒兴正浓，就带着弟弟去逛街。茂州城真热闹，特别是菜市场门口，卖什么的都有，而且摆地摊搞杂耍的也有。有一个地摊围了一大堆人，挤进一看，是押硬币正反的。游戏很简单，摆摊人用一匹砖去压一枚硬币。他手脚快，考你眼力快不快，你只需押硬币正面或反面就行了，砖头移开后一看，押错了，你押的钱归他；押对了，他赔你对等的钱。我和弟弟围着看了一会儿，有人赢，也有人输。还有一个胆子大的，一下押了五百元，结果他眼力好，押准了，五百元一下就变成了一千元，让摆摊的摊主脸都绿了，就说不玩了不玩了，玩不过你们这些眼尖的。

围观的人起哄说不让他走，劝他继续玩，说走了就是赢得起输不起。

我旁边突然有个小伙子怂恿我，说这是千载难逢的好机会，说这人经常吃烂钱，今天被识破了，不敢搞鬼了，有这么多人作证，趁他今天不敢搞鬼，有钱就赶紧押，押得多赔得多，让他赔个够，把往天吃的烂钱都吐出来。我的脑袋一下就热了，我问弟弟："我们也押一个？"弟弟说不押，我知道弟弟只会说不，也知道他根本不知道有这么好的挣钱机会，出于谨慎，我想先试试再说。

于是我拿出十块钱，也押了一盘，我清楚地看见那人把硬币放砖底下了，而且是慢慢放进去的，当他把砖块压在硬币上时，我清楚地看清了硬币是正面，我押了十元钱，押正面。结果盘一开，我押对了，我的十元一下就变了二十元。那摆摊的人赔了我十元之后，又要走。围着他的人不准他走，说他既然敢摆这个摊就不能赢得起输不起，摆摊人似乎被激怒了："押就押，哪个怕哪个？不过，我懒得跟你们这些小本钱压，要押就起价一百。"我有些害怕，不敢押了，我旁边那人又怂恿我："一百就一百，押就押嘛，你眼力好，押得多赢得多。"我脑袋已经发烧了，眼睛也激动得通红，鼻子也没有灵性了，我已经忘记弟弟说的那个经典的"不"字了。我想，我只要眼尖，看你能耍什么花招？

于是我又押了一百，这次我又赢了。我激动惨了，我觉得押这钱太容易，我算了一下，我包里已经有一千四百块钱，如果一千四百能押正确一次，就能变成二千八百，买一台二十一寸的大彩电都还有剩余。但我还是很小心，我认真地观察他的每一个动作，然后我又押两百，但这次却输了。我一下就损失了两百。我觉得我这两百失去得太可惜了，我想把两百赢回来就不押了。这游戏真的太刺激了，万一押错一盘，就满盘皆输，押对一盘，那就钱翻筋斗。于是我又押两百，竟然又输了。我想不通，我明明看见他把硬币放砖头下面是正面，可当他拿开砖时，硬币却变成了反面。当我押反面时，砖头移开时又变成了正面，这是什么原理？难道我的眼睛欺骗了我？我搞不明白啊。

这次我给他来个反向思维，我又押了一百，我看见放下去的是反面，我押正面。结果开盘一看，是我自作多情，放在砖底下的硬币还一动不动保持着反面，我又输了……我极不服气，我只要赌正确几次，就能把我的本钱翻倍赢回来。我又押，结果又输……仅仅过了十多分钟，当我再掏包包时，发觉那一千三百元已经没有了。我脑袋轰然一声差点炸了，我好想再押一盘，可是我没本钱了，好可惜。如果哪个肯借我五百块，我押对一次就赢回五百，两次就一千，再押对一次赢回本钱我就马上收手，再也不玩这恐怖游戏了。

我做梦一样，莫名其妙就把一千多元赌出去了，周围的人还在问我还押不押，不押快让开，其他人要押了。

我强忍住泪水从人堆里挤出来。就这么短短十来分钟，我家辛辛苦苦劳动一年的一千三百元花椒钱已经不在我包里了，而且是我主动送出去的。我刚才到底干了什么！我脑袋一片空白，满天空都是悔恨的气味，衣兜里的钱香味已经没有了。我像个木头人，跌跌撞撞跟着弟弟往车站走。我只知道我押输了，但我不服气啊，我明明看见他没有动过砖头，可每次开出来一看，结果为什么总是与我看见的相反？没道理啊。我想不通，想不明白，不甘心啊，事情怎么会成这样呢。

杨斌来了，他问我是不是发生什么事了，脸色这么难看。我向他借钱，我想去把钱赢回来。杨斌奇怪了，怎么刚卖了花椒就要借钱呢。我说出了赌输的事，还没讲完，我就哇的一声一屁股蹲地上，大哭起来。我们一家人全年的花椒收入就那么短短十来分钟不到，就我输了个精光。

杨斌问明情况，说："不对，你肯定遭骗了，赶快报警。"

我们到派出所报了警。我们带警察去了那个摆摊的地方，早没人影了。警察反而埋怨我太不小心，不该有贪念，起贪心，不该去赌博，说那些人都是一伙的，是他们设的局。我问什么叫局？警察同志就跟我讲，局就是圈套，这些家伙一般是三五个人一伙围在那里演戏，他们故意让你先赢一两局，等你上当后，就任由他们摆布了。那开盘结果你永远押不对，因为他们帕子里藏着个磁铁，砖头下面其实一左一右放着一正一反两枚硬币，他们想出正面就正面，想反面就反面，都由帕子里的磁铁控制。这手段叫吃诈钱。这伙人一般吃一次诈钱马上就换地方，就在附近几个县流动作案。

我这才想起每次他们都要拿个帕子放在砖头上，原来是这么简单一个道理。我真笨啊，比我弟弟还笨，我才是我家最笨的大笨蛋、大傻瓜啊，我竟然还自以为是聪明人。而且，我竟然还喝了那么多白酒，酒壮英雄胆，同样也壮糊涂蛋啊！

杨斌问："什么时候能抓住人呢？"警察说："我们尽量早点破案，但你们也要有心理准备，这些都是些社会烂人，骗到钱就拿去吃喝嫖赌，就是人抓到了，钱也用光了，很难追回来。"

梦　碎

　　回去后，我把自己关在房间里，来了一顿猛烈的发泄。我咬牙切齿地挥舞拳头，砸空气，砸木墙，砸被子，砸房间里可以砸的不多的物品……我愤怒至极，却又无从发泄，想骂人，却不知骂谁。老天爷，木比塔啊，这世界怎么老是和我作对，老是欺负老实人呢？我再怎么努力，再怎么劳累，可结果总是失望呢？这不公道啊，我到底做错了什么？我到底怎么做才行？砸累了，我无助地撕扯自己的头发，撕扯自己的衣裳，撕扯棉被，直到把自己累得瘫在床上。之后，我捂在被子里哭泣，满脑袋都幻想着有后悔药吃，满房间都是臭豆腐一样的后悔气息……

　　好在我爸我妈都不管钱的事，他们还一门心思盼着彩电呢。但他们越是这样，我心里越难受。我一想起曾经在包里硬鼓鼓的一千三百多元钱，如果没有被骗，等苹果收获时再卖一点苹果，欠信用社的钱先还后贷，再借一点钱，就能买个大彩电了。即使不借钱，买个十四寸的彩电也足够了啊。可我竟然鬼使神差、鬼迷心窍去赌钱，我真是遇到鬼了。然后，我突然想到我砸财神的事，冥冥之中我似乎觉得这就是砸财神的报应，是那个可恶的财神在捉弄我，报复我。

当我开始后悔砸财神时，我的嗅觉穿透石墙，越过寨子，来到古庙，我又感觉到了张跛子那若有若无的羌笛声。以前我怎么没感觉出这笛声竟有这么幽怨，这么知我心思，这么解我心结，这么明我心意呢？现在感觉到羌笛声，我才知道我的怨、我的恨、我的悔、我的悟早就被先人们谱进了曲谱，都在笛声中预备好了。现在，这笛声神曲一般飘过我心坎，挑逗我心思，启悟我心智，让我一下就懂了许多、悟了很多、悔了更多，难道它真是具有神秘预言功能的神曲？难道这笛声早就预见了我的命运？

杨斌过来看我，劝了半天我才开门。进门后，杨斌塞给我了二百块钱，我不要，他强塞我衣兜。杨斌说他也有责任，没有提醒我小心被骗，而且这也是他和九斤妹的一点心意，然后转达了九斤妹的话，说折财免灾，钱亏了就算了，亏钱不亏人，钱亏了可以再挣，人亏了就再也挣不回来了。

我感动得哭了，什么都不说了，千怪万怪还是怪自己太穷，不会挣钱，还起贪心去赌。一想到自己这么傻，我狠狠地捶打自己脑袋，闷墩啊，你真是个傻闷墩，这么傻的当你都要上，你毬本事没一个，反倒学会了赌博败家，该你背时，该你倒霉。

师父何端公知道这事后，和九斤妹一起来看我。师父没有怪我傻、怪我笨，他只是怜惜地摸着我的头，不停叹气，说我天生就不是干这事的料，说我本性老实耿直，说设赌的人，那是一肚子花花肠子，满脑子邪念坏水，我是斗不过这些人的，还让我记住，今后要远离这些人。

"把这件事忘了吧，你始终要记住，这辈子你和他们不是一类人，命都不一样，你和他们计较，没意思，不值得，"师父回去前再次提醒我，"依你这性格，这辈子该做什么，不该做什么，命中已经注定，不要再去想那些乱七八糟的东西。还有一点，我应该早点教你就对了，你应该早点学会读人。"师父把"读人"两字重重地念道，"作为一名称职的释比，一定要学会相面读人！"

"读人。"这个词就像一盏明灯，一下就照亮了我混沌的心智。我突然明白师傅似乎将心底隐藏的秘密告诉了我，点醒了我，让我突然间找到了释比技艺的突破点，找到了开启神秘释比文化宝库的钥匙。

三爸不知怎么知道这件事，给县公安局打了招呼。三爸的招呼非常管用，公安局立即就把那几个吃诈钱的混混抓了起来。其实他们天天都在那儿设局骗钱，骗得少，就继续骗；骗得多，马上跑邻县躲几天，风声过后回来继续行骗，而且他们专骗高半山农村老实人。被骗的人很多还真以为是自己运气不好，愿赌服输，大多没有报案，没几人知道他们是在设局骗钱。当然，正如先前派出所警察预料一样，人虽抓了起来，钱却追不回来，早被他们花天酒地用光了，加上他们死不承认，又证据不足，派出所拘留他们几天，教育一番，还得把他们放出来。

唉，千怪万怪还是怪自己不该起贪心，有贪念，现在想起来，世上但凡和钱有关的事，哪有天上掉馅饼的？哪有不给点饵料就能钓到的鱼？我就是被钓的鱼，而且我是一条自作聪明却笨到极点的傻鱼，比我弟弟还笨，至少我弟弟在关键时候知道说"不"。我开始理解弟弟说"不"的无比英明和正确——对社会上有些事，你越是肯定的判断，越可能导致相反的结果；越是否定的判断，十有八九能蒙个正确答案。

这事过后，我仿若大病初愈，几个月都打不起精神，缓不过气。直到有一天，弟弟突然对我说："你不要这样子了。"这话仿佛天空划过一道明亮闪电，一下就击中了我敏感的神经，我立即就明白了弟弟的话。此前，我一直把弟弟的话当耳旁风，当傻话听，那是我没有真心在意他的话，没有认真思考他话中有话。现在想起来，弟弟的话有时还真有内容，有些话还真是正确无比。那天如果我听信弟弟的话，也就不会去赌，去上当了。然后我又回想起师父对我讲的"读人"，我决定振作精神，重新开始，我要学会读人，我要忘记所有的不愉快，做一个全新的自己。

经历这次重大财产损失后，我发现幺闷墩还存在不笨的希望，这让我多少有了点安慰，我开始把注意力放在弟弟身上。人们常说人无远虑必有近忧，现在，我是家里唯一的健康人，我要肩负起责任，我要让弟弟长大也能自食其力。我听说弱智病通过吃药能医好，我就带弟弟到县医院去看病，县上医生说这病要到省上检查，可我没钱到省上。我想起杨斌那句有困难找组织的话，于是我去找杨斌，把弟弟的情况告诉他，看这事有没有希望。

说来真是凑巧，杨斌还真给我想到了办法。杨斌说："团县委正在实施希望工程，县上正全面普及九年义务教育，像幺闷墩这种情况，可以免费随班就读。"

果然，杨斌通过团县委给幺闷墩申请到希望工程助学款，让幺闷墩到乡中心校免费读书，根据老师对幺闷墩的智力测试，幺闷墩其他测试都差，但数学成绩还将就，老师就建议幺闷墩和小学三年级的学生一起随班就读。

我问幺闷墩愿意去读书吗？幺闷墩没有回答，没有说不。我虽然知他心思，但我还是开始学着站在幺闷墩的角度来思考问题。我把自己想象成幺闷墩，我试着读他的想法，读他的心思，这么一转换角色，我就知道幺闷墩同意了。于是，我就送幺闷墩去乡中心校读寄宿制三年级，每周回家一次，其余时间在乡中心校寄宿吃住，费用由希望工程资助。

苹果丰收时，我家卖了七百多元钱苹果，加上花椒等其他收入，我家就赶紧到信用社把多年来的一千多元贷款及利息还了，然后先还后贷，贷了五百元作为明年种子农药化肥钱。这年我爸已经学会了喂猪，我家喂了两头肥猪，基本够全年吃肉和请工开支生活。春节前，我家第一次单独请亲戚们吃杀猪汤，让亲戚们从此开始把我当作撑得起门面的大人看待。

为什么我要请客，这也是我开始学习相面读人时才萌生的念头。一段时间，我试着把自己设想成我们寨子的每一个人，然后站在他们的角度来反观自己家，我这才发觉大家看不起我们一家，不尊重我们一家的真正原因，是我们一家对全寨人基本没有付出过什么，对大家没一点好处，哪怕最基本的杀猪汤也是只吃别人，别人却吃不到我们家。这样一换位思考，我觉得我家也太自私了，我家虽穷虽笨，但再穷再笨也得请这个客，也得大方一次，撑个脸面，也得表示一下对全寨人的回馈，只有这样才能体现我家存在的价值，当我这样想问题时，我觉得自己真的长大了。

是的，我长大成人了，虽然还没有成家，但我已经开始懂得为我家撑门面。而且我家从此开始学着办酒席，请亲戚们吃饭，这对于我们一家是多么大的进步啊，这是我家多么有尊严的一件事啊。如果不是我被骗，不是师父教我读人，我还真不懂这个理。

　　杀猪汤从年猪声嘶力竭的吼叫声开场，到亲戚朋友吃喝高兴后唱酒歌结束，从此让我家真正成了一个有"门面"的家庭。

　　杨斌给我带来好消息，说县上宾馆换直角平面新彩电，要处理一批旧彩电，听说几百块钱就能买一台。得到这个消息，我立即赶车到县城，找三爸帮我买。结果三爸一席话又打消了我买彩电的愿望。三爸开导说："第一，你今年没多大收入，还要还那么多的贷款；第二，你买了彩电，县上就不能把你家列为扶贫对象了，你连彩电都买得起，还是贫困户吗？第三，那些旧彩电质量不能保证，修几次的钱都可以买新彩电了，不如再过两年，直接买新彩电算了，反正现在彩电一年一个价，降得凶。"

　　我觉得三爸站得高、看得远，让我明白了什么是高瞻远瞩。这样的人真会读人，一眼就能把人看透，三言两语就把我的想法转变了。既然三爸的话这么有道理，那不买就不买吧，为此，我家的彩电梦又推迟了几年。

　　也是从这时开始，我觉得黑白电视的气味已经不能代表富裕了，必须是大彩电甚至录像机等高档电器的气味才能代表富裕。

副县长

也就是这一年，三爸成了蚕陵寨全寨人的光荣，当上了副县长。蚕陵寨出县长了，蚕陵寨人故意避"副"字之讳，把三爸喊成"县长"，而且此后全寨人一提起三爸，脸面上那是人人有喜，个个沾光，仿佛三爸的荣光就像初升的太阳，霞光万道般泽被蚕陵寨家家户户，旮旯角落，让每个人都沐浴到了县长荣耀的余晖。

蚕陵寨出县长了，你们下寨子有吗？蚕陵寨人一下就感觉比邻村下寨子高出一篾片，自信了一大截，也敢在下寨子人面前扬眉吐气甚至耀武扬威了。遇到下寨子人，眼光都比他们高，表情比他们横。陈壳子对这事的宣传最为得力，虽然是义务宣传，陈壳子却心甘情愿，他感叹说："哼！当年下寨子出了一个农业局局长，下寨子就已经不了得，了不得了，尾巴都要翘上天了，现在看你们下寨子还好意思拿这个局长炫耀？"也是，当个壳子客，光油嘴滑舌还不行，还得有事实依据，得有料来抖，三爸当上副县长就是陈壳子最权威的话料，用老百姓的话说，就叫有了吹牛皮的本钱。

之后，奶奶的地位那是平步青云，渐上云端。以前杨书记和王主任也听奶奶的话，现在奶奶有什么事，开个口，张个腔，他俩脚底抹油，跑得风快，况且王主任老婆也是牟姓，王主任觉得自己就有了县长舅子的身份，自然产生了那种鸡犬升天的虚荣。

当王主任把我三爸当上副县长的消息告诉他八十多岁的老丈人时，身为我奶奶堂兄的牟大爷激动得老泪纵横。他感叹，当年他爷爷牟老太爷二千两银子捐了一个大朝的军功，享受大朝五品候补的顶戴，他这个候补本以为有生之年能候到茂州知州或同知，没曾想一候就直接候进了红漆棺材，等快要候补到他时，都打保路运动了，大清垮台了，茂州知州早跑了，民国开始了，顶戴不值钱了。牟老太爷为此郁积伤身，没有捱过当年冬天，一命呜呼。牟老太爷是最后埋入祖坟地的牟家男人，而牟家祖坟是当地唯一有资格立两个斗石桅杆的大坟，石桅杆的主人，就是前清的茂州武举人，却又有个文气冲天名字的牟文艺。

至于此后牟家祖坟为什么不埋人，有三种说法。一说是牟家几兄弟得罪人了，遭到仇人诅咒，又无端遭了一场火灾，家里的财产和宗祖谱被烧了个精光，之后牟家几兄弟就搬回老寨子蚕陵寨；二说是当时牟家几兄弟闹矛盾，因为几兄弟出自不同的房室，具体是几房和几房闹，不清楚，反正弄出了人命，从此牟家不同房室的兄弟便反目成仇，各立门户，再无往来，加之房室后人多，又大多家道败落，更没人承头去打理祖坟地；三说是民国二十二年叠溪7.5级大地震，牟家祖坟毁于乱石中，加之人丁损失，家谱中断，牟家后人更不知祖上曾经有过什么荣耀风光，什么功德军功了。

这些旧事，连奶奶都不是很清楚，关于牟家祖上更远的事，唯一清楚的只有牟大爷。牟大爷和我奶奶有着同一个爷爷，所以现在三爸当上副县长，在牟大爷看来，这就是延续上了牟家祖上的荣光，从当年乾隆的武举到宣统的五品候补，再到三爸当上副县长，阿弥陀佛，虽然相当于过去的从七品，但总算把牟家的龙脉官运续上了。

我爷爷却高兴不起来，他说三娃这个副县长不好当啊。因为他听说，三爸他们政府干部接连三个月都发不起工资了，听说全县财政吃紧，工资只保教育、卫生，县上一些机关也搞开源节流，很多干部甚至一些教师、医生都停薪留职下海经商去了。没有钱，三爸这个副县长就当得窝囊，连他自己的工资都被拖欠，得靠三婶的工资养家糊口，还要供正在读研究生的卫东。卫红又跑深圳去了，经常换工作，现在到底做什么，谁也不清楚，而且卫红都二十七八岁的老姑娘了，还没成家，把三婶急得一说起这事，唉声叹气的，心口板板都在痛。

爷爷去县城时，三爸留爷爷吃饭，在摆谈中给爷爷说了真话。三爸说："唉，说老实话，其实我这个副县长就是个高级讨口子，一天到晚都想着要钱、借钱、招商引资，县上穷啊，一个农业大县，既没什么优势资源，自身又没造血功能，上万张嘴巴等着吃饭，张口闭口都要钱，这几个月县财政连工资都发不起了……"三爸把自己的工作说得那么苦，那么累，爷爷本来还想开口替蚕陵寨要点资金、项目什么的，看到儿子这么难，吓得不敢开口了。

所以对于三爸当上副县长，我们牟家只是沾他名分的光，具体好处一件也没捞着。虽然牟家没有好处，但蚕陵寨还是沾到了光。三爸通过与团县委和县教育局协调，恢复了蚕陵寨村小办学点，而且还协调到援助资金，给蚕陵寨建了一所希望小学。学校建好了，是一幢砖混六间教室二层小楼，余校长就又回蚕陵寨教书当校长，同时还兼任村农民文化技术学校校长。县上还分配了两名老师，其中一名是邻村的民办教师，另一名是新分配的师范校毕业的女老师李玟。

李老师

李玟老师来教书时，弟弟幺闷墩也转回村小随班就读，因为中心校正愁拿他没办法，他再不走，真要大闹天宫，把班上的纪律彻底搞乱。

我认识李玟是因为弟弟老是闯祸，李老师让请家长，我就以家长的身份去了。弟弟都十四岁了，还读五年级，这样，他就成了班上个子最高、力气最大的男生，欺负小同学那是家常便饭。李老师批评一次，能管两三天，因为弟弟的记性也就能记两三天的事，所以欺负了谁，被李老师批评了，他很快就忘记了，下次一不小心又会犯同样错误。我问他欺负同学没有，他不开腔，就证明他欺负了；如果他说不，我就知道是别人先惹他，他后还的手，他还手又没个轻重，以大打小，当然就成了欺负同学。

我知道，弟弟欺负小同学也不全怪他，一些自作聪明的同学经常拿话逗他、惹他、取笑他，弟弟嘴巴说不赢，只有直接动手了，结果是弄痛整哭同学，被要求请家长。

"你弟弟已经没有人管得住他，他四季豆一个油盐不进，说什么都听不进去，"李老师教育我这个所谓的"家长"，"你弟弟手脚没轻没重的，那些小同学天天都被他整得筋痛、整得泣哭，你说咋个办?"李老师说什么，我都不反对，这是九斤妹教我的。九斤妹说当家长就要有个当家长的样子，说老师说过的话，错误的话要当正确的听，正确的要当圣旨听。

李老师教育完后，我每次都这样表态："我回去好好锤他一顿。"次数多了，李老师说："你锤他不管用，要用爱心来教育他，要让他感受到家庭的温暖，树立起学习的自信，不能让他自暴自弃、以烂为烂。"

李老师的话柔软无骨，多漂亮多好听啊，再怎么批评的话，只要从她嘴里流淌出来，就甜言蜜语，就香气袭人，就温柔顺耳正确英明，横听竖听怎么听都好听了。怪不得人家能当上老师，哪像我们蚕陵寨人，一个个说话雄暴暴、硬梆梆的，没一点弯横倒拐，说话跟吵嘴骂架一样，吵嘴骂架跟疯狗乱咬一样。

这才叫有文化，这才叫有修养，这才叫知书达理，这才叫读懂了人。说实话，我有时觉得自己只要往李玟面前一站，一看她的明眸双瞳，我心里想什么，脑袋里想什么，李老师似乎都能透视得一清二楚。先我还不知是什么原因，后来我才知道，人家是学过心理学的，懂人心思，解人心理，看人看得透，看得准，看得穿。

我不知自己出什么问题了，我竟然喜欢听李老师的训斥，不管李老师说的好听还是难听。每次我去替弟弟挨训，我心情都轻松愉快。我喜欢欣赏李老师的脸貌，喜欢听李老师的声音，喜欢闻李老师的体香。李老师批评我，我都虚心接受，李老师说什么我都举双手同意，李老师每一句话，我都当圣旨牢记于心。我知道李老师训我，是为弟弟好；李老师骂弟弟，是对我家负责。我甚至表态，说弟弟不听话，李老师你给我使劲捶，拿条子狠狠抽，拿教鞭使劲打，拿荨麻草使劲刺……李老师说："你们当家长的就只会说这几句，现在不兴体罚学生了。"我说："国家不准体罚，我们家长允许你体罚，我弟弟就是核桃性格，你不捶着敲着，他皮子就贱，就痒，就浑身不自在、不舒服，你三天两头敲打着他，他皮子就不痒了，就听话就舒服了。"

"我已无话可说，"李老师拿眼瞪我，"你们这些家长，我算服了你们。"李老师中师刚毕业，才二十岁不到，但她训起人来，比我们村上的泼妇还有理、还厉害。

我就喜欢听李老师训人。有时，李老师不训人了，我就提一小袋苹果或核桃等土特产送给李老师，其实我是想多看她两眼，多闻她几遍，多接近她几步。说真的，我没有一点邪念。我就是觉得李老师漂亮，长得细致，仙女一样，能哄我眼睛，能撩我心情，能满足我嗅觉。一个男人，每天能和仙女一样的女人多待一点时间，多看她两眼，多和她说上几句话，多闻闻她的体香，那就是他上辈子修来的福。有时，我甚至羡慕弟弟幺闷墩天天都可以听李老师的课，天天都可以鼓起眼睛把李老师看个饱，而且还经常弄得李老师生气，让李老师不得不管他。哪像我，想见李老师了，还得找个借口，悄悄睃，偷偷看，以防李老师猛然转眼过来，眼光杀人，把你癞蛤蟆的心思刺得百孔千疮。

甚至晚上做梦，我若梦见李老师了，都不愿意醒。我幻想，这辈子哪个男人能找到李老师这么漂亮的媳妇，那可真是幸福到顶了。能配得上李老师的男子一定是神话中的王子，沙场上的英雄，现实中的帅哥，我甚至暗中祝福李老师早日找到一个像电影里才貌双全的明星、大款、白马王子那样的。

村上开始普及九年义务教育和扫除青壮年文盲"双普"教

育，经村上统计，我们村青壮年三分之一都是文盲半文盲，包括只读到小学三年级的我，也算半文盲，一样要到村农民文化技术学校扫盲班学习。扫盲教师由乡中心校老师轮流担任，这个时候我就有机会听李玟老师讲课了。只要是李玟上课，我就去听，而且认真听、认真学、认真记。李老师讲课，普通话说得跟播音员一样，听她讲课就是一种享受，我真想天天听李玟老师讲课。可惜扫盲班只办了几十天，读书又不给工钱，学员们一会儿推托家里要喂猪了，一会儿娃娃又要喂奶了，牛吆不进圈了，鸡被野物叼了……总之找借口东一个西一个溜了，最后教室只剩稀稀落落几名学员，再也组织不起来集体学习，扫盲班也就名存实亡，余校长也没办法，挥挥手说："人不来没办法，都回家去自学，喊娃娃教你们。"之后，想听李玟讲课也就没机会了。

就在我天天记挂李老师的这段时间，蚕陵寨开始安装程控电话，以取代以前的老式摇柄电话。村两委会最先安装，村医杨宝家也安装了，按几个号码就能拨通，再不需要摇总机转接了。村上电话刚安装好，乡上就打电话通知村两委会，说要搞好环境卫生，准备好欢迎仪式，还要备几桌有本地特色的酒席，以迎接香港大老板到蚕陵寨招商引资考察，考察什么呢？竟然要考察蚕陵寨的臭水塘。

蚕陵寨是有这么一个臭水塘，就在蚕陵山后山沟，近半亩地大，有杯口粗一股出水，一年四季流不停。水有一股臭鸡蛋气味，不能喝，但如果皮肤生疮害病，在臭水塘里泡一泡，疮病就能好，而且水温一年四季都二十多度，热天感觉不到水热，一到冬季，臭水塘的水就温嘟嘟的，跟温泉一样。难道臭水塘真是温泉？

　　王主任最先得到信息，说臭水塘就是温泉，是浓硫温泉，含多种对人体有益的元素，现在被一个香港大老板看中了，想投资开发。县上很重视这事，专门让牟县长负责此事的招商引资，这次村上一定要接待好香港大老板，听说这位大老板的公司是几千万上亿资产的大公司。

　　哦哟，几千万上亿的资产，那是多大一笔钱啊，一元一元地数，要数到何年何月才能数完哦；一天吃十元钱，要几辈子才吃得完哦。蚕陵寨人对这几千万上亿元资金的想象就这么直截，这么现实，这么露骨。

　　迎接香港大老板的欢迎仪式足足准备了一个多月。迎接前几天，全寨的卫生都进行了彻底打扫，比腊月二十三祭灶还打整得干净。连村小学都经常停课，学生们都动员起来，穿上节日的新装，跳着欢乐的舞步，预演着列队夹道欢迎仪式。学校这么热闹，我当然要去凑热闹。我来到学校，看弟弟么闷墩他们排练跳舞，看李老师教舞。李老师见我和周围看热闹的没事，就给我们安排任务，让我们扮演县上领导和香港大老板，在操场上走一趟，预演一下，好让学生们适应一下队形。我爽快地答应了李老师的邀请，然后李老师让我们站学校门口，她喊"开始"，我们就开始入场。

　　我是第一次感受到当领导和大老板是多么荣耀幸福。当李老师喊"开始"时，我昂首挺胸阔步迈进学校大门，两边队列的学生齐声欢呼"欢迎欢迎、热烈欢迎"，还跳着彩带舞，欢迎我们入场。这还没完，当我们几位"领导"走到队列前方时，同学们突然朝我们头上撒出彩色纸花，几名少先队员走上前来给我们敬队礼，并且给我们献羌红。这热烈隆重的场面让我浑身热血沸腾，我似乎看见荣耀的光环正在我头上旋转，七彩的祥云正把我来衬托，还有李老师对我们这些"领导"露出的满面殷勤，我一下就沉浸在梦幻般的幻觉中……

正当我沉浸幻境不愿自拔时，杨斌突然来找我，拉上我就走。杨斌说，县上要求欢迎仪式要有羌文化特色，让我去跟师父何端公做工作，让何端公表演释比作法。我说村上请他不就行了吗？杨斌说村上杨书记、王主任都给他说了，就是请不动他，只有你去说看能不能请动他。我说那我更没把握了。杨斌说管他有没把握，先去了再说。

我和杨斌来到师父何端公家，终于知道师父不愿出面的原因。师父说，他这辈子被请去作法都是真作法，这次村上一不请神祈天，二不驱鬼避灾，三不祛邪疗病，只是为迎接领导和贵宾的表演，他做不来假作法的事，还说做这些事是对神的不敬，对祖师的不尊，对客人也不好。杨斌看我都说不动师父，虽说无奈，却又突然脑洞大开，问师父何端公，说让闷墩去表演可不可以？师父何端公看了看我，说："这个你自己拿主意。"杨斌听了高兴起来，立即就让我拿好行头道具，准备作法表演。我本想拒绝，但杨斌两句话就让我没有了拒绝的理由。"你师父都说你拿主意就行了，"杨斌说，"这是村团支部的活动，你是团员，必须服从组织，无条件服从安排。"

就这样，我的第一次释比法事就成了形式大于内容的表演，而且此后多年，我总是迟迟进入不了一名真正释比的全身心投入状态，也许就和我第一次法事极不严谨有关。离开师父家时，师父何端公还是让我带上法冠和法器，说即使是表演，也要有个表演的样子，有那么多领导来，不要给祖师爷丢丑。

　　我折腾了半天的释比作法表演和李玟老师准备已久的隆重欢迎仪式都没有成为此次迎接活动的亮点，而真正让蚕陵寨人惊掉下巴，瞪脱双眼，三观尽毁的是——全寨人仰慕已久、企盼已久的香港大老板竟然是吴有全！这对蚕陵寨简直就是天大的笑话和讽刺。

港　商

吴有全的到来一下就让蚕陵寨脸红起来，尴尬起来，戏剧化起来。

我永远记得吴有全从轿车上下来时所引起的轰动。那天全寨人都想看看香港大老板长什么样子，是不是传说中的天庭饱满、地角方圆、双耳垂肩。当大老板的车停在村口时，乡政府的领导马上跑上前去开门，县上记者都随行拍摄。等大老板从轿车里钻出来时，全寨人一下都鸦雀无声，懵了——怪了，怎么这个香港大老板跟吴有全长得一模一样呢，怎么长得尖嘴猴腮的呢？要不是他一身西装革履，他就真的是吴有全了。陈壳子就口无遮拦，直接就喊出口："啥子香港老板哦，不就是吴有全吗？"随后引起人们的争论，说他看走眼了，说长得一样不一定就是吴有全，人与人不同，花有各样红，长相一样的人多了去了。

正当人们议论纷纷时，三爸牟县长亲自陪同吴有全昂首阔步穿过欢迎的人群，礼节性地接受了学生们和村干部们献上的羌红，然后牟县长向蚕陵寨人介绍吴老板，说你们蚕陵寨真出人才，吴有全现在已经是一家香港公司的大老板了，他已经在我们县注册了一家公司，将要开发蚕陵寨的臭水塘温泉。

哦，果真是吴有全！十多年不见，吴有全竟然乌鸦变凤凰，土狗变麒麟，混成了香港大老板，而且还衣锦还乡开发温泉，当年的小货郎变成了大老板，吴有全真不简单啊。蚕陵寨一下就对吴有全刮目相看了，全寨人对当年批斗和损坏吴有全形象的事情仿佛突然间选择性健忘，包括杨书记、王主任，甚至王寡妇都争着上前去跟吴老板握手，亲热，套近乎，全然忘了当年批斗吴有全耍流氓一事。

世界真奇妙，总和蚕陵寨开玩笑，而且三天两头都在颠覆着蚕陵寨的认知。曾经全寨人批斗的对象，曾经全寨人最看不起的人，曾经全寨人深入揭批的"流氓"，现在却摇身一变成了蚕陵寨的座上宾，成了蚕陵寨崇拜的对象，这让蚕陵寨人一时脑袋转不过弯，神经搭不上桥，脸面挂不住窘，情何以堪？吴有全怎么不事先通知一声，让我们有个思想准备就成了香港大老板呢？这真是一个天大的谜，蚕陵寨人急着想解开这个谜。

就在当天的接待宴上，吴有全把自己的传奇经历讲了出来，而且我也参加了接待宴，是吴有全亲自点名要我作陪的。席间，吴有全把自己的故事演讲成了精彩的传奇，原来吴有全父亲的一位堂兄早年去了香港，是一个人，人老病重后，觉得自己的遗产也该给亲人留一点，最后通过统战部门查找到他唯一的亲戚就是吴有全的父亲，但那时吴有全父亲早已掉粪坑淹死，吴有全就成了他唯一的侄子。之后吴有全被接到香港，照顾他这位伯父直至为其送终，伯父死后留给吴有全一笔遗产，吴有全凭这份遗产开了公司，慢慢就做大了公司，现在想回来为蚕陵寨做一点事，就看上了臭水塘温泉项目。

吴有全的故事就是天上掉馅饼的传奇，很不可信却让大家不得不信。但这样的故事总是发生在别人身上，不会发生在我家。我家做梦都不会做到有一个香港或其他什么地方的大老板亲戚，更不会被天上掉下的幸福馅饼砸中，一切都得靠自己。但这次我家还是被幸福馅饼的残渣砸中了，吴有全竟然认可牟家是他的亲戚。吴有全衣锦还乡自然少不了给亲戚们带礼物，本来他家就是外来户，除了他早年死去的母亲那边还有亲戚外，他爸这边就没有什么亲戚了，而我们牟家曾经是他爸的东家，也算有亲。于是吴有全给我爷爷奶奶和我们每家带了一小袋香港糖果，而且还给我妈送了一只女式电子手表，给我爸送了一只打火机，甚至还给我送了一个指甲剪。

我妈戴上电子手表后，两眼增辉，见人就说是大老板吴有全送她的，还伸出手让别人看表，可换来的却是别人异样的眼神。但不知咋的，我爸大闷墩却一反常态，看不起吴有全送给他的礼物，没几天就把打火机打坏了，随手丢给幺闷墩当玩具耍。

不过我见了吴有全，总觉得吴有全心中似乎装着什么不好说出口的东西，他看我的眼神都有些躲闪，虽然只是那么瞬息一下，但还是被我捕捉到了。因为我一直在暗暗学习读人，学习察言观色，学习怎么观察别人的表情，揣测别人的心思，站在他人的角度去思考问题。

这次接待还改变了李玟老师的命运。李玟在接待中活泼开朗的性格，待人处世拿捏稳准的分寸，以及接待敬酒时聪明伶俐的表现，还有她天生丽质的长相都给三爸牟县长留下了深刻印象。当时县政府办正缺招商引资方面的接待人才，三爸感叹她是难得的人才，之后就推荐李玟改行进了政府办，专门负责接待工作。而王主任却在这次接待中丢了丑，他喝醉后，无论如何要为当年打过吴有全的事道歉，还抓住吴有全的手往自己脸上扇，让吴有全打他，并且要留吴有全喝道歉酒。吴有全当然不会这么失风度，而是摆出一副高姿态，摆摆手说："过去的事就让它过去，都是历史的错，怪不得你王主任。"

听后，王主任仿佛得到特赦一般，足足感动了半年，他叹道："宰相肚里能撑船，能成大事者就和我们不一样。"其实这次接待，最累的是王主任。在接到任务后，县上和乡上都给他打了招呼，一定要做好维稳工作，不得让个别群众破坏了全县的招商引资环境，当然还点了张跛子的名，王主任立即神经高度紧张，天天找张跛子谈话谈心做思想工作。县上领导来这天，王主任一大早就和杨四保拎着香肠腊肉和白酒来到张跛子的庙房，硬要张跛子陪他们喝酒谈心，张跛子这辈子和酒有亲无仇，见了酒就像见了亲人，还没到中午，就被王主任和杨四保灌了个仰面朝天，等酒醒后才知上了王主任的当，原来都是村上使的调虎离山缓兵之计。张跛子事后自己抽自己耳光，骂自己嘴贱，错过了又一次伸冤的大好机会，然后对天诅咒发誓，下次再遇到这样的事，绝对不吃王主任的酒。

王主任听了，嘿嘿一笑："他想得倒好，哪里还有下次？即使有下次，恐怕也不是敬酒，而是罚酒了。"

接待很成功，臭水塘温泉项目立即点燃了蚕陵寨沉淀多年的旅游开发梦想。在吴有全的描述中，将把臭水塘建成温泉度假疗养胜地，将会成为九寨沟黄龙旅游线上的又一颗璀璨的旅游明珠，今后蚕陵寨人不管是从事旅游业还是从事农业，卖农副产品，都可以挣到大钱。蚕陵寨从此将家家发财、户户增收，人人腰包鼓胀，今后不要说彩电冰箱大哥大电话，就是摩托车小汽车都会开进家家户户……

多么诱人的美好愿景，多么灿烂的锦绣前程。光听这些美轮美奂的描绘，我都觉得蚕陵寨仿若世外桃源，神仙居所，不再贫困了，我家也不再贫穷了。我想，如果说吴有全是被幸福的馅饼砸中的，那一定是一块巨大无比的幸福大馅饼，现在这块大馅饼不仅砸中了吴有全，而且四散的碎屑也同时砸中了蚕陵寨，让蚕陵寨也分享到被幸福馅饼残渣砸中的美好感觉。

通往臭水塘的施工道立即开工建设，这部分基础设施建设由县上出资。杨斌和何龙合伙拿下了项目的土石工程。我也加入到给杨斌和何龙打工的队伍中，具体工作是挖运土石。那几年，小工程请不起大机械，挖方全靠人力。我这时已经成长为一个健壮的全劳动力。我每天准时跟着杨斌、何龙上工地，和其他工人一起挖土、砸石、运土，然后装车、卸车。我双手磨起了厚茧，皮肤晒得黢黑，比自己家里劳动还下力气。和我一起劳动的有时就悄悄骂我："闷墩，你真笨啊，你那么累干啥子？磨洋工都不会？又不是给自己干。"我说："我就是给自己干。"弄得问话的人直翻白眼。我似乎清楚地看见了蚕陵寨温泉项目的美好前景如彩色电影般在我眼前徐徐播放——蚕陵寨的明天是多么美好，多么灿烂，多么令人向往啊。

不到三个月，一条通往臭水塘的施工便道便修好了。

施工便道修好后，三爸和吴有全来过一次。吴有全看了施工便道也没说什么，只是拿出大哥大不停地喂喂喂，一副大老板日理万机的派头。三爸虽是副县长却没有大哥大，有点失脸面，就伟人指点江山一样，东指点一下西指点一下，到底指点些什么，不清楚，只说要蚕陵寨保护好这个资源，不要乱挖乱建，说县上正在招商引资，将要引进更大的投资商开发臭水塘。

全寨人听了都很高兴，比吴有全更大的开发商那不知多有钱。但我隐约预感到三爸的话有些不对劲，气味不纯正，先前不是说吴有全就是香港大老板吗？怎么还要引进更大的大老板呢？这么有钱赚的项目，吴有全难道不会自己赚？有好事不会独享？有美差不知独吞？傻啊。

我的疑虑没多久就应验了。杨斌和何龙修了三个多月的路，竟然拿不到工钱，当然我们也跟着拿不到工钱，这让蚕陵寨人一下就对臭水塘项目疑虑重重——连修那么一段路的钱都拿不出来，还有什么钱搞更大的开发？

杨斌到乡上询问这事，乡上转述县上的话，说现在企业投资都是这样的商业运作，修路的钱，要等县上项目资金到位才能兑现，才能拿到工钱。至于臭水塘旅游项目投资开发，吴老板已经联系到了更大的老板，不过还要申请省上立项、国家环境评审等等，反正拉拉杂杂要走很多程序，听三爸说光项目审批就要跑省州几十上百个单位，盖几百个图章，现在要做点事，难上加难啊。

臭水塘旅游开发的事进展缓慢，我们心中的美好愿景如夕阳落山，离我们越来越远。

乡　愁

　　王浩突然回到蚕陵寨，因为这年村上开始换届选举，他爸老王主任年龄已到上限，这个村主任就空缺出来。那几年村主任一职竞争还不激烈，大家都关起门来抓自家的生产，当个村主任收入不多事情多，搞头不大责任大。既然王浩在外面有本事挣到大钱，他老汉王主任又推荐他，选举时多数人就投了王浩的票，盼他能把在外挣钱的本事用在村上。王浩架不住村人热情，加之要照顾家庭，也就不去打工了，半推半就留村上接替了他老汉的班，被选为新的村主任。本来杨斌也有希望选村主任的，但他老汉杨书记还没退下来，加之他打过人，犯过错，就没参选。况且，老子当书记儿子当主任也是组织不允许的。

　　王浩上任第一件事就是集资修路，他到县上疏通关系要到了水泥、炸药，村上出砂石、劳力，把蚕陵寨老寨子的村道全部进行了硬化。村道硬化后，又要到了几千米水管，解决了枯水期人畜饮水问题。蚕陵寨一下就成了远近出名的文明村，县上很多部门都把自己的示范点定在蚕陵寨，特别是农、林、水等部门，让人一下就对王浩的能力刮目相看——不愧是见过世面的，脑子灵，办法多，有闯劲。

老王主任退下来不久，王浩妈便一命呜呼，之后，老王主任的所有心思都是想方设法把王寡妇变成王浩的后妈——自己的老伴。这事虽然王寡妇答应，但老王主任却不敢强来，毕竟这件事事关全家脸面，事关王浩的荣誉，当儿子的不点头，当老子的还得悠着点。

兰香突然回到蚕陵寨，而且她回来第一件事不是回她妈家，而是找我。那天，她到我家直接就和我谈我们之间的事，没一点弯横倒拐。她直接向我挑明，说有人在追求她，说追求他的人在县城有钱有房，是做生意的，她现在拿不定主意到底该不该答应那人。她还说，如果我愿意跟她走，她就和我正式耍朋友，就推掉那个追求她的人。

这时的兰香已经跟城里人一样时髦打扮了。俗话说"人是桩桩，全靠衣裳"，兰香虽然长相普通，身材却够窈窕，稍微一打扮，立即花枝招展起来，跟城里女人一样时髦。此刻她浑身上下散发出浓郁的芳香，这团香气包裹着我，让我头昏脑胀，不能自持。我不知道兰香为什么要对我说这些话。兰香见我还是傻傻的懂不起，擂了我一拳，一下就扑在我怀中，喉咙里有些喑哑："闷墩，你是真闷还是装闷？我都说得这么清楚了，你咋还懂不起呢？"

我满面通红，心扑通扑通狂跳，我尽量稳住自己。我也不知道自己是真闷还是假闷，要说我真闷，其实我知道兰香喜欢我，只是我一直把她当妹妹看，从来没想过要和她发展另一层关系。要说我假闷，其实也不对，我一个大老爷们，身体健健康康，发育又正常，有兰香这么妖艳一个女人对我真心表白，还要把终身托付给我，我不答应，天理难容——除非我生理不正常。

其实不是我不答应，是我天生自卑，不敢有娶兰香的想法，因为我知道我和兰香的事成不了。兰香妈老早就对外放话，说她的女儿金贵着呢，今后找男人，至少要嫁个城里人，不是城里人也要城里有房，家里至少有几万存款的。光这几个条件，蚕陵寨的小伙子就没几个有资格当她的女婿。当然还有一个特殊情况，那就是当上门汉，但即使是上门汉，也要她先看得上别人的家屋才行。我很早就听兰香妈说过这话，这话一下就把兰香高高挂在了琼楼玉宇，让我们这些穷小伙只能望梅止渴，高攀不起。

我信心不足地安慰兰香："兰香，你是我的好妹妹，我知道你妈条件要求高，我家屋不好，没钱，配不上你，只会拖累你。"

"你可以和你爸你妈分家啊，反正你都成年了，分了家，你就什么都不用操心了，"兰香给我出主意，"然后我们两个在县城开个美发店，你当老板我打杂，再请个师傅，要是生意好，几年就把房子钱赚回来了。"

我说："我走了，我爸我妈还有我弟弟就没人管了。"

"他们自己可以管自己啊，况且还有你爷爷奶奶呢！"兰香说，"再说，你和我今后挣到钱了，可以给他们寄回来，那不是在管他们吗？"

我说："我们不能光顾自己。"

"怎么叫光顾自己呢，你挣不到钱，就是天天和你爸妈弟弟守在一起，该穷还不是一样穷？"兰香反问道，"你挣到钱了，就可以让你爸妈和弟弟过上好日子，难道不是这个道理？"

我继续为自己的自卑找理由，辩解说："你妈说过，像我们这样的家屋，你妈是看不起的。"

兰香反驳我："你可以和你爸妈户口分开啊。"

"你知道我穷,"我说,"城里没房,家里没钱,我怎么娶你?"

"你不需要娶我,"兰香说,"你可以上我家的门,就算我娶你。"

"就更要不得,牟家怎么可能上你们兰家的门呢?"我说。我的意思是我要捍卫牟家的荣耀,我一个人上门不要紧,蚕陵寨整个牟家没有一个人会同意这件事,这事关整个牟家的荣誉和脸面,即使以牟家苟延残喘的余威,几十年来再怎么衰败,也不至于让牟家男儿倒插门当上门汉,这可是牟家残存余威和尊严的最后底线,况且兰家在蚕陵寨只算小门户。

兰香见劝不动我,长叹一声,给我说了实话,说其实追求她的那个男人比她大十几岁,婆娘病死,身边还带着一个十多岁的男孩。那男人长相一般,但人勤快踏实,做小生意在县城买了房子,娃娃也送外地读书去了。他答应兰香回蚕陵寨找我,并说如果我们两个成了,他祝福我们幸福;如果我们两个没成,他就一直等兰香;如果兰香还有其他更好的人选,结婚时他都要来祝贺,反正他要让兰香做个幸福女人……兰香说完这些,已经涕泪涟涟。

我知道,兰香是真心喜欢我,我也是真心把她当妹子。而且即使我对她有婚姻的想法,我们两个还是不成,以她妈的那种性格和要求,她是不可能看上我家的,一个笨人的家庭是配不上她女儿的。我有自知之明,我家也有自知之明,虽然我爸我妈笨,但笨人都能明白的道理,难道聪明人不明白?

这世上有些人有些事,不管有缘无缘,天生就如同平行线,永远不可能走到一起,我和兰香就是这样,她是天鹅我是蛤蟆,她在天上飞,我在地上追,我俩的人生就是两条平行线,永远没有交叉点。

兰香非常失望，她离开时，用不理解的眼神把我端详了半天，似乎要把我的样子刻进她的眼底，然后她突然想起了什么，说："闷墩，你相信我妈是毒药猫吗？"

我说不相信，那是封建迷信。

"我也搞不清楚，"兰香说，"小时候我经常半夜醒来，都不知道我妈去哪儿了，我就吓得捂在被子里哭，以为我妈真变毒药猫出去了，哭着哭着我又睡着了。早晨醒来，我妈已经在我身边了，我妈还不准我说她晚上出去的事，有时我甚至怀疑我妈真是毒药猫。"

我说我不想知道这些事。

兰香问我："你不答应，是不是因为你也怀疑我是小毒药猫？"看来，小毒名称的灰色阴影一直残存在她心底，若有若无地纠缠着她，暗示着她，折磨着她。

我摇头否定。

兰香说："你不说就算了，我们两个还是做兄妹吧。"

至此，我和兰香不再有男女之情。兰香离开蚕陵寨后，直到她妈去世，她再也没有回过寨子。我结婚成家，她也是礼到人不来。在她心底，她已对蚕陵寨死了心，对我死了心，从此她不再属于蚕陵寨了。

也许我和兰香之间的事走漏了风声，王寡妇不知什么时候突然脑洞大开，竟然臆想出一个全寨人都不会往那儿想的猜疑，说我和吴有全长得很挂相，而我和我爸大闷墩的长相却相去甚远。王寡妇把这个天大的发现背地里传播出去，想陷我爸我妈于不仁不义中。当然，此后虽有部分村民背地里猜疑我的身世，但猜疑归猜疑，却不敢说出口，毕竟蚕陵寨还没人有这么大的胆量，毕竟牟家血脉容不得他人非议和玷污。而且蚕陵寨但凡懂得人情世故的人听到这种猜疑，都会立即反驳他们，说他们吃饱饭没事干，乱嚼舌头，搬弄是非，居心不良。虎倒余威在，凭着牟家多年来积蓄的威望，为牟家帮腔的，替牟家说话的还大有人在。

我听到这个消息后，简直气炸了。但我不知道这谣言有何目的，难道兰香妈知道什么不可告人的秘密？难道兰香妈故意损坏我和我家名声，好让我离她女儿远一些？我想不明白，心里憋着怒气。可气归气，最终我还是回家对着镜子与自己对视了半天，从脸上每一处细节来寻找我和我爸大闷墩的异同。也许是谣言起了作用，也许是强烈心理暗示，我对着镜子越看越心虚，越看越没底，越看越觉得我和大闷墩的长相背道而驰，难道我家的遗传基因是隔代遗传，让我的长相跳过了我爸这一环，直接和我祖辈外祖辈挂相？或者和兰香妈污蔑为我爸的那个人相像？

看来这个事情还真不简单，我得花一些时间和精力来留意和探究了。而且，这又让我想起六岁那年地震时我爸光胴胴跑出来的样子，那时，他真的不像个大男人……不能再往下胡思乱想了，太可怕了！我虽然从没经受过谣言的伤害，但我知道，谣言这东西就是眼中钉肉中刺，你越是想把它挑明，它越往你肉里钻，痛得你伤心；你不理睬它了，它反而会知趣地从你肉中退出来，什么时候消失了都不知道。

我坚决不信邪、不理睬这谣言，我不能让它借势长大，我要让它随风死去。

龙脉风水

臭水塘的开发零敲碎打的，仿佛是场游戏，又更像一个玩笑。有时零星来一两批施工队，做几天工程又走了；有时来的工程队大一点，接着做一段时间，又跑路了，跑路的原因都是拿不到工程款，只能垫支做点前期工程。来得最大的一个工程队倒是有点实力，舍得投入，铁管道都架了几公里长，把温泉一直引到公路边，还修了一幢楼，准备搞温泉度假村，但最后这个工程队还是没拿到一分钱。去找县政府要钱，政府领导让找吴有全，结果每次找吴有全，他都说再等一等马上就有钱了，还说已经引进了一家更大的公司，再等几天就支付施工队的欠款。反正是各种借口各种推托，一拖再拖，只认账不给钱。实在拖不下去了，几个工程队等得不耐烦，一起去成都的公司找他，想给他来硬的，结果公司早就人去楼空，这才明白吴有全空手套白狼，是个骗子。

蚕陵寨人早知道吴有全全靠一张白嘴，跟陈壳子一样，而且比陈壳子更狡，更会骗。陈壳子只是吹牛骗吃，骗虚荣，吴有全不仅骗吃骗喝，而且什么都敢骗。他不仅骗了蚕陵寨人，连我三爸牟县长都给骗了，而且县、乡政府也被他骗了。县政府甚至还

给他出文件，证明他的公司注册资金有一千五百万，他拿着证明
从银行贷款几十上百万，现在都成了烂账。后来三爸回蚕陵寨时
摆谈起这事，说当时政府也穷怕了、穷疯了，只要能给县上拉来
资金、项目，哪怕是骗来的、哄来的，都是在给县上做贡献，都
是在给财政增税收，都是为了 GDP，都是大胆的尝试，改革就要
允许走弯路，允许摸着石头过河，允许失败犯错误……

　　臭水塘的宏伟蓝图破灭后，蚕陵寨的发财梦也气泡一样随风
破裂。此后几年，蚕陵寨好事不多，却坏事连连。人们私下里传
言，说是臭水塘的开发动了蚕陵寨的龙脉，坏了蚕陵寨的风水。
还有人说蚕陵寨的宝藏被挖走了，说有个工程队用探测器探到了
金鸭儿，在地下撵了几里路才把金鸭儿逮住，连夜就带着金鸭儿
跑路了，连施工设备都不要了，说得有鼻子有眼的——蚕陵寨的
镇寨之宝都被挖走了，今后只会一年比一年不顺当，一年比一年
背时运。

　　好话不准坏话准，好事不多坏事多，关于蚕陵寨时运不济的
预言正被越来越多的倒霉之事所证实。

　　最先发生的倒霉事是全寨的牲畜开始闹五号病。突然一天，
蚕陵寨几十头猪同时出现烂嘴烂脚的怪病，大家都来找二爸牟永
禄打猪针，可是针打了还是不管用，连二爸自己养的十多头猪也
陆续感染了这种怪病。县上防疫站知道后，立即和乡政府人员一
起赶到蚕陵寨，马上把蚕陵寨上下山路口封了，他们把这叫作病
区隔离。接下来的事，就是消毒防疫，隔离病猪，凡有病症的猪
都立即进行药物消毒，对染病的猪立即扑杀，作无害化深埋，同
时，对全寨每家的猪圈都进行彻底消毒。总之前前后后差不多折
腾有两个多月，才算把疫情控制住，但全寨剩下的好猪已不到三

分之一。

　　"我家的猪哩，你死得好惨，来世吗你再也不要变猪了，变条狗嘛还可以看家，变成猪只有挨千刀万剐了……"每次死猪，总有主人家心痛地哭猪，满寨子成天都飘浮着死猪的气息，尸臭尸臭的。

　　这一年，我家喂的三头猪两头都被感染了，感染的都扑杀埋了，剩下一头提前隔离，总算救活下来。算是老天给我家留点情面，给点盼头，让我家残存一点对美好生活的向往。

　　对于这次五号病，有人传言说病发前每天晚上都听见从土祖庙传来奇怪的叫声，有人说是牛王菩萨发出的警告，有人说是老天爷寄身于牛王，在向蚕陵寨通明信息，只可惜没人重视这个事情。这个消息放出去后，土祖庙牛王殿的香火立即旺了起来，每天都有人去庙里给牛王菩萨燃香敬蜡，上供果品。张跛子把功德簿摆好，把功德箱锁好，凡写了功德的，都如实填写，不到半年，功德箱的钱就满了。张跛子与杨书记老婆王大娘等人将功德进行了一次公示后，决定重新维修牛王殿。

　　这次临时抱佛脚的行为杨书记和王浩也没有反对，杨斌也没有反对，而且全寨几乎家家都写了功德，连我家都写了五十元的功德，简直让全寨人都震惊了，传言说连闷墩都知道自己错了，现在后悔砸财神了。当然我家经济状况不能和别人家比，功德写得多的是何大福、何龙、杨斌他们，还有外地打工的，最少都写有两三百，而且连吴有全都写了五百元功德，是托何大福带的，问他人呢？何大福说："他在成都躲债，不敢回来，要债的太多，有人要断他的手脚，有人要抽他的脚筋，每年到县政府上访的都有几批人，都是被他骗到臭水塘投资亏了本的，他哪里还敢回来，躲都躲不赢。"

王浩没敢以自己名义写功德，而是以他爸老王主任名义写的，毕竟他的身份是村主任，这些事情他要避嫌。

钱凑够了，请工匠把牛王殿修整一新，还给牛王菩萨穿了一身新衣，又新塑了马王菩萨，农历六月初八给牛马二王菩萨开的光，请的是青城山的道长。杨书记和王浩对此事再没有上纲上线，而是把它称作传统民俗文化活动。据说现在各村的庙会都更名为传统民俗文化活动，以避封建迷信之嫌，而且县上一些文化学者还专程赶来参加庙会，拿摄影机、照相机拍个不停。即使家畜得了五号病都没有见他们这么关心过，反而塑个菩萨就让他们激动万分了，还到处发图片宣传说蚕陵寨恢复了几百上千年的文化传统。甚至还有专家写文章考证，说土祖庙前身可能就是嫘祖庙，因为蚕陵山下就这么一个有上千年历史的老庙，且立于巨石平台上，与古书记载的嫘祖祠位置和特征相似，况且庙中的一些石像图案似乎也和蚕丛有关……当然，专家的考证说法很多，我们不懂，我们只知道说土祖庙好是他们，说不好也是他们，这让我越来越怀疑当初我砸财神菩萨的正确性了。

这边五号病刚收拾住，那边苹果树又病了。往年，蚕陵寨的苹果还卖得起价，可随着果树老化，近几年苹果大部分都得了霉心病，苹果储藏不了多久就从里面坏掉，所以卖价越来越低，加上外省苹果越种越好，产量又高，本地苹果就越来越不好卖。一些有眼光的人家就开始砍苹果树，改种蔬菜或其他水果。王浩为此事专门去县农牧局请来专家，看了说是品种老化，要换品种，于是全寨掀起了砍苹果树换品种的热潮。我家苹果树不多，但疏于管理，果子越结越小，越来越没卖相，秋天把有卖相的摘了，剩下没卖相的小果都懒得摘它，任其自然烂掉。

苹果树病还没有医好，一些农户地里的花椒树又开始闹根腐病，而且只要一块地有一株树闹病，整块地的花椒树都会被感染，从此这块地再也不能栽花椒了。县上农牧局的技术员来了无数次，还请了省农大的专家教授实地会诊，但专家们也头痛，拿这个病没办法。

幸好我家的花椒树没得病，还能卖点钱，加之杨斌到县上闹了几次之后，我们给臭水塘修路的工钱最终才得到解决，而且还是三爸从其他项目挪的钱来填补的这个窟窿。

病树的事还没解决，蚕陵寨又与波罗寨为争高山草场的事打一次群架。双方到底哪方有理也说不清，反正双方都各自找了几十个亲戚帮忙争草场、打群架。结果是互有损伤，我大爸被打得住了整整三个月院才好，远贵哥也挨了打，不过他却到处炫耀自己的战绩，说把对方打得跪地求饶，下话求情。具体有没有这样的事不知道，不过经过此次群架，波罗寨从此再不也敢把牛放过界山。同理，蚕陵寨也不敢把牛放过去。

接下来一个更坏的消息差点让全寨人举家逃亡——何大福闯大祸了。

惹　祸

　　何大福是在县城闯的大祸。自从何大福挨杨斌的打之后，他就卖了农用车，到县城做生意去了。他一个半文盲也做不来其他生意，那几年卡拉OK厅盛行，何大福就租房开了个OK厅，做一些让管理部门睁只眼闭只眼打擦边球的生意，招了一些陪舞陪酒的小姐，生意一度暴好，从生意角度算得上是否极泰来。可生意场上哪有永远的赢家？随着生意一天比一天红火，钱包一天比一天鼓，狐朋狗友一天比一天多，何大福的傲气也一天比一天高，脾气一天比一天大，人也越来越霸道。一般人他是从来不拿正眼看，生意上有什么搁不平的事，都让他那帮打工的小兄弟去处理、摆平，这就为以后发生的事埋下了祸端。

　　夏日里一天傍晚，三位过路茂州做生意的外地商人晚上去OK厅玩，当然是酒喝多了一些，对服务小姐提出了非分要求，要带小姐出去玩。这些服务小姐见多识广，一个个眼眨眉毛动，最会看人行事，见这几位客人喝多了，当然不敢跟他们出去。这一下得罪这三位客人，当场拎小鸡一样把服务小姐摁在地上，羞辱一番。OK厅小哥一见有惹事的，先还好言相劝，想息事宁人，不料想那三人竟然抽出腰刀，反要OK厅老板赔偿他们的损失。

问他们什么损失，他们说扫了他们的兴就是最大的损失，就得赔钱，然后把玩着腰刀在小哥眼前晃来晃去。有人立即给何大福打电话说有人砸场子，刚好那天何大福生日宴请朋友，何大福接过大哥大电话，脸色骤变，正当他春风得意之时，竟然有人敢打他的脸，砸他的场子，简直是太岁头上动土，老虎嘴边拔毛，这还了得？于是何大福一声吆喝，几十个酒兴正酣的朋友立即操家伙去了OK厅。

其后的结果惨不忍睹。那晚，三位外地商人被打得呼天抢地，两个被打得钻下水道，另一个跑得快，跑派出所报警。当晚政府也惊动了，全城公安武警全体出动，县人民医院也派人抢救，但没办法，最终结果是打死一人，重伤一人，轻伤一人。而且事后调查，双边的责任都怪杜康——双方都喝多了，到底谁对谁错？哪个先动手的？酒醒后都记不清楚了。但千错万错，打死人就是最大的错。何大福和他那帮兄弟犯了命案，立即被拘留起来，连夜突审。

这事还没了结，又传来更吓人的消息。说这三个外地商人家族势力都很大，亲戚朋友有好几百人，而且家族生意人多，不缺钱。他们给茂州公安部门提的条件只有一个，一报还一报，他们也要来几车人，也要把行凶者打个一死一重伤，两相扯平，冤仇相抵，他们才咽得下这口恶气，否则的话，他们就要踏平何大福的寨子——要血洗蚕陵寨何家。而且还有消息传来，说对方已经邀约了几卡车人，正准备赶往蚕陵寨，据说都是真刀真枪的。

得到这个消息后，蚕陵寨立即炸了膛。要是换了从前，以蚕陵寨固若金汤的防守，且几乎家家都有枪，当然可以天不怕地不怕，就连五十年代剿匪，蚕陵寨都没怕过谁。可时代不同了，现在土匪没有了，枪都上缴了，连寨门都在大集体时期拆了烧了炼钢铁，蚕陵寨早已自废武功，再也防不住进攻。于是，以何大福亲戚为主的几十户人家拖家携口，连夜躲进深山窝棚里。

杨书记和王浩挨家挨户做工作，说这是谣言，可何姓几十户亲戚哪里听得进这些，大部分还是躲深山棚子里、岩窝里。说管他是不是谣言，躲过风头再说，万一哪天深更半夜来几车人报仇，刀枪不长眼，往哪里躲哦，派出所都鞭长莫及。经他们这么一猜测，和他们沾亲带故的也吓坏了，一些人家白天还敢住寨子里，晚上就不敢了，都悄悄躲上山，住棚子、睡岩窝——条件虽差，却睡得放心。

师父何端公家是唯一没有躲上山的何姓人家，别人还认为是女婿杨斌给他做通了思想工作，其实何端公根本就没把这威胁当一回事，何端公连妖魔鬼怪都不怕，都镇得住，难道还怕这并不确切的谣言？

我家没有上山去躲，因为我家本来就不是一个敏感的家。何大福把人打死了是他们何家的事，冤有头债有主，人家来报仇，管我们牟家什么事？不过我妈还是带着我弟弟回娘家住了一段时间，等避过风头才回来。

杨斌来找我，让我加入村里民兵，一起参加巡夜戒备，每晚轮流值班守夜，特别要留意山下车辆和外来人员。我很乐意和民兵们一起去巡逻，我又想起我读小学时学王二小放哨巡逻时的情景，感觉儿时的游戏仿佛重现，有种时光倒流的感觉。不过我们巡逻并不认真，只当应差，我才不相信有人敢血洗我们蚕陵寨，现在都哪个年代了，都依法办事，枪也上缴了，不兴民间打冤家了，谁还有这么大的胆量？

但这事还真的差一点发生，幸亏两地政法和公安部门及时通气、介入，才将从受害人家乡出发的一辆满载亲戚朋友的货车拦住，并做思想工作劝退了他们。事情最终处理结果是何大福的OK厅被取缔关闭，何大福及其他几名主犯被依法拘押送审。而且听说何大福老汉还东拼西凑，借了几十万元赔人家，才暂时把对方家属的情绪稳定下来。

之后，何家家人及亲戚才敢从山上撤下来，蚕陵寨这才恢复宁静。

最终结果是，何大福被判了十几年有期徒刑，直接动手的凶手被判无期，而且全靠何大福家人到处借钱凑款，赔了受害人家属一大笔钱，何大福才得以轻判，这桩祸事才算搁平。

不顺利

　　不顺之事是一件接着一件。夏天的一场狂风暴雨，让蚕陵寨的青稞和小麦倒伏过半。之后，通往山下的机耕道又大塌方，而且山下国道213线又遭遇百年不遇的洪灾，五六公里长的公路全被冲毁，路基都被冲到了河中央，让蚕陵寨及周围村寨的交通一夜回到解放前；夏末又落了一场冰雹雪弹子，噼里啪啦把花椒苹果蔬菜都打坏了；到了秋收，因公路不通，外卖的苹果、蔬菜、花椒先要出村转运一次，之后，到国道213线又要转运一次才能卖给外地的菜贩子。本来农作物就受灾，加之又多了两道转运环节，蚕陵寨各家的收入都不及正常年份的一半……随后几年，不是旱就是涝，再不就是病虫害，人工降雨、打防冰炮、石硫合剂等等手段都用上了，收效也不明显，甚至连师父何端公做传统祈年法事都不起作用。家家户户或多或少总有一些不顺利的事，邻居间吵嘴打架的鸡毛蒜皮之事更加频繁，死人的事也时有发生，全寨的情绪一天比一天低落，一天比一天暴躁。人们越来越怨天尤人，越来越迷信——这一切不顺的根源难道不就是因蚕陵寨挖断了龙脉，损坏了风水，亵渎了神灵吗？

　　修路的钱是天文数字，不是蚕陵寨小打小闹集资投劳就能解决的，还得等国家立项批准后修。但修正风水，续上龙脉，尊敬神明的事总花不了多少钱，这种花小钱办大事心诚则灵的事，蚕陵寨早该动手做了——先人们几千年来不都这么做的？不都这么修正的？这也属于传统文化啊！

最先倡议做这些事的不是别人，正是离杨书记最近的人——杨书记的婆娘王大娘。

王大娘算是王主任的堂妹，但她这个堂与王寡妇的堂又不一样，她是本家的堂，而王寡妇是堂亲的堂，也即是堂亲的堂亲，血缘隔得远。

其实在蚕陵寨，屋里屋外事情最多的还是杨书记。杨书记当了多年的村书记，已经成老杨书记了，加之杨书记曾以羌族代表的身份随四川少数民族参观团到过北京，上过天安门，被毛主席接见过，所以杨书记的威望那是无人能撼动的。自打我六岁那年懂事起，蚕陵寨村每一件算得上事情的事，最后还是要找杨书记来想办法、把脉、收拾残局。至于老王主任和王浩，外人说他们一家跟杨书记有点"靠"，我们这儿"靠"就是背对背的意思。但杨书记和王家到底靠不靠，哪是你我几个肉眼凡胎看得出的？

老杨书记到底当了几届书记，谁也说不清。总之，在蚕陵寨村年轻娃娃眼中，从他们懂事起就知道老杨书记是书记了，现在他们有的成家立业，有的外出打工，有的在县城开铺子，有的买车跑运输，有的当兵退伍……当然更多的是在家务农，都已经习惯了村书记就叫杨书记，村书记就应该是老杨书记这个样子，老杨书记就是蚕陵寨党员们的家长，家族的族长，老杨书记说的话就是上级精神和最高指示，这一点蚕陵寨人懂得起。毕竟蚕陵寨人还是有点政治觉悟、有点文化的，懂得讲道理，不像有些寨的人不讲理——说远了，不说了。

　　反正老杨书记既是村中辈分高的长者，又是经历丰富、受人尊重的全寨主心骨。至于老杨书记安排的事，村人一般都遵照执行，不敢违背。

　　比如上次计划生育免费手术这事，就是老杨书记率先示范，先做通王主任和荷花的工作，然后带动了其他人一起到县医院做手术的。为此，县上还发了一面锦旗，表扬蚕陵寨村是计划生育红旗村。而且凡做了手术的，都享受到了"一人结扎全家光荣"的荣誉，那是真荣誉啊，真的是以结扎为荣为国解忧的发自内心的荣誉感啊！结扎的人也都是人人光荣，脸面光彩。杨书记就凭这种身先士卒，亲历亲为的作风，让组织部门一直物色不到替换人选，所以这个村书记就一直让他干着，用县乡领导表扬他的话说，就是真正起到了党员的先锋模范带头作用。

　　结扎这事对杨书记是小事一桩，现在最令他头痛的事不是征税催款，而是村上修路。这次蚕陵寨村道大垮塌后，加上国道213线也被冲毁十多公里，大机械根本进不来。王浩和杨斌带领一帮人把机耕道维修后，勉强能行人过马，但不能过车。杨斌的那台农用车就只能在寨子里打转转，哪里都去不了。为修路的事，杨书记和王浩不知去县上找过多少次领导，也仅仅要来了一些水泥和炸药。之后，村上将损毁路段分摊给各户，要求各家各户自修。可这路小修小补根本起不了作用，入冬农闲时刚修好一段，第二年雨季一到，小雨小垮，大雨大垮，辛苦一冬，路烂如初。下一年再号召大家修路，就懒心无常，喊不动人了，大家心知肚明，这路再修也是白修。请县上的技术人员来看了也说，路的滑坡体一旦形成，就跟人得了牛皮癣，随时复发，治不断根，除非动大手术修大保坎或改道重建，绕过滑坡体。

给人动大手术都没有钱，更何况要给路动大手术呢？杨书记、王浩跑了县上无数次，土特产送了几大袋，换来的就一句话，再等一等，国家马上就要立项了，况且，国道213线都还在修，你们村的路修好也没用！

杨书记这人运气也差，当书记这二三十年来，事做不少，人也累了，可不管他怎样使出浑身解数，蚕陵寨就是富不起来。乡上喊发展种植业，老百姓种啥亏啥。不是种不好，就是卖不脱，种子化肥农药以及人工和运输成本又高。比如那次种洋葱，就亏得一塌糊涂，要不是事情闹大得到大领导重视，还不知要亏成啥样。后来号召大家种秋淡季蔬菜海椒、番茄、莲白、芹菜等等，就有经验了，只引导建议，不强行要求。但不管怎样调整产业结构，不管种什么蔬菜，每年收获都不会令人满意。卖价好时，产量不高；产量高了，价又不好；产量高、价也好，交通又成了问题。一亩地不管种海椒番茄还是莴笋莲白，还是白菜芹菜，亩产少则六七千斤，多则上万斤，收获时每户人一天至少要请十多人帮忙收、摘、背、运，多的一天要请二三十人帮忙，加上村上一次转运，国道213线公路再一次转运，两次转运后，卖菜的钱加上人工、招待，算下来等于是卖一半吃一半，再加上农药化肥成本钱，累一年运气好的赚点钱，运气不好的倒亏本。

好在蚕陵寨家家户户还有点花椒、苹果，每年卖个几十百把斤花椒、几千万把斤苹果，再上山找点收入，还算稳当收入，勉强把日子过得跟花椒一样，麻木而有味；跟苹果一样，天年好时，也红红火火。

杨书记和王浩办法都想遍了，蚕陵寨依旧穷。穷的原因很多，先天条件不足是主因；技术和品种差是一大原因；基础设施落后是一大原因；人口素质差、观念落后也是一大原因，都是客观的。还有一个更大原因就有些迷信色彩了，是谁也不敢说破的，私下老百姓早就议论很久了——那就是寨子没菩萨保佑了。你看土祖庙都损坏了，庙里的各大殿、各大菩萨损毁过半，连财神菩萨都被打坏了，菩萨都没有容身之所，哪里还富得起来？

为这事杨书记的婆娘王大娘一想起来就怨天尤人，说挖臭水塘坏了蚕陵寨的风水和龙脉，砸菩萨得罪了蚕陵寨子的神明，说自从菩萨被砸后，蚕陵寨就事事不顺，土祖庙那么多菩萨都毁坏了，哪个菩萨还敢来保佑蚕陵寨？菩萨是你不料他不料你的，再说千百年来改朝换代，庙子和菩萨哪能随便拆、随便毁？

杨书记为这事也很委屈，说都是历史的错，是没办法的事，以前村村都拆，寨寨都砸，蚕陵寨不拆不砸，自己这个书记能当得下？况且那个时候拆了砸了，上至县上，下至群众，都说拆得好，砸得好，破除了封建迷信，怎么现在政府不管这些了，群众又改口说拆错了砸错了呢？这不是屁股歪怪尿桶是什么？

王大娘说："最先还不是你们带头去砸的？你不带头，你儿子现在会学你的样？"

"那都是历史的过错，和我有什么关系？那时说是封建迷信，是'四旧'，是违规乱建的庙子，我不带头其他人一样要带头去砸。"

"老百姓说蚕陵寨村风水坏了，神明不保佑了，难道你们当干部的都是聋子瞎子，就假装听不见，看不到？"

"怎么听不见？这些说法都是造谣乱说，都是封建迷信，没有科学根据，况且上次修牛王殿我们不就支持了吗？"

"牛王殿是修起来了，也只能保畜牲，还有那么多菩萨咋办？庙子也快垮了，再不大修一下，你们对得起全寨老百姓，对得起列祖列宗？"

"扯那么远干啥，关祖宗什么事？那庙子风里来雨里去几百上千年，还能不垮？村上没钱，怎么去修？"

"怎么不能修？"王大娘说，"依我说，土祖庙和财神殿还是要建起来，只有这样才挡得了人家的口水，修得来寨子的风水，请得回寨子的神明。"

"你想一想，我这身份咋敢提这事？上面晓得了那还了得？这是搞封建迷信。"

"你不反对就行，不要乱扣帽子。这些事又不要你来做，只要你装聋作哑，睁只眼闭只眼就行，这土祖庙就能重建，反正上面的规定就是一阵风，风过了，哪个还当真？"

但修庙一事如果自己不开口，那个敢承头修呢，弄不好被扣帽子。其实杨书记从心底里对这古庙还是有感情的。这古庙历史都一千多年了，文化局搞文物普查来看过，说古庙是唐朝的，只可惜"文化大革命"期间拆了，虽然牛王殿重建了，但还有那么多菩萨和大殿都等着恢复，塑一两个菩萨事小，要重塑所有菩萨，花大价钱不说，要是惊动县上来人过问，哪个敢担这个责任？

哪个都不敢！

杨书记和王浩还在为修庙一事犹豫不决，村上以王大娘、张跛子、何太基、陈壳子为首的一帮老头老婆婆轮流在他们面前吹耳边风，转弯抹角弯酸他们：

几百上千年都过来了，只听说过修庙造宇积德的，没听说过毁庙打菩萨败家的。

"文化大革命"期间拆庙就是错误的,新闻广播上都说了,报纸上也写了。

蚕陵寨村以前风水好好哟,现在不行了,都不晓得找一下问题原因。

人家下寨子的庙子早就修好了,好气派哦,怪不得人家村比我们村发展、运气好。

说我们不懂科学,这世上科学说不清楚的事多了,UFO说得清楚吗?

说是搞封建迷信,啥?现在的人都不笨,上庙子烧个香许个愿不就求个心理安慰,哪来那么多封建迷信哦。

关键是庙子小了就要管,你看城里那些大庙,藏族地区那些大庙,国家不知给了多少钱去修去建。

哪里哦,往几年才管,这几年哪个管你修不修庙,其他事情一大堆,这些小事哪里管得过来。

听说下寨子村是以恢复传统文化和发展旅游的名义修的,还得到县上领导的肯定呢。

……

耳朵听多了不仅会起茧,还会发烫。杨书记渐渐发觉,这事对于蚕陵寨来说已经快要发酵成人心向背的事了。而且从群众心理层面来讲,他们认定蚕陵寨诸事不顺以及贫穷的根子,就是动了龙脉,坏了风水,毁了菩萨,断了财运。他们心里一旦郁积起这个疙瘩,只会越郁越大,越积越硬,不是讲几句大道理就能凭空消融、自动化解的,要有实际解决办法才行。

也是,财神菩萨都被赶跑了,还有啥财运哦,怪不得臭水塘开发不起来。现在大城市，沿海发达地区，旮旯角落哪里不供财神？开个鸡毛小店办个小铺子都要供财神，别人都把财神往家里请，蚕陵寨倒好，把财神往外赶，往外撵，这不是头上长包脑袋进水是什么？

杨书记找王浩商量怎么解决这个问题。两人为这事接连想了好几天，意见交换了几次，还真找到了一个折中办法，那就是村上刚争取到建老年活动中心经费，正好可以以修村老年活动中心为契机，顺便把庙子维修了。上面要是过问，问哪个同意修的，就说是群众"一事一议"自发修的，村里尊重群众意见，尊重民间习俗，不干涉不反对。

关于杨书记和王浩讨论修庙的事，杨斌都听到了，之后告诉了我，还让我保密，不能告诉任何人。也是，人家杨书记一家人根正苗红，党性强，觉悟高，总不能为维修个小庙把一辈子的荣誉都搞砸吧。

土祖庙

　　土祖庙，不对，是村老年活动中心很快就修建起来。标准的三开间大瓦房，在大瓦房旁集资投劳顺便又维修了老庙子的三大殿四小殿，对外就说是老百姓修老年活动中心积极性太高，捐的木料、水泥、红砖太多用不完，于是将就这些材料投工投劳，顺便把老庙子维修了，同时还请匠人来塑二十四孝像，说是打造孝文化，今后好发展旅游。

　　当然，这是建村老年活动中心的说法，等二十四孝塑像塑好后，老头老婆婆们就请工匠塑天王、塑土祖、塑财神、塑观音、塑送子娘娘、塑药王……有人背后给杨书记告状，说那些婆婆大娘又在搞封建迷信，应该好好管一管。杨书记故作头痛状，长叹一口气："唉，你说这事咋管才好？这些老头老婆婆，都这么大一把年纪了，有点事做也好，只要他们不给村上添麻烦，不去信那些乱七八糟的教就已经阿弥陀佛了。"然后就把修庙的责任都推给老年活动中心，"这些都是我和王主任管不了的，"杨书记说，"都是老年人自发搞的事情，你不让他们搞，他们就要跑到十几里远的邻村去搞，那么远，冬天下雪路那么滑，摔倒了哪个负责哟，前几年何老汉不就摔骨折过？"言下之意，如果再有谁反对，就要为香客们没地方烧香导致外出意外事故负责——哪个又敢担这个责呢？

关于蚕陵寨修老年活动中心顺带维修庙子的事就这样不了了之。乡党委政府知道后提醒杨书记和王浩，反复强调这事你们村上要把握好分寸，要多学习政策，民族宗教信仰可以有，封建迷信不能搞，尺度和分寸你们要拿捏准，把握好，要尽量结合传统孝文化用好这个阵地，杜绝不怀好意的势力渗透。

杨书记笑笑："现在人那么聪明，不就图个心理安慰，哪个还信封建迷信哦。老年人你不给他们找点事，他们就要给你找事，他们烧香拜佛又没碍着谁，不是坏事，正好保佑我们村快点富起来。"

也许真是菩萨显灵，修庙也给蚕陵寨带来了意外的惊喜。在拆庙的旧料中，有人意外发现了当年的红军标语，还有一块木板上竟然写有当年红军经过蚕陵寨时收青稞的借据。县上史志办和文管部门都来人照相，标语和借据也上交县博物馆，史志办的同志考证后说这里可能是红军当年的一个指挥部，或村苏维埃政权所在地。后来土祖庙还被定为红色文化遗址，政府都要给钱维修保护——不过都是后来的事了。

既然发现了红军标语和红军当年的指挥部，这修庙一事至少可以算作是将功抵过。杨书记和王浩心里压着的石头这才落了地，长松一口气，舒缓悬着的心。

世上很多事情还真不好说。土祖庙修好后，蚕陵寨还真是风调雨顺，连村上的公路都不怎么垮了，勉强维修一下，小四轮农用车都能通过，加上国道213线已抢修通，路面比以前宽敞平坦多了，卖个菜上个县城更加方便。村上有钱的小伙子都开始流行买摩托车了，买最多的是嘉陵70，这家伙比农用车还快，到县城两腿一夹油门一轰，嘟嘟嘟一个多小时就拢了，后座捆上一头肥猪都载得动，买卖东西方便很多。

好事情远不止这些。没过两年，县上开始给蚕陵寨建无线通信基站，还说基站建好后，蚕陵寨人人都可以用上小灵通和手机，世界一下就可以拉拢到眼前。蚕陵寨人第一次听说小灵通，第一次听说手机，经解释才明白，就是类似大哥大的移动电话，而且安装基站的人说，现在国家通信发展太快，BP机、大哥大都过时了，淘汰了，现在时兴用小灵通、用手机，蚕陵寨再不建基站，就会落后于时代，落后于内地，落后于世界。

外面世界变化真快啊，蚕陵寨不能落后拖后腿，也要跟上时代步伐。而且蚕陵寨人相信，这庙子真修对了，他们的神明似乎已经重回神龛，重归神位，又回来保佑他们了。蚕陵寨到底有没有神明我说不清，师父也不明说。但自从庙子修好后，一到庙会时间，全寨人甚至邻里四乡八寨的香客都络绎不绝来赶庙会，让孤独安静的蚕陵寨一下子就人山人海，人气爆棚，平添许多热闹。师父何端公说过，山朝水朝不如人朝，你一个地方不旺盛，哪个来朝你？你旺盛了，人家自然会来朝贺你，有人气的地方，才会有神灵气，没人气的地方，只有孤魂野鬼气。

现在，庙修好了，菩萨塑了，香火供起来了，财神和各路菩萨也请回来了，我们蚕陵寨村也应该兴旺发达了。

但我唯一有些疑问的是，这庙子要说是宗教信仰，可供的菩萨又佛道不分，要说是风俗习惯、传统文化，又分明是庙子。而且师父何端公作法，是从不去庙里的，我学师父的技法到底是传统文化还是古老信仰，还是其他什么，我暂时也说不清。不过北京和成都等大学来的专家教授都说师父的技艺是古羌文化的精髓，是优秀民族传统文化，对此我表示认同，毕竟光是上坛、中坛、下坛三经就已经神秘无比、包罗万象，堪比经典了。

果然，庙子修好不到一年，蚕陵寨的风水似乎修好了，龙脉好像也续上了，天年也风调雨顺了，而且当年就发现了巨大宝藏——这宝藏远在天边近在眼前，竟然就埋藏在寨门口那个黄土包下面。

发现这一宝藏的是县教育局的李老师，后来才知道，李老师就是李玟的父亲。他喜欢收古董，认识全县搞收藏的人。那天有人让他去看一件东西，他一看就吓了一大跳，竟然是青铜羊樽，他打听是从哪里来的，那人先还捂东捂西不想说，后来急于脱手才告诉是从蚕陵寨收的。这一下把李老师激动得饭不思茶不饮，他讨价还价半天，对方最后答应两万元不能再少。李老师立即回家取钱要买羊樽，但他没有说动李玟的母亲，李玟母亲是老政工干部，头清脑醒，政治敏锐，她一句话就把李老师说蔫了："假如你买的是假货，你损失的是两万块钱；要是买的是真的，弄不好你今后工作都要耍脱，你也知道，要是真的，弄不好就是国宝级文物，买卖国宝级文物，你知道是什么罪，《文物保护法》你难道不懂？"

这话如五雷轰顶，差点惊掉李老师的三魂七魄，于是他立即向县文管所报告，县文管所又报告公安局和上级文管部门，一场追缴盗挖文物的战斗立即在蚕陵寨打响。

蚕陵寨追缴文物和抢救性发掘文物同步进行。被盗文物由已升为公安局副局长的原乡派出所邹所长负责追缴和侦破。文物发掘由省州文管部门与县文管所一起进驻蚕陵寨发掘。我和杨斌都有幸被请去帮工、刨土、守夜，后来取出的一件件珍贵文物立即惊动了省州甚至国家文管部门。原来寨口那个黄土包哪里是土包——竟然是汉墓。出土的东西那是一件比一件珍贵，一件比一件精美，有青铜编钟、青铜羊樽、青铜牌饰、青铜鸟饰、青铜镜……当然更多的是箭镞、戈、矛、刀、双耳罐等。后来又在附近发现了几座汉墓和更多的文物。连省上的文物专家都惊奇于岷江二级台地上竟然有这么多、级别这么高的文物，在这近似蛮荒的高半山上，二三千年前竟然就有了高度文明，可现在却成了贫穷落后的地方，这段历史，怎么来研究？怎样来续写？既没文字记载，又缺少铭文简牍依据，还真是一段难探难写的空白史。

当然让文物专家们大吃一惊的不止这些。第一天开挖黄土包时，就挖出了一大窝菜花蛇，足足十多条，一条条手胳膊粗。几个迷信的临时工就不敢挖了，说是千年蛇精守墓，动土犯忌，于己不利。请来挖墓的另几个临工和我才不管什么蛇精不蛇精呢，我想起了当年我家鸡崽失踪的事，原来是这些蛇精干的，于是我们操起锄头就一阵乱拢，把一窝蛇拢了个四散乱逃，算是了结当年偷吃我家鸡崽的旧账……然后焚香秉烛简单作个驱邪仪式，之后，文物专家就让我和另几个胆大的临时工一直协助他们挖墓发掘，胆小的他们就辞退了。

那边邹副局长追赃也取得巨大战绩。盗墓者竟然是何大福父亲何老汉的外地亲戚，他们到蚕陵寨来过多次，都是以打井的名义来的，成天拿着个管形小铲在地上东凿西铲，说是要为蚕陵寨找水打井，以解决冬季吃水难问题。破案后我们才知道那管形小铲叫洛阳铲，是钻探工具，据说那伙盗墓人被抓后，追回很多值钱文物。

听说文物的巨大价值后，蚕陵寨人一个个惊奇地瞪大眼睛，张大嘴巴，吐出大吃一惊的舌头——石龙对石虎的故事竟是真的！原来蚕陵寨真的有宝藏，我们以前怎么不知道文物这么值钱呢？然后回忆起此前对这些文物的态度，特别是大集体时期挖出很多双耳陶罐，老人说这是戈基罐罐，是从古戈基人石棺葬里挖出来的，不吉利，秽气。于是但凡挖到陶罐，大多砸了毁了，年轻人甚至把戈基罐罐排成一排，当个靶子，拿石块打，看谁打得准。那时不知打烂了多少戈基罐罐，哪里知道是几千年的文物，哪里知道有巨大的文物考古价值。

文物多不多、价值大不大好像和我没关系。我唯一高兴的是考古队挖了大半年，我也跟着打工大半年，而且我胆子大，经常守夜，胆子小的就不敢守。这年我的工钱发下来，是几个临时工中最多的一个，足足两千多块钱，买一台大彩电绰绰有余。我毫不犹豫就上县城买了一台二十五英寸的直角平面彩电，圆了我家迟到多年的彩电梦，让我家充满了彩电的富裕气味。幸好我迟买几年，那年全国正流行背投大彩电，我买的彩电与当年何大福家的比起来，便宜了好几百块钱。

但当年的贫困户名额就没有我家了，理由是我家有大彩电，就不该叫贫困户了，这让我想不明白，贫困户和大彩电有什么关系？难道贫困户就不应该看大彩电？杨书记和王主任的解释自有他们的道理，说蚕陵寨家庭困难的还很多，还有十几户买不起大彩电的，你家既然买得起大彩电，就应该把贫困户名额让给没有彩电的人家。你也不动脑袋想一想，要是上级领导来慰问贫困户，到你家来坐一屁股，慰问慰问，看见你家摆那么大一个新彩电，跟城里人家一样，多尴尬？多打脸？哪像个贫困户样子？

从这天开始，我知道县上评定贫困户也是有标准的，但标准总得有人去执行，到了乡村一级难免存在执行不到位的情况，这就导致陈壳子这样的懒散闲人总能得到照顾，享受到政策红利，都是挂万漏一，没办法的事。

这几年蚕陵寨家家养猪，熏腊肉，油荤充足已经不能代表富裕有钱。家里有大彩电才算得上是有钱人、富裕户。我家就有大彩电，就自认开始富起来，这对我家是好事、大事，但另一件比好事、大事还要好的喜事正悄悄地向我走来，让我瞎猫碰上死耗子，误打误撞白捡了一个媳妇。

木　珠

　　师父何端公让我跟他去波罗寨做法事。我很奇怪，波罗寨人一般是不请端公的，因为他们大多信佛。何端公说："西山背后波罗寨那几户是不信佛的。"

　　我和师父走了半天山路才到达波罗寨那几户散户人家。那里住户不到十户，是波罗寨最偏远一个组，名叫卡卡。卡卡组因为民风习俗跟蚕陵寨基本一样，所以他们平常跟蚕陵寨接触比跟波罗寨其他寨接触要多一些，勤一些，关系也更近一些。而且卡卡组总被波罗寨人歧视，骂他们是跛子寨，因为卡卡组的很多人都得有一种奇怪的病，手脚骨节会变大，然后慢慢就成了跛子。

　　我和师父去的那家男主人叫罗他，女主人叫娜姆，他们家有三个女儿，他们一家人腿脚都有些不方便。需要作法的是二女儿木珠，据说她独自进山被鬼魅缠住了，天天发烧，在杨宝那里包了几次退烧的西药也不见效，都躺床上说了整整一星期胡话了。师父听了主人家介绍病情，又去看了看病人，果见病人在床上蒙在被子里低呓乱语。罗他问有办法吗？师父说有点难，先试试再说。

　　于是，罗他家的法事立即就铺开了场子。神案立起来，香烛燃起来，红铁烧起来……师父先敬天敬地请诸神，然后通明所求事项，之后开唱释比唱经，要求诸神协助和佑护，赶走作祟的邪妖鬼怪。这次师父打的是鸡蛋卦，从鸡蛋蛋清和蛋黄中找到了病症的蛛丝马迹。然后师父命令我："你去把她按住。"我以为师父说错了，结果师父又说了一遍："你去把她按住。"我就只好老老实实听师父的话，俯身将梦呓中的病人连同棉被一起按住。我刚按住棉被，就感觉到棉被下剧烈震颤起来，就像按住一头发怒的野兽……之后棉被里动静越来越小，声音越来越弱。最后，一个女子声音从棉被里传出："哪个压得我气都喘不过来。"然后棉被一掀，一股浓浓的女人味扑面而来，一个半裸的身体出现在我面前。直到这时，我才发现我所按住的是一位满面通红、浑身汗湿、衣不遮乳，正拿惊奇眼光打量我的姑娘，而且我双手隔着棉被正紧紧按在她丰腴的胸部。立即，我和木珠几乎同时羞红了脸。

"哦，老天爷，她终于说正常话了。"木珠的母亲双手合拢祈祷着，幸福地哭起来。

我就这样和木珠相识了。没多久，由我师母荷花作主，征求了我爷爷奶奶的意见，我就和木珠订婚了。用木珠母亲娜姆的话来说，这婚事跟她曾经做过的梦一模一样，都是老天早就安排好的。她和丈夫并不嫌我家穷，至少我家有彩电，也不嫌我爸妈笨，因为他们认定了只有我才能给木珠带来平安和健康。当然，我也不嫌木珠跛，毕竟木珠只有一点点跛，一般看不出来，没有她爸妈那么明显。

我在想，如果那天我不和师父去给木珠做法事，难道木珠真的好不了？难道她真的是被山里的邪怪迷了魂，摄了魄，障了眼？看来师父的绝活还没有全部教给我，或者说我还没有学会读人、读心，还请不来神明。

木珠是个朴实健壮的姑娘，岁数跟我同年，小月份。因为我们都是快满三十的大龄青年，只要双方家庭没意见，这桩婚事就定了。剩下来的事就是走程序，扯结婚证，婚检，本来没想过婚检的，但三婶在县医院上班，说做一个好，就做了。之后是布置新房、添置家具、办婚宴、行婚礼……热闹了好几天。然后，木珠就成了我的新娘，成了牟家的媳妇。

再然后，我就知道什么叫天翻地覆，什么叫彩霞满天，什么叫幸福甜蜜了。此后的日子过得飞快。不要笑我们原始，说老实话，新婚日子对于我和木珠来说就是天天想赖床的日子，就是如胶似漆的日子，就是卿卿我我的日子，这日子比天天有肉吃有酒喝还舒坦，还幸福，还有生机活力。甚至连周围邻居都听出我们的甜蜜幸福来了，经常开玩笑骂我，闷墩天天晚上都弄出那么大的动静，白天地里犁，晚上家里耕，干柴遇烈火，把女人当干饭吃嗦。

我回敬他们一个满脸傻笑，嘿嘿嘿。

穷人家的日子有穷人家的乐趣，笨人家的日子有笨人家的开心。自从木珠进了我家，当了我媳妇，我家的日子那是一天比一天红火，生活水平也一天天好起来。再加上有彩电看、有肉吃，有媳妇睡，我觉得从小以来就盼着的天天有肉吃、有福享的远大理想已提前实现。对于我来说，有肉吃、有媳妇睡、有彩电看就是当下最幸福的日子，而且我又有了更大的理想和奋斗目标，我也要买一辆摩托车，而且要买就买125的，比排量70的劲大。有了摩托我就可以搭着木珠嘟嘟嘟上县城，一路兜风，电影情节一样，好时髦好风光好浪漫。

　　还没等我这个愿望实现，村里条件好的年轻人都开始买面包车了。何龙和杨斌都买了一台，跑短途拉人拉货比农用车实用很多，又节油。这让我的梦想有些相形见绌，我觉得自己的梦想总是比村里同龄人慢一拍，迟几步。别人家有彩电了，我家没有；等我家买得起彩电了，别人家又买摩托了；等我为买摩托而奋斗时，别人家都开始买面包车了……不仅如此，洗衣机、电冰箱、VCD、DVD音响甚至电脑等等家电都开始进入有钱人家。何龙甚至还买了一台摩托罗拉998掌中宝手机，拿在手中虽然小巧，派头却比当年何大福的大哥大还气派，听说花了八千多块钱，天妈老汉！黄金打的吗，宝石镶的嗦？要花那么多钱。

　　随着越来越多的新奇家电进入蚕陵寨，我知道外面的世界正在发生天翻地覆的变化。这些变化有些是我梦想到的，有些是我做梦也想不到的。每天打开电视，不是这儿建高速公路，就是那儿修摩天大楼；不是这家公司剪彩，就是那家企业奠基……尽管蚕陵寨地处偏远高半山，但也能通过电视和收音机站高望远，也能感觉外界翻天覆地的变化——兰香的话说对了，外面的世界很精彩，但对于我来说更多还是无奈。

　　因为幸福的物质标准总是在快速提高，我怎么追也追不上。

新书记

　　这些年，蚕陵寨的基础设施建设项目越来越多，忙得王浩一天到晚忙协调、搞接待。一会儿电力公司要安装电塔；一会儿交通部门要改扩建村道；一会儿移动联通电信要安装基站；一会儿教育部门普九扫盲；一会儿文管部门要求回填黄土包；一会儿水利部门要埋新水管解决人畜饮水；一会儿农业部门要搞产业结构调整和新品种推广；一会儿科技部门又要搞道地药材试点；一会儿林业上又要护林防火封山育林；一会儿铁路公路要搞勘测；一会儿又要求普法……总之是上面千根线底下一根针，很多项目是"上面"要求尽快实施的，具体"上面"是哪些单位部门或领导，太多了，数不清楚……杨书记毕竟老了，体弱眼花反应慢，有些力不从心，他这根老针渐渐有些"头去腰不来"，穿不过千根线了。在下一届换届选举前，他主动向组织提要求，让组织物色年轻干部，最好从培养对象团干部中物色接班人选。

　　杨书记的要求乡党委和县委组织部高度重视，虽然任人不能唯亲，但选贤也不避亲，经多次调研考察后，就基本确定杨斌为蚕陵寨村党支部书记后备人选。在接下来的村党员大会选举中，杨斌顺理成章全票当选为新一届村党支部书记。

杨斌当上书记后让我当村会计或任个其他什么职务，我不干，我说这不好，我毕竟是个释比，最好不沾染这些职务。杨斌就建议木珠接替我师母，当村妇女主任。木珠和我一样，先也推托不同意，最后杨斌说同意不同意都得同意，反正你们两个要来一个帮村上干事，于公来说是给村里尽义务，于私来说就是给杨斌我打帮手。于是木珠就任了村妇女主任，师母荷花毕竟年龄大了，病痛也多，主动退了下来。

木珠性格很像师母荷花，也有一身狠劲、闷劲，干起体力活来风车斗转，要不是她腿脚有点跛，比一般男劳力都厉害，这正好填补了我家劳动力空缺。既然家里有劳力，到了冬天，我就和木珠就去烧火地，虽然国家三令五申不让烧，但家里添丁增口的，集体已没土地可分，不去烧火地，哪来多余的地？所以村上和乡上对这事也睁只眼闭只眼，只要你不把林子烧了，只要你烧火地不要太明目张胆，弄出过大的动静，不惹怒村民，村上一般也管不了那么严，只是警告不要把森林惹燃了，否则是要坐大牢蹲班房的。护林防火，人人有责，安全无小事，切记切记。

才过两个冬天，我和木珠就烧出十多亩火地，而且县上已经开始推广微耕机了，请个微耕机把地翻一遍也要不了多少钱，比请二牛抬扛翻地划算很多。

火地开出后，刚种上花椒树、苹果苗没一年，就赶上国家实施退耕还林政策。这政策最先从我们这儿搞试点，村上凡超过25度的坡地都要退耕还林，而且再不允许烧火地了。这一下全寨人都说我家抓住了政策尾巴，整对了。乡上来丈量退耕还林地时，我家量了足足十五亩。当然我家只是中等水平，早几年开荒多的，家里人口多的，有量出三四十亩的。这年我家光粮食补助就有四千多斤，大米一袋一袋堆在家里，吃都吃不完，多余的粮食只好拿来多喂几头猪，多喂几十只鸡，而且自从退耕还林政策实施后，农业税也免交了。这真是天大的好消息。在蚕陵寨，家里只要退耕还林地多的，从此全年的粮食就不用愁了，而且国家政策好得连农业税也不用交了，自古以来交皇粮国税是农民的本分，现在连皇粮国税都免了，这农民当得让有些居民都羡慕了。

好像从这一年开始，当农民就不那么累了，一年只忙几个月，其余时间光是闲耍，什么事不做也有几千斤粮食补助，这历朝历代当农民的哪有这么好的事哦！村上会说话的，懂政策的都说全靠党和国家政策好；不会说话的，就说蚕陵寨风水好，庙子修对了，菩萨塑好了，没有菩萨保佑，哪有这么好的政策——道理虽有点歪，但心是好意，话是善言。

退耕还林实施后，蚕陵寨家家户户的事情少了许多，就有时间和精力忙闲碎杂事，忙棋牌娱乐。

王寡妇突然三天两头来找我妈，让我妈跟她一起去锻炼身体，听说练好了可以延年益寿，祛除百病，不吃药不打针什么病都可以自己好，甚至我妈的病也可以练好。反正地里的事情少，空闲时间多，我妈正好有时间来练，就跟着王寡妇去锻炼。

结果他们所谓的锻炼身体却是收腹呼嘘，吐故纳新，不吃不喝，有病不进医院，而是想通过呼吸和冥想进入所谓的"辟谷"状态，

我原以为我妈通过锻炼头脑会更清醒一些，不料想，我妈自从锻炼后，不知哪一根神经打通了或者短路了，她的话匣子一下就打开来，整天说话滔滔不绝，仿佛要把她此前亏欠多年的话全部找补回来，她逮着村上的女人见谁骂谁，而且骂得非常难听，

弄得我们当子女的都很难为情。我和木珠每次都把她强行劝回家，可一进家门，她就说有人要谋害她，说我爸要杀了她。我和木珠把我妈弄到县医院去看，三婶找了最好的医生给她看，她连医生都骂，她说医生跟我们是串通一伙的，要给她打毒针，放毒药，要谋财害命。后来没办法，只好把她弄到省城精神病院去，医生立即让她住院，医了两个多月，才放她回家。

对我妈的病，我对王寡妇是一肚子气，是她带坏了我妈乱练身体，把我的笨妈变成了疯妈。我带我妈出院回蚕陵寨后，想找王寡妇算账，却不料听到的却是王寡妇已死去多日的消息。王寡妇何时死的没人知道，只知道她死前说自己已经进入"辟谷"状态，从此可以不吃不喝，长生不老。她要闭关修炼，任何人不得打扰她。结果最后还是老王主任警觉，二三十天不见她出门，砸开她反锁的家门一看，她盘腿靠在墙角，人已瘦成一把骨头，早已死去多时。

人们怀疑她纯粹是饿死的。

兰香回寨子里给她妈料理后事，陪同她来的是一位中年男人，看起来比我爸岁数还大，从那人一举一动来看，对兰香还是言听计从、鞍前马后的。兰香回来给蚕陵寨带来两大刺激，一大刺激是心理的，兰香竟然跟那么大年龄的人在一起，简直都可以当他老汉了，太不像话了；第二大刺激是兰香竟然染了满头的黄头发，鬼眉鬼眼的，让全寨人都看不习惯，要是晚上突然碰到她，还以为活见鬼了呢。而且兰香竟然穿着矮腰裤，啧啧，一蹲下腰，半截屁股都亮了出来，好羞人哦，穿的衣服也跟她妈当年一样，巾巾吊吊的，总是笼不住里面的春光。寨子里就有人就拿她的着装讲笑话。虽然多数人看不惯兰香，但也有不少人维护她，说蚕陵寨人少见多怪，现在外边大城市就时兴这种时髦打扮，蚕陵寨人观念落后，跟不上时代步伐了。

"现在都啥子时代了，都二十一世纪了，还这么保守？这打扮有啥子稀奇的，每天打开电视一看，城里满大街青年男女不都这样的打扮？真是少见多怪，井底之蛙。"陈壳子把自己假扮成见过世面的人，去教育那些缺少见识的，以表明自己见过世面，眼宽目广。

兰香妈的丧宴办得简单，只办了十几桌，去的大部分是亲戚。我带我妈外出看病去了，没有参加，只是后来听大婶和奶奶背后摆谈，说王寡妇命当如此，风流一辈子，没个好下场。但奶奶和大婶自从说过这话后，从此再也不提王寡妇的事，再也不说王寡妇的坏话。因为我们这里的习俗，人死入土为安，生前再有什么不对的地方，做了不好的事，有什么罪孽，死后都可以得到原谅，不再被追究，不再被诟病——毕竟人死为大。

兰香妈死后，老王主任成天和酒作伴，每天至少喝早晚两次酒，都喝散白酒，王二娃烤的玉米酒，度数高。喝多了就去找张跛子，要想办法帮张跛子找回红军身份。张跛子虽然八十多岁了，酒量一点不比老王主任差，于是俩人又经常在一起喝酒，酒一喝多就醉，就开始理论过去那些永远理不清楚的孰是孰非、谁对谁错、弯横曲直……

家　事

木珠怀上我儿了。

我一点准备都没有，一下手脚无措起来。我自我感觉自己都还是个大孩子，怎么这么快就要升格当爸爸了呢。

木珠就不能干重体力活，家里一下忙碌起来。我妈没疯之前，家里煮饭喂猪的家务都由她包揽，现在她却成了需全家照看的病人。我爸和我弟弟就轮流照看她，监视她，害怕她走上不归路。这样，每天日常家务就把我和木珠的时间填满了。还好一点是，我们学会了内地传来的先进喂猪办法，不再大锅煮猪食，而是直接给猪喂生饲料和粮食。自从不再煮猪食，喂猪就没以前那么磨人累人了，小时候就听说科学技术是生产力，看来还真是这样。

奶奶来看过我妈几次，看一次叹一次气，叹她儿子命不好，叹牟家家道中落一年不如一年，并怪罪那个远古的诅咒。奶奶是沉浸在牟家曾经的荣耀风光来感慨的。我虽然一直不明白牟家那个遥远的诅咒是什么，但我感觉现在的日子比我小时候好很多了，至少有彩电看，有腊肉可以随时煮来吃，粮食也吃不完，而且连农业税都不交了……难道这还不叫幸福？我家虽然苦一点累一点，但都是为自己苦，为自家累，应该的。而且要不了多久我就要当爸爸了，从这点来说，我感觉日子一天比一天幸福，一年比一年有盼头。

舅舅得知我妈生病后，赶来我家，建议给我妈换个环境，以利于她恢复健康。我和我爸问换个什么环境好，舅舅说让我妈回娘家一段时间，也许对她的病有好处。我们正为照顾我妈的事发愁，舅舅既然这样说了，我们求之不得，立即就同意了。于是舅舅就把我妈接回娘家去了。

后来我才知道奶奶叹她儿子命不好是有原因的。因为接连发生的几件事都对她几个儿子不利，给了她不小的打击。第一件事是她幺儿媳妇也就是我妈疯了这事，暂且不说；第二件是关于三爸家的，说是三爸竟然在和三婶闹离婚，而且听说都分居一年多了。按三婶的说法是三爸对不起她，说三爸自从调离茂州到州上任职后，就和一个狐狸精住在一起。但三爸矢口否认这种说法，骂三婶疑神疑鬼胡猜乱想。三婶被骂急了，立即摆出她打探到的事实，而且还把那女人与三爸的往来情况讲得清清楚楚，甚至连偷拍的照片都有，把三爸弄得下不了台。事后才知道，三婶竟然是花大价钱请了私家侦探去调查三爸。而且还有更气人的事，都不好意思说出口。听说卫红在外地嫁了个老男人，岁数比三爸大几岁，而且还是离过婚的，女儿都比卫红年龄大。为这事，卫红瞒了三爸三婶好几年，直到生小孩后才敢把这事告诉三爸三婶。三爸三婶听后，坚决不认这个比自己年龄还大的女婿，而且不准卫红把他带回来。牟家竟然有比丈人岁数还大的女婿，这事要是传出去，那会乱了辈分羞死先人的。

不过三爸和三婶自己的婚姻都泥菩萨过河，也管不了卫红那么多。至于卫东，听说在日本读博士，也不知回不回来。

　　没过多久，连我大爸都出事了，出事的原因是他种罂粟。这几年城里火锅店多起来，一些火锅店偷偷拿粟果当香料，粟果价钱自然就涨起来，不过都是私下偷着交易。大爸仗着自己在山上放牦牛，山高地远没人管，竟然偷偷种了几分地罂粟，后来还是被发现了。发现的原因是买粟果的火锅店老板被查，于是就把粟果来源交代出来，大爸随后被公安局的人带走。大婶立即就给三爸打电话找关系想保大爸出来。还好的是，三爸和州公安局领导关系不错，三爸又懂政策，让大婶回家主动一些，立即组织人员上山把罂粟铲了，将功抵过。

　　得到大婶的通知后，牟家在家的小伙子立即上山去铲罂粟。远贵哥带着我和我弟弟一起上的山，新书记杨斌也跟着去，主要去监督当证人。大爸种的那片罂粟很隐蔽，种在林中阳坡山坳的一片空地里，没人带路很难发现。我们到达时，正是阳光明媚，花开正艳的时候。那娇艳的罂粟花红红火火铺满山坡，在阳光下婀娜招展，美得娇柔，艳得动人。但我们都没心情赏花，而是拿出随身携带的腰刀、锄头、棍子等工具，照着满地繁花乱砍乱打，痛下杀手。

　　我用的是腰刀，每一刀下去，那些娇艳的花朵便随刀飞舞，有跌落地面的，有飘飞空中的，有命若悬丝枝断丝连的。花朵们遭此猛烈摧残，立即身断枝裂，一朵朵发出痛苦的呼号，空气中弥漫着罂粟的血腥。远贵哥用的是锄头，一锄头横扫过去，齐刷刷响声过后，在他周围便纷飞起半空残花。弟弟纯粹当游戏在玩，东砍一刀西砍一刀，要不就干脆躺在地上打滚，把一枝枝花朵压得吱呀叫唤，一朵朵鲜花随后血浸坏死……

　　我们在花地里狂欢着，施暴着，虐待着，对着鲜花痛下杀手。不到一个时辰，刚才还仙花丽景的山坡，已经残花满地、枝断叶碎、花尸遍地了。血色的花、奶白的浆、青绿的汁染花了我们的脸、手和衣裤。浓浓的花腥味、青草味、泥土味把我们包围着、浸染着、淹没着……之后，我们累了，就仰躺在一地残花败枝中，随手抓几朵残花，一瓣瓣撕碎，直至撕出一地碎碎的花尸……

　　杨斌没有铲花，他用借来的相机给花地照相，给花尸拍"遗像"。因为他知道，铲花是我们牟家的补救行为，他不便参与，他只须当好监督员、见证人就行了。

　　大爸这事最终以拘留十天，罚款五百元了事。

　　大爸被放出来后，再也不敢提粟果的事，而且从此走路都双腿无力，腿打颤颤，再也不能上山守牦牛了，寨里人都说，大爸是被吓成这样的。之后，大爸家的牦牛就全部卖了。

新农村

正当我爸几弟兄进入多事之秋时，木珠为我生下了女儿，我给女儿取名牟光琴，取琴棋书画之首字。自从我有了女儿，我就觉得我和木珠需要有自己单独的房子，于是我们开始计划建房之事。毕竟弟弟都二十几岁的人了，他今后如果成家，我们这一大家人更没地方住，而且弟弟也不可能再修房子，只有我和木珠修。

我把自己的想法和爷爷奶奶谈了，他们支持我。我又和杨斌书记和九斤妹谈，也支持我——这里说支持其实就是真金白银，就是如果钱不够，要借给我钱。

好消息接踵而来。我建房的事刚筹备两年，正准备动手修建，上面下来政策要搞新农村建设。涉及修房建屋有"四改两建"和风貌改造等项目，也就是我建房后厨房卫生间和整个外墙风貌都由国家出钱来搞，这简直是天降机遇，我立即抓住这个机会，在新批的宅基地上修了两层六间毛坯房。为了享受今后国家的项目，我和我爸妈还分了户口，弟弟也单独一个户口，这都是三爸教的。三爸说今后国家很多惠农项目都是按户算的，我家如果还是一个大户口就要吃亏，不划算，现在分成三个户，什么政策都可以按三份来享受。

户口虽然是三本，不过我还是和我爸妈、弟弟住一起。但当年我爸妈就恢复了贫困户身份，年底前就有县乡领导拎着清油、大米、棉被、棉衣来慰问。这次来慰问的是县上新上任的马县长，来时还带着县电视台记者，更令我吃惊的是，李玟老师也来了，人还是长得那么迷人漂亮，只是身材更丰腴一些——她现在已经改行升职为县广电局副局长了。

马县长和我爸大闷墩及其他贫困户一一握手，杨斌书记为他逐一介绍贫困户，李玟就指挥记者跟进拍摄。弟弟看见李玟老师就高兴得直喊，李玟示意弟弟小声一些。我觉得李玟老师难得来一回，总想表达一点感激之情，毕竟她是弟弟的老师，于是我就准备了一肘腊猪腿，让司机给李玟老师的车子装上。李玟老师虽然很客气地拒绝，但拗不过我和弟弟的热情，还是给她装上了。只是我们装时是瞒着马县长的，我们知道，被马县长看见了，对她不好，毕竟这边县上在慰问我们，那边我们又给李老师送东西，万一被别有用心的人拍个照去举报，那不成了干部向贫困群众"吃拿卡要"了？毕竟现在照相手机都开始普及了，互联网也开始架到村上，我们虽然住在高半山，但天天都在看电视，世界上的大事小事、好事坏事、张家打李家、强国欺负弱国，我们还是知道个子丑寅卯、一二三四五的。礼节上的分寸还是懂得把握的。

马县长走时，要求村上要加大对贫困户的支持和扶持力度，说现在国家搞新农村建设，要让贫困户们尽快脱贫致富。然后他还带来了一个好消息，说县上已经开始启动大骨节病防治和治疗试点工作，要求县上卫生部门和乡上立即组织力量，摸底调查蚕陵寨大骨节病情况。也就是从这天开始，我才知道木珠一家为什么都是跛子，才知道木珠跛脚的病叫大骨节病，是一种很难医治的地方病，得了这种病的人随着年龄增长，手脚关节会长大变形，走路会越来越跛，手指越来越弯曲，严重的会丧失劳动力。我们蚕陵寨得这种病的少，而邻村波罗寨卡卡组得这种病的普遍，卡卡组和蚕陵寨多年来一直有亲戚往来，卡卡组的姑娘很多都嫁到蚕陵寨，因为蚕陵寨比他们寨的交通、电视信号、手机信号等等都要好。当然，卡卡组嫁蚕陵寨的多了，蚕陵寨的大骨节病人自然就多起来。

马县长离开前感叹，随口说："没想到我们牟州长的家乡还这么落后。"那时，只是传言三爸将要高升，没想到马县长一不留意间就将三爸当上副州长的消息说了出来，让我们牟家和整个蚕陵寨立即兴奋起来——天大的好消息啊，蚕陵寨竟然出副州长了！

以前找三爸办事的就多，现在三爸升副州长，找他办事的就更多了。有为子女找工作的，有看病就医缺钱的，有读书要求选学校的，有卖假药、假黄金被派出所关起来要求疏通关系放人的，有交通事故要求帮忙处理的……当然他们并不直接找三爸，而是找我爷爷奶奶，让他们给三爸打电话。才开始我爷爷奶奶不懂这些，有什么事就帮忙打电话，弄得三爸帮忙不好，不帮忙也不好，毕竟自己爸妈在山上生活，看在爸妈开口的份上多少要帮一些。后来发觉越帮忙反而越不讨好，帮了邻居得罪亲戚，说连邻居都帮，为什么亲戚的忙不帮？帮了亲戚，邻居也有意见，说三爸只认亲戚不认同学朋友，小时候你挨打我都帮你打过架，背过锅，顶过包，记得不？弄得三爸最后一概不予理睬，有什么事，去找村上乡上解决，找相关单位部门解决，多大的事非得我亲自出面才能解决？副州长是管你们这些阿狗阿猫鸡毛蒜皮小事的？而且这个副州长又不是我说什么都能解决的，乡亲们，你们真的想多了。自从三爸把这些信息传递给找他帮忙的人之后，找他帮忙的就少多了。

当然，人也得罪不少。

蚕陵寨这几年事情多得离谱。新农村建设项目实施后，对通村公路进行了硬化加宽，病害路段也进行了整治。家家户户都进行了改厨、改厕、改圈、改水，安装太阳能热水器，甚至还试点搞了沼气池，但不怎么成功。加上天保工程的实施，家家户户煮饭烧水都用上了水电，砍柴伐木就少了。而且我们村还被县旅游局纳入了乡村旅游试点，说我们蚕陵寨羌文化内涵深厚，有极大的旅游开发价值。

既然县上这么重视我们村的打造，乡上和村上立即行动起来，大搞环境卫生整治。县广电局李玟副局长亲自带领电视台驻扎到蚕陵寨拍宣传片，一拍就春夏秋冬四季。这期间李玟隔个十天半月就要来一趟蚕陵寨，一会儿拍碉楼，一会儿拍羌寨，一会儿拍玉米，一会儿拍果蔬。拍完物又拍人，拍跳萨朗舞的，拍喝咂酒的，拍师父何端公和我做法事，拍张跛子吹羌笛，拍陈壳子唱山歌讲故事，拍爷爷主持咂酒开坛仪式，拍奶奶纺羊毛线织腰机布，拍九斤妹绣羌绣，拍寨子里的婚丧嫁娶，一日三餐，拍蓝天白云、高山森林、绿草鲜花、雪雨风霜……反正李玟指挥摄像师见啥拍啥，恨不得把全蚕陵寨都装进摄像机。

宣传片拍出来后，在县电视台滚动播放了一个月，又被州电视台相中，在全州播放。州领导看后，觉得我们村有特色，有亮点，决定把我们村打造成全州新农村建设示范点。县上闻风而动，立即请成都的专家给我们搞规划设计，县上各部门凡有项目的，都要结合自身特点，在我们村搞出本单位本部门的项目亮点。杨斌和王浩多次召集村民大会，宣传动员说一定要抢抓好这个千载难逢的机遇，国家政策这么好，领导这么重视，一定要给关心支持蚕陵寨的领导们争口气、长个脸，各个项目实施好了，今后还有更多更好的项目。

一时间，蚕陵寨热闹起来，兴奋起来，躁动起来。杨斌和王浩每天的任务几乎都是接待和环境卫生整治。以前我们村见了小轿车都喜欢围观看新鲜，现在却把汽车都看烦了，因为几乎每天都有轿车、越野车开到学校操场里摆一长排，有时一来就好几十辆，一台比一台高级，一辆比一辆霸道，就跟搞车展一样。

蚕陵寨小学校也停办了，学生都到乡中心校免费读寄宿制，周末和周一由家长接送，其余时间在学校免费吃住，费用由大骨节病"异地育人"项目解决。有了领导的高度重视，有了乡村干部闻风而动，有了群众积极配合，蚕陵寨的新农村建设突飞猛进，不到一年时间，大部分基础设施项目就建设完毕，加上风貌改造全面实施，羌寨立即旧貌换新颜，面貌一新。许多人户都建了新房，有新房子住很多人就搬出了老寨子，老寨子渐渐就成了旅游景点。

风貌改造完毕后，又实施产业结构调整转型升级。农业上或新种植红富士苹果，或改良嫁接老果树，果树品种也丰富得多，开始试种青脆李、红脆李、甜樱桃，产业上鼓励大家开农家乐。杨斌带头开了一家农家乐，作为新农村建设旅游接待示范点，风貌费用和部分材料都由县上补贴。九斤妹事情一下多起来，以前她大部分时间都忙羌绣，现在她还要忙餐饮服务甚至住宿等一大堆事，于是就把木珠喊过去帮忙。木珠也是有头脑的，才过去帮忙没几天，就打算在村上成立羌绣协会，请九斤妹当老师，把全村有空闲的妇女都组织起来，办培训班提高羌绣技艺，发展羌绣产业。木珠的建议得到杨斌、王浩和县妇联、县工会、县科协、县扶贫办的大力支持，没多久，蚕陵寨羌绣协会成立起来，牌子就挂在村小学校，反正村小已经移交给村两委会，教室宽敞，随便拿出一两间教室来，足够协会使用。

随后是打造村口黄土包汉墓文化遗址、土祖庙红色文化遗址，还修建了萨朗广场，塑了嫘祖像，建了羌文化祭祀塔、臭水塘健康浴池……甚至连寨子周围的农田都进行了田园风光打造，新修了环村步行道，安装了文体健身设施、太阳能路灯，连公共厕所都按星级旅游公厕标准来建设，加上环境美化绿化，夜景灯带亮化，蚕陵寨一下子就被打扮得花枝招展。

蚕陵寨的巨大变化让我一时有点迷失目标和方向。此前我最大的愿望是能够买一台摩托车以实现人生最大梦想，但现在我新房子、电视机都有了，而且冰箱冰柜、洗衣机都开始进入普通人户。小灵通被淘汰后，村上用手机的越来越多，县上移动、电信、联通三家搞活动，只要预存话费，手机就白送。为此，我和木珠都领了一部手机，喊人吃饭，找人或被找就方便很多。我本来准备也买一辆摩托车，没想到杨斌直接让我把他的旧摩托拿去骑，反正他已经有一台面包车和一台农用车，摩托搁那儿快要搁烂了，用不上，听说他还准备买挖掘机和越野车。王浩就买了一台越野车，进口的，好几十万呢，跟县上领导坐的越野车差不多。而且村上已开始买液晶大彩电，说背投彩电已经过时了。我的乖乖，才流行几年的背投大彩电就过时了，想都想不到，这世界变化速度太快了，家有大彩电似乎已不能代表富裕了，富裕的标志开始让位于家有汽车了。

用我们的话说就是变化飞快。

我突然感觉到，蚕陵寨仿佛被一只无形的巨手推着甚至拽着往前跑，既被动又身不由己。天上仿佛每年每月都有新的馅饼掉下来，今天砸中这家，明天砸中那家，要不然就家家户户都被砸中。而且最让我们感到吃惊的是，县上新农村检查验收，全县单位的工作人员都分配了任务，组成突击小组到我们村协助每家每户的环境卫生。每一家至少分派有两三个联系人，他们个个都是活雷锋，一进我们家，就当是自己的家，有帮忙整理收拾家务的，有擦窗擦桌洗灶台打整卫生的，甚至还有帮忙冲洗卫生间马桶便槽的……勤快有加，弄得主人家都不好意思了。听说有的单位还给联系户送崭新的床上用品，有的人家房间被布置得跟洞房一样。陈壳子家就这样，家里实在太脏太乱，弄得联系他家的干部动员了单位十多个人来帮他家打扫卫生，实在看不下去他家太乱，大家干脆凑钱给他买了新铺盖，并置办了一大堆全新的日常生活用品。李玟老师运气好，联系我家，木珠当然不让她帮我家打整卫生，木珠自己先就打整干净了，但在李玟老师看来还没有达到上面的高标准、严要求。于是李玟安排她的工作人员帮我们把玻璃不亮的地方擦得更亮，把房间死角再打扫一遍，不顺眼的地方再归类收拾一遍，直到她认为达到验收标准才放心。

之后，他们半开玩笑半祈祷，但愿检查组不要抽中自己联系的人户。

羌　谜

检查验收这段时间，整个蚕陵寨先还有点受宠若惊，后来一些不自觉的人家竟然习惯于这种被动的安排，迷失了方向，滋生了惰性，膨胀了欲望，把本来属于自己的事都推给乡上、村上，而且觉得这一切都是理所当然的。甚至有的人家里扫帚倒了都不想扶一下，说反正县上要派人来打扫。更有甚者竟然大言不惭地说，这些干部就该这样，他们不把我家卫生打扫干净，他们领导要收拾他们，哪个喊他们当干部呢？好像这些干部前世欠他们债，现世来还债一样。

杨斌、王浩和木珠他们都发觉，再这样下去，蚕陵寨迟早会被宠懒宠坏，会自废武功，于是连夜召开户主大会，批评了一些懒散人家，还邀请老杨书记和老王主任参加，给大家做思想工作，纠正大家的浮躁心态。

老杨书记一开口就骂人："现在党和国家政策这么好，一些人反而不自觉了，简直做得太有点过分了，给脸不要脸，家里扫帚倒了都不扶一下，人家国家干部又不是把你打着了，要这么下作来给你家打扫卫生？洗锅刷碗打整厨房，打整厕所？你们自己也要争气一点，各人打扫门前雪，自家卫生自家打整，不要给脸不要脸，抓屎糊脸自己臭自己。"有人咕哝："我们自己在打整，但干部要求太高了，照他们的标准，哪个做得到那么干净，人都要累死了。"杨书记直接骂那人："懒人想死，懒狗吃屎，就你们这种思想还想建设新农村？我看你们就天生命贱，讨口子进不得白玉堂，叫花子睡不得黄金床，新农村建设条件这么好，我们村变化这么大，但你们思想跟不上去，等靠要思想严重，这怎么行？你硬件条件再好，软件跟不上，根子里面还是穷根在作怪，这事就长久不了。俗话说得好，这人啊，穷得富不得，富得了不得，我看有些人这辈子就是贱，就是穷得富不得，稍微富一点，屁股都要翘上天了，就敢打翻天印了。"老杨书记话糙理端，大家还是信服。王主任也讲了话，从侧面对某些懒惰消极现象进行了批评，点到为止。

于是，针对蚕陵寨人思想上还存在"穷根、懒根"现象和"等、靠、要"思想，在全村户主大会上进行了大讨论、大检讨，及时纠正了一些不良现象，但最后的问题竟然都出现在我弟弟幺闷墩身上。

原因是在验收预演期间，有位县领导无意间问群众问题，结果问到了我弟弟幺闷墩。问他新农村建设好不好，他说不；问他哪些地方还做得不好，他说都不好；问他是不是对村干部有意见，他还是说不……总之全是唱反调，全是否定回答。有群众思想工作没做通，这验收哪能通过？这位领导立即将此事转告杨斌和乡书记、乡长，追问他们什么原因？怎么回事？群众的困难和问题有没有解决？县上都这么努力了为什么还有群众不满意？杨斌和王浩有苦难言，有嘴难辩，解释了半天，那位领导还是不相信："这世界怪了，还有只会说'不'的人？你们乡村两级干部编故事也得编出点水平，编圆一点，你这样讲，谁相信？就是我相信，上级领导能相信？检查验收组能相信？简直就是自欺欺人。"

乡村两级干部都解释不清楚。为此，杨斌做工作专门让我去给那位领导汇报。我说什么呢？我只能说我弟弟笨、傻、脑袋进水、神经短路。这话由我这位当哥的说出来那位领导才半信半疑，不再纠结，只是让乡村两级干部要把验收准备工作做得稳妥一些，扎实一些，不能出一丁点差错和纰漏，环节上要层层把关，户户过关。于是乡村两级干部专门针对我弟弟和何太基、张跛子、陈壳子这类有上访史和爱乱说话的人开办了提高班，给他们讲事实，摆道理，交心谈心。这还不放心，为了眼不见心不烦，确保万无一失，验收前一天干脆把他们都接送到附近景区免费旅游，吃喝拉撒全包，总算把最后的隐患排查掉。

后来才知道县上为什么这么重视。原来是全省验收，都是省上领导专家来看现场，这是给全县增辉添彩长脸的大事，哪能出一丁点差错？哪能让你几个"一颗耗子屎搅坏一锅汤"？

验收结束后，别的村都说蚕陵寨这次捡大便宜了，这次新农村建设示范点验收国家投入这么多，力度这么大，蚕陵寨基础设施建设和风貌一下就脱了胎，换了骨；美了体，整了容，蚕陵寨提前十年发展都不止。此后一两年，三天两头都有到蚕陵寨参观取经的，学习考察的，旅游观光的。杨斌和王浩三天两头既当导游也当讲解，还要外出作经验交流报告，弄得九斤妹和王浩老婆成天抱怨，说这两人才当个村干部就忙得日理万机了，要是让他们当乡干部、县干部，那不白天黑夜连轴转？家里天天早晚两头才见人，把家纯粹当旅馆了。

家里的事甩手不管，外面的事倒是管得宽，这两人，还真把自己当干部，当国家栋梁，日理千机日理万机了，全忘了自己还是农民身份。婆娘们纷纷抱怨。

幸好我没当村干部，但我也有事。验收时，我参加了释比技艺表演，因为师父不愿意出面，只好由我出面。没想到我的表演成了所有节目中的重头戏，那些记者本来是报到新农村建设成就的，现在反而把镜头都对准了我。我表演的舌舔红铧和赤脚踩红铧引起了轰动，城里记者哪里见过这么大胆、这么原生态的技艺展示，一个个生怕把细节漏拍了。我也没有那么笨，我知道摄像机的厉害，拍过的片子那是可以放大，可以放慢动作的，我若让他们拍详细了，那释比技艺不就外传了吗？不就泄密了吗？于是表演时，我营造神秘，时而腾挪，时而转身，时而弄出大团的烟雾和水汽，时而遮挡住最关键的细节，把释比传统的禹步走得风生水起，弄得那些记者跟着我团团转，急得手忙脚乱。我心想，你们越想拍清楚，我越不让你们拍清楚，我当初练得那么累那么苦，现在也不能便宜你们，不能让你们捡现成，把什么都拍走。

果然，拍完后，李玟局长专门找我，希望我能补拍一些镜头。我答应她，除了作法的镜头，其他都可以补拍。她问为什么，我说现在神灵没有请到，会烫伤自己的，李玟局长就无话可说了。其实我心里在想，我不能让你们一次把什么都拍清楚了，拍清楚了还有什么神秘感可言？你们今后就不会再拍，也不会再来找我，我得提防这点。以前师父何端公也遇到过记者拍摄，师父提前告诉过他们哪些可以拍，哪些不能拍。

新农村建设验收后不久，李玟因宣传得力，成绩突出，得到马县长的赏识，不久就调县文化体育局当了一把手，由副局长转正成了局长。李玟一上任，立即大刀阔斧狠抓文化建设，而羌文化建设就是她打的一手好牌。这方面，她所做的三件事都和蚕陵寨有关：第一件事，是她对九斤妹的羌绣进行大力宣传打造和扶持，为九斤妹争取到文化产业扶持项目贷款，把九斤妹的手工羌绣变成了前店后厂的标准化生产作坊。第二件事是打造了一台大型羌族原生态歌舞剧《羌谜》，而且让我担当剧中的重要角色——羌族释比。这台歌舞剧全部招收我们蚕陵寨本地群众演员，由专业老师培训我们几个月后，就参加了全国巡演，并获了大奖。回来后，我们蚕陵寨就成立了歌舞协会，各群众演员平时在家里从事生产劳动，需要演出时，大家换上演出服饰，随时都可以给游客表演，而且每次都有劳务补贴。为此，全寨人都非常感谢李老师，哦不对，是李局长，称她能干，就像我们古羌神话故事里的女能人木姐珠一样。第三件事就是启动羌族"国家级非物质文化遗产代表作"的申报工作。这三件事件件都是县上甚至省州的文化大手笔，立即得到省州领导的高度认可，看来李玟老师天生不是当老师的料，娘胎里跟她妈一样，就是从政良才。

自从李玟局长这三件文化大餐开始烹制后，我就经常有机会跟着演出团到全国各地去巡演。我怎么也不会想到，我一个农村娃，没读几天书，没有经过几天专业舞蹈训练，竟然可以到全国那么多地方去演出，去露脸，飞机来火车去，还有专车接送，而且每次演出都获得好评，各大电视台和报刊都进行了报道，并且还上了很多省的卫视节目，让我都有点飘飘欲仙，身心膨胀，真正体会到什么叫土鸡变凤凰了。而且我还真的飘飘欲仙了一次，那一次，是跟李玟一起飘飘欲仙的。

那次是去云南参加一个大型文艺节目演出，我们的《羌谜》

节目表演很成功。演出结束后大家很兴奋，我们几个年轻演员就提议出去喝点夜啤酒。我们邀请李玟一起去，李玟很高兴，没有反对。接下来的事情我现在已记不详细，因为那天我们大部分人都喝多了。李玟以前在县接待办工作过，酒量放开了那可了不得，演员们根本不是她对手，喝到最后，只剩几个年轻男演员还敢陪着一起喝。还好的是，我没喝几杯白酒就投降了。剩下不投降的全被李玟喝趴下。反正第二天休息，喝趴就喝趴。等我们疯疯癫癫回宾馆休息时，清醒的人就只剩我和李玟两人。那晚大家都回房去休息，恰巧李玟的房卡找不到，我又去总台给她补房卡，等房卡补来时，李玟已经等不及了，我刚替她打开房门，她就哇地吐了我一身，我立即扶她到卫生间，并替她打扫秽物，还好是热天，我的衬衫也脱在卫生间里冲洗。

李玟吐后清醒了一些，很不好意思要为我洗衬衫，被我拒绝了。当我光着上身在卫生间洗衬衫时，我突然听见有哭泣声，是李玟在哭，哭得很伤心。我吓了一跳，以为我伤害了她，李玟见我出来，忙擦干泪。后来我才知道那段时间她正和丈夫闹离婚，我本想安慰她，却反而像个小学生一样不知该怎么办。我知道李玟也不容易，一个女人承担全县那么重的工作，要解决那么多问题，管理那么多的资金，担那么大的职责和风险，难啊……那晚接下来本可能发生一些更浪漫的事，但就因为李玟太漂亮，太妖艳，太仙女，弄得我一点自信都没有，最后的结局是我立即回到自己房间，虽然是错失浪漫，却也算相互守礼。

第二天，李玟给我送了一件衬衫，从此，我俩都尊敬着对方，姐弟一样，再也没有类似那晚的浪漫情节和机会。

血　缘

　　也许受我影响，弟弟幺闷墩突然就学会了吹羌笛，这令我大
为惊讶。他怎么突然间就会吹羌笛了呢？我一时弄不明白，一打
听才知道，竟然是村上成全了他和张跛子的忘年之交。

　　前面我说过，张跛子和我弟弟都是新农村建设验收的不稳定
因素，为此他们经常被请到了一起，被谈心，被培训，被养尊，
这时他们几个经常就吃住在一起。张跛子酒后话多，培训时晚上
安排房间，其他人就不和他住一间房，嫌他吵，村上只好把幺闷
墩和他安在一房，也许这就是缘分。此后，幺闷墩没事就经常往
张跛子那儿跑。张跛子经常无人陪着说话，就让幺闷墩听他说，
听他吹羌笛。后来，幺闷墩就喜欢上了羌笛，张跛子就教他吹。
这羌笛其实不复杂，关键要看你有没有这个天赋，幺闷墩没接触
多久，竟然就学会了难度极高的循环换气法，也叫鼓腮换气法，
自此他就成了张跛子的徒弟。而且，张跛子有次还说了句奇怪的
话，他说在幺闷墩身上，仿佛看到了自己师父的影子——要不
然，幺闷墩不可能这么快学会吹羌笛。不过幺闷墩吹奏的曲子总
是达不到张跛子的要求，因为他总是会吹一些自编自谱的曲子，
鸡鸣鸟叫、左声右调的，让张跛子很是无奈。

　　幺闷墩的事没有震惊到我，三婶给我打的一个电话彻底把我震懵了！

　　三婶突然就给我打来电话，听得出电话中她满口怨气。三婶告诉我一个惊天的秘密，说我和我弟弟都不是我爸大闷墩的亲生儿子，因为我爸根本就没有生育能力，这件事她已经替我们牟家隐瞒十多年了，她现在不想再忍、再隐瞒。她告诉我，我爸，不，大闷墩那次去做结扎手术时，医生就说他没完全发育，没生育能力。三婶还不放心，这怎么可能？她让医生专门给大闷墩做了补检，最终结果是大闷墩确实没有生育能力。这件事三婶和三爸已经隐瞒了十多年，现在三婶不知什么原因突然说了出来。

　　这真是石破天惊、晴天霹雳。我感觉满天轰雷滚滚，电弧闪烁，天旋地转。我一下就懵了，天啊，大闷墩不是我爸，那谁是我爸？谁是！难道我们是捡来的？抱养的？

　　我当然不愿意相信这事，为此我专程跑县上找三婶，想澄清此事。三婶最终把事情说清楚了，而且还拿出当年她保留的大闷墩没有生育能力的检验报告。我拿着这份报告，脑袋像挨了一记闷棍，嗡嗡作响，这怎么可能？怎么可能？我三十多年的大闷墩爸爸怎么突然就不是我的亲爸了呢，那我不变成抱养的？不成了私娃子？而且幺闷墩也跟我一样，也成了私娃子，成了不知是哪个老汉和我妈偷生的种。在蚕陵寨，私娃子的名声要多难听有多难听，要多难受有多难受。

　　我回去后，像漏了气的尿脬，立即就蔫了。木珠还以为我得了什么病，连已满五岁的女儿光琴都不去亲一口，一句话不说倒床就睡。但我睡不着啊，翻来覆去一整夜都在想着这个足以搅乱我家庭、毁坏家族名声的消息。我知道三婶为什么早不说迟不说，隐瞒这么多年才说，是因为怀疑三爸另有新欢，她想报复我三爸，而报复三爸的最好办法就是让牟家从根子上烂掉，从根子上身败名裂——看看你们牟家吧，养的后代都是私娃子，门风不正，家屋不净。这事传出去，牟家还有什么脸面和威望，牟家经营了上百年的威望和荣耀的大厦行将崩塌。人活脸，树活皮，电灯活玻璃，牟家的脸都被揭了，还怎么在蚕陵寨混啊。

我想了一整夜，此前我不是我爸亲生的征兆便——呈现在眼前：我又看见六岁那年闹地震时，大闷墩少年一样未曾发育的光胴胴身体；我突然想起了小时候吴有全经常抚摸我的样子和王寡妇造谣说我长得像吴有全的话，难道我是吴有全和我妈结出的果？我不敢这样想。我知道，我妈不会偷人，我妈不会有那种想法，是其他男人偷了我妈，因为我妈漂亮，我妈笨、幼稚，自己被偷了也不知道严重后果……而我爸大闷墩也保护不了我妈，依他的智商，就是聪明人偷了我妈，大闷墩都会帮着看门，因为他太单纯，不懂这些事。但我又想起大闷墩以前经常莫名其妙打我妈的情景，我觉得大闷墩肯定心里还是隐约明白他被戴了绿帽，只是有苦说不出，肉中刺里面痛，憋在心里委屈，这才无缘无故拿我妈发泄。

我的亲爸是谁？我到底该不该恨我的亲爸，我不知道。而且我弟弟和我亲爸是否为同一人？所有这些问题都像棱角尖利的锋刃，在我体内飞舞，刺得我头痛欲裂，体无完肤。

到天明时我决定，我必须维护大闷墩绝对是我爸的名声。我不能让这个病毒一样的传言从我这儿传出去，而且即使有这样的传言，我也要想方设法把它遏止住，熄灭在萌芽状态。否则，我的木珠，我的女儿光琴都会被连累，跟着背上坏名声，被人瞧不起。我决定，不管我和弟弟的亲爸是谁，我都要认大闷墩这个爸。至于我的亲爸是谁，待调查清楚后再慢慢理论。

我的这个决定也是为维护牟家的名声，三婶的目的不就是想通过损毁牟家的名声来报复三爸？女人心海底针，最毒不过妇人心，我不会让她的阴谋得逞。

第二天我一大早就去看我妈，我妈自从不练功后，在大闷墩的督促下坚持吃药，又回娘家调养一段时间后，状况好了许多。木窗前，我定定地看着我妈，阳光穿过窗棂照在她脸上，她依然残存着年轻时的美貌，安静地坐在窗前绣鞋垫，一针一线不知疲倦。我不知该不该问她这些事，或者她早就忘了那些她接触过的男人，或许她根本就不记得有过这些事。而且，我若问她这些隐私，又会刺激让她犯病，那就更难收场了。

大闷墩见我看着我妈，也陪着我看。我知道，大闷墩现在的生活主要就两看，一看电视，二看我妈。对于他来说，这两看都有着无限丰富而生动的内容，令他百看不厌，这辈子，大闷墩是真爱我妈，真对我妈好，虽然年轻时他不懂事打过我妈，但自从他开始照料我妈之后，他已经学会怎样去呵护和心疼女人。

我想叫他一声"爸"，可自从心中有了这个梗后，话到嘴边反而叫不出"爸"这个词了。然后，我突然觉得自己可以换个问题问，我问大闷墩："你最讨厌蚕陵寨哪些人？"

大闷墩眼光中跳动出一苗愤怒火光，可一闪就没了，但我还是捕捉到了这苗愤怒眼神。我一下就觉得这是只有聪明人才会有的眼神，只有聪明人才知道我问的这句没头没脑话的弦外之音，大闷墩肯定听懂了，他知道我要表达的是什么。一想到这，我竟然有些怕大闷墩的眼光，忙避开他。我知道，大闷墩虽然表面上笨，但有时他心里却跟有盏明灯似的，正如那次他从医院跑出来，不愿意花钱治他的腰一样。

接下来的日子对于我来说是非常难熬的。我整天担惊受怕，提心吊胆，害怕寨里人知道我和我弟弟是私娃子，害怕我刚刚建立的家庭受此连累，坏了名声。我的担心和害怕就这样积累着，发酵着，渐渐的，担心和害怕就发酵过了头——变成了恐惧和仇恨。我恨那些曾经欺负过我妈的人，我在心中酝酿着一个狠毒的计划，我要找出这些欺负过我妈的人，为我妈报仇，不管这些人与我有何种关系。

议话坪

怎么找出这些人呢？我筹备着自己的计划，我要让这些人不打自招。我知道杨斌和王浩正在为加强村级治理而头痛。自从新农村建设开始后，县上派人帮助蚕陵寨彻底整治了环境卫生，每天给工钱安排专人负责打扫公共卫生，等验收结束后，县上驻派的人员撤走后，环境卫生费就没有了，公共卫生便没人打扫，村上的脏乱差现象立即就反弹了，没过多久又恢复到以前那种遍地垃圾的旧貌，甚至比以前还脏还乱。以前各家各户门前有脏乱差现象，村干部提醒一下，都知道自觉打扫。可现在世道变了，一部分人被宠坏了，村上要求各家打扫，有些人户竟然没人行动，懒手懒脚站在门口提要求，说要给工钱才打扫。因为他们知道，下一次检查，村上、乡上、县上又要给钱请人打扫卫生，如果自己打整干净了，谁还给这笔钱？

要保持公共环境卫生，村上也拿不出钱，杨斌和王浩拿村民一点办法也没有。因为村民已经暗地里达成共识：打扫公共卫生是政府的事，是干部的事，国家会出这部分钱，要我们打扫可以——把国家给的打扫卫生的钱发给我们。

"简直被打惯实了，"杨斌骂道，"国家把你们这些人摊到了。"（在我们这里，"打惯实"就是被惯坏的意思，"摊到了"表示摊上事了。）

我找到杨斌，告诉他我有一个解决问题的两全其美办法。其实他所操心的这个事在以前就根本不叫事，只要去村上议话坪读一读占碑上先人留下的村规民约，就知道蚕陵寨过去的村规民约有多严，对村里的卫生、习俗、礼仪和邻里纠纷的管束有多狠，处罚有多厉害。因为几百年前的蚕陵寨，有那么一段时间曾被蔑称为"无主生番"化外之地，因地处大朝和土司管辖的边缘地带，乱世纷争之时，间或也会因两边力有不逮，出现两边管辖的权力真空地段，那就自己管自己，村民自治。怎么自治？全靠严厉的村规民约。后来蚕陵寨最终还是归顺了朝廷，自愿向大朝纳粮，且大清时期还出了武举人。之后，蚕陵寨就一直领当地教化之先，倡新风，习礼仪，办私塾，尊孔敬祖，礼贤敬神，一时间邻里和睦、仁义礼信教化之风倡行，村民之间有什么纠纷都在议话坪上理辩公断，彰对惩错，公私分明。哪像现在这些人，越宠越懒，越惯越坏，不以为耻，反以为荣。村上对他越好，他反而了不得，不得了，要打翻天印，想骑在村干部头上屙屎屙尿了。

我们要恢复和倡导蚕陵寨的传统文化、传统礼仪，进行传统教育和治理，这就是我给杨斌出的主意。

"你提这个建议好，但到底哪些规矩该恢复，哪些不该恢复，我也把握不好，"杨斌有所顾忌，"弄不好，有人就要告我们搞历史倒退。"

"我说的意思你还没有理解，"我说，"为什么村上要亲自出面呢？村两委根本不需要直接插手，把这事交给协会去做就行了，以恢复传统文化习俗名义来搞，哪个敢说是复辟倒退？"

杨斌是多聪明的人，我这话一点拨，他就知道什么意思了，也知道怎么个做法。

"你这办法好，我支持你，我先给乡上汇报一下，就按恢复传统文化习俗的方式搞。"杨斌已经清楚地看到这个办法能解决当下村人的懒散和教育问题。但具体怎么实施，杨斌还是来征求我的意见，我的意见只有一条，成立释比协会，倡导古俗新风。原来我想的是倡导古风古俗，但这就不是用发展的眼光来看问题了，所以我说要倡导古俗新风。

至于要倡导哪些古俗古礼，要弘扬哪些新风新俗，这就要由村上和释比协会研究决定。

得到村两委会和乡上的大力支持后，蚕陵寨释比协会立即成立起来。会长当然由师父何端公担任，副会长由退休后的余校长担任，我任秘书长，负责日常跑腿杂务等具体工作。杨斌和王浩当我们的顾问。成员就多了，有我弟弟幺闷墩，村上以我爷爷为首的那套锣鼓唢呐人马都是我们的成员。

释比协会成立当天，我们请了县文体局李玟局长，请了非遗股负责人，请了县精神文明办、民宗局、乡政府，还请了县电视台记者。会前，余校长亲自执笔，把议话坪古碑上的乡规民约碑重新进行了油漆描红，就能看清楚此碑立于大清雍正年间，碑文大致内容是：偷伐树木和偷窃行为怎么惩罚；邻里吵嘴打架是非怎么理断；私情乱伦怎样惩处；吸大烟赌博该受怎样的鞭罚等等，甚至连违失礼仪怎么处罚都上了碑文。如果能做到碑文这么严的要求，蚕陵寨真可以评得上精神文明示范村。

最先肯定我们村做法的就是县精神文明办的同志，他们对碑文内容感到相当吃惊，连连感叹没想到以前村级管理这么严，古风纯朴，传统有方，没想到先人也高度重视"精神文明建设"，这是他们在当天仪式后饭桌上的酒后戏言。甚至还说不能小看古人的智慧和治理能力，哪像现在一些人，一不敬神二不惧鬼，一个二个天不怕地不怕，脾气一个比一个见长，三句两句话不对就要动脚头打拳头，甚至连进公安局派出所都不怕了，人人都自认老子天下第一，连做人的基本准则和敬神惧鬼的敬畏心都没有了，连做坏事遭雷打下地狱都不怕了，还是祖先英明，管理有法，治村有方。

杨斌补充："乡村一级实行自治，旧时村上权力大，可以动私刑，做得不对，家法伺候，当然好管，现在人人都懂点法了，一有不对就到处上访，到处乱告，哪个敢乱动哪个？一个个都认为自己老子天下第一，天不怕地不怕，了不得不得了了。"

还是爷爷说的老话有理，"这人啊都是贱皮子，所谓三天不打上房揭瓦，祖先管理村子，那才叫村民自治，哪个没有做对，哪里没有做好，就敢鞭棍伺候，可惜现在不兴打了，说这样违法违人权了，"爷爷感慨，"以前老规矩是皇权不下县，县下唯宗族。过去村上保长的话就是法，哪个敢不听？更不用说乱倒垃圾这些芝麻小事了。"爷爷年纪一大把说话还这么条理清楚，这得归功于他天天准时听新闻，看时事，关心国家大事，操心世界大事——所谓吃老百姓的饭，操地球球长的心。

杨斌立即纠正爷爷的错误观点："那个时候是政府乱来，老百姓不懂法当然胆小吃亏，现在政府依法行政，老百姓懂法了，有理走遍天下。"

爷爷赞同杨斌这种分析。

释比协会隆重成立了，而且还到县民政局作了登记，算得上正规协会。协会活动阵地就定在议话坪，凡村两委会"一事一议"不方便讨论的，超出村上管理权限的，就由释比协会在议话坪上讨论决定，集体表决同意后由各家各户回去落实，共同遵守。

李玟局长问我们协会需要什么支持，我向她提了一个要求，要她解决一套便携式录音设备，说师父何端公的上坛经、中坛经、下坛经唱词太宝贵、太长、太难记，需要好的录音设备。李玟马上安排此事，为我们协会配备了一支大容量录音笔、一部照相机、一台笔记本电脑，让我为师父何端公录音拍照，抢救宝贵的非物质文化遗产。这些设备我很快就学会了使用，我没有想到这辈子我还能用上这些高档现代高科技的东西，看来，有组织出面很多事就好办，加入协会的感觉真好。

释比协会成立后，仿旧规古礼达成的第一个共识竟然是允许村中心校老师体罚蚕陵寨学生，而且是大部分家长一致举手表态同意的，要求体罚标准仿照古礼执行，没有戒尺，就用教鞭打手板、敲脚杆。因为蚕陵寨有些学生太难管了，在县城和中心校读寄宿制，一天到晚不好好上课，天天逃学进网吧打游戏，可是老师却只敢教育不敢体罚，因为有老师曾因体罚学生被教育局处理过，从此就没几个老师敢体罚学生了。

看来，古人所说的"打是心痛骂是爱，不打不骂不成才"的传统观念已经不适应现在的教育了。

我们这个决定递交到中心校。中心校李校长看了有些哭笑不得，说："爷爷些，伯伯些，感谢你们对学校工作的大力支持，你们就不要再给学校添乱了，感谢你们的一片好心好意，你们就是借我们一百个胆，我们也不敢体罚学生啊。虽然你们家长允许我们体罚学生，但国家不允许，社会不允许，《未成年人保护法》不允许，哪个老师敢体罚？现在的学生，这么金贵，哪个敢打？弄不好就会敲掉自己的饭碗，"校长还打了比喻，"不说学生，现在就是贼娃子都不怕警察了，知道警察只敢关他教育他，不敢打他，关几天就放了，他还怕什么？"

看来我们协会的第一个决定落实不了——国家法律法规不允许啊，但另一个决定却收到了奇效，那就是扎草人诅咒发誓仪式。

扎草人

春节期间，全寨人聚集得比羌年还齐整，趁此时间，我们试着恢复扎草人活动。活动仪式由会长何端公操持，由我这个秘书长具体主持。具体内容就是按照议话坪的古碑古训，每个成年人都要对着祭祀塔白石神阿巴木比塔许愿发誓，承诺今年什么事能做，什么事不能做。如果不照着古碑上的内容去做，就等同茅草人一样的下场。诅咒发誓完后，以前用枪打，现在用刀对着茅草人一阵乱刺，表示自己今后如果违反了自己的誓言，下场如同茅草人。

扎草人发毒誓在我们寨已经有几百上千年历史，只是近几十年才中断的。按传统规矩，凡是当着众人发的毒誓，发了就要严格遵守，否则就会遭到报应和天谴，就会在全寨人面前丢尽脸面，失掉尊严，无脸见人。当然如若违背誓言，还要遭到罚牛罚羊或罚钱的惩罚。

自从扎草人发誓活动开展以后，蚕陵寨人慢慢就改掉了一些坏习惯，特别是环境卫生这一块。但凡发过毒誓的人言行举止都有所收敛，吵嘴打架、失窃赌博的事日渐减少，村上的环境卫生也一天天好起来。仿佛突然间人们都知道自觉打扫家门口的卫生了，猪牛羊鸡也不乱吃乱放……杨斌和王浩没有想到，此前他俩费了九牛二虎之力，磨破了嘴皮，跑断了腿杆都没有办成的事，被我们释比协会恢复的扎草人仪式给解决了，让他们不得不感叹传统文化的伟大，传统礼仪的苍劲有力。

而另一个仪式是由我直接倡导发起的，也可以说是我参照古仪式改良发明的，那就是"烧纸袋"仪式。我知道，人这一辈子，不可能尽做好事不做坏事，一不小心做了坏事怎么办？隐在心底永远是个负担，是个阴影，是个死结。如果能够说出来，在老天爷或白石神面前进行悔过，见见阳光，曝光一下，也许是最好的办法，而且这也正中我下怀。我要读懂蚕陵寨每一个人，我要解开自己身世的秘密，我需要倾听他们的忏悔。

我将我的想法告诉了师父，当然隐瞒了自己的真实意图。何端公很支持我，满口答应主持这个仪式。

仪式的过程简要介绍一下，就是需要忏悔者把积压在心底的罪过全部说出来，把自己的隐私、积怨、私欲等等统统倒出来，一吐为快进行悔过。这个仪式由师父何端公主持，由我具体操作，我自做了一叠装话的牛皮纸纸袋，纸袋上印着"诚心悔过，既往不咎，将功补过，为时未晚"。悔过者对着空纸袋述说罪过后，再请白石神原谅过错，最后许愿为村上做一件善事以弥补过错。如果罪过得到白石神的原谅，就把纸袋烧掉，表示忘掉此事，重新做人。如果白石神不答应，下一次继续来悔过，许愿做更大的善事来将功抵过。

而白石神是否原谅，是否同意悔过，师父安排由我通过观察香火和纸钱的燃烧情况来判断，香火和钱纸燃烧情况好，就是得到了白石神的原谅，反之，则没有得到原谅。

这个仪式才开始倡导时，没人敢对着纸袋说实话，毕竟是新生事物，不敢尝试。直到劳教中的何大福被监狱批准回家探亲，他主动找到我师父要求悔过后，寨里的人才相信悔过仪式真的管用，真的能把压在心底的石头搬掉，把冻在心底的坚冰融化，把顽固多年的心结解开。于是来悔过的才逐渐多了起来。

才开始仪式都由师父何端公主持，毕竟以他的威望，扯得圆场子，镇得住堂子。我知道师父的心思，这个活动搞好了，事关村上多年遗留问题的解决，特别是人与人之间的是非曲直，理正理歪，矛盾纠纷。何端公愿意主持这仪式，其实是在暗中支持女婿杨斌的工作，现在村上很多家长里短、邻里纠纷的事，村上出面有时还真不好解决，虽然有兼职调解员，可调解不好就会告你袒护、偏心。但换个场合，这些小事琐事反而是何端公一句话就能公断化解的。比如给何大福主持的这次悔过仪式，何大福就非常诚心地进行了忏悔。何大福探亲假满后，继续回监狱服刑，之后，寨里就陆陆续续有人找师父和我为他们烧悔过纸袋了。毕竟人无完人，一辈子不做错事，不做亏心事的人找不到。

当然，对着空纸袋忏悔时，是说给祭祀塔上的白石神听的，我和师父都要回避，不然就没人敢说真心话了。每当有人悔过，师父和我在祭祀塔前主持完仪式后，便主动回避，站得远远的，避免听见悔过者的话。等悔过者对着纸袋悔过完后，我负责密封纸袋，并将纸袋在议话坪旁牟家的老字库塔里烧掉，反正现在字纸烧得少了，用来烧纸袋正好发挥作用。

不到一年，我们村就搞了十多场悔过仪式。每次都有几人依次悔过，仪式完后，悔过者都要许上一个为村上做善事的心愿。于是我们村的公益事业建设又有了新亮点：沟上的小桥坏了，有人许愿出钱维修；庙里的菩萨漆面脱落，有人许愿出钱补漆；寨子路灯损坏，有人许愿出钱换补；公路路坎垮塌一点，有人出钱出力维修加固；排水沟堵塞了，有人主动去掏通……到后来，村上的垃圾桶都有人免费清理，村上有公益事业集资之事一个比一个积极。曾经让杨斌和王浩头痛多年的琐事杂事，一件件都逐步得到解决，连乡上县上的领导都被我们释比协会发挥的巨大作用所震惊，夸我村民族宗教工作有创新、水平高，值得推广，还把我村评为了民族团结模范村。

而用纸袋悔过仪式的开展，最大的收获还是我，除了每次悔过者奉献的鸡羊等可以分一些外，最大的收获是悔过者对着空纸袋说的那些话，我都知道得清清楚楚，记录得明明白白。换句话说，所谓的空纸袋，其实就是我自己。

因为我才是真正装悔过者悔过话的那个空纸袋。

解　密

　　除了我自己，没人知道秘密就在纸袋里。

　　连师父都不知道，就在牛皮纸空纸袋的夹层里，藏着一支录音笔。其实即使知道有东西，也没人认识，更不知那是什么玩艺儿。而悔过者对着空纸袋悔过完后，都由我主持仪式，将纸袋密封后烧掉，这就是我取录音笔的时机。见我作法烧掉纸袋后，所有的悔过者都放心地长吁一口气，他们心中隐藏多年的秘密、隐私，那些见不得天的内容，都随纸袋付之一炬，与他们的担心、悔过一起化作云烟散去。从此，隐藏在他们心底深处多年的积罪终于有了归宿，压在心坎上的石头终于落地，心中的死结业已解开，良心上总算找到一个宽恕的避风港——就是死后到了阴曹地府，也是悔过过、赎过罪的，阎王见了也不至于判下十八层地狱。

　　而听完悔过者的录音，我的心情却越来越沉重，我甚至怀疑自己这样做是否做过了头？自己是否太不道德？是否为此准备好足够充分的心理承受力？因为多年以来蚕陵寨的秘密和隐私，突然间都汇集到一起，一个个透明得如毫无遮拦的野兽，敞着赤裸裸的灵魂站在我面前，任由我翻看、审视、窥探——我承受得起吗？

由此，村上多年来一件件不为人知的秘密，如深藏水底的气泡，一个个咕嘟咕嘟浮出水面，暴露在我面前，被我犀利的眼光一刺，噗的一声破裂开来……

我知道的第一个秘密竟然是兰香的爸不是被砍倒的大树自然倒下砸死的，而是被人为设计的陷阱砸死的，这是老王主任的悔过。那时他还年轻，跟兰香妈从小青梅竹马一起长大，成年后却只能各遂父母心愿，和自己不喜欢的人成了家，以至于让他们之间的私情更加顽固。当然，兰香爸并不傻，他无意间发现了老王主任和兰香妈之间的私情，正当他伺机报复时，老王主任却先下手为强，在村里一次集体伐木中，那时的王队长有意安排兰香爸在一合适的砍伐点上，随后的事故就是他被意外倒下的大树砸死了——意外得多么巧合、多么顺理成章甚至天衣无缝，至于树为什么会倒得那么及时，倒的方向那么准确，竟然没有引起任何人的怀疑。如果不是老王主任自己对着空纸袋说出来，这个秘密永远不会见天，永远不会被人知道，而关于历史的真相也会就此埋葬——很多历史真相不就这样被埋掉的吗！

此后，兰香妈就变成了王寡妇。再之后，王主任就和兰香妈重续旧缘，背地里私来密往，长期厮混。至于兰香每到夜晚经常不见了母亲，也就太正常不过了，那时她母亲已经摇身一变，化身成狐狸精，投入到一个魔鬼的怀抱，怎能夜夜顾及到她？

天啊，简直是惊炸天的事情，竟然被我知道了。我知道了又该怎么办？这一下就成了拷问我灵魂和良心的难题，我难道去告发他？这可是捅破天的事，弄不好会出人命的，我不敢去告。如果我让这件事烂在心里，那么恶人就得不到惩罚，我的良心又会备受折磨和煎熬。我承认，做这件事时，事先没有一点心理准备，因为随后我知道的一件又一件秘密，就如洪水一样，汹涌着朝我袭来，大有泛滥成灾之势，差点就把我的良知淹没。

第二件事是杨四保的悔过。几十年来，他竟然欠下四五百头野物的命债。即便是集中收交枪支后，他依然通过安钢丝索套，每年都要套十几头野物，而且他打的和套的野物种类繁多，有林麝、青羊、岩羊、野牛、熊、麂子、青猴……以前打枪放狗还只打大野物，小的放生，现在安索套，管他大小一锅端，套着谁谁倒霉。这几年几乎都看不到野物踪影了。杨四保开始悔过是因为他老婆得了一场怪病，浑身长疮，省城的大医院都看遍了，就是医不断根，实在没办法，就到茂州城菜市场口找瞎子算命，瞎子有时还真碰得准，几根手指精如算盘，掐来算去，最后算出病因是杨四保落野物命债太多，遭报应了。杨四保立即就信了瞎子的话，从此后，对自己落下的命债万分内疚，他暗下决心，后半辈子要将功补过，以赎前罪。此后，杨四保专门请我给他主持仪式，在议话坪祭祀塔白石神下对着空纸袋悔过了半天，对那几百头死去野物进行了忏悔和告慰。之后，杨四保发誓从此金盆洗手，不再上山安索套打猎，见了别人安的索套他也及时取下或制止，还许愿为村上古庙的牛马二王镀了金身颜料。

最终他许愿，他从此要守山护猎，进山取索套，劝说盗猎者，以此赎罪和慰藉自己的良心。杨四保许下这样的愿后，也照着自己的愿去做了。但他却越做越伤心，越做越内疚，因为每当他上山巡查，眼前虽山深林密，可放眼一望，山中空空，林中荡荡，除了飞禽，已经很难见到当年那些成群结队的走兽了，也许它们真的灭绝了……

唉，没有了野物，没有了猎取对象，也就没有了猎人。直到现在见不到野物，打不到猎物，杨四保才终于明白什么叫"皮之不存，毛将焉附"，才明白千百年来的猎人职业到他这一代恐怕要绝后了——蚕陵寨从此将不再有猎人。

第三件秘密是村医杨宝的事。年轻时杨宝曾有很长一段时间竟然卖假药给村人看病，这事一直让他内心不安，如刺梗心。现在他年纪大了，总为这事睡不好觉，深感后悔，人也开始迷信起来，也来祭祀塔悔过。虽然那些假药不由他造，他也是在内地批发市场买的，但他买药时心里清楚明白，以那么低的价钱怎能买到真药？这些假药很多都是吃不死人又医不好病的，甚至还有把兽药做假成人药的。另一件让他后悔的事是他给村里不少妇女开过打胎药，为垂死的人开过大烟……都是政府不允许的。当然最为恶劣的是他偶尔还和找他治不育不孕症的妇女发生关系，美其名曰"人工授精"。当然这种情况主要是针对外村妇女，本村妇女他还是有所顾忌，不敢妄动的。

听了杨宝的悔过，我恨得牙齿痒痒，立即把他列为欺负过我妈的重点嫌疑对象。我妈多次独自到他那儿看病，肯定被他欺负过，毕竟我妈天生一副让男人惦记的美貌和身材，加上她不设防的少女般的单纯，就是一个让人不放心的女人——除了我爸大闷墩放心外。

村主任王浩也来悔过。主要还是后悔当年带领一帮人外出打工干过一些傻事，其实哪里是去搞建筑，基本是去跑摊卖药，草药基本上是真药，而虎骨豹骨熊胆则完全是假药。他们一般是把牛羊骨头用栗果熬了当豹骨虎骨来卖，反正吃不死人又能镇痛。全国大小城市他们几乎跑遍，卖了多少假虎骨、假豹骨也不知道。至于被派出所逮了多少次已记不清，反正闹一闹又能放出来。现在王浩当上村干部，懂政策懂法规了，就很后悔年轻时做的蠢事，后悔这些蠢事可能耽误了别人的病情。当然王浩也发誓，今后再也不做这样的事了，子孙后代也要好好教育，不准他们再走自己的老路，不能为了钱什么也不顾，去干昧良心的缺德事。

何太基悔过自己不该吃下那么多被骗动物的器官。这辈子他到底骗了多少头猪、多少只鸡，他已记忆不清。不过骗过多少头牛还能记清，毕竟骗牛的少，且每次骗牛动作大，要把公牛捆起来，还要几个人帮忙才行。反正蚕陵寨及周边村寨需要骗割的动物基本都是由他主刀，割下的器官据说是壮阳大补，所以他都煮来吃了。他岁数大了后，后悔这些秽物吃得太多，他曾多次到土祖庙牛马二王菩萨面前烧香请罪，希望得到原谅，因为他听到一个传闻，说人死下到地狱，生前所积的恶都要在死后对等偿还，如果那样，何太基死后在阴间不知会被骗多少回才"对等"得过来。

大爸牟永福也来悔过，对着空牛皮纸纸袋唠叨了半天。我知道大爸还在为种罂粟的事后悔，也知道大爸为人处事本分老实。所以在大爸的纸袋里，我没有放录音笔。对于我的亲人，我不该用怀疑的方式对待他们，而应该诚心帮助他们悔过，帮助他们卸下心理包袱。所以当大爸悔过完后，我把纸袋认认真真封好，还在封口上盖了释比印章，我诚心诚意对白石神阿巴木比塔通明了事情的原委，并乞求白石神原谅我大爸的罪过，毕竟那些用过他种的罂粟的人，并非为了烟瘾去吸食，一部分是拿去镇痛治病，大部分还是被火锅店买去当秘制香料了。

"天神阿巴木比塔啊，请你原谅我大爸的罪过，他一个老实人确实不懂种罂粟要违法，你就原谅他吧，他可是个老好人啊。"这次烧装满悔过话的纸袋，我是诚心为大爸禳灾祈福的，我还通白了牟家的祖先，"牟氏宗祖在上，今有牟氏后人牟永福前来悔罪，请牟氏各位列祖列宗在天之灵原谅他的过错，保护他家庭平安，儿孙孝道，六畜兴旺，诸事顺利……"然后，我把大爸的纸袋点燃，投入到牟家老字库，算是把大爸压在心里的负担付之一炬。从今往后，大爸终于可以长舒一颗心，长顺一口气，从纠缠多年的自责和内疚中解脱出来。

当然我还烧了寨中其他很多人的空纸袋，这些纸袋里都装着一个比一个惊人的秘密。在认识上，人们对纸袋活动的开展还是觉得非常有必要的，也积极参与，称赞这个活动是善事，是解心结，顺心气，卸包袱的好事，没人知道这是我精心设计的圈套，连师父何端公都不知道，所以对着纸袋悔过的人都敢大胆说出心中的秘密、积藏的隐私、见不得天的内容。男人们隐藏的秘密多半是让人始料不及又有些耸人听闻的，女人们的悔过多半是张家长李家短以及个别人出轨不检点。

甚至我自己都被这个仪式感动了。我自己也给自己烧了一次空纸袋，里面装着的内容是请求白石神阿巴木比塔和我的列祖列宗原谅我对悔过者秘密的窥探，原谅我的窃听行为。"阿巴木比塔啊，请你原谅我吧，我也是没有办法啊，不调查出欺负过我妈的人，不调查出我和弟弟的亲生父亲，我于心不甘啊，我也不想当私娃子，但这是我能选择的吗？现在那些欺负过我妈的人还人模狗样的，要让我知道是谁，我一定替我妈报仇，收拾这些坏人……"然后我真心诚意地将纸袋封好，盖了释比印，点燃后投进牟家字库，看着牛皮纸纸袋及刚说过的话被烧得一团火，化成一股青烟，升腾到天空。

我的悔过纸袋烧得很快，火苗很旺，那看不见的信息肯定已经升腾到另外一个空间。我相信白石神和先人们一定会听到我的忏悔，原谅我的罪过。

我爸大闷墩也跑来凑热闹，看我给别人烧悔过纸袋，还问我烧纸袋有啥子用处，我给他解释半天也解释不清楚，就形象一点说，心里有事的人，烧了闷在心里的话，心里就会没事。大闷墩于是要求我也给他烧一次纸袋，烧一次心里的话。我就教他怎样对着纸袋述说自己的心里话，之后，为他烧了纸袋。烧后，我问他说了什么，他露出一脸从来没有过的狡猾表情，说："不准说出来，说了就不灵了。"

看来，我爸大闷墩也有不闷不笨的时候。

想复仇

　　一年后，我基本锁定了欺负过我妈的嫌疑对象，而且我知道了一个更让人头绪混乱的事，那就是蚕陵寨经历过多次全寨宿醉之后的集体狂欢。什么意思？就是每到节日或谁家办事，特别是羌年至开春吃转转饭期间，整整一个冬季全寨人都沉浸在酒醉肉香的日子里，整整三个多月，太多的人一直处于醉酒状态，甚至连寨子上的鸡狗猪等畜禽都会因吃剩食而迷醉。在我们这里，酒醉之后玩笑也开得大，男女释放天性之事在所难免，事过之后记忆不清的情况也多。特别是波罗寨嫁过来的女人，个个牛高马大，酒后开起玩笑来比男人还开放，虽然腿脚有些不便，但整起男人来敢脱掉他们的裤子。至于男女之事，酒醉后就更说不清楚了，虽说酒醉心明白，但当全寨人都醉了时，还有什么明白可言？

　　有时我就想，我和弟弟是否就是某一次全寨人宿醉狂欢后的结果，肯定是我妈不经意间被别人钻了空子，占了便宜，酒醉后在她肥沃的土地上播下了酒浸的种子，才结出我和弟弟这两个歪瓜裂枣，而大闷墩却还傻傻地帮着培土、育苗、看护……不准再这么想，一当我开启胡思乱想的大门，我马上就自扇嘴巴，告诫自己不准再有这种忤逆念头。

师父何端公似乎发现了我的秘密。他告诉我，让我好好悟一悟择吉格布的故事。师父说："知道我们羌人为什么能保存本族千年秉性生存下来吗？择吉格布的故事里面就藏着答案，只要悟透择吉格布的故事，就知道择吉格布的大智慧，择吉格布为了报仇，动了那么大的架势，走了那么远的路，当他到达仇人的地盘时却马上班师回家，不报仇了，这真是一种大智慧、大哲理、大隐忍啊，很多人理解不了，也懂不起。"

师父说的择吉格布是我们羌人传说中的一位先祖，一位英雄，一位释比，在释比古唱经《中坛经》里有他的故事。讲的是择吉格布自幼父母双亡，被仇家所害，择吉格布天生神力，又懂事早，吃得苦，受得累，从小练就了一身高强武艺和百般技能，同时也是一名释比。他成年后召集羌兵为父母报仇，并带领队伍从松潘、茂州、雁门、威州、灌县一路过关，到成都寻仇。当他到达离成都最近的郫县时，发现当地的"大"和自己的"小"，眼界一下大开，哲理突想明白，心智一下参悟，随后他立即班师回家。他来时过关没受什么阻挡，回去时却一路受阻，他不得不一路过关斩将，勇闯关卡，带领羌兵历经磨难回到家乡。而且他最经典的一句话是，每当别人问他仇报没有？他连仇人的面都没有见到，却理直气壮地说——大仇已报！

以前我听师父念择吉格布唱经，并不觉得择吉格布是羌人的英雄，反倒觉得他是一个胆小鬼，一位妥协者，这算什么事啊？还没有走拢仇人的地盘就被吓退了，就主动放弃复仇，这算哪一路英雄？经师父一点拨，和我现在的心情相附会，我觉得师父就是师父，修行就是比我高，参悟就是比我透。择吉格布为什么不报仇了？因为他学会了"拿得起，放得下"，他的复仇之举本质上是形式大于内容的，既然形式上的复仇行动已实现，内容上的复仇又有多大意义？其实人本应是天生无仇的，父辈之仇如果延续下去，永远是冤冤相报何时了，关于仇恨的最理想归宿，难道不是化解和放下吗？关于仇恨最好的解决办法难道不需要一种哲理的"放下"吗？

仔细想想，"妥协"也是一种选择，"放下"更需智慧和勇气。可道理是这样，真让我放下心中的仇恨，一时半会儿我真还接受不了，放不下来。我白天晚上做梦都在想着怎样收拾那些欺负我妈的仇人，我不会放过他们的。通过烧悔过纸袋活动，我的目标越来越明确，越来越清晰，我锁定了十几个嫌疑对象，有吴有全、杨宝、老王主任、何太基……另一些怀疑对象我都不好意思说出口，太令人意想不到了，原来在蚕陵寨众多光鲜体面的肉体背后，却隐藏着许多见不得天，晒不得阳光的丑事。这不得不让我感慨，某些人啊，真是复杂的东西——或者根本就不是个东西。

锁定了嫌疑对象，我就开始盘算着怎样去复仇。我想到了很多复仇方式，比如砍杀、毒杀、炭毒、醉杀、电杀、坠岩……这段时间，我满脑子想的都是复仇，都是血腥，都是杀戮，都是坏心思，想得我眼红，想得我心悸，想得我愤世。而且想得越多，细节越丰富，情节越缜密，方案越周全，恐惧和后怕也越多。我甚至都开始怀疑我上辈子就是杀手转世，刽子手投生，今生才能想出这么具体、这么周全的复仇方式……

我的后怕主要是为家人着想，为我的后事着想。万一有个失手或闪失，我可能就会去抵命，甚至被仇人反杀，这些都是需要考虑周全，看看还有没有退路。我首先想到的是女儿光琴，如果我死了，她就没有了父亲，多可怜啊，她才六岁。然后我又想到了木珠，我死后她会改嫁吗？也许会吧，现在离婚改嫁甚至二婚三婚都不是稀奇事，木珠不改嫁难道会为我守一辈子活寡？这样的女人现在这个社会肯定找不到了，木珠改嫁后我女儿还会叫牟光琴吗？后爸会不会让她改名换姓……一想到这些，我的眼泪情不自禁流了下来，我感觉自己仿佛已经死了，我甚至还设想到自己的丧事，设想木珠改嫁后，女儿改名成了别人的女儿，设想到最坏的可能和结果……哎，为报仇我的付出将会是惨痛的。

　　然后我又想到我妈，如果我杀了欺负过她的人，她会怎么呢？虽然她现在神志不清，但那样会不会更刺激她，让她的病情更加严重？而且如果我因复仇而死，这个家就只剩大闷墩、我弟弟和她了，这个家今后怎么办啊。爷爷奶奶都八九十岁的人了，如果我死了，他们会不会因此伤心而死？这些都是未知数。反正只要想着复仇及复仇后的事，对于我家来说就没一件好事。为此，有那么一瞬，我感觉我复仇的决心开始动摇了。

　　突然间，我仿佛又听到山后传来青羊的声声叫唤，叫声是那样熟悉、急促、凄惨，跟多年前青羊突然闯进蚕陵寨时的叫声一模一样——就在我们寨后蚕陵山下的林子里。听到这多年未曾听到的熟悉鸣叫，一种即将发生大事的预感从脚心上升到头顶，让我心慌心悸，我仿佛看见牟家荣耀多年的大厦正摇摇欲坠，行将倾覆，空中仿佛又飘浮起多年前地震时那种特有的尘土味。

　　我突然心生一种想要躲避的冲动，这种冲动仿佛来自骨头根，来自脑门卤，来自脚板心，但具体要躲避什么？我不知道。

大地震

如同当年师父何端公打卦预测一样，我的预感很快就应验了，而且应验过头了。还没等我们牟家名声的大厦轰然倒塌，2008年5月12号这天，蚕陵寨百年内遭遇的第三次大地震就这样防不胜防突然降临了。

这次地震真是可怕！下午两点过，没有一点预兆，大地突然就母猪打摆子抖个不停。我们这里经常有小地震，所以大地才开始抖动时，大家习以为常，以为是小震，抖一两下就算了，就该停止不抖了。才开始大家还不惊慌，可抖动不仅没有停止的迹象，反而越抖越厉害，越抖越疯狂，没完没了起来，整个蚕陵寨一瞬间就根基不稳，地动山摇。寨子仿佛波涛汹涌大海中的小船，不停地摇晃、垮塌。四周山体垮塌如战场隆隆炮声，一声声骇然巨响，滚滚尘土立即将蚕陵寨淹没，天昏地暗。人们尖叫着，号呼着，从倒塌中的房屋冲出来，从巷道里蹿出来，马上被灰色气浪掀翻，抛向空中……

当时我正在议话坪祭祀塔给杨宝烧悔过纸袋，杨宝已经是第二次来烧纸袋，看来他心事太重，还得多次悔过心里才会踏实。师父主持完仪式独自下山了，由我等待杨宝慢慢悔过。杨宝啰里啰唆说了很多话，我耐心等待着，在这等待中突然就地动山摇起来。地震了！我第一时间想到的是木珠和女儿光琴，一时不知所措，向山下望，蚕陵寨在灰尘中剧烈摇晃，四周传来巨大的垮塌声，然后寨子就被翻卷的尘土遮盖了。我想跑，但站立不稳，只能就地蹲下，我看见杨宝倒在祭祀塔前，吓得大声哭喊，祭祀塔剧烈摇晃着，一块块石头落下来，向杨宝砸去。平时我一直在设想杨宝这类人的种种死法，现在杨宝就要被倒下的祭祀塔砸到，我本来应该高兴才对，应该庆幸老天有眼替我复仇，可不知怎么回事，我竟然大喊一声躲开，然后跑过去拉杨宝。就在我拉开他的一刹那，白石神阿巴木比塔突然从祭祀塔上倒下来，我想用双手接住白石，无奈白石太大太沉，我接不住，它重重地砸在我头上，我眼前白影一晃，脑袋发出破裂声，身体慢慢失去知觉……

我的第一感觉是，我这辈子完了，我即将走向死亡，我行将离世，世界将不再有我。

过了一会儿，我竟然惊奇地发现我以一种看不见摸不着的形态从自己身体里逃逸出来，飘浮在空中，我看见我的身体被白石神砸倒在祭礼塔前，头上流着血。杨宝惊魂未定地看着我受伤的身体，然后跑下山去。我死了吗？我不知道，我浮在身体上空，我想，我肯定是灵魂出窍了，我的身体就倒在那里，脑袋在流血，我想为脑袋止血，可一挥手，两手空空，什么也没有。过有半个时辰，杨宝带着杨斌、远贵哥等人急急忙忙赶到祭祀塔，大家七手八脚把我的身体抬走了，我想跟着我的身体走，无奈他们走得太快，我轻飘飘的，撵不上他们。

天开始落雨，我在雨中飘，雨从我中间穿过，我不知飘了多久才飘到蚕陵寨。那时，夜已降临，余震不断，蚕陵寨一片狼藉。我想找到我的身体，可蚕陵寨东倒西歪的，混乱不堪。寨子里没人，都跑到晒场躲地震。我急着找木珠，但我只找到了大闷墩、我妈和女儿光琴，他们三人相互挤着，蜷缩在一大张塑料薄膜下面，瑟瑟发抖。我想跟他们说话，问他们我的身体在哪儿，但他们听不见，我亲吻了女儿光琴，她似乎没感觉。我还想问他们其他事，这时一只黑猫发现了我，眼冒绿光向我袭来，我吓一大跳，影子一样连忙飘走。

　　随后我飘到大婶和大爸临时搭的棚子，大婶和大爸还没睡，他们正在安慰眼泪不断的奶奶，我从大婶和大爸的交谈中，从他们对奶奶的安慰中，知道我的身体连夜被杨斌、远贵、木珠还有幺闷墩送县城抢救去了，一起被送去抢救的还有爷爷等几人。

　　我想，我这下死定了，脑袋砸那么大一个口子，灵魂都出窍了，还有什么可抢救的。

　　我又去找师傅何端公，他正在何龙家帮忙，何太基一家被埋了，村上正打起火把，连夜组织人力挖掘。何太基被挖出来时，只剩下半截身子，他的孙子也挖了出来，早没了气息，我师父正帮何太基家处理后事，看见我，师父突然盯着我看，吓我一大跳，难道师父能看见我？但师父只看了那么短短几秒，又去忙他的事。

　　然后我又看见老王主任，这位杀害兰香爸的凶手，这位可能欺负过我妈的坏人。我想教训教训他，我飘到他身前，影子一样进入他身体，我能感觉他的心脏湿漉漉的快速跳动。这是一颗灰褐色心脏，我想，你别跳了，再跳动还会害人，我用力掴着这颗心，如按住水中的游鱼，不让它游动，这颗心挣扎不到一分钟，就停止了跳动。然后我看见老王主任脸色煞白，身体突然缓缓瘫软下来，我吓得马上放开手，从他体内挣脱出来。周围的人立即围上去，我师父也围了上去，人们七手八脚地围着老王主任，有揣心的，有拍肺的，有呼喊的，有做人工呼吸的，折腾了半天，终于听见老王主任长叹一声，吐口闷气，活了过来。

我一下体会到了复仇的快感，相伴而来的却是恐惧和后怕。我差点杀了他，杀了老王主任，我竟然可以不露声色地杀人！一想到这，连我自己都害怕。

是啊，地震前我一门心思想着复仇，想着仇杀，可真当要让我动手，我又下不了手，又万分后怕。人的生命真的太脆弱，刚才我就那么揣紧老王主任的心脏不到一分钟，他的心脏就停止了跳动，要是我对其他人也这样，那我的仇不就可以不动声色地报了吗？

我还想再试一试。我向晒场飘去，这时天已麻麻亮，满山雾霭沉沉。我选择了杨宝，他在纸袋里承认自己做过亏心事，欺负过妇女，我妈那么漂亮那么好欺负，他肯定欺负过我妈，我要报仇，这样的人活在世上只会伤害更多的人，于是我向杨宝的棚子飘过去。杨宝累了一整夜，天明时躲棚子里熟睡，余震都没能摇醒他。我看着他死猪一样的睡相，影子一样潜入他湿漉漉的身体，伸手把他的心脏揣住，他的心抗拒着我，老鼠一样扭曲反抗，我双手一用劲，心脏便越跳越慢，停止了挣扎，最后动弹不得。他死了吗？我想核实一下杨宝是否已死，伸手在他鼻子前感受有没有呼吸，的确，他已鼻息全无。突然，我看见杨宝的魂魄从他的身体升起来，半截在外半截在身体内，发出绿萤萤的冷光，这个魂魄流着绿色透明的眼泪，伤心地望着我，给我磕头："求求你闷墩，我还没有活够，我不想死啊。"

　　我吓一大跳，我杀人了吗？杨宝知道我正在杀他。其实我只是想试一下，并不想杀人，我后悔起来，连忙伸手快速拍打着杨宝的心脏，希望它恢复跳动。当我这样操作时，我看见杨宝的魂魄感激地看着我，满脸灰色的惭愧。我继续拍打他的心脏，折腾了几十秒，他的心脏才扑通一声恢复跳动。随后，那个冷绿的魂魄倏然退回身体，杨宝大喊一声："谢谢你闷墩。"然后睁开双眼，从噩梦中醒来，大口大口喘粗气。

　　天爷阿巴木比塔啊，他总算活了过来，把我吓惨了——不对，是把我的魂吓惨了。

灵与肉

"你在干什么，闷墩？"身后突然传来厉声呵斥，我吃惊地回头看，空中站着一位半透明状银色老人，头戴红色法冠，身披金黄释比装，手握权杖，权杖上吊着一只法螺。他应该是我的师父的师父，或者我的祖师，或者就是天爷阿巴木比塔。我不敢说话，我知道他看见我干坏事了。果然，这位浑身银白的老人对我说，"你走吧，这些不是你该干的。"然后老人一挥手，一阵风吹来，我突然就飞到了空中。我在天空中缓缓飞翔，空中充满浓浓的馊水味和尘埃味。我飞啊飞，向着东方不知飞了多久，身下白云悠悠，我也不知将飞往何处。

中途，我遇见了很多和我一样的人，他们浑身是伤，静静地徘徊在半空中，恋恋不舍看着脚下。我问其中一位这是哪里，他擦了擦脸上的血迹，回答说这儿是映秀，我问他在这儿干什么，他说在等待，具体等待什么，他也说不清。然后我继续向东飞，我感觉有种神秘力量在牵引着我，让我去到一个地方。当我停下时，我发觉自己降落到一个城市的体育场，那里搭满了帐篷，我像只氢气球飘进其中一个帐篷。我看见帐篷里的病床上躺着一位病人，浑身上下缠满绷带，空气中充满消毒水味，好像还有女人味，应该是少女的气息。

果然，守在病床边的是一位女学生。然后，我看见病人慢慢睁开眼睛，就在这一刹那，我呼的一声被吸进病人的身体。我睁开眼睛，发现这个病人不是别人，竟然是我自己，我的身体还在，我没有死，我竟然回到了自己的身体——原来我一直在做梦，此前所遇之事皆为梦幻，直到这时我才苏醒过来，回到现实。现在，我唯一感觉不舒服的是头痛欲裂。

我听见女学生高兴地大叫："医生医生，他醒了他醒了。"随后就围过来一群穿白大褂的医生，他们翻看我的眼睑，检查我的心跳，测量我的脉搏……我想起身，但动弹不了，这才发觉我浑身上下缠满绷带，脑袋也被固定住，一动不能动。

"不容易啊，动这么大手术，终于醒过来了。"医生感叹，一名男医生问我："你能听见我说话吗？"声音仿佛来自遥远的地平线，我想说能听见，但只能动动嘴皮。医生又问我叫什么名字，我想说我的名字，但一张嘴，却说不出那个熟悉的名字——我竟然忘记了自己的名字，我竟然忘记了自己是谁，是哪里人，此前发生了什么……然后就听医生说："他的记忆功能暂时受损，需要一段时间才能恢复。"

听了医生的话，我才知道自己的记忆功能遭到损伤。医生现在说了些什么，我能记清楚，而此前的事却忘得一干二净。我感觉脑袋空如白纸，我是谁？我在哪里？发生了什么？我都忘记了。

医生走后，那位女学生又来陪伴我。她叫我牟师兄，她说你不认识我了吗？我是何端公的女儿何小花呀，荷花是我妈，九斤妹是我姐，你不记得了吗？

　　这个名叫何小花的姑娘竟然叫我牟师兄，难道我真的是她的师兄？我不确定。何小花又说起何端公、荷花、杨斌、九斤妹、何小花……这些名字都曾似相识又缥缈不定，虽然我一下就记住了这些名字，但这些名字和我之间有什么关联，我暂时不清楚，我感觉这些名字如花花绿绿的七彩符号，在我记忆里调皮地打着滚，撒着欢，让我怎么也捕捉不到它们。

　　几天后，我终于能开口说话了。"我在哪里？"这是我开口问的第一句话。何小花很高兴我恢复了语言功能，她回答在成都应急医院。"哦，成都。"我想起来了，有这个地方，好像在一本什么唱经里面有这个地名，但我为什么会在成都呢？

　　"汶川5·12大地震你不知道吗？你被石头砸了，脑袋砸开了一个大口子，是空军直升机把你运出来的。"哦，空军，直升机……随着何小花叙述的深入，我的记忆有了复苏迹象，那些花花绿绿的七彩符号在记忆里慢慢静止下来，我也能渐渐回忆起一些往事。我回忆起了地震，我是被石头砸了，好像我要去拉一个人，但记不起拉谁了。之后我从自己身体里飘出来，我记得我差点害死两个人，然后就在空中飞啊飞，而且我还经过了一个叫映秀的地方，遇到那么多飘在空中苦苦等待的人。何小花说我是被空军的直升机运到成都来的，我记住了成都、空军、直升机，耳边立即回响起直升机巨大的轰鸣，以及香喷喷的汽油味……

　　我是谁？我是做什么的？……我需要问的问题太多。何小花耐心地给我解释，她告诉我说我是蚕陵寨人，至于我叫什么名字，她只知道她从小就叫我闷墩哥，具体名字她还真不知道。闷墩？多么遥远而熟悉的名字，多么亲切又无形的气味，难道这就是我的名字？虽然何小花这么说，但我还是不能确定自己就是她所说的闷墩，我总觉得闷墩这人和我是两个人，我觉得我不应该叫闷墩，我应该有其他名字。

　　我还想多问一些关于闷墩和蚕陵寨的情况，但何小花对蚕陵寨的事也知道不多，她说自己从小就到县城读寄宿制学校，现在在西南民大读研究生，地震后学校停课，她就到应急帐篷医院当志愿者。对于老家寨子的许多事情她不是很了解，但她也在研究羌族民间文化。她说我是一名释比，是她爸唯一的徒弟，所以她叫我师兄。

　　释比！听到这个名字我一下倍感亲切，这应该是我的名字，凭直觉我感觉到了名字的熟悉，凭嗅觉我忆起了这名字的虚幻气味。我眼前又浮现出释比作法时踽步蹁跹的神秘场景，耳旁回响起羊皮鼓点由缓而急的古老节奏，释比唱经古老而沧桑的旋律……当我进入宁静的冥想状态时，我惊奇地发现我又能够从自己身体里挣脱出来，飘浮空中，而我的身体却安静地躺在病床，被动而无奈。我突然觉得，这个躺在病床上的人和我有所不同，他应该是闷墩，而我才是释比。

　　当我有这种想法时，我吓一大跳，不知道这是好事还是坏事，我竟然和闷墩同住一个身体里，到底我是闷墩，还是释比，我无法区分。我游离开肉体，浮在空中，仔细观察这个叫闷墩的人，他鼻挺眼凸嘴阔，面部轮廓如三星堆铜人像，他睡得那样沉，那样香，而我却很清醒，我应该和他有所区别。我飘浮空中，从帐篷门缝溜出去，我看见体育馆内摆满了病床，到处都是病人，到处都是呻吟，医生和护士忙碌穿梭。我无形的身影穿过这些呻吟，转了一圈又回到帐篷，此时何小花正在观察输液情况，当一袋液体输完后，她就去叫护士，然后护士进来给闷墩换液体，当冰凉的液体进入到闷墩体内，我无形的身影不由自主打了个冷战，然后小旋风一样一下就被吸回闷墩身体里。

我竟然能自由进出闷墩的身体！这是梦吗？好像又不是，是幻觉吗？也不是。我是闷墩吗？好像是，又不是，但我能确定我是我，我是我自己。自从白石神砸中我之后，我感觉自己被砸成了两部分，一部分是释比的我，一部分是闷墩的我，这真是一个灵异事件。

回到闷墩身体后，我又变成了我和闷墩的合体，我们静躺病床，一动不动。我通过闷墩的口继续询问何小花还知道多少关于释比的事，何小花就说到了她父亲何端公，说到了释比唱经，说到了择吉格布。她开始讲述释比故事时，我逐渐恢复了对这些事的部分记忆。在何小花的提示下，我终于记起来了，我就是释比，蚕陵寨的一名释比，但除了我是释比这事之外，关于寨子更多的事情我暂时还记不起来。

我想，这部分事情应该是归闷墩的，或许本来就属于闷墩的记忆。

而我对眼前发生的事情却记得很清楚。当我处于冥想或睡眠状态时，我就会从闷墩的身体里挣脱出来，在帐篷医院里游荡，这时，我就认识了各位医生，护理我的护士，医院院长，各位病友……为了锻炼记忆，我还记住了每一次给我用什么药，药的名称，药的用量，药的气味……反正我脑袋空如白纸，有什么信息传入大脑，我立即将这些信息清楚地记下。

我的记忆和闷墩的身体都快速恢复着，就连医生都啧啧赞叹，连声称奇。

何小花给我讲的事我都记得清清楚楚，我现在终于知道这次是汶川5·12特大地震，震中不在我们那儿，在汶川映秀。地震死了很多人，现在全国各地都赶往灾区救灾，闷墩就是被解放军派出的直升机救出来的，要不然，闷墩早就没命了，即使侥幸活下来，大脑也不可能恢复得这么好，毕竟手术是由省城最好的脑外科医生主刀的。

闷墩伤势渐好一些后，余震也小了，很多医院都恢复了正常秩序，闷墩就被转到大医院。医院条件很好，病房里有电视机，散发出多年前我在三爸家第一次看到电视时的电器味。虽然闷墩不能自己坐起来，但有何小花和护士扶着就可以半坐着。通过闷墩的眼睛，我整天看抗震救灾新闻报道。但第一次看新闻回放我就悲痛万分，因为电视里正播放黑水民兵翻山越岭找到家乡羌族飞行员邱光华失事机组的新闻，闷墩就是被他们机组运到成都的，为此我伤心得几天睡不好觉。但那段时间令人伤心的事太多，医院里每天都有人病逝，电视天天都在播报人们失去亲人的痛苦，满世界遍布悲伤，弄得我也不敢过于伤悲，我虽伤心，但我强忍着，不让泪水轻易流出。

可一到天黑，我还是忍不住悲伤，抵挡不住泪水的决堤，我独自在被子里哭泣，哭着哭着我睡着了。这时，我感觉有人在拍我，我掀开被子一看，这人很面熟，气味也熟，是一种淡淡的陈年羊膻味，他穿着羊皮褂子，褂子外沿的羊毛在夜色中泛着银光。我问他是谁，他说他是我爷爷，他眼神幽幽地看着我，一只脚跛着，伸出满是老茧的右手，给我根拐杖，他说。我说好的，爷爷，我去找医生要一副拐杖。我翻身起床，离开闷墩的身体，想接近爷爷，可他总是与我若即若离，我走他也走，我停他也停，我喊等一下，可他就是不等我，随后羊皮褂子的膻味离我越来越远……突然，我身后的灯亮了，张医生和刘护士向我走来，老人看见他们立即躲了起来。刘护士大声喊我，我一下醒了，又小旋风一样回到闷墩身体里，我这才发现自己竟然在做梦，梦中我大声喊叫，手舞足蹈，把同房病人都吵醒了。

　　虽然是个梦，可病房中却仍然残留着皮褂子的羊膻味，让我突然有些分不清现实和梦境、过去与现在，自己和闷墩了。好像从这天开始，我的梦就开始多起来，而且常常是噩梦，有时被梦魇着还会梦游，夜游神一样。

　　还好的是，白天，只要有电视看，我就不会做梦。有一天，我在电视上看到一个非常熟悉的面孔，我想不起这个人是谁，问何小花。何小花认识，她说那人叫牟永寿，是你家三爸，还说牟永寿刚从副州长位置被调整为巡视员，这几天正陪同对口援建茂州的山西领导慰问受灾群众，指挥人员给群众搭板房。牟永寿的镜头只有短短十几秒，经何小花提醒，我似乎想起他就是闷墩的三爸，也是我的三爸，既然三爸还活着，我就放心了。然后我推断，既然有三爸，那我应该有大爸、二爸或其他亲戚，可任凭我使劲回忆，却怎么也回忆不起这些亲戚的音容笑貌。

　　自从开始回忆亲人之后，我越来越觉得我和闷墩就是同一个人，既然我已经存在于闷墩身体内，我就应该是闷墩，虽然更多时间觉得我是释比，我是我自己。

　　现在我可以还原事实真相了：闷墩的脑袋被白石头砸坏了，记忆出了问题，头脑时醒时寐，忘旧记新，闷墩的记忆是破碎的、杂乱的、无序的，但只要有人提醒，那些破碎的记忆就会如同水中搅乱的碎影，破碎又还原，当复归到一平如镜的记忆的宁静水面，就又能回想起曾经熟悉的人、曾经经历的事、曾经的旧时光……而且记忆又被分成了我和闷墩两部分，关于我的记忆，就是有自我意识的那部分记忆；关于闷墩的记忆，应该是那些纷繁复杂的具体往事。

　　难道我有两个自我？

还　魂

又一天晚上，我听见有人喊我，我离开身体，飘出病房，我看见来者浑身是泥，头上流着血，泥土和血的混合物在他额头上荡秋千。我问他你是谁，怎么这么面熟？他说他是我的师父何端公。我突然闻到这人身上有股浓浓的柏树味，我终于想起来了，师父身上长年就有这种气味，跟我的树干爹气味一样。我说师父你怎么满头是伤，怎么伤的？我来给你包扎一下。我想触摸师父的伤口，可我们中间总是隔着一股浓稠的柏树气味，师父没有顾及自己的伤口，只对我说了一个词——箱子。我还想问什么，这时灯一下就亮了，师父消失不见了。我猛然被拖回到闷墩的身体里，而闷墩却滚落床下，医生和护士立即把闷墩扶回病床，空中的柏树气味随之缓缓消失。

第二天，何小花突然就走了，没有给我或者闷墩打招呼。我问护士何小花哪里去了，护士告诉说，听说何小花他爸被余震倒下的石墙砸死了，何小花赶回去奔丧。何小花的爸是谁？我总觉得小花的爸应该和我有关系，对了，何小花说过叫何端公，何端公难道就是我师父？完了完了，我师父死了，怎么会这样呢，不可能啊，我昨天晚上才和他见了面，他还给我说了句"箱子"，怎么今天说死就死了？我的大脑再次被悲伤刷新成一片空白。

接下来十多天，冥冥之中，我将记忆一点一点地从受损的大脑深处打捞上来，我慢慢想起了关于师父的许多往事，想起了师母荷花，想起了他们的女儿九斤妹，女婿杨斌。而且由此生发，我突然就想起了我爸大闷墩和我妈，还有木珠和我女儿光琴，他们可好？我一急，竟然从床上坐立起来，而且还下床走了几步，像被驱赶的僵尸，慌得护士小王马上叫来了张医生。张医生见我竟能站起来走路，不仅没有责备我，反而异常兴奋，说真是奇迹，伟大的奇迹，说我大脑遭受到这么严重的创伤竟然能恢复这么快，这么好，真是奇迹。

从这天起，我感觉闷墩的身体就是我的身体，我几乎可以肯定我就是闷墩，闷墩就是我，只是间或某些时候，我还是觉得闷墩和我有些许差别，有不一样的地方。

自从闷墩开始走路了，医生们可就忙碌起来。每到夜晚，我一做梦就让闷墩下床扶着墙走动，我也不知道我会让闷墩走到什么地方，但最终会回到病床。有一次，闷墩竟然走到病房的天台上，吓得值班护士站在天台门前一动也不敢动，害怕吵醒他，惊吓他摔下十多层高的大楼。这事之后，每到夜晚医生和护士都会把闷墩绑在床上，害怕他梦游时摔死。当闷墩被绑在床上后，他动弹不得，我只好从他身体里挣脱出来，飘移出来，独自在医院里浮游。我从身体里出来一般是夜深人静之后，否则的话，一当我的身体受到打扰，我就会像一条滑溜溜的鱼被拖回自己身体，这真是一种奇妙的感觉。

住院期间，陆续有人来看闷墩或我，有的我认识，有的记不起。

比如余刚来看闷墩时，才开始我没认出他，他说孙猴子猪八戒唐僧的故事还记得吧，我仿佛一下就嗅到当年那本《西游记》的樟脑味，终于想起他就是爱讲故事的那个人，同时也想起他爸余校长。余刚告诉我蚕陵寨的灾情，说很严重，死了一些人，垮了很多房，要我好好养伤。我问死了哪些人，他说具体他也不清楚，反正情况不容乐观。余刚走时告诉我，省委组织部要抽调他到茂州去挂职副县长，灾区各县现在正急需干部，组织上已经给他做了动员工作，还让我今后回茂州有什么事找他，他能帮得上的忙一定帮。

　　我终于确定自己真的是闷墩，是蚕陵寨人，我不再纠结我是我自己还是闷墩，反正我们都被捆绑在同一个身体里。而且我还记起自己或者闷墩的妻子、女儿，我多想念她们啊，一起想起这些我就想回家。但听说路没有通，要绕道一千多公里才能回去，而且医院也不准我出院。于是关于家乡的情况，我就只能从电视上看，反正电视天天都在播灾区的事，一会儿是人人都有帐篷住了，一会儿家家都搭过渡房了，一会儿又是对口援建队伍开赴灾区了，而且每时每刻都有感人至深的捐款捐物的事迹，让人挺感动的，看着听着眼窝就热起来，湿起来，不知不觉泪水溢出眼眶，让满病房充满咸丝丝的泪水味。

　　成都一个自称赵老师的人突然来医院找闷墩，裹携一身旧书气息。他见我恢复这么好，非常激动，再次告诉我师父何端公去世的消息。我从旧书气味中回想起了赵老师。我说我知道，我非常难过，可我也出不了院，也不能去尽孝道。赵老师告诉我说这次大地震除了人和房屋损失非常大之外，对民族传统文化生态也是一次毁灭性的灾难，他让我回去后一定要把师父留下的东西保存好，继承好，不能让释比技艺和文化失传。我完全记起了赵老师，当然就应听他的话，他这样关心我们这个民族，关心我们的文化，为释比研究做了这么多事，让国家都开始重视释比文化了，不容易啊。

又一天，一位面熟的老头突然来看闷墩，还硬要塞给闷墩一沓百元大钞。我问他是谁，他不回答，只是爱怜地看着我，甚至还抚摸我的头，让我脑袋在瞬间闪过一幅似曾相识的画面，但这画面很快就消失了，只是我一见到他就有小便的冲动。"你是谁啊？我脑袋动了手术记性不好，你这么面熟，你的气味我很熟，我知道你是熟人，但我想不起你的名字。"我老老实实问他。老头说："想不起就不要想了，费脑筋，想不起也好，你现在关键是要养好伤，不然你妈会担心的。"他竟然提到了我妈，我想留他多问一下我家的事，可这人没待多久就走了。直到我回蚕陵寨完全恢复记忆后，才回想起这老头是谁，他竟然是吴有全，当年拿杯子接我童子尿喝的吴有全，当年先被批斗后又受人景仰的香港大老板，再后来被一群债主称作骗子的吴有全。

住医院无趣又无聊。没事时，冥冥之中我就训练自己怎样自由进出闷墩的身体，以前闷墩浑身上下都是伤口，进出身体就很自由，随着伤口愈合越来越好，我进出身体变得越来越困难，当闷墩全身伤口完全愈合时，我竟然发现自己被封闭在闷墩身体内，再也出不去了。为了让自己能自由进出，有时我不得不挣开伤口，给自己留出一个通道，但医生很快就发现了伤口，及时包扎缝合，几天后，伤口就愈合了。

于是我又重新被封闭进闷墩的身体，出不去了。我终于再次成了闷墩，闷墩也成了我，虽然我们同驻一体，但我与闷墩再也不需分辨你我彼此——即使我有时仍然感觉有两个我。

灾　后

　　灾区开始搭活动板房时，闷墩的脑伤和骨伤都恢复得差不多了。医院同意我出院，而且给我带来天大好消息，说我的医疗费和住院费国家全免了。这太令人感动了，这么贵的医疗费和住院费如果让我自己掏，我就是挣一辈子钱也付不起啊，现在国家所有费用全免，我一个高半山农民竟然可以一分钱不用掏，不用出，我是实实在在体验到了国家的关怀，医生的敬业，军队的无私……我是实实在在享受到了国家的福祉。

　　张医生、刘护士、小王护士等人听到我即将出院，终于放松了几个月来紧绷的神经，长长地舒一口气，却又有些依依不舍。来接我的是杨斌和木珠，虽然我大脑受过伤，但我一下就感到了他们身上有一股让人无比亲近的气味，我轻吸着这气味，享受着这亲情，环视着这激动的氛围，慢慢就认出了他们——我的妻子，我的亲人，我的朋友。

　　那时成都经汶川到茂州的临时便道已抢通，我们千恩万谢过医生后，踏上了回家的路。一路上我像个孩子一样兴奋，不停地问这问那，以至于快要把木珠问烦了，问烦了木珠我又问杨斌，杨斌就给我讲村上的事，讲小时候蚕陵寨的事，通过他们的述说和提示，我脑袋过电影一样快速恢复着记忆，我很奇怪，我的过去怎么会是这样，怎么与预想的不一样呢？

经过映秀时，我还是被巨大的震后惨相震惊了。虽然多次在电视上看到，但现实场景更震撼，更伤感，让我的情绪一下跌落深渊……回到蚕陵寨后，我又重新回到熟悉的老寨子氛围中，我这才看到我们寨子的惨相，而且最让我不明白的是，虽然倒掉了很多房子，但寨中几百年的老房子受损反而没后修的房子损失大，这让很多建筑专家倍感惊奇——老寨子一没钢筋二没水泥，怎么会那么结实？真是怪事。而且更奇怪的是，除了老房子，庙里同样出现这种怪事，老菩萨受损都很小，而新塑的菩萨却倒得一塌糊涂，这让寨里人就有了很多种说法，甚至演绎出夸张的传奇故事，这些都是后话。

不过后来有建筑专家专程对此奇怪现象进行了调查，得到的结论是，蚕陵寨传统的建筑结构和修建方式充分考虑到了抗震因素，而且老房子相互依靠而建，石墙都砌出仿生脊线，符合力学结构，墙泥黏性极强，经多年烟熏火燎，越久越牢，形成一种独特的建筑生态，这就是"千年夯土万年墙"真实写照。看来，老祖宗还是不缺智慧，修房建屋还是动了脑筋，花了心思，端了罗盘，吸了教训的。

说起庙房又要说到张跛子。通过与人闲谈，我终于从残损的记忆里打捞起张跛子这人，并逐渐回忆起他的往事。张跛子是经历过三次大地震的人，都 80 多岁了，这次大地震是他经历的第三次大地震。1933 年地震让他成了孤儿，并改变了他的命运；1976 年地震他成天到晚吹着幽怨的羌笛；2008 年这次大地震他做的第一件事让人意想不到，他竟然第一时间去保护满屋收藏的毛爷爷石膏像，这可是他的心肝宝贝，可令他万分悲伤的是，地震时石膏像倒的倒、摔的摔，损坏严重。据说张跛子为此足足伤心了几个月，弄得我弟弟么闷墩也三天两头陪他伤心，陪他修复损坏的石膏像，陪他一起吹奏忧伤的羌笛。

这次地震我家运气有好有坏，好运是我爸我妈都活着，因为地震时他俩就像1976年地震那样，不慌不忙，也没乱跑，这反而救了他俩性命。虽然房屋损坏，倒塌了一堵墙，但恰恰因为没跑反而安全，很多跑出来的反倒被砸死砸伤。坏运是，爷爷躲过了1933年地震、1976年地震，唯独2008年这次地震没躲过，爷爷不是被砸死的，而是躲地震时摔死的。奶奶为这事一直不停埋怨爷爷，说别人被地震砸死是命不好，怪不得谁，而爷爷不该自己慌慌张张从房顶跳下去，80多岁的人了，还以为自己是小伙子，一层楼那么高的地方一纵身就跳下去，地震没有把他震死，自己却把自己摔死了。而且当时奶奶和爷爷都在房背上晒太阳，奶奶喊都没把他喊住，拉也没把他拉住，爷爷只顾自己，还以为自己腿脚年轻，一纵身就跳下两米多高的房背，当时就摔昏了，脚也断了，大腿骨都露了出来，后来被救起来，抬到县上抢救，但他年龄太大，流血过多，经不起手术，抢救了几天才去世。

我这才想起在成都医院梦到爷爷向我索要拐杖的事，原来他在另一个世界也需要拐杖。于是我立即到爷爷坟头，给他烧香叩头烧纸，并且做了一根拐杖烧给他，从此再没有梦见爷爷向我讨要拐杖，再没闻到爷爷身上特有的陈年羊皮褂子膻味。

奶奶却不肯放过爷爷，不原谅他的自私。奶奶独自一人时总是唠唠叨叨数落死去的爷爷，怪他自私，怪他不听自己的话，怪他不顾奶奶死活自己先跑。奶奶骂他该背时，说这是报应，是老天爷在惩罚他，是那个牟家的诅咒再次应验。此后，奶奶活着的意义就是责备爷爷，好像只要她责备得够狠，够厉害，爷爷就会从棺材里钻出来还嘴。从奶奶没日没夜的数落和责备中，我渐渐听明白爷爷的身世。

原来爷爷的母亲死得早，爷爷 5 岁那年被祖父挑在箩筐里，离开川西丘陵进到岷江峡谷高半山，跟同乡人一起种大烟。后来因关系没疏通，祖父所种的大烟被没收了，落得个身无分文的下场，祖父只好带着爷爷流落到蚕陵寨牟家打长工。再后来祖父死后，爷爷就被牟家收养，长大后就给牟家当了上门女婿，与我奶奶成了婚。那些年兵荒马乱的，川西坝子和丘陵地区的日子也不好过，穷人进山当上门女婿的多，也很受欢迎，毕竟几百年来"蛮妈汉老汉"的风俗已被当地接受，并渐成风气。

恢　复

　　回家没几天，我让木珠陪着我，挨家挨户拜访亲戚邻居，一家一家熟悉他们脸貌，他们的气味，免得下次见面时喊不出他们的名字，认不出他们是谁，毕竟都知道我脑袋受过伤，记忆受过损。爷爷的坟我去上过，师父何端公的坟我也去上了。师母荷花一见我就号啕大哭，眼泪鼻涕齐下，她怪何端公太胆大，大地震都躲过了却没躲过余震，竟然敢进老屋找东西，结果被余震震塌的石墙砸死了。她那么坚强的一个女人哭起来弱如残柳，反而是九斤妹坚强得多，去搀扶她，安慰她，弄得我一边烧钱纸一边跟着流泪。

　　我烧的香蜡钱纸才开始燃烧不充分，等我向师父和祖师承诺要传承好释比文化后，燃烧的香蜡钱纸突然就火势旺盛起来。火光中我仿佛看见师父慈祥的容颜，闻到了柏树的芬芳，耳边响起古唱经的旋律……透过火光，我仿佛看见师父正在火中舞蹈，他唱着释比唱经，走着踽踽禹步，敲击着羊皮鼓，倾听着我对他心愿作出的承诺，现在他终于可以放心走了。突然我听见火光中师父的幻影高喊了一声"躲开"，熊熊火光立即爆燃一下，师父的幻影随着幻声慢慢消失在闪光中，我知道那是师父消逝时的最后余晖，师父从此将不再为人世间的繁杂琐事所牵挂。

我突然想起一件事，问师母师父生前有没有说起过关于"箱子"的事，师母悲伤的眼光中透出疑惑："箱子，什么箱子？"我就不敢再问这莫名其妙的话了。之后我发现，自从地震后，很多人的记忆都在减退，都很健忘，记不住往事和身边事，我怀疑是地震造成的瞬间惊悚杀死了人们的记忆细胞。

穿过寨子，我走向大爸和二爸家，他们家人都很好，没伤亡。大婶说房子倒了就倒了，还可以重修，这人要是倒了，就没回天之力了。二爸家损失惨重，几十头肥猪砸的砸死，饿的饿死，几天后救出来几头，都成了"猪坚强"，舍不得杀。是啊，地震都不让它们死，你舍得让它们死吗？最后只好卖了，眼不见心不烦，等它们各安天命。

何太基一家在地震中伤亡最为惨重，他和他老婆及媳妇娃娃都没躲过地震。这都怪他们想提前住新房，也怪何龙太贪心，挖山把地基扩得太大。这高半山农村修房造屋一般就修两层两百多平方米足够用了，可村上给他家批的是两百平方米，何龙却私自把房子加高到四层，面积扩大了三四倍，第一层他全部修成门面仓库，二至四层才是住房。因为他家地基不够，又靠山坡，他请挖掘机挖坡，挖出半亩多地，结果这次地震导致山体垮塌，他家新建楼房靠山坡太近，被冲垮掩埋，何龙的爸妈以及何龙老婆娃娃都没有逃出来，一家人就只剩下何龙一个独人。凡是看见他家惨状的人都悲伤的感慨：这家人死得太惨，老话说"欺山不欺水"，看来，山也不能欺啊。

王二娃的过渡房我也去了，还没到他家，就远远飘来酒香。王二娃家没多大损失，我进去时见他房子里摆满了塑料酒桶。地震后他的酒厂被埋，这段时间才把酒挖出来，酒也特别好卖，因为周围十里八乡已经没有酒厂烤酒了，剩下这些震前的酒当然物以稀为贵，可以卖个好价钱。但王二娃坚持卖原价，他说地震都躲过来了，啥子事都想通透了，钱嘛身外之物，多挣多用，少挣少用，只要人活着比什么都好。听说县上有个大超市趁地震卖高价，结果经理遭到罚款拘留，超市也随之倒闭退出茂州，知道这个消息后，更没人敢乱卖高价。

也是，发灾难财的人本来就坏了良心，是该被收拾收拾，教育教育了，这一点，群众对政府的措施举双手赞成，毕竟没有规矩不成方圆。

"我才不卖高价哩，大地震都经历过了，还有什么想不通的？钱乃身外之物，人活着才是最重要的。"王二娃对我的到来倍感亲切，特意打开一桶老酒，舀了半盅，强行要我品尝，我虽然重伤初愈，闻到久违的酒香，也不推杯，咕咚咕咚一气喝下，然后夸他酒好，送他一个鼓励信心的顺水人情。

杨宝听说我回来后，特意来我家防震棚感谢我，裹携一身草药味。这才让我回想起地震时我曾经拉过他一把，救了他的命，否则，那个砸我的石头本来应该砸他。我到现在还不明白我为什么要本能地去拉他一把，我终于想起来了，其实当时我一直在想着怎样报复他，可一到关键时候，心中那个恶毒的念头不仅没有实施，我反而莫名其妙上前去救他，让自己的手脚完全违背了真实意愿。到底是我当时糊涂了，还是伪善了？我竟然会去救他？而且我梦中似乎还侵入过他的身体，扼阻过他的心脏，想要复仇，但到紧要关头还是打了退堂鼓。

杨宝给我带来了一大包药材和保健品，我坚决不收，弄得木

珠一个劲埋怨我不礼貌。杨宝见我不收，尴尬地说："这些都是
名贵中药，你妈用这些药好。"我说："那个石头本来是在等你
的。"我们这里有种说法叫"千年石头等仇人"，而且这种说法总
是灵验。杨宝说："是啊是啊，幸亏你拉了我一把，要不受伤的
就是我。"我说："我现在都后悔了，当时就不该拉你。"杨宝的
脸唰的一下羞得通红，满面难堪。"跟你开玩笑的，"我半开玩笑
半当真继续说，"哪天你要还我一条命哟。"木珠戳了我一下，对
杨宝说："你看他被石头砸昏头了，尽打胡乱说，不要理他。"杨
宝走时还是把药留下，我才不稀奇他的药呢。不过木珠还是拿了
给我妈吃，说那些中药很名贵，有疗效。

　　我自己都奇怪自己为什么对杨宝态度一会儿天上，一会儿地
下的，这么大的地震灾难都挺过来了，还有什么事不能原谅他？
还有什么事拿不起放不下？我到底不原谅杨宝什么？我一时还真
想不明白。

　　陈壳子见我回来，流露出少有的忧伤。我想起了他曾经一贯
的开朗，以及逗我们时的开心，他现在却怎么也开朗不起来。陈
壳子引我见了他的老伴，一个躺在床上一动也不能动的老妇，浑
身上下散发出垂死气息。"她成植物人了，"陈壳子说，"地震后
挖出来就这样子，现在什么都要我照顾，她跟我吵了一辈子嘴，
现在想跟她吵也吵不成了。"陈壳子两口子这辈没儿没女，抱养
一个女儿早就长大嫁人，现在身边无人照顾，陈壳子再怎么开
朗，摊上这事，也开朗不起来。"今后咋个办？"我问他，陈壳子
说了一句令人心紧的话："只有等吧，等她哪天死了我也就解
脱了。"

　　看来，"等待"命定就是陈壳子这辈子的生存法则，而且谁

也不会料到，此后不久，陈壳子竟然真的凭着多年的消极等待，实现了他预料之外的人生夙愿。

之后我又拜访了全寨每一位亲戚朋友、邻居同学，等我最后拜访到张跛子家时，我就恢复了对全寨人的记忆。我逐渐记起他们的名字，他们的气味，他们的故事，理清了他们和我家的脉络关系，以及相互间的纷繁往事。我的记忆与闷墩的记忆也慢慢重合到一起，但有时我突然回忆起一两件往事，总觉得与我曾经的记忆有所冲突，我不能确定是否真实经历过，或许那只是闷墩的经历罢了。

我甚至还记起了李玟给我们协会配备的电脑、相机、录音笔，里面记录了我师父何端公的很多音视频资料，最主要是人们通过"纸袋"悔过的音频文件，都拷在电脑里了。一想起那些音频文件，我立即就到村活动室去寻找电脑、录音笔。

穿过寨子来到无人管理的村活动室，只见村活动室空空荡荡，满屋都是厚实的尘埃和蛛网，没人知道电脑和那些设备哪里去了。王浩告诉我："地震后，人都顾不过来，哪个管那些东西哦，不是被砸坏了就是丢了，埋了，找不到了，你去给文体局报损吧，申请重新给协会配设备，反正他们项目多。"我用鼻子搜寻过，但电脑电视等气味都一样，都是塑料橡胶味，家家户户都有这味，还真闻不出这些设备的去向。

我当然不敢说电脑里面有重要的音频文件，那可是全村人的秘密，是所有悔过者的秘密，如果那些文件暴露于天，对蚕陵寨来说，威力肯定相当于再一次大地震——灵魂的大地震、道德的大地震、伦理的大地震。

在我寻找电脑设备这段时间里，我的多梦症间或发作。每到夜晚，总会梦到死去的人们，一个个残肢败体的，浑身骨肉散发出腐败气息，来找我寻求慰藉。何太基就拖带着他一大家人来找过我，让我帮他找回剩余的肢体。我没有去找，以后接连几天，都梦见何太基拖着一身碎肉，可怜兮兮地求我帮忙，他身上的腐败味熏得我差点发吐。等我梦醒后，我发现自己竟然深更半夜梦游到了何太基家房屋的废墟上，我被吓出一身冷汗，醒了，摸黑走回家。天亮后我便去找何龙，把自己的梦告诉他。何龙听后哭声惨烈，怪自己当时太过悲伤，没有收拾完遗体。于是他请来挖掘机，把旧房子的残墙断壁都挖了，在他家族坟地里堆了座大坟，我又为他们家做了安灵仪式，这才让死去的人得以安息。

　　几天后的一个夜晚，何太基穿戴整齐地走进我的梦里，向我道谢，他身上已经没有了腐败味。我想说点什么，话到嘴边又说不出口。但当晚我没有梦游，而且此后很长一段时间我都能睡好觉，梦游的情况也很少发生。

　　何大福突然回蚕陵寨了。据他说在地震期间表现勇敢，救了同室的狱友，而且在监狱在押犯大转移中有立功表现，本来他还有一两年刑期，因地震立功表现就减刑提前释放了。何大福回寨子后，已经完全不像当年那么愣头愣脑，不谙世事，而是见人就礼貌招呼，热情握手，好像全寨人都是他的至亲，见了谁都恨不得拥抱一下，让人感觉他似乎不曾坐过牢，而是出去修行了几年，现在功成名就荣归故里，见了乡亲就上前拥抱，浑身上下迸发出无限热情。看来，何大福真的已脱胎换骨，要重新做人了。

　　甚至他还大张旗鼓地给全寨人办了个坝坝宴招待，请全寨人海吃胡喝一整天。蚕陵寨人就这德性，只要有吃请，有酒喝，酒足饭饱后，以前的不愉快从此可以一笔勾销，人与人的恩怨过节可以既往不咎。那天，满寨子都被何大福弄得酒肉飘香，寨子仿佛又到了盛大节日，充满喜庆。自从喝了何大福的酒，吃了他家的宴，做了他家的客，人们立即忘记了此前何大福的种种过错，又像当年那样尊重他，待见他，远远见了都打招呼，而且在尊重基础上似乎又增加了一些额外的内容，对了，我想起来了那个词，叫作敬畏。

蹲过大牢的人，惹不起啊，人们私下这样议论。

否　泰

本来以为地震后，我们的苦日子会再次来到。没有想到的是，仅仅是头一两个月过了点苦日子，后面的日子还是满幸福，满意外，满惊喜的。怎么说呢？说老实话，这次大地震我们真的要感谢党和政府，感谢全国人民。在全国人民大力支持下，在各级政府高效率工作下，在各族群众齐心协力下，灾区的恢复重建高效而快捷，群众的生产生活秩序才恢复这么快、这么好。

自从恢复生产后，村上三天两头都在发救灾物资，一会儿发矿泉水、方便面、饼干、火腿肠甚至罐头；一会儿又发棉被、衣服、毯子；一会儿发电筒电池、充电器甚至手机；一会儿又是大米、食用油、面包甚至卫生巾……反正就像超市送货一样，你想到的和你想不到的，党和政府都替你想到了，全国人民都替你想到了。东西隔几天就要领一车，杨斌和王浩就组织民兵开车去乡上领取，领回后分发到各家各户。学生们除了村上发的物资，学校也发生活用品。才开始大家还来者不拒，等发的东西多了，就有了选择余地。后来乡上通知村上去拉矿泉水、旧衣物，村上竟然嫌弃说不需要这些了，给其他需要的送去吧。结果乡上领导立即打来电话警告村干部——上面发什么东西必须无条件接收，这是原则问题，是纪律问题，否则的话，就暂停物资发放。弄得杨斌和王浩不得不去把矿泉水、旧衣物拉回来发给各家各户。

再比如发方便面，才开始大家都爱吃，后来吃多了就挑口味好的，不合口味的就没人吃了。孩子们不懂世事艰辛，反倒觉得仿佛天天都在过节，每天都有好吃的东西在等待他们，有新鲜好玩的事情刺激着他们。而我却感觉每次地震都好像雨过天晴一样，坏日子刚一来，还没站稳脚跟，好日子马上就一脚把它踹开，之后的日子就云开雾散，旭日东升，阳光灿烂了。我这时就想起了从电视里学来的一句叫作"否极泰来"的成语，只有这句成语才能恰如其分地诠释蚕陵寨正在到来的幸福。

不过各家各户的损失还是很大，圈里的牲畜死伤过半，不被砸死也被饿死困死；房子垮塌很多，剩下没垮的也大多成了危房，不敢住人。即使是没垮的房子，县上已经打了招呼，要求不准使用、不能进人，若不听县上的招呼住进去，再遇余震有个死伤，人命关天，哪个负得起这个责？

好在各家各户帐篷已基本拆除，大多已经住进了防震棚，而且活动板房也基本搭好，年前可以搬进去住。随着余震越来越少，越来越弱，蚕陵寨紧绷着的神经渐渐松弛下来。看来，按传统说法，地底深处引发地震的那只巨大鳌鱼终于折腾累了，没劲再继续折腾下去，该歇歇气休息休息了。

余震小一些后，我的梦游症同步减轻一些，但还是间或发作。有天晚上，我竟然梦见了县上一位干部，浑身水淋淋的，挂满了正在啃食他的石巴鱼，腥气扑鼻。别人都叫他汪同志，他说地震以后他一直在统计我们村的受灾情况，可是一直统计不准确，这样他就交不了差，无颜回单位。我问他来找我干什么，他说，只有我才能够帮他统计准确，这话让我有些莫名其妙。结果第二天杨斌突然就来找我，要给我分派工作，让我帮村里统计物资。

我问杨斌："是不是县上的汪同志让你给我安排的？"杨斌丈二和尚摸不着头脑，问："谁是汪同志？"我说不清楚，这才想起汪同志只是我的梦中人，现实中也许根本没有此人，我怎么把现实和梦境混淆了呢？后来我经多方打听才知道，县上是有这么一个姓汪的同志，地震后被派到蚕陵寨统计灾情，结果回去的路上被余震塌方掩埋于岷江河畔，尸体都没找到，之后汪同志还被追认为抗震救灾先进个人和烈士。

我这才想起汪同志浑身水湿，满身石巴鱼的原因，原来他掉进岷江河了，为了统计准确的灾情丢掉了性命，真勇敢，真可惜。

杨斌给我安排这个工作并不是因为我梦见了满身石巴鱼的汪同志，而是回村后我事情不多，又受了伤，没事时就经常到村委会看热闹，看每天从县上运来的援建物资。一天，我无意中竟然准确地说出了当天村上运进物资的数量，并且与统计人员统计的数目正好吻合，不差分毫，这惊人的准确性吓了杨斌一跳。杨斌问我怎么知道这么准确的，我说我都记在心里了。杨斌奇怪地看了我一眼说："原来闷墩一点都不闷，是在装闷，你心里装着个计算器，什么都清楚明白着呢。"

之后杨斌就让我参加村上的物资接收发放统计。当然统计人员不止我一人，但我是所有统计人员里面记性最好的一个，因为但凡经我过目的物资，我都会清清楚楚、历历在目、不差分毫地统计准确——用鼻子、用眼睛、用心统计。我也不知道自己为什么会突然记忆清楚，我甚至觉得是不是成都医生给我动手术时，在我脑袋里安放了一台摄像机，只要经我过目的东西，都会被我眼睛及时拍摄下来，清楚而准确地存储在脑海。

当然，有时我统计累了，就让闷墩记，而我自己却躲在闷墩的身体里发呆、走神，甚至做梦，以至于有时杨斌就要喊："闷墩闷墩，我都喊你几声你还不答应，发什么呆啊。"只要多喊几声，我和闷墩就会同时打一个激灵，从发呆或梦游状态中回过神来，回到现实。

下一次我梦到汪同志，我就给他说让他放心，我统计的数目精确着呢，不会出半点差错。汪同志依然挂满身石巴鱼，那些石巴鱼不停地叭唧着嘴巴，汪同志再三叮咛我一定要统计准确，在得到我的肯定答复后，汪同志露出满意的笑容，那些石巴鱼纷纷从他身上跳下来，眨眼间便逃得无影无踪，从此汪同志就很少走进我的梦里。不过一年后汪同志亲属到岷江河畔祭奠他时，我还是诚心为他做了安灵仪式，祈求老天安抚死去的人，保佑活着的人。家人也为他烧了纸钱、寿衣。

此后，我只要见到石巴鱼就会想到汪同志，不过随着岷江河石巴鱼越来越少，汪同志在我梦境中也就渐渐淡去。

我才记录了几天的物资，县上就启动了羌文化抢救工作，文件通知下来说要统计和保护好非遗传承人。师父死后我就是蚕陵寨唯一的释比，虽然此前我们村成立过释比协会，但大多是外围表演的，真正跟师父学到传统技艺的只有我一人。于是我和张跛子还有九斤妹等人就被推荐上报为非遗传承人，领取救灾物资时就可以名正言顺多领一些，因为有时是民委、民宗局，有时是政协、民政局，有时是统战、工会，有时又是文体局专门给我们发物资，这一下，我们简直就成了受灾群众中的"熊猫"，一不留神就得到了更多的优先照顾，让我一时半会儿不知道到底该感谢谁才好，怎么感谢才能表达诚挚的谢意。只有跟着大爷大妈说，感谢党、感谢政府、感谢全国人民——这话一点不掺水，确实是发自肺腑的真心话。

　　我的这种想法和张跛子的想法一样。张跛子说，"说句良心话，这次地震真的要感谢党和政府，感谢全国人民，感谢社会主义制度的优越性，要是换作旧社会，遇到这么大的灾难，哪个来管你？地震震不死你饥荒都要把你饿死。比如1933年叠溪大地震，震后一个月后下海子决堤引发洪灾，水头一路横扫沿河村寨，一直扫到川西坝子，沿河坝死了那么多人，灾后瘟疫盛行，饿殍满地，遍街都是讨口子，呼天天不应，呼地地不灵，哪个来管你？能活下来都是靠运气，靠命大。运气不好的，地震没把你震死，洪水没把你淹死，冻都要把你冻死，饿都要把你饿死。想混口饭吃去背背子，累都要把你累死，更不用说有个小病大痛无处医治，无钱医治了。一句话，那个年代，自己都顾不过来，政府都自身难保，哪个管你这些平民百姓？况且还是山旮旯里的番民，即使有善人发善心想管，也鞭长莫及、财力不济。"张跛子是难得说恭维话的，不知他哪根神经突然通了，"说得不好听一点，那时候的人命跟头猪、跟条狗、跟只鸡鸭没啥区别，甚至连猪狗都不如，猪吗狗吗还可以卖了换钱，杀了吃肉，人呢？毬钱不值一分。"这些话把那个时代的炎凉世态直白得冷冰冰、凉飕飕、血淋淋的。

　　张跛子每次重复这些老调，一些年轻人就不爱听了，嫌他啰唆，话唠，跟他较劲。说现在都什么年代了，老翻陈年旧账多没意思。张跛子不服年轻人的想法，说："你们这些年轻人，经历少，没经历过苦寒日子，要真到了缺衣少穿饿肚子的地步，你们才分得清什么是好，什么是歹；什么是黑，什么是白。蛇是不是冷的，硬要摸了才晓得。"

不料年轻人冷不丁冒出的一句话差点把张跛子噎死："政府连老红军身份都没给你评一个。"

张跛子急得差点一口接不上气，脸红脖子粗，半天才憋出一句应对的话："一码事归一码事，那是另一码事，牟州长答应了，政府迟早要给我解决身份的。"他还惦记着十几年前我三爸到村上搞社教活动时应付他所说的那句"要相信政府"的承诺。

我的鼻子和眼睛告诉我，蚕陵寨开始改头换面，大变模样了。

重　建

　　国家来了政策和资金，农房该重建的重建，该维修加固的维修加固。同时，老寨子被规划为省级风景名胜旅游景点，正在申报古羌寨4A级风景名胜区。蚕陵寨的村道全部按5米宽标准进行加宽改造，实在没条件加宽的路段，也修有错车道，以确保旅游观光大巴能顺利开进蚕陵寨。

　　挂职副县长余刚正好联系我们村，农房重建和村道等基础设施建设都由他主抓。为此，杨斌、王浩三天两头都被余刚督促着，挨家挨户做群众工作，做拆迁户工作，做土地征赔工作，天天苦口婆心，日晒雨淋，有时还受气挨骂，甚为辛苦。而何龙和何大福三天两头来找余刚，要求包工程。这些曾经的小伙伴们，当年是那么好斗和顽皮，而今几十年眨眼间都已变成心思各异的成人了，如果不是这场大地震，他们今生恐怕都不会再有机会齐聚一堂，是这场大地震又把他们震到了一起，让他们得以继续他们曾经未结束的游戏。

　　"你们包工程可以，但要具备资质，公开招投标，按程序来。"对于何龙和何大福包工程的要求，余刚虽有建议表态权，却不敢私下表态，表面上还得公事公办，走正规程序，"现在纪律管这么严，弄不好就要得罪人，甚至把自己陷进去。"

甚至连三爸的儿子牟卫东也跑来凑热闹。牟卫东现在已经成了牟教授，在日本读完博士后，回北京一所大学教了十几年书，升为教授。这次牟教授来先找副县长余刚，然后余刚安排相关部门和乡镇协助牟卫东到蚕陵寨作田野调查。据说牟卫东申请到了社科院的课题，主要内容是"5·12"地震后羌文化生态保护与修复以及新时期少数民族地区乡村振兴等课题。牟卫东来时还带了两名女研究生，一看就是乖学生。

杨斌把对接牟卫东的任务安排给我，说反正我是他堂哥，又是蚕陵寨仅存的释比，也算村里的文化人，有什么话好直说，加上这层亲戚关系，牟卫东即使是北京来的教授，也不好给基层使性子，添麻烦，而且生活上让我公私兼顾也好接待安排。

明知杨斌在给我戴高帽子，说的是客套话，但我也乐意顺着梯子爬，假装当一下村上的文化人。不过牟卫东并不像我接待过的其他领导、专家那么高高在上，话烦事多。也许是兄弟关系，也许是他基层田野调查经验丰富。村上安排我接待牟卫东，他一到我们寨立即就入乡随俗，一点不把自己当外人，他带的两个女研究生也一样，人虽长得乖巧细致，生活上却粗枝大叶，吃得糙，打得粗。他们连肥腊肉也不忌嘴，烟熏香肠也不怕有致癌物，连带有纯正馊味的老酸菜也不嫌弃，甚至连火塘上带灰的烧洋芋灰没拍干净都敢放入嘴中，跟我们的习惯没一点区别。他们这么不讲究，让我怀疑他们是掺了假的北京教授和学生。

牟卫东向我诉苦："哥哩，你这里条件都算好的，我们到大凉山搞田野调查，有些村子那才叫一个穷，桌子板凳都没有多余的，真的是三个石头架口锅，四个石头支张床。"我说："你夸张了，难道会比我们蚕陵寨还穷？"牟卫东说，"你以为蚕陵寨就最穷了？你们这里只能叫相对贫困，至少一年到头吃不愁穿不愁，都有房住，学生有书读，只是缺少经济收入，其实比你们穷的地方还有很多，有些地方甚至还处于赤贫状态，什么叫赤贫？就是什么东西都没有。"然后牟卫东就跟我们讲起他们去过的地方，他的研究方向。牟卫东研究的是人类学，所到之处都是穷乡僻壤的农村，只有在这些地方，才保存着最原始、最自然的原生态文化，才能收集到最有价值的第一手资料。虽说牟卫东住在光鲜炫目的大都市，实际上一年里有半年时间都往穷山沟钻，往民族地区跑，一身山野泥巴味。有一次他去贵州大山深处苗寨搞田野调查，由于事前沟通不畅，被当地派出所喊去问话，差点被当成文物贩子拘留起来。

"这次大地震，将会给原生态民族文化造成不可挽回的损失。"牟卫东想用最简单的话阐明他课题的重要性，以取得我的支持。"国家层面上也高度重视这事，可惜我来得太迟了，"他忧郁地自责，"如果我早点来就能见到你师父何释比了，他走了，带走了那么多宝贵的东西，这是我们民族文化的巨大损失啊。"牟卫东有些激动，跟随的两名女研究生崇拜地静听他讲演，"现在灾后恢复重建只看到了硬件建设，一窝蜂都去搞基础设施建设，没人看到我们这个民族原生态文化的巨大损失，没人看到原生态文化的不可逆性，一句话，目光短浅，主次不分。"

牟卫东敢这样发牢骚都怪我不停地给他劝酒。说老实话，我们这里的待客规矩就这样，不把客人陪醉就表示主人家吝啬，热情不够，照顾不周，直到把客人灌得酒足饭饱酩酊大醉，那才叫招待好了客人，就能赢得热情好客的口碑。既然村上让我接待好牟卫东，我就只好拼命陪他喝，尽管我出院不久，不能多喝。好在我没喝几杯，杨斌和王浩忙完另一个重要接待，也赶来陪牟教授喝酒。牟卫东见村书记村主任双双出面，甚为高兴，乘着酒兴，又痛快地喝了几个满杯。酒到高潮，我们围着牟卫东又唱又跳，唱传统酒歌，跳萨朗舞，牟卫东也跟着唱，酒也越喝越尽兴，酒歌也越唱越精神。喝到最后，唱到曲终，连杨斌和王浩都不胜酒力了，连连赞叹牟卫东酒量好，不愧是三爸牟巡视员的公子，不愧我们蚕陵寨走出去的博士。

这边酒还没有喝完，那边远贵堂哥又来请牟卫东晚上到他家去喝开坛咂酒。我原以为卫东喝得差不多了，不会去了，没想到他一点不客气，竟然答应去。就这样，牟卫东在蚕陵寨待了一个星期就醉了一个星期，而且天天喝，天天醉。我想劝他少喝一点，他眯细一双酒眼看着我："哥哩，你不懂，酒中自有民族文化，酒中才有原始生态，你们不醉，我怎能听到你们最真实的心声？怎能了解你们最真实的想法？酒后吐真言啊，你们的酒歌，你们跳的萨朗，你们的语言，你们的传说，你们的习俗，都是千年文化的积淀，都是我们民族文化的精髓，当然还有你的唱经，你不喝酒，能给我唱那么全的释比古唱经吗？"

卫东说的释比古唱经就是师父何端公教我从小背诵的，按规矩，在这样的场合是不适宜唱古唱经的。但那天我陪卫东喝多了，卫东让我唱，我先还有些记忆不清，可后来酒一超量，我突然就闻到一股生獐子皮的气味，这气味刺激得我头脑清醒，一下就将我记忆的碎片连接了起来，我一开口竟然就不停顿地唱起了古唱经，唱经仿佛不是从我记忆中钻来的，更像是另外有人在借我的嘴巴传唱。到最后，喝了多少酒，唱了多少经，我自己也记不清楚，好像我把上坛、中坛、下坛三部都唱了个全本。我只记得那两个女学生一边把录音笔往我面前挪，害怕漏录唱词，一边崇拜地望着我。那天我一直唱到夜深，唱到两个女学生都呵欠连天，我才停了吟唱。不过堂弟卫东倒是一点没有瞌睡，反而越听越兴奋，越听越清醒，越听越激动。等我唱完时，牟卫东竟然泪流满面，感慨万分："没有想到没有想到，我原以为你师父何释比的唱经会就此失传，没想到你竟然全部学会了师父的唱经，了不起啊，闷墩，你为我们这个民族的文化传承做了一件大好事，一件功德无量的大好事啊！"

牟卫东这样评价我，让我都感觉受到了什么叫吹捧，都有点昏昏然、飘飘然了。我也很奇怪，以前我背诵上中下三坛古唱经，不是这儿少一段，就是那儿缺一句，总之总有背不全的地方，这次脑袋被白石砸了，丢失了部分记忆。不曾想，当我酒醉时，当我闻到生獐子皮气味时，那些记忆又回来了，我竟然能一鼓作气，把古唱经唱了个全本。以前一些记忆不清的细节，丢失的记忆碎片，现在都清楚地记了起来；以前有些恍惚的内容，现在更加清楚明白。连我自己都感到惊奇，难道我被白石神砸后真的开了天眼，启了天智，得了神助？

既然牟教授这样重视我，我又乘兴给他演示了释比的其他技艺，比如剪五色旗，捏荞面十二生肖、各种卜卦及驱邪解秽等仪式，直把牟卫东和两个学生看得目瞪口呆，大呼太有收获了。做完这些，我还有个问题一直想找专家教授当面求证，现在牟卫东来了，我正好找他证实，"传统文化和封建迷信到底有啥区别？"我问，"释比信仰是宗教吗？释比是不是宗教教职人员？"

牟卫东很奇怪我会问这样的问题，他认真思索了一下，尽量用最通俗的话给我解释，解开了困扰我多年的顽固心结。他的答案是：释比不是国家法定的宗教教职人员，而是传统意义上的民间神职人员，因为羌人是原始多神崇拜，还没有形成真正意义上的宗教。至于传统文化和封建迷信也很好区分，一个是积极向上对社会能够产生正面效应的，一个是消极片面对社会容易产生负面影响的。

牟卫东不愧为教授，他的回答言简意赅，几句话就解开了我心中对文化、宗教与迷信之间的关系谜团，让我对自身所从事的释比活动更有信心，我所从事这些传统活动都是驱灾治病、许愿祈福、与人向善的，甚至也曾记录历史，应该算得上是积极的、正面的。有了这种认识，我不再担心被定性为封建迷信了，况且政府还把我们定为非遗传承人，这是对我们所从事活动的最大肯定。

然后我又问了他许多其他问题，其中就包括毒药猫的传说。牟卫东答疑我说，"依我的观点，其实就是一种传统的女巫文化，世界各国很多民族都有类似女巫文化。我国历史上《周礼》上所载的巫祝、袾子、祝史，汉族的神婆，一些少数民族的灵媒，还有湘西的放蛊女，鄂伦春的女萨满，包括羌族的毒药猫，都应归类为传统女巫文化。"然后牟卫东继续解疑，"其实不需要将这种现象过于神秘化，依我的观点，就是几千年来男人对美女的一种虚妄，一种求之不得导致的报复，同时也是女人对美女的妒忌和报复。因为任何一个村寨的美女，很容易成为妒忌的焦点甚至矛盾的导火索，历代帝王将相因红颜祸国的不在少数，到了基层乡村也等同这个道理。我本来也想专门腾出时间来研究这个课题，但太忙了没时间，当然，这是我个人的观点，一家之言，还不成熟。"

　　牟卫东的话有一些道理，我记住了"妒忌的焦点"这句准确的话，这才发觉，其实王寡妇当年就是我们寨的一个焦点，即使不是妒忌的焦点，也是被风言风语包围的焦点。

　　我们还谈到了古羌的历史，特别是几千年来的迁徙史，为什么羌人最大的一支会仅存于岷江峡谷高半山，牟卫东对此只给了两个字——躲避，就解开了我心中多年的谜团。"难道你没发现，"牟卫东说，"除了自然灾害，几千年来，这里就是躲避乱世最安全的地方！"

　　牟卫东回去后，他的调研课题还真的起了大作用。我们羌族的非物质文化遗产项目得到了国家重视，以我们几个主要羌寨为核心的羌区很快就被确定为羌文化生态保护区。没多久，我们村就确定了一批国家级和省级非物质文化传承项目和传承人，而且县上还专门为我们规划了活动阵地，并纳入灾后重建规划建设项目。

　　没想到国家会这么重视我们的民族传统文化。

愿　景

　　兰香突然回到蚕陵寨，依然满身香水味。她回来就找我，并全权委托我帮她处理灾后恢复重建她家应该享受的政策。我问她地震受灾情况，她满眼幽怨，说她男人地震时死了，其他再没有说什么。我又问他家里的旧房怎么办，空闲那么久了，没人住都快要垮了。兰香说空着就等它空着，垮就等它垮，也许她哪天突然想通了要回山上住呢。

　　突然之间，我就想起了一件事，关于兰香爸当年砍木头被砸死一事，对了，好像是老王主任悔过时似乎说过，是他安排兰香爸站在那个危险位置的。随后我脑海里开始还原当年兰香爸被砸的场面，我看见三十多年前伐木砍树的那一天，在老王主任的指挥下，一棵巨大的百年云杉被砍倒，而倒下的方向正朝着兰香爸站立的位置，虽然大家都在喊兰香爸快跑快闪开，但那张牙舞爪的树枝铺天盖地砸下来，哪里跑得脱？其中一根树枝刺穿了兰香爸的胸膛，所有人都惊呼大喊，独有老王主任脸上掠过一丝不易察觉的冷笑……我本想把真相告诉兰香，但现在我已经没有了证据，哪个会相信我说的呢？

　　于是，这个话到嘴边的秘密，又被我吞回肚子。我和大家的想法一样，这么大的地震都挺过来了，那些冤冤相报的陈年往事还有什么值得计较的呢？人活着就好，在生命面前，一切皆是浮云。而且此后我越来越觉得，这些事更应该和闷墩有关，而不是我，虽然我和闷墩同驻一个躯体，但在自我方面，作为闷墩的我和作为释比的我似乎又心思各异。

兰香回蚕陵寨坐的是何大福的轿车，走时也是何大福接她走的。毕竟两人现在都是城里人了，在蚕陵寨已待不习惯。何大福之所以还恋着蚕陵寨，是因为蚕陵寨有灾后重建项目，有钱可挣。不过何大福最终还是包到了一段村道工程，从修这条路开始，何大福尝到了甜头，找到了门路，从此就成了专包工程再分包出去的中间老板。

地震后，李玟局长被调整为县旅游局局长。不过她还是经常到蚕陵寨来，在副县长余刚的大力支持下，她开始策划一个更大的旅游项目。她的计划非常宏伟，甚至可以说是有点惊天动地。她要让整个蚕陵寨变成原生态羌文化活态景区，而且要把我们全寨人都变成景观的一部分，把整个寨子变成一个原生态文化大舞台，我们的日常，我们的生活，我们的习俗，我们的劳作，我们的节日都被她和她的团队策划为景观，一句话，她要搞一个中国最大的原生态羌寨，一个巨大的原生态舞台，向世人展示羌人古老神秘的原生态活态文化。

配合这个大舞台建设，首先要做好的是蚕陵寨的基础设施建设，产业结构调整，风貌改造，环境卫生整治……李玟的想法真的超级大胆，超级前卫。她甚至建议我们蚕陵寨周围的土地以后都不要种庄稼了，而要全部种上鲜花，成片成规模地种杜鹃，种月季，种蔷薇，种牡丹，种百合，甚至种向日葵，她计划要把蚕陵寨打造成花海舞台，打造成高山调色盘，云上花园。

杨斌和王浩很是纳闷："那地里不种粮食蔬菜老百姓今后吃什么，拿什么卖钱？"李玟洗他们的脑袋："你们要切实转变观念，满山遍野的鲜花就是最好的旅游资源，活态羌文化就是最好的人文景观，今后旅游发展起来了，每天成百上千的游客到你们这儿来旅游，来消费，你们就是拿工资的正式员工，还种什么庄稼？就是开个农家乐，卖点旅游用品都比种地强。今后县上还要引进大型旅游企业来包装打造蚕陵寨，到那时候，你们人人是员工，个个是演员，企业要给你们交社保，买保险，你们就转型成了企业员工，甚至还可以入股当股东，何乐而不为？"

多么美好的愿景，多么灿烂的前程，多少迷人的香味！光是听李玟局长的规划，蚕陵寨人嘴不沾酒都能醉上三天。在李玟的规划中，蚕陵寨哪里是贫穷落后的高半山，简直就是神仙居所、瑶池仙山、世外桃源。可是这么美的景色蚕陵寨自己怎么既看不到，又摸不着，更感觉不出来呢？

王浩事后和杨斌商量，李玟局长的规划非常高端大气上档次，只是怎么感觉都有点悬，有些幻，有些高处不胜寒呢？蚕陵寨真有她所说的那么美、那么好、那么世外桃源，那么吸引游客吗？我们自己怎么既看不见，摸不着，更感觉不到呢？杨斌说："管他呢，只要有领导重视，有上面规划，有国家投入，对我们村的发展肯定是百利而无一害的。"

灾后恢复重建进展很快。在余刚全面贯彻落实上级"五加二、白加黑"强有力的工作推动下，蚕陵寨的恢复重建为各村树立了榜样，起到了引领示范作用，不仅实现了三年任务两年完成，而且是两年不到的时间内提前完成。寨子里部分农房进行了重建，新修了村两委会办公室和避难广场，古庙也作为旅游景点进行了打造，二十四孝像也重新塑了，村上所有道路都进行了硬化，自来水也入户了，路灯也安装了，民族特色风貌和绿化也搞了……加上老寨子在震前新农村建设坝下的底子上再次进行维修打造，一时间，蚕陵寨就像当年新农村建设试点一样，再次旧貌新颜，焕发青春，成为友邻县市参观学习的重点，新闻媒体关注的焦点，全县全州的示范点。当然，媒体采访报道的都是正面典型的好事，个别事情是没人报道的。

比如张跛子一事就让余刚头痛。关于红军失散人员身份确认一事，民政部门有标准，有条件，即使有村民证明张跛子的红军失散人员身份，可口说无凭，连部队番号都说不清，怎么证明？当年给红军背东西的成千上万的民工一样也没有认定身份啊。张跛子的理由很充分，说我三爸牟永寿曾答应过为他恢复身份，而且副县长余刚从小也知道他就是失散红军，就凭这两点，就该恢复他的身份。他都快入土的人了，不贪图国家那点补偿，就图一个名分。为这事，余刚专程到省州民政部门去了几趟，最终引起上级领导的重视，安排州县民政部门专门派了个调查组来调查，调查组在蚕陵寨走访调查核实了整整三天，临走时，调查组组长紧紧地握住张跛子的手，说："老同志、老革命，委屈你了，你可要保重好身体啊，你一定要相信组织、相信政府。"并向他承诺，这次调查证据充分，应该能恢复他的身份。张跛子听后，老泪纵横，竟然扑通一声想跪下来，吓得调查组的人全部蹲下身去搀扶。

但张跛子最终没能等到那张"红军失散人员证明书"。这年冬天数九寒天，突然有一天我奶奶向天空张望了半天，看着满天空若有若无的飞雪，似有所悟地告诉我大爸，让大爸去看看张跛子。大爸问奶奶为什么，奶奶哈出一口白气，说："我都有几天没有听到张跛子吹羌笛了，你去看看他怎么了，这么冷的天，这个老东西又没个人管，哪天死了都没人晓得，这么大的岁数了。"大爸于是叫上我弟弟幺闷墩一同到张跛子的庙房去看他。正如奶奶预料，张跛子家门是反锁的，幺闷墩翻窗进去一看，我奶奶的感觉真准，张跛子虽然在床上大睁着眼，可身体已经冰凉硬梆，至少死有两三天了。

　　奶奶知道张跛子死了都还大睁着眼睛时，连声叹气造孽造孽，痛惜张跛子心愿未了，死不瞑目。

笑　颜

张跛子的葬礼很热闹，由杨斌主持，村老年协会主办，由我为他做的法事。我们这里的人，岁数上八十死后都叫喜丧，张跛子已经近九十岁了，所以张跛子的葬礼就充满了喜庆。整整三天，全寨人都到村老年协会承头组织的白喜事上吃坝坝宴，只有喜庆，没有悲伤，热闹如节日。不过最有意思的事，埋张跛子头一天，县上民政部门突然打电话通知村上说，已经正式确认了张跛子红军失散人员身份，张跛子在入土之前终于等到身份确认的这一天。第二天盖棺前，与张跛子进行最后告别时，老王主任对着张跛子的遗体述说他的生平，然后告诉他身份得到了落实，大家仿佛看到张跛子脸上还有了笑容。

事后人们说张跛子肯定知道他的身份得到落实后才有了笑容的，总之，有笑容这事从此就传得很神，甚至演绎出更多的故事。

虽然张跛子的羌笛技艺没有得到领导重视，可九斤妹的羌绣技艺却得到了上级领导的高度重视和全力支持。九斤妹的绣品通过县妇联层层上报，最后得到全国妇联领导重视，并对九斤妹的羌绣给予了充分肯定和高度评价，表扬九斤妹为少数民族地区高半山妇女脱贫致富找到了一条好路子，对九斤妹的纯手工绣品也大加赞叹，甚至还作为国礼送给外国友人。有国家领导人的高度重视，省州县相关部门立即行动起来，将九斤妹的羌绣产业上升到高半山妇女脱贫致富增收的发展规划予以扶持，因为这个产业可以带动当地妇女稳定增收，解决脱贫问题。为此，九斤妹得到了一百多万的产业扶持基金，她就此成立了九妹羌绣有限公司，并在县城边修建了前店后厂的厂房，就建在县城边通往九寨沟的国道 213 线公路旁。

木珠自然就成了九斤妹最得力的帮手，而且木珠与村上的妇女们一起恢复了蚕陵寨羌绣协会，并动员全寨能绣的妇女都加入羌绣协会，按协会的统一设计和标准进行加工。成品出来后，供给九斤妹包装销售。此后，村上妇女们只要时间有闲，手脚有空，就忙着绣羌绣，从此不再担心自己的劳动成果变不成现钱，甚至连我妈绣的绣品都被木珠收集起来，交九斤妹的公司包装销售。当我妈拿到她第一笔用羌绣绣品换来的钱时，她怎么也不敢收，只是傻傻地看着钱笑，木珠便把钱交我爸大闷墩，大闷墩当然会管钱，他的闷只是外表上闷，其实他内心什么事都清楚明白。

比如涉及幺闷墩农房重建一事，就是大闷墩分别找到杨斌和王浩反映幺闷墩的特殊情况，村上才单独把幺闷墩列为一户，进行农房重建项目申报。农房重建好后，幺闷墩就分到一套轻钢房。自从幺闷墩住进新房后，从此满脸都洋溢着幸福笑容，寨子里的人但凡见了幺闷墩纯朴的笑容，都拿他打趣，幺闷墩，这么高兴是不是捡到金元宝了？幺闷墩，这么高兴是不是捡到媳妇了？幺闷墩，要不要我们给你介绍个对象？幺闷墩，你一个人住那么大的房子就不冷清，都不找个婆娘捂被窝？幺闷墩，波罗寨那个女哑巴长得还可以，介绍给你好不好……

幺闷墩嘿嘿傻笑着说——不，然后继续保持着他幸福满足的笑容。还别说，他的笑容后来还真成了经典，省报一位大记者到蚕陵寨拍灾后恢复重建成果，不经意间留意到了幺闷墩坐在新房子前懒懒晒太阳时的幸福笑容，立即抓拍了几个镜头，几天之后，幺闷墩的笑容就出现在全国大刊小报上、互联网等媒体上。蚕陵寨一下就沸腾了，说幺闷墩一夜之间就成明星了，全国人民都看到幺闷墩的笑了，幺闷墩的笑好灿烂好纯朴好满足，比那些大明星还笑得好，笑得真，笑得纯。从此后，村上但凡做宣传或广告牌都把幺闷墩的笑脸作为背景，都说一看幺闷墩满足的笑容，都忘记地震时的悲伤，都觉得生活更有盼头，人活着都有意思了。

老年人说得更好，幺闷墩，你笑得那么高兴，笑得那么乐天，我们看到你笑都要多活几岁。也是，人家幺闷墩都那种情况了还那么满足，那么开心，整天笑呵呵的，乐天派一个，我们还有什么理由不满足呢？

没人想到，幺闷墩虽然脸上表露的是满意的笑容，可他嘴里说出的却是永不满足的否定词"不"。幺闷墩的迷人笑容虽然迷惑了不少人，可直到村上接连出现几件意外事件后，我才发现幺闷墩的笑容并不那么简单，事实上他那纯朴的笑容表面，一直深藏不露隐秘的内容。

而与这隐秘内容相关的另一件事是——老王主任自杀了。

红白事

老王主任是烤炭火自杀的。烤炭自杀与非自杀一眼就能看出来。因为老王主任不仅将门反锁上，还用板凳将门顶住，而且所有窗户都关严闭实，明显就是不让人救，一心寻死。不仅如此，老王主任死前还喝了大量的白酒，是先醉死还是先中炭毒也是个谜。而且还写有遗书，遗书内容简直要把王浩几兄弟气死，他竟然要将自己的遗产赠予兰香，说自己对不起兰香家，以此为补偿。

关于老王主任的死因，民间最大的揣测是老王主任是受张跛子影响而死的，因为自从张跛子死后，老王主任就没有可说心里话的人了，也没有伴了，虽然他儿女多，可都没和他一起住，饭吃不到一起，话说不到一块儿。因为事情有些复杂，王浩几弟兄还是选择了报案。王浩坚定否定遗书是他爸写的，认为是另有人栽赃，甚至怀疑有人逼迫老王主任走上不归路。

公安局邹副局长带领刑侦和派出所的人来调查案情。邹副局长一见老王主任的遗体就开骂：“老王主任哩，你这个死老汉有啥子想不开的嘛，要走这条绝路，你走就走了，还要给子女留下遗产纠纷，简直是整子女的冤枉。”都知道当年的派出所邹副所长每次到蚕陵寨都是老王主任亲自接待，俩人是多年的酒友，酒后可以相互取笑，推心置腹，无话不说。不过后事处理起来却并没有想象中的遗产纠纷，因为邹副局长通知兰香并告诉她遗书内容时，兰香根本就不认可，并表示不稀罕老王主任的任何东西。其实以兰香现在的经济实力，她哪里看得起老王主任那点破烂家当，而且这种赠予又会把她与老王主任牵扯上闲话，这是她不能容忍的。这辈子，她最恨的就是老王主任，这个经常让她母亲夜不归宿的人，这个让她母亲背上毒药猫坏名声的人——至少在兰香的眼中她是这样认为的。

　　而兰香至今都不知道是老王主任害死了她的父亲，又侵占了她的母亲，她若知道这些，早就和老王主任拼命了。

　　虽然我的记忆还没彻底恢复，也记不起地震前"纸袋"仪式上所有悔过者的话，但关于老王主任的悔过我还依稀记得，他毕竟欠有一条命债。所以凭直觉我隐约感觉老王主任的死没那么简单，一定有什么原因让他不得不死，他才会选择走这条绝路，否则他的死就没有正常理由了：子女都已成家立业，儿子还是村委会主任，家里经济条件也宽裕，他已经开始享受子孙满堂福气的人了，并且国家也给农村三老干部发有退休费，他晚年也有稳定的经济收入，每天日子有酒有肉的，闲暇时间还可以打点小牌……他在好端端的日子里就这么意外地死了，死在大家公认的幸福日子中，死得有些不明不白，任何理由都解释不通啊。而且他也不可能受张跛子影响而死，毕竟他们仅仅是酒友，没那么深的交情。

　　除非有个让他不得不自我了断的理由，那就是他欠兰香爸人命那件事暴露了。但谁会让这件事暴露呢，难道除了我或闷墩还有其他人知道这个秘密？难道这个秘密被泄露了？不知怎么的，对于王主任的死，我总感觉有那么一点点愧疚，这也许和我窃听王主任的忏悔有一定关系。

老王主任刚入土不久，另两个蚕陵寨人却忙着办喜事。办喜事的人谁也没料到，竟然是何大福和兰香。兰香自从丈夫在地震中被砸死后，她所有心思都放在供养儿子读高中，暂时没有再婚，直到何大福刑满释放出来。有一天，何大福到县城理发，竟意外走进了兰香开的发廊。此后，何大福就三天两头往兰香的发廊跑，经常约兰香吃饭，还带着兰香到处旅游。很自然的，两人的乡情、同情就升华成了恋情，住到了一起，就扯证结婚了。兰香第一次结婚没有给我发请帖，第二次结婚给全寨沾亲带故的人都发了请帖，以她和何大福共同名义发的。

兰香和何大福的婚礼在县城四星级酒店办的，他俩包了四辆大客车接送蚕陵寨没交通工具的客人。那天除了王浩几兄弟几乎全蚕陵寨人都去赴了婚宴，我也去了，我还为他们的婚房举行了传统的祈福仪式。同行的婚车都是清一色的黑色奔驰、奥迪轿车，据说婚车由52辆高级轿车车队组成，意思是取"吾爱你"之意。人们谈论说现在有钱有势的人越来越讲排场，不过到底有没有52辆轿车我没有数过，只晓得一色黑压压的轿车堵断了县城一整条街，看热闹的人都惊奇于新郎新娘的大排场，连交警都出面帮着维护交通秩序，可见何大福和兰香在县城也算得上是有头有脸有社会关系的人物，虽然一个是发廊老板，一个是刑满释放新生人员。

连余刚、李玫、邹副局长、我三爸牟巡视员等等凡是和蚕陵寨沾点关系的、在外有头有脸的都被请来当嘉宾。当然太远的就没有请，比如在北京发展的卫东卫红。婚礼上还请来了县电视台的当红播音作主持，请了茂州城一个名叫朵娜的女歌星现场演唱助兴，据说朵娜上过中央台春节联欢晚会，现在已经在全国小有名气，真正算得上歌星级别人物。

也就是从何大福和兰香的这场婚礼开始，蚕陵寨的年轻人从此不再坚持传统婚礼，但凡经济收入好点的，都开始在县城买房置业，婚礼也大多模仿城里的时髦模式，在宾馆饭店或农家乐置办。婚礼也越来越洋气，越来越世俗，唯一亮点是仪式中间穿插一点挂羌红、烤羊、喝咂酒等本民族习俗，还算保留了一点传统习俗，此后很少再有人置办传统婚礼了。

世　俗

　　蚕陵寨灾后恢复重建完成后不久，州上全面启动了大骨节病移民搬迁工程。蚕陵寨以前就是试点村，现在再次享受到国家惠民政策带来的福祉。木珠父母所在的卡卡组除了领粮领物免费读书、免费治疗外，还异地搬迁到靠我们蚕陵寨更近的一块坪地上，新建了一个异地搬迁移民新村。而且就连波罗寨的哑巴女阿满一家也享受到政策红利，搬迁到了移民新村。

　　有一天，木珠母亲娜姆对木珠说，想把她表姐家的女儿哑巴女阿满介绍给我弟弟幺闷墩。木珠听了很高兴，让我征求幺闷墩的意见，我说以幺闷墩的条件根本配不上人家阿满，阿满虽是哑巴，可人很聪明，长相也不差，幺闷墩的条件肯定达不到阿满的要求，毕竟现在高半山能留下来的女娃子跟熊猫一样稀缺、金贵，哪个姑娘看得上一个笨人呢。

　　结果阿满的答复跟我的预料惊人一致，阿满比划了半天手语，意思是说，除非幺闷墩能做一件让全寨人都认为他是聪明人的事。

　　我把阿满的意思给幺闷墩转达了，弟弟幺闷墩听后不开腔，也没有说不，而是选择了沉默。我知道，弟弟不回答就表示他同意了。从此后，他就开始默默策划一件让全寨人都认为他是聪明人的大事。幺闷墩到底能做出什么样的聪明大事，我也猜不到。但我知道他是喜欢阿满的，因为从小就有人总是拿他和阿满开玩笑、打趣，他也见过阿满，阿满也认识他，毕竟幺闷墩那憨厚的笑容曾经上过大小媒体和广告栏，也算得上是蚕陵寨的知名人物了，况且幺闷墩还有吹羌笛的特长，周围十里八乡又有几个没听过他吹羌笛、不知道他鼎鼎大名的？

　　幺闷墩证明自己聪明的计划还在酝酿中，村里又出事了。这次出事的是村主任王浩，出事的名目是王浩倒卖国家灾后重建物资。县纪委派人到蚕陵寨调查了整整一个多月，把村上账目的渣渣草草翻了个底朝天，终于将结果调查清楚——王浩倒卖物资总额折合人民币近百万元。用纪委工作人员的话来说就是没有想到数额会这么大、物资会这么多、情节会这么严重。王浩的主要手段就是以亲戚名义在县城开了一家建材店，然后将领取的水泥、钢材、水管等国家物资转手到建材店倒卖，他当主任六七年了，每年套取国家二三十万物资是轻而易举的，特别是灾后重建水泥钢材等物资特别多，监管滞后。连杨斌都被他蒙骗了，因为很多物资根本没有拉到蚕陵寨来就直接被王浩转手卖了，杨斌当然不会知道，甚至连我这个统计员也不知道。

　　是说王浩能开那么高级的车，抽那么高档的烟，打那么大的牌，并且在县城和成都都买有房子。而且还有传言，说王浩在成都还养有小三，他与小三生的娃娃都读幼儿园了，那女人其他事不做，全职给他守房子、管娃娃，说得有鼻子有眼睛，让人不得不信。但是否确有其事，没有证实。反正大家已经养成习惯，大凡贪官多半包有情妇，养有小三，王浩不养小三，他贪那么多钱往哪儿花?

当然光凭贪污的钱养小三买房远远不够,王浩自己也在揽工程,做项目,还是能挣很多钱的。

王浩被关进去后,他的主任一职也被罢免了,杨斌暂时村书记、村主任一肩挑。但杨斌也没当多久的村书记。灾后恢复重建后不久,杨斌因在抗震救灾和灾后恢复重建中表现突出,获得了全国先进个人荣誉称号,国家本着公务员择优录取的原则,单独给了他们这批优秀青年村干部考转乡镇公务员的指标,杨斌参加考试后,被破格遴选为乡政府公务员。从此后,杨斌就去乡政府上班了。不久,他和九斤妹就在县城买房安家,舒舒服服当起了城里人,连他在蚕陵寨的农家乐也懒得开,房子也懒得住了。九斤妹的母亲荷花也跟着他们进城,在九斤妹的羌绣厂里做些打杂帮忙的事,连老杨书记也跟他们到县城住。老杨书记主要任务是接送孙子读书,杨斌母亲负责家里锅头灶脑之事,一大家人的日子过得风生水起,其乐融融,周围邻居都羡慕他们,说,看人家杨叔一家,好幸福了,这才叫天伦之乐。

这几年,蚕陵寨跟那些条件好的高半山村寨一样,逐渐形成了往县城发展的风气。村上的年轻人,但凡家庭条件稍稍好一点的,有点技术和能力的,不是外出打工就是到县城置业,再不济也买个微型面包车跑乡村客运,加上退耕还林补偿、粮食直补和地里的出产,又不交一分钱税收,日子一个比一个过得滋润,生活一家比一家过得舒坦。日常人情礼节开支越来越大,逢年过节和农闲麻将越打越大,输赢动辄几百上千。一些有技术会挣钱的年轻人甚至已经买小轿车了,一到节假日,几十辆轿车嘟嘟嘟开到蚕陵寨,把村委会活动场地、避难广场和村口道路塞得满满当当，已经快要没地方停车了。

可蚕陵寨依然富的富，穷的穷，我们牟家的日子并没多大的改变。三爸牟永寿已经退了休，在成都买房定居享受天伦之乐。在三婶不屈不挠、不离不弃的拖延战术下，他与三婶的婚没有离成，俩人重归于好，又住到一起，不过依然三天两头吵架拌嘴，争论着永远没有结论的孰是孰非。三爸退休后爱好少，朋友少，不合群，唯一的爱好就是走路，一天到晚四处暴走，孤独得像个游神。他也曾接奶奶去成都住过一段时间，但天气一热，奶奶就受不了了，害怕热死在成都遭到火化，魂魄回不了家乡，便又回蚕陵寨和大爸一起住。大爸一家的日子也和以前一样，还是靠地里的苹果、花椒，后来又种了几亩青脆李、红脆李，也算是稳定收入。二爸继续搞养殖业，贷款搞了个 50 头规模的生猪养殖场，猪儿倒是喂得肥、养得壮，可猪价不稳，今年赚明年亏，养猪也没赚多少钱，但多少也算个稳定产业，况且国家也在大力扶持，二爸还是坚持喂猪并逐年扩大规模。

自从木珠嫁进我家后，我家的日子就有了很大起色。木珠和我妈的绣品也算稳定的经济收入，但手工活路一针一线都花时间，花工夫，挣得到辛苦钱，挣不了致富钱，况且现在九斤妹的羌绣厂已经开始机器化生产，手工绣品太费工时，销量有限，难破瓶颈。我和弟弟幺闷墩的收入一靠退耕还林补助，二靠地里的花椒苹果，三靠村上、乡上或县上的演出活动劳务。现在蚕陵寨年轻人更相信医生，有个大病小痛已经很少请释比做传统法事了，我的释比技艺也渐渐变成一种形式大于内容的技艺表演，用老百姓的话说就是，这个行业越来越不吃香了。弟弟幺闷墩比我的负担小一些，他是一人吃饱全家不饿，有时他也出去打几个月工，请他的人比请我的人还多，毕竟羌笛演奏比我的释比技艺表演要好听得多，艺术得多，观众更多。

虽然我家收入有所增加，可支出却成倍增长，而且我家的负担也越来越重。我爸大闷墩腰痛病一天天恶化，已基本丧失劳动能力，我一直想找个时间带他到成都去彻底治疗，可一时既抽不出时间，又没凑足看病的钱，我妈的病又暂时好不了。关键是我们还要供女儿光琴读小学，而且木珠都又怀上了，肚子一天天大起来，加之大骨节病后遗症，暂时就不能干重体力活。所以经济问题一直是困扰我家的头等大事，而且为给我爸看病，这么多年来，我家东凑西借，又欠了好几万块钱的外债，一直还不清，利息背了一大坨。

我虽然一门心思放在释比文化传承上，可也不得不三天两头为债务的事发愁，一发呆就自我开脱。管他的，这些事情就让闷墩去操心算了，我作为一名释比不能过于沉溺这些世俗琐事，我还有更重要的事要做。当我发呆时，我多少还能感受到一点自我安慰，感受到一点脱世离俗，但发呆完后，又不得不回到世俗琐事之中。

但不知怎么的，我越是想超凡脱俗，想一门心思只关心释比的事，想忘记纷繁复杂的世事，可每当我这样想时，那些纷繁的世事似乎识破了我计谋，反而汹涌着朝我掉头而来，让我不得不疲于应付。

李玟曾经给我想过办法，通过找关系，让我到县城古羌城里常驻，为游客表演释比技艺，据说每月能拿一千多块钱，还包吃住。如果我离开蚕陵寨，木珠一个人是管不过来我爸我妈和女儿光琴的。除了管人，地里也要管，喂的几头肥猪也要人管，她一个妇人家，大着个肚子，腿脚又不便，怎么管得下来？于是我放弃了李玟给我找的工作。我有时觉得，我天生就是蚕陵寨的一棵树，自从根子扎进蚕陵寨的土地后，就再也难以移植和挪动，我命中注定就跟蚕陵寨那棵屹立千年的柏树干爹一样，将蚕陵寨残存的余韵死死抱住，决不放手。

也是，就连兰香那么费力不讨好地劝我，我都没有离开蚕陵寨，现在家里这么需要我，我更没离开的理由了。一段时间，我为家里的事操劳得只知道自己是闷墩，是一个全劳动力，差点忘了自己是个释比，尽管我一直在暗示自己：你作为释比不能太世俗，太入世，否则就会离释比越来越远。

从这时开始，我似乎开始明白什么叫人文生态，也明白作为释比，几百上千年形成的那种生态正离我越来越远。

换届选举

村上开始了新一届村两委会换届选举。杨斌到乡上工作后，村书记就一直没个合适人选，乡上就派出一名新考录的公务员挂职我们村第一书记。没有想到的是，来人正是我的师妹，何端公和荷花的小女儿——地震期间在成都照顾过我的何小花。听说何小花很有组织宣传才能，在大学里就是学生会干部，校团委副书记，她入党早，研究生读完后，党龄都有两三年了。这次县委组织部特意让她驻村锻炼，就因为她身份特殊：既是少数民族干部又是党员，而且还是研究生、女性，同时具备这些条件的女干部现在越来越少了，何小花光凭这几个优势指标，就足以引起组织部门的高度重视，重点培养。毕竟国家培养一名优秀干部也不容易，更何况是少数民族高学历党员女干部，现在同时具备这些条件又愿意从政的女生有点不好找。

何小花到蚕陵寨任职后，才开始并没有显露出有多大能耐、多么了不起的才华。直到几年后，她抓蚕陵寨集体经济有了一些起色后，人们才发觉读过书的人眼界是要宽得多，为人处事是不一样。人家那么多年的书的确没有白读，肚子里有墨水，脑袋里有点子，眼界放得开，眼光看得远，跟以前的书记、主任们相比，理论知识强多了，与上级沟通联系好多了，干事风格也大不一样。

何小花曾动员我参选村委会主任，我坚决不同意。我还是有自知之明，我连自己的家务都搞不好，经济都发展不起来，怎么能把一个村的经济搞上去呢？更何况我还有个释比的身份，迄今为止，我还从没有听说过有哪个释比被选为村主任的，况且若真选上村主任，释比还能从事自己的职业吗？多半不能了，有很多纪律约束着村干部呢。村主任是入世很深的职业，释比是出世超俗的职业，这两种职业命中注定方向相反，不可能交集在一个人身上，世上毕竟没有既能入世很深，又能出世很远的人。

何小花见我不同意，要求我替她物色和推荐村主任人选，毕竟我熟悉村上的情况，我推荐的人她放心。我想了半天，还真没觉得留在村上的年轻人里面有多大能耐的人。往前看，比我年龄大一点的除了杨斌、王浩、何龙、何大福他们这一批有能力，见过世面的，其他年龄更大的都不合适。往后看，比我年龄小的年轻人，有能力的不是外出打工就是在外读书、工作去了，剩下来的不是老实人就是耍公子，还真没发现谁有多大的本事。

我说了一句能代表寨子里大部分村民的真心话："其实选谁当村主任都可以，只要这人心口板板不要太厚就行。"我们这里说心口板板厚就是指人太心凶、太自私。当然我也知道，何小花让我推荐的人不一定能选上，因为换届选举最终还得听群众意见，看群众愿意把选票投给谁，或者换个说法——谁有本事拉到选票。

没有想到的是，换届选举还没开始，一大堆匿名举报信就到了县纪委甚至州纪委。被举报的人主要有三人：一个是何大福，一个是何龙，另一个是王浩的幺兄弟王勇，这人一直在外打工，现在却突然要回村参选村主任，让人大感意外。而且所有被举报的内容也惊人相似，举报这三人请客送礼拉选票。

已经由县长升职为县委书记的马书记与新来的县纪委严书记高度重视此事，分别签字批示彻查，将匿名举报信最终批转给余刚和乡党委，要求查实处理，因为余刚是联系蚕陵寨的县级领导，也要承担起所联系村的换届选举纪律责任。余刚立即召集李玟、杨斌、何小花和乡上主要领导紧急召开碰头会，研究处理意见。可是选举还没有正式开始，这些举报信又都是匿名的，依杨斌的经验，多半是这三人安排各自亲戚相互攻击对方的结果。现在都知道，只要有举报，对候选人是极为不利的。所谓我要想上去，就要先把你拉下来，说好听点是一种策略，说难听点就是下三滥手段。

针对选举前的明争暗斗，何小花从杨斌那里讨到了经验。在村里的党员和户主大会上，她先放出话来告诫那些想当候选人的，一是凡举报信是匿名的，一律作为不实举报不予调查，只有实名举报才调查；二是保护实名举报者，多途径畅通举报渠道，只要是实名的，QQ 邮箱、来信来访、手机短信举报都可以，但必须真凭实据，没有证据的要承担诬告责任，并且还在村口设立了举报箱；三是凡举报属实的予以一定的物质奖励，被举报者事实清楚的，一律以按违反《村民委员会组织法》处理。

话放出去后，举报信一下就少多了。可何小花暗中探听到的情况却是，何龙、何大福、王勇三人都挨家挨户动员自家亲戚，还请了客，让亲戚们投自己的票，选自己。杨斌知道后，感慨万千："想当年，被选上村主任都还有人推辞不干，现在是人人挤破脑袋都争着想当。"何小花说："我看都是冲着当村主任的好处来的，怎么没人看到当村主任的受苦受累和难处呢。"其实全蚕陵寨人都明白，现在当村干部好处比以前实惠多了，权力也大，光一年过手的资金项目少则几百万，多则上千万。国家现在有钱了，对西部民族地区的扶持和投入力度逐年加大，加之又有灾后恢复重建项目和资金，都是几十上百万的真金白银投入，诱惑人啊。

选举当天，余刚、李玫、杨斌和县乡联系蚕陵寨的干部都坐镇蚕陵寨，以确保选举万无一失，取得成功。当然，候选人中也有组织物色推荐的，那就是我家远贵哥，这么多年来他一直在蚕陵寨埋头坚持搞种植业，现在已经是村上的农技土专家。乡上的意见是想让牟远贵当主任，一是凭他的种植技术可以带动全村种植业进一步发展；二是有王浩的前车之鉴，乡上也不愿意再选一个太有生意头脑、过于精明的人来当这个主任。何小花和乡党委领导私下里曾多次商量，这次选举还是尽量选廉洁踏实的人稳妥些。有了前车之鉴，过于精明、过于心机的人就是选上了都不让人放心，这是深刻的教训啊。

世事复杂，人心叵测，谁又敢保证被选上的人永远不犯事呢。这给选举工作组出了个难题。

结果选举第一轮投票，所有候选人票数都没过半，只好继续做工作。第二轮投票，何大福竟然比牟远贵多两票，但两人票数也都没过半。县上又不停来电话催，希望在选举日里确保全县选举圆满成功。可何龙和王勇落选后，他们的亲戚就不愿意把选票投给何大福和牟远贵了，导致两人票数都过不了半。更何况时间已过下午饭时间，一些人怎么劝都劝不住，说肚子都选饿了，要回家去了，不愿意参加选举投票了。

余刚开始紧张起来，因为从现场情况看，何大福完全有可能当选，要是何大福果真当选了，余刚还真不好向组织交代，余刚隐隐预感到县委马书记对他的批评：你们是怎么组织选举的？难道蚕陵寨真选不出人来了吗？千挑万选竟然选一个刑满释放人员来当主任？就一点不考虑群众感受和社会影响？况且何大福已安家县城，选上了多半也是个走读干部。

决不能让这种预感成为事实。余刚立即和工作组人员紧急召开碰头会，目的只有一个，多做工作，稳住选民，确保选举成功。随后分头召集剩下的选民做工作，给他们摆事实讲道理，说如果蚕陵寨选举不成功，今后县上对蚕陵寨就有看法，就认为蚕陵寨人不团结，没有凝聚力，不听招呼，不会做事，资金项目就可能不向蚕陵寨倾斜，结果吃亏的还是蚕陵寨老百姓。当然还讲了一些其他利害关系，总之一句话，今天必须选一位票数过半的、组织和群众都信得过的特别是政治素质过硬的人出来，要不然就会影响全县的选举工作。李玟也讲了话，开导她当年的学生和家长们要从蚕陵寨的发展大局着想，不要固守必须选"自家人"的守旧思想……话说了这么多，利害关系也讲清楚讲透彻了，何龙和王勇的部分亲戚就开始动摇了，愿意继续投票。不过天色已晚，余刚让选民们都回去吃饭，饭后工作组背着流动票箱挨家挨户上门请选民投票。

在余刚、李玟、何小花、杨斌的共同努力下，工作人员一人泡了一碗方便面就连夜背着流动票箱，挨家挨户做工作，上门请选民投票。这样，何龙、王勇他们就不知道自己亲戚到底谁投了谁的票，他们的亲戚也就不会碍于他们的情面不投票了。最后结果是，当晚十二点前，牟远贵的票数终于过半，超过了何大福的票数，当选为新一届村主任。何大福得知结果后，很不服气地骂了一句"朝里有人好做官"，再无他话可说。

　　其实远贵哥还真没有主动当村主任的想法，是何小花多次给他做工作让他参选。何小花毕竟读了那么多年书，眼界开阔，还学过心理学，蚕陵寨那几个想争村主任的候选人，他们的动机和目的也太露骨了，就是想不择手段当这个村主任，因为这个主任有油水、有搞头。人家王浩才搞了不到两届，车子都买的是五六十万的越野车，要不是他犯了事，车子都要换成上百万的豪车了。县上很多村干部不都开几十上百万的豪车吗？听说有一次全州开优秀村干部大会，结果差点开成豪车展。现在有些人管他有钱没钱，一当村干部、一包工程，都要先买一辆打台面的豪车，有钱现金买，没钱借钱贷款按揭也要买，不然就表示自己没有经济实力，没有底气，镇不住堂子，绷不起面子。

　　也是这个道理。现在社会，你想拿工程，连台豪车都拿不出手，你能有多大的资本？只要有一台豪车摆在那里，就在向别人炫耀和宣言：看看这车，就知道车主人的实力，能养得起豪车的车主，家底子少说也有几百上千万，工程再不济，还有台豪车在那里抵押着。

　　当然蚕陵寨人还没有富裕到那种程度，有能力买二三十万轿车的人已经了不得，不得了了，毕竟收入在那里摆着，而且买车的人大多是有稳定收入来源的。像我们家就连想都不敢想买车的事，我现在最急的是先给我爸大闷墩凑钱看病。

言也善

　　正当我为凑看病钱发愁，愁得快要忘记自己是一个释比时，何小花告诉我一个好消息，她说现在全县新农合医疗已经实现全覆盖，很多病都可以从新农合里面报销，你去打听一下，你爸的病可以报销很大一部分。听到这个好消息，我立即打电话给三婶，咨询我爸的病到底怎么报销。三婶虽然余怒未消，还在嫉恨三爸，但人就这一辈子，大半辈子都将就过了，剩下的日子难道就过不到一起？其实，地震那么大的灾难都挺过来了，再想不通的事也该想通了。三婶还是放不下情面，很热情地帮我联系了省医院专家，并预约好给我爸看病的时间。

　　结果到成都一检查，大闷墩早已病入膏肓，他患的是肾衰竭晚期，透析都不管用了，唯一办法就是肾移植，换腰子。再一打听，天哪，移植一颗肾要几十上百万元，而且还要幸运地遇上匹配的肾源才行。我家哪来这个钱？我家哪里去寻肾？即使找到肾源，我们家也出不起这个手术费啊，虽说新农合能报销一部分，剩下部分仍然是天文数字。

　　当然还有一个办法，就是子女捐肾给大闷墩。知道存在这种可能性后，我动员幺闷墩和我一起去验血，看是否能幸运地和大闷墩的肾匹配。结果出来后，正如我意料中的，我和幺闷墩的肾都不匹配。

我一时也没了办法，大闷墩似乎知道了结果，也不慌张，仰面看天，淡淡地说了一句他这辈子最头清脑醒的话："我没啥想不通的，人早迟是要死的，比起地震死那么多人，我这辈子已经很幸运很知足了，我不住院了，白花冤枉钱，我们回去吧。"

在大闷墩的强烈要求下，他还是出院回家了。回去后他所做的第一件事是瞒着我们，独自去找村医杨宝。我本以为大闷墩是找杨宝看病捡药，没想到大闷墩去杨宝那儿，既没看病也没拣药，只是对杨宝说了些莫名其妙的话。而且更离奇的是，第二天杨宝就离开蚕陵寨，失踪了。杨宝家人找了杨宝整整三天，都没有打探到一点消息，既然找不到人，杨家人于是选择了报警。

公安局邹副局长带人上蚕陵寨调查，一见到何小花和牟远贵就抱怨："你们蚕陵寨到底怎么回事？屁股大个寨子，事情还不少，三天两头尽出稀奇古怪事。"牟远贵和何小花也很无奈，出了这些事哪个又能预料呢？是人就不能预料到，除非你是天王老子，未卜先知。

调查过去调查过来还是没什么进展。邹副局长狠抽了一包闷烟，思考了半天，从正在消散的烟岚中隐隐约约发现了怀疑目标。他带着人到大闷墩那儿调查，先问了大闷墩的健康，然后问了大闷墩很多问题，大闷墩都如实回答，可对杨宝失踪一事却没一点线索。邹副局长仍不死心，他觉得大闷墩似乎有事在瞒着他。这个大闷墩，这么多年我怎么一直就没有看出他有这么深的心机，看来他一直在误导我们。凭多年来的刑侦经验，邹副局长觉得大闷墩没有说实话，是在装"闷"。杨宝失踪前一天，大闷墩为什么会突然去找他？据杨宝家人反映，大闷墩走了之后，杨宝就慌里慌张神不守舍了，难道是大闷墩对杨宝做了什么，或者威胁过杨宝，让杨宝害怕得连夜失踪？而且，上次老王书记自杀前，也有人反映大闷墩去过老王主任那儿，难道这些都是巧合？邹副局长一头雾水，陷入深深的迷惘中。

可是，大闷墩一个病入膏肓、手无缚鸡之力的人，又能对杨宝构成什么威胁？又能拿杨宝怎样？邹副局长安慰自己，并打消了自己的疑虑，也许这些都是揣测，都是巧合，大闷墩连响屁都放不出一个，能干出什么大事？当年挖水沟向公路排水，才把他拘留了两天，尿都吓得屙得屙裤子里，这么老实本分胆小怕事的人能干成什么事？这样一想，邹副局长自解疑惑，暂时就不纠结了。

这不是刑事案件，就是普通的失踪案，邹副局长最后下结论。

既然不是刑事案，邹副局长只得鸣金收兵。离开时，告诉杨宝家人余婶，说杨宝失踪是个人行为，只有自己去找或等今后侦破结果。余婶只会一个劲抹眼泪，骂杨宝：“啥子事让你想不通哦，招呼不打一个就走了，到底是死是活都不知道，活着吗要见个人嘛，死了吗要见个尸嘛，你这样活不见人死不见尸的，你让我今后怎么活啊，怎么面对列祖列宗哦。”

大闷墩回家后，双腿越来越无力，只能成天躺床上，没过一月，他就病重得连床都下不了，浑身肿胀，肌肤透明，浑身开始散发死亡气息。巧的是，这边大闷墩正在走向死亡，那边木珠又为我生了个儿子，我给他取名牟光明，寓意希望他前程一片光明。

自从有了光明，我们这一大家人，一下就有些忙不过来了。儿子的屎尿弄得我一点不像个释比，更像一个保姆，一个凡夫俗子了。其实我本来就是一名凡夫俗子，只是在某一个特定时段、特定场所，我才是本地民间神职人员——释比。

　　远贵哥让他老婆也就是我大嫂来我家帮忙。这段日子是我家这辈子最忙的日子，这边要照顾大闷墩，那边还得照顾我的疯妈，儿子和坐月子的木珠也得照顾。幺闷墩有时会来帮一下忙，帮我家喂一下猪或照看一下地里的花椒、苹果。好在光琴已满十岁，竟然学会了煮饭、洗衣、干家务。穷人孩子早当家，看看其他家的娃娃，回家只知道看电视，打游戏，过着饭来张口衣来伸手的日子。我家光琴可就苦了，每到周末放学回来就忙着煮饭洗碗洗衣喂猪，样样都学着干，硬是将一双嫩白的小手磨得跟树皮一样粗糙，哪像个小女娃娃的手啊。看得我都心痛，却又很无奈。

　　这段时间，我早已忘记了仇恨，甚至忘记了自我。我就是闷墩，忙得像机器一样风车斗转的闷墩，忙得静不下心来思考人生的闷墩。现实逼迫我只能一心想着怎样应付眼前的困难，此前我的梦想是家里能换个大点的液晶彩电，再买个农用三轮摩托车，下地干农活就轻松得多。在有钱人看来，这些梦想很幼稚甚至很可笑。可是随着大闷墩病情的加重，就这么一点不算奢望的梦想也离我越来越远，我梦想的标准也越降越低，越降越现实，已经降格到只要大闷墩能多活两年、哪怕多活几个月，我妈的病不再发作，我就心满意足了。老话说得好，有钱不如有人，什么理想、信念、追求都不如家人健康重要，不如好好活着重要。我现在最希望的就是家人健康，希望大闷墩多活几天，希望我妈不再犯病，希望木珠和儿子母子平安，希望光琴不再承担与她年龄不相符的家务劳动，希望幺闷墩更聪明一点，早日成家。而对于我自己，我已经没什么更高的理想和更大的抱负。只要家人好，我就好，只要家人幸福，就是我最大的幸福。虽然我是一名释比，但不敲羊皮鼓，不作法事时，我跟周围邻居没什么不同，就是个普通得不能再普通的高半山农民。

我甚至已经完全忘记了自己曾有过强烈的复仇愿望。

但现实总是在和我过意不去，和我开着致命的玩笑。大闷墩的病一天比一天加重，再抬到县医院去，只能挂盐水，没其他办法，后来连盐水都挂不进去，大闷墩害怕自己死在医院，要求回蚕陵寨死，于是我们又把他抬回来。三爸和三婶回蚕陵寨看过大闷墩，三婶看了大闷墩的情况，把我拉到一边，对我说："他这病医不好了，就是省医院也没办法，你们当子女的要有个思想准备，提前准备好后事。"看来，三婶和三爸的关系似乎有所改善。三爸也不能为他兄弟做些什么，临走时，留下两千块钱，让我给大闷墩看病买药，买点好吃的，大闷墩苦了一辈子，这最后的福也该享一享。

"他想吃什么，吃得下什么就给他买什么吧，人这一辈子就这样了，只有认命，现在肾源难找啊，排队等肾的病人一大堆，就是单位上的得了这病大多数也等不到肾源，只有等死，"三爸对这个病有充分的认识，"我们也没其他办法，身体光靠医院还是不行，关键还得靠自己。你看我，一天至少走十几公里，现在人，再大的家务，再多的钱财也没几个禁得起大病折腾。"

现在我们这儿天天都有微型车到村上卖肉卖菜，提前打个招呼，什么好吃的都可以买到。可惜，再好吃的东西大闷墩也吃不下去，再好的福分，大闷墩也享受不了。

大闷墩似乎预感到了自己死期的临近。一天，他突然大喊大叫，说自己看见了我爷爷，说爷爷拿着棍子要打他。又一天，他精神一下就好起来了，对我说，想吃香肠。我连忙上灶给他煮了几节香肠，他只吃了一口，就吃不下去了。我准备端香肠出去时，大闷墩突然喊住我，然后梦呓般告诉了两件惊炸天的事情。

大闷墩的述说吃力且断断续续，内容叙述也有些颠三倒四，但经我拼凑还原、理顺内容，他所述说的话一下就让我目瞪口呆了。

一件事是，我的笔记本电脑没掉，一直保存在幺闷墩那儿。大闷墩说，是幺闷墩教会了他用电脑，教会了他播放电脑里的音频文件。那些音频文件他都听过了，他也知道我的良苦用心，知道我想报仇却下不了手，于是他决定来做这件事。他先后把老王主任悔过和杨宝悔过的音频文件放给他们本人听，并造成了预料中的结果。我这才知道邹副局长来调查大闷墩的原因，原来，地震前我录的"纸袋"音频文件，都被大闷墩偷听了。他还先后透露给老王主任和杨宝听，天机已经泄露，秘密随之曝光。怪不得老王主任要选择自杀，杨宝也会突然失踪，都是因为这个。这些文件一经曝光，让悔过者老脸往哪里放，哪里还有脸面活在蚕陵寨？口水都会把他淹死，羞都要把自己羞死，整个家族都会因此脸面无光。老王主任的选择是正确的，一死百了，还落得个清白名声，否则还得负刑事责任坐大牢；杨宝也一样，当年他昧着良心干的那些龌龊事，足以羞死自己的先人，他选择失踪也是一条正路。从此他就可以逃离蚕陵寨的口水，远离蚕陵寨的是非，或许他已走上了黄泉路，或许隐名埋姓远在他乡。总之，只要能保住自己、家人以及家族的名声，消失与离开就是最好的选择。

两人的消失是唯一能保住他们名声的办法。我们寨里的规矩是"死者为大，一死百了""泡土不可深挖"，人只要选择了死亡，选择了消失，活人就不再追究他们曾经的过错，再追究就是活人不明事理，活人的不对了——这是几百上千年的老规矩。

另一件事情更是彻底解开了我心中多年的疑团，并且结果也实在让人难以接受。大闷墩告诉我，我和弟弟都不是他亲生的，我的父亲应该是吴有全！原来吴有全、我妈、三爸曾经都是初中同学，我妈精神不正常都是三爸造成的，因为他狠心拒绝了我妈多年来的暗恋，这才导致我妈为情所困，变痴变笨的。那时三爸成绩好，人也长得帅，班上暗恋和追求他的女生足足可以围坐一桌，但三爸如孤傲倔强的小孔雀，拒绝了所有的追求者。因为在三爸眼中，他一心要脱掉"农皮"，他胸怀远大抱负理想，发奋苦读，誓要跳出"农门"做国家栋梁之材，岂是几个农村痴情女子用恋爱的伎俩把他拴得住的。

三爸粗暴地回绝了我妈对他爱恋的表达。我妈受此失恋打击，信心全无，从此精神就不正常，就退学了。但我妈不知道，还有一位男同学一直在暗恋着她，那就是吴有全。后来的事就是吴有全和我三爸打了一架，两人都弄了个鼻青脸肿，吴有全还被学校点名批评。再后来，吴有全就退学了，和同时退学的我妈就有了往来，往来久了就产生了关系。再后来，这种关系就导致我妈怀上了我，这让我那从没见过面的外公外婆坚决反对，理由是吴有全成分不好，会连累我外公外婆。

随后的事就是我妈被外公外婆强行介绍给了大闷墩。因为牟家的根子好，大家族，有威望，反正大闷墩也没个正常女人能看上他。而且关键一点是，我妈一见大闷墩就认定他就是自己心目中期盼已久的意中人——因为大闷墩和我三爸就像一个模子铸出来的，长得太相像了，我妈把大闷墩完全当成了三爸牟永寿。

　　大闷墩断断续续讲完这些，最后说的却是一句后悔话——说自己不该把真相告诉老王主任和杨宝，害了他们。说完这些，他似乎用尽了最后的力气。原来老王主任的自杀和杨宝的失踪都是大闷墩诱导的，或者说逼迫的，这是我一点也没预料到的。我还想问么闷墩的父亲是谁，大闷墩欲言又止，我知道他了解事情真相，却不愿说出来。他只说累了，要休息了，然后就闭目不言。没想到的是，他这一闭目，就再也没能睁开眼睛。

　　大闷墩是在余刚挂职期满离开蚕陵寨那天死的。余刚走的那天，早晨天寒打白头霜。那天，村两委受县乡委托，组织全寨人欢送他，还给他披红挂彩，鸣放鞭炮，热烈欢送，弄得寨子硝烟缭绕。大闷墩是在哔剥作响的鞭炮声中，嗅着渐行渐远的硝烟味，慢慢地散开了自己瞳孔，魂魄飘出了天窗。第二天余刚听到他的死讯后，特意让他父亲余校长捎带了丧礼，还给我打电话表示参加不成丧礼，深表遗憾，又说离开时间是组织安排好的，以免引起我的误解，他是害怕我认为他是故意选择这个时间离开的。

　　我说，我知道你们国家干部都要服从组织，这个我懂，你就放心吧，大闷墩虽然笨，但这些道理他懂得起，九泉之下他是不会怪你的。余刚的新岗位是回他们原单位当处长，具体掌管全省农业方面的项目，听说权力有点大。

　　大闷墩的丧事办得很简单。我与大闷墩告别时，心中默默说给大闷墩听："你这辈子笨了一辈子，累了一辈子，可什么都没有得到，一张白纸来一张白纸去，真不值得。你放心走吧，我和闷墩永远认你这个父亲，我们永远是牟家的后代，永远是你的儿子。"

清　醒

　　我妈知道大闷墩去世后，不吃不喝整整哭了三天三夜，等她哭够之后，又被我奶奶、大婶、何小花、九斤妹、我大嫂等一众女人追加了一顿七嘴八舌、推心置腹的猛烈安慰，然后就安静地去睡了。

　　我妈足足睡了三天，醒来后，她突然神清气爽地问我："你爸哪天烧头七？"

　　仿佛晴天一声霹雳，我妈能说出这么清醒明白的话吓我一大跳。这是一句最正常最普通的话，从正常人嘴中说出来有盐无味、平淡如水，不值得惊奇，但是从我疯妈口中说出来，就让我惊奇万分，不知所措了。我已经多年没有听过我妈说出一句正常的话，现在突然听见，能不惊奇万分？然后我妈又平静地问了我家里其他人、其他事，比如，猪喂没有？儿子什么时候生的？取什么名字？问完这些后，我妈竟然径直下厨房煮饭去了！

　　难道我妈突然清醒了？正常了？我激动万分，简直不敢相信自己的眼睛。我转身出门，一路小跑到奶奶那儿，告诉奶奶说我妈病好了，清醒了。奶奶停下手中终年不歇的纺线锤，看了我半天，还以为我因大闷墩的死而悲伤过度，说糊涂话了呢。奶奶摸了摸我额头，看我是不是发烧昏了头，说："我都还没有老糊涂，你年纪轻轻到先糊涂了。"我牵着奶奶到我家去看我妈。那时，我妈已经把饭煮好，她热情地留奶奶在我家吃饭，还给奶奶盛上一碗饭，递到奶奶手中。奶奶抖抖索索接过饭碗，我看得出奶奶也被惊住了。然后我妈又给我盛饭。我们三人默默地坐在火塘边吃饭，奶奶一边吃，一边擦拭泪水，可不管她怎么擦拭，眼睛都像漏了一样，泪水成线，越擦越多，最后奶奶干脆放下饭碗，将头埋在袖口，半天才抬起头，然后一把抱住我妈痛哭起来："媳妇啊，我的好媳妇啊，你真的醒了吗？"

我妈也跟着哭起来，我也站一边揩眼泪。我相信，此刻我们流下来的眼泪都是幸福的、甘甜的泪水，这窖藏了多年的苦涩之泪终于酿到了苦尽甘来的一天。

女儿光琴回家时也吓一大跳，她看见她奶奶在灶前忙前忙后，惊吓得都不敢进屋了。等我告诉她奶奶醒了之后，她才半信半疑地挪进屋，我妈想抱她，吓得光琴赶快躲在我身后。

我妈真的醒了，就像昏睡多年的人突然醒过来一样，一下就正常如初了。具体什么原因，什么科学原理，我不懂，更说不清，也许是老天突然开眼，也许是天神阿巴木比塔突施恩惠；也许是我妈大哭三天，把头脑的所有脉络都哭通畅，把所有神经都哭联通了。总之，我妈突然又像年轻时那样，而且似乎比年轻时还要正常。唯一遗憾的是，她依旧记忆不好，过去发生过什么事她几乎都已忘记。也好，反正这么多年我家也没多少好事，记起来了反而让人伤心。我不也丢失了很多记忆吗？有些记忆丢失了可惜，而另一些记忆丢失了反而更好，比如对地震灾难相关记忆，比如对仇恨相关记忆，都丢失了更好，正如择吉格布当年对仇恨的主动丢失。

我把消息告诉了正在坐月子的木珠,木珠说我在骗她,但光琴的话证明了我说的是实话。光琴说:"奶奶都给我们煮饭吃了,好好吃了。"木珠听了仍不相信,怀疑说:"也许是她一时清醒吧,说不定哪天她又恢复原样了呢。你要注意,不要让她单独和光琴在一起,你哪天有时间最好带你妈到县城医院检查一下,看医生怎么说。"

我觉得木珠的话有道理,我妈这么突然正常的表现,对于一个曾经疯过的人来说,本身就是一种不正常表现。

医院的检查也没查出什么名堂。医生问了我妈一大堆问题,我妈大都忘记了,回答不上。医生让我们回去好好观察一段时间,说让我妈多休息,不要再受什么强刺激。我觉得医生的话有些对,有些又不对,如果我妈不是因为大闷墩的死受到强烈刺激,也许这辈子她都醒不过来,我应该庆幸这一强刺激——当然,不是针对大闷墩的死。

回家后,我还是有些不相信我妈真的醒了,于是我第一次自己给自家做了一场法事。我觉得事情不会就这么简单,一定是某位家神或阿巴木比塔显灵了,看我家特别可怜,见我这人确实心诚,才让我妈清醒过来的。我燃香敬蜡诚心诚意通明事项,感谢众神,逐一答谢,一个都不落下。

然后,我仿佛又闻到了生獐子皮气味,我不知道这气味对我意味着什么。

木珠说得真准,虽然我妈正常一些了,但有时还是要犯糊涂。比如经常把盐巴和味精混淆,酱油醋错放,有时给猪少吃一餐,有时又给猪多喂一顿,虽然都是些生活中的小失误,但对于我来说，已经阿弥陀佛了。我不怪她，木珠和光琴都不怪她，即使有时因调味弄错，让菜难以下咽，我们也不怪她。我现在才体会到，家有贤母有多么重要，我的母亲正常了，我家就多了一块宝，比我发现宝藏、捡到财宝、发了横财还要重要。

大闷墩死后七七四十九天，我和幺闷墩上完坟，回去后就先去幺闷墩那里。我让幺闷墩拿出电脑和录音笔，幺闷墩先还故意装疯卖傻，说不，说没有，结果被我搜了出来，幺闷墩就不开腔了。我没有想到幺闷墩竟然会欺骗我，他竟然有这么复杂的心机，这既让我生气又让我高兴，生气的是因为幺闷墩竟然学会了欺骗，高兴的也是因为幺闷墩学会了欺骗，这种欺骗足以证明他的智商已经提高到了一个新的水平。

我把电脑拿回来后，将所有的音频文件全部删除。我不想再听到曾经偷录下的悔过者的任何一句忏悔，不想让这忏悔再去酝酿下一出悲剧。我知道，这些音频恰如魔鬼的敲门声，如果再流传出去，说不定哪天又有人会自杀或失踪，蚕陵寨又会被愁云笼罩，进入多事之秋。人活脸，树活皮，电灯活玻璃，这些音频是要揭人脸、扒人皮的。一个人脸面都被揭了，皮子都被扒了，这人还怎么活？况且这么大的地震灾难都挺过来了，我不能让蚕陵寨再经历一次人为的地震。从今往后，我要从闷墩烦琐的家事中解脱出来，远离仇恨，好好当当我自己，专心做一名释比。

音频文件删除以后，我以为蚕陵寨从此不会再有什么不祥之事发生。但我估计错了。就在我删除音频文件不到半年，蚕陵寨又发生一起命案，而且手段相当残忍，可以说是惨不忍睹，被害者竟然是杨四保。

杨四保是被偷猎者杀害的。死得很惨，被鸣火枪爆了头，被找到时脑袋肿得像面鼓，蛆虫乱爬，面目全非，已经辨不出人形了。邹副局长带人到蚕陵寨调查了几天，基本上确定不是蚕陵寨人干的。从群众提供的线索判断，应该是边界那边的盗猎者干的。也是，杨四保你一个上山取什么索套，撵什么盗猎者嘛，那些人手中都带有打猎的真家伙，荒山野岭的，你把人家逼急了，撕破脸了，什么事干不出来？兔子急了还要咬人哩。

　　案件一年后才得以侦破，确实是邻县的盗猎者干的。从盗猎者家中搜出的鸣火枪经技术鉴定正是杀害杨四保的那支。嫌犯虽然抓到了，可最后的结果却变了调，嫌犯请的律师一口咬定嫌犯是把杨四保当猎物误伤的，不承认是凶杀，因凶杀证据不足，最后嫌犯赔了钱，被判了十几年刑，此事就到此为止。

　　自从猎人杨四保死于鸣火枪下后，蚕陵寨从此再没有传统意义上的猎人，也是，即使有猎人，现在的名称不也变成了盗猎者？

消费观念

也许是受环境影响，或者说受地震影响，当蚕陵寨一件件意外之事逐渐平息后，蚕陵寨的余震逐渐减小，人们终于从地震的阴霾中走了出来，不再惧怕间或发作的余震，因为蚕陵寨新建的农房都是按8级设防建的。地震来了，只要不是大震，蚕陵寨人连门都懒得出，只是坐在家望着天花板上晃动不止的灯泡，不惊不诧地等待地震停止。自从大地震以后，人们的防震意识普遍提高，再也没人相信地震是鳌鱼翻身、阴兵借道了。

百年以来遭受过三次大地震的蚕陵寨人总结出的防震经验是：地震不可怕，房子不结实才可怕，只要房子结实，管他怎么震，房子不垮就伤不到人，当然垮山垮岩等特殊情况除外。特别是灾后重建的轻钢房、现浇房，9级设防，根本不怕一般地震。

虽然不怕中小地震，蚕陵寨的人却突然害怕另一样东西——那就是贫穷。灾后重建后，蚕陵寨人突然发觉村上各家各户都有了很大的变化，仿佛突然之间，村里的贫富差距哗啦一声就拉大开来。家庭条件好的，有钱的，除了村上有房，还在县城买房买地，娃娃也弄到县城或外县读书。乡中心校以前学生还多，可灾后重建后，学生一年比一年少，一些中心校全校学生加起来还当不了县城学校的两个班——连老师们都自嘲，我们哪里是教小学，我们简直是在带研究生。

到底是什么原因？我一时也不明白，但光琴时不时地旁敲侧击几句话还是深深地刺痛了我。比如每次光琴班上有同学转学，光琴回家立即告诉我们，某某又转学了，托关系转到县城学校了，或者某某爸妈把某某都送绵阳去读高价书了，要不然就是某某考上成都的高价学校了……反正光琴他们五年级学生每一学期人数都在减少，不是流失不读书了，而是转学到县城或者到外地更好更贵的学校去读书了。

烦琐的家事根本不给我静思发呆的时间，我想活得超脱点却总是超脱不起来，都怪我没钱没本事，供不起光琴读高价书，只能委屈光琴在乡中心校读，毕业后读县中学。反正国家实行"两免一补"政策，在中心校读书既能免费又有生活补贴、营养午餐，何乐而不为？光琴为我家节约下来的钱，正好给我儿光明买奶粉。

而且更可气的是，不知什么时候连农村都开始学城里人，流行给娃娃喂洋奶粉了，当然是条件好的人家，一些有钱人家一年光奶粉钱都要花几千上万元。我的妈啊，幸好木珠还有奶水，虽然不够，但总比一生下来就喝洋奶粉的娃娃强。要不然，按现在喂娃娃的标准，我家这点收入连给我儿子光明买奶粉的钱都不够。现在的娃娃真是生得起，养不起，连我们高半山农村人都有这种感觉。

我给光明也买奶粉，买国产奶粉，洋奶粉是城市娃娃吃的，太贵，农村娃娃吃不起。我就不相信国产的奶粉没有外国的好。以前国产奶粉确实闹过什么三聚氰胺，但那是多年前的往事，我看了新闻，现在国家对奶粉生产管控得严，质量应该有保证，况且新闻也报道过洋奶粉也一样出现质量问题。

仔细比较一下，其实我发现并不是蚕陵寨人突然富裕了或者收入猛增了。能够暴富的毕竟是少数，实际情况上是蚕陵寨人的消费观念转型升级了。以前是挣点钱就马上积攒起来，财不外露，以备今后急需。自从经历大地震后，人们似乎被震清醒起来，观念一下就来了个一百八十度大转弯，管他呢，今朝有酒今朝醉，哪管明日愁与忧；吃光用光，身体健康；有钱就要吃好穿好耍好，有钱不花是傻瓜；钱乃身外之物，攒钱干什么？要是再来一场大地震，被砸死了，吃没吃好，穿没穿好，耍没耍好，这辈子多不划算！

一些年轻人甚至管他有钱没钱，先借钱贷款买辆轿车或面包车开着再说。管他呢，要买大家买，人生苦短，我们也要与国际接轨，要学美国人，不怕借钱，及时行乐，提前消费。而且车子一边能自己享受，提高生活质量，一边还可以拉人到县城，捡几个油钱，运气好还能挣些还贷款的钱。反正现在汽车越来越便宜，碰上天年好，花椒苹果或李子价格好时，一年收入就可以买辆实惠点的新车了。

我不想买轿车，也买不起轿车。我很现实，只想买辆一万多元的火三轮。现在蚕陵寨村道组道都修好了，条件好的地方联户路都在修了。有了火三轮就可以把东西直接拉到地里，把道具直接拉到法事场所，再也不用人背肩扛，请人费力了。现在好一点的火三轮在高半山特别管用，劲也特别大，一车肥料都可以拉到最远的地里，一点不比小四轮拖拉机差，而且比小四轮灵活得多，好操作得多，比喂牲口划算多了，麻烦也少多了。

好在有木珠管家，我家的经济收入正在慢慢好转。灾后重建后没几年，我家也攒钱买了一辆火三轮，实现了我这个时期的最大梦想。从此后，我和木珠就不再把自己当成牲口用了，因为一辆火三轮完全可以替代两三头牲口。不仅如此，我家还得到了县里的农机补贴，买了一台微耕机，从此地里的活再也不用一锄一锄去刨，一手一脚去挖，只需把微耕机开到地里，一天耕几亩地很轻松，一台机器抵得上两三头牛。

自从我家有了火三轮，出行方便很多。以前每天放学，光琴都自己步行回家，十多里盘山路，要走一两个小时。现在每到周末我就开着火三轮去接她，十几分钟就到学校了。有时邻村或远一点的人家请我去做法事，我把法器道具往火三轮上一放，突突突就开到人家门口，再也不用像以前那样小包背大包驮。到自家地里施肥打药运东西也都用火三轮。小时候读书老师就讲今后要实现四个现代化，其中就有农业现代化。现在来看，现代化离我们高半山也不远。对于我们高半山农村，火三轮和微耕机相当适用，这两样机械都能把农民从重体力活中解放出来。

但有利也有弊。王二娃酒厂恢复烤酒后，他天天口不离酒，经常酒后拉粮送酒，结果就出了事。一次酒后他开着火三轮去送酒，直接就把火三轮开到了山沟里，连人带货被甩了出去，幸亏他命大，人摔了个半死，被救活过来，火三轮却摔成一堆废铁，倒在山沟里的白酒随风飘散，让山沟酒香了半个月。我开火三轮也出过几次车祸，最严重一次是冬天早晨送光琴上学，在下坡弯道上遇到了暗冰，三轮直接打滑侧翻，我和光琴都被三轮甩了出来，幸亏我提前刹车，要不然我和光琴都会摔下山崖。最后的结果是我多处软组织受伤，光琴轻微骨折，幸亏我们运气好，都不是大伤，医好后都没后遗症。经历这次事故后，木珠就严格控制我驾车出行，凡我酒后都不让我开车，让我汲取王二娃的教训。

火三轮开始进入家家户户后，随之而来的是频繁发生的车祸。听说下寨子村老杨一家最惨。年前寒冬腊月天，全家人到县城买年货，回来时天色已擦黑，结果老杨的小儿子开着火三轮，过弯速度没控制好，全家大人娃娃老老少少五口人全部被甩到山崖下面，只有开车的小儿子反应快，跳了车，侥幸活下来。为此，县安监、农业和交通等部门会同乡上专门进行了为期一个月的全县火三轮大整治、大检查，对驾驶员全部进行了短期安全培训，要求持证驾驶，而且在村道的险要弯道上都加装了波形护栏，此后才避免了更多事故的发生。

信息时代

　　不知是世界变化快还是蚕陵寨被地震震醒了。反正最近这几年，蚕陵寨年年有变化，家家户户变化都大。也不知什么时候开始，电脑开始进入条件好的家庭，手机也越来越便宜，老式手机慢慢替换成了智能手机，很多家里已经开始安装路由器，装Wi-Fi上QQ和微信聊天了。光琴读中学后，每周放假回来，就暗示我说今天某某家都安路由器了，明天某某同学家也安装了，很多同学都有手机，甚至还说老师都建了微信群，让我们家长都加入，言下之意是让我给她买手机，给家里装Wi-Fi。

　　我不想给光琴买手机，也不会装Wi-Fi。其实也不是我保守，思想落伍，主要是我听很多家长说手机影响学习。虽然我家穷，但现在手机也便宜，基本是存话费送手机，可我总觉得手机还是有些浪费，如果再安装个路由器，一年一家人的手机费再怎么也得一两千元，我还是有些舍不得。

　　没想到木珠比我思想还开通，说安就安吧，现在家家户户都在安装，再不安装就要被社会淘汰了。只要木珠同意，什么都好办。于是我家立即申请开通了网络，安装了路由器，正好文体局配给我那台电脑还能用，就立即连上了互联网。自从我家连上了互联网，有了Wi-Fi，光琴就离不开电脑了。每到周末回家，匆匆做完作业就泡在电脑上。我和木珠对互联网认识不多，听说上互联网能一下拉近我们村和全世界的距离，地球各处近得就如同一个村子，网上什么事都可以办，什么都可以学……

此后，蚕陵寨安装互联网的越来越多，从通信来讲，蚕陵寨再也不闭塞落后，用何小花的话来说，我们现在已经跟上时代步伐，进入信息时代了。何小花积极鼓励没有安装的人户安装，她将互联网的好处说得天花乱坠，仿佛互联网就是万能的，还说蚕陵寨今后所有东西都可以通过互联网卖出去。

才开始我们还不相信，妈啊，互联网跟电话一样，就一根线线牵到各家各户，光凭这根线线怎么能把蚕陵寨的农副产品卖出去呢？后来通过何小花介绍，才知道什么是网络平台，什么是网上购物。何小花给蚕陵寨建了一个网页平台，专门在网上卖农副产品，主要卖花椒、水果和羌绣。还别说，自从开始在互联网上卖农副产品，蚕陵寨的农副产品价钱一下就高了许多，特别是那些农药打得少的水果、蔬菜、花椒。何小花做的平台东西卖得好，还得到了县经济商务局的表扬，说这叫电子商务。我的天，蚕陵寨怎么突然就和电子商务这么高大上的东西沾上边了呢。

不只是电子商务，蚕陵寨的乡村旅游也红火起来，不过只红火了一两年时间，没持续多久就鸡公厕屎头节硬——偃旗息鼓了。原因嘛，才开始红火时主要是政府基础设施投入力度大，又补贴公益劳动岗位，旅游等部门也不计成本全力推介，还有灾后重建示范点的示范效应，所以每天都有成百上千人到蚕陵寨参观学习考察，其实主要是喝茶、钓鱼、谈天、打牌、避暑、购物，甚至还承揽了一些小型会议，加之每天都有自驾游游客，蚕陵寨一下就热闹起来，名气也渐渐大了。才开始蚕陵寨不收门票，游客来了就夸我们蚕陵寨是原生态羌寨，有品位，很纯朴，值得一游。后来政府引进了一家公司来整体打造包装蚕陵寨，公司就开始收门票，而且游客吃住都由公司统一安排到跟公司签订有协议的农户家里，自己就不准私自接待游客了。

　　旅游虽然搞了起来，矛盾随之也发酵起来。公司永远是追求利益最大化的，老百姓一对比，公司入驻后，自己经营旅游总是受制于公司，什么都要公司同意，公司不安排游客到你家，你家的收入就会减少。而且蚕陵寨一收门票，就把很多农户自家联系的客源挡在了寨门外。为此，这部分家庭和公司的矛盾就越积越大，后来就发生了争抢游客、争卖旅游用品、与公司人员斗殴、与游客打架的恶性事件。事件的视频被游客发到了互联网上，造成了恶劣影响，给蚕陵寨甚至全县旅游都抹了黑，被上级要求立即关停整顿。反正好事自此就变成了坏事，蚕陵寨旅游的名声一下就坏了。乡镇和旅游等部门来整顿和协调过多次，县乡领导、部门领导也来协调过多次，不管是苦口婆心地劝，还是有理有据地辩，怎奈众口难调，利益难均，最后都没有与公司和农户达到一致意见。

　　最后的结果很难堪。公司说，此地不赚钱，自有赚钱处，一拍屁股走人了，从此就不带游客来了，而且公司还攥着开发权不放。公司这一走，蚕陵寨自己拉不来客源，加之又没钱支付每天几百上千元的卫生、维护、管理、维修等公共服务开支，村上的环境卫生一下就反弹了，乱堆乱放，乱搭乱建的现象时有发生，何小花和远贵哥多次上门劝说都无效。烂摊子不好收拾啊，村上旅游投入大的那几家天天到村上和乡上去闹，要村上和乡上赔偿他们损失，说村上和乡上鼓励大家搞乡村旅游，很多人户都贷款投资借钱修宾馆、农家乐，现在旅游品牌搞砸了，游客不来了，这部分损失哪个来赔？

找到乡上，乡领导一句话说把他们打哑了："蚕陵寨的旅游品牌还不是你们自己搞砸的！我们做了那么多工作，劝了你们多次就是不听，脚都跑肿了，嘴皮都磨破了，可你们就是熬价钱，不答应，现在晓得厉害了？后悔了？就想起找乡上了？先前你们怎么一点也不听劝呢？"

找乡上闹事的自讨没趣，此后也不好意思再去找乡上。有人建议去给公司认个错，让公司回来，还是按公司先前的操作搞。可托人带信去，人家公司只回了一句话——好马不吃回头草，错过这个村就没这个店。看来，双方都为此事伤透了心。

蚕陵寨本来就没有优势旅游资源，加之与公司关系没协调处理好，再加上各村各寨灾后重建风貌大同小异，产业重叠，乡村旅游又基本雷同，所以蚕陵寨的旅游没红火两年，就偃旗息鼓，冷锅冷灶了。此后，游客一天天见少，寨子的人气越来越衰，蚕陵寨曾经红红火火、风风光光的乡村旅游就此昙花一现，以失败告终。

旅游搞失败后，我家的收入也受了很大影响。才开始旅游红火时，木珠在杨斌家的农家乐帮忙，加上羌绣收入，一年有两三万稳定收入，正好供光琴在县城读书开支和给光明买奶粉的钱。现在旅游哑火了，这笔收入就没有了，收入就只有靠花椒、苹果、李子和国家政策补贴。以前大家还种蔬菜，现在随着年轻人外出打工的越来越多，村上劳力越来越少，请工帮工越来越贵，成本开支越来越大，种菜不划算，慢慢的就少有人种菜了。

传承之忧

地震前，蚕陵寨人还有很多人家相信释比，特别是老年人，家里遇到大烦小事、不顺之事，都愿意请释比作法事，驱邪祛秽，抚慰人心。可地震后，蚕陵寨人的观念就变得现代起来，开放起来，请释比的就越来越少。我自己也感觉到释比技艺正在被边缘化，这个传统行业大有被时代抛弃之势。特别是村上年轻人，更愿意外出打工或到县城置业，挣到钱后又在县城买房定居，把家里的老年人也接到县城照看小孩，这样，村里的常住人口三天两头都在减少。特别是近几年才结婚的年轻人，好像在县城不弄套房子都不好意思结婚成家了。

而且更令释比技艺传承难堪的是，不管是上级文化部门还是各级领导，需要重视时，都表态说释比文化怎么怎么重要，要保护和传承好这些技艺，可真正要落实下来就难了。一个难点是当释比不再像黄金时期那样吃香，从此这个行业就没有了稳定收入；二个难点是年轻人几乎没人愿意学习释比技艺，都吃不下这个苦，也知道学这个技艺没前途，还不如外出打工实惠。也是，几百上千年来，学习和传承释比技艺的大多都是穷人家的孩子，家庭条件好点的，谁愿意让自家孩子吃这个苦？受这个累？遭这个罪？就算吃得下这个苦，学成了技艺，在当今社会又有多大的用处？除了节假日表演一下，被县上邀请去展示一下，日常经济主要来源还得靠劳动，靠一亩三分地和国家各种政策补贴。

虽然蚕陵寨比以前日子好过一些，但贫富差距却越拉越大。村里有办法的，眼界宽的，有关系的，要么在外务工，要么搞自己的产业，这部分人一家比一家日子好过，一家比一家富裕；而留在农村的，家里花椒、李子树多的，加上国家的各种惠农补贴，收入也还可以。最穷的还是像我们这样的老实人家，地不多，花椒、李子树也不多，家中不顺之事却不少，半辈子都过来了，还找不到致富门路。而自己学到的技艺又转换不成生产力，快要成"屠龙之技"了。兄弟么闷墩也跟我一样，虽然学会了羌笛，但都说他吹得没师父好，吹羌笛也成不了他的生存技能。

夜深人静时，我经常独自思考，我坚持当一名释比到底还有没有意义？有没有社会价值？这个传承千年的职业难道传到我们这一代真就要消亡了吗？一想到这些，我很是失落，也很迷惘。有时我甚至都想改行，不再当释比了，还是搞好种植或养殖业才是农民的本分。或者再好好学一下果树修枝追肥施药的管理技术，当个有技术的果农也好。可每当我想这样去做时，我眼前就会浮现出白石神，然后我又会给自己找出一千个否定的理由——不行，你还是要坚持下去，当好一名释比，当好你自己，这才是你的本分。

有时我还会想得更俗气、更势利，心想要是能找到吴有全就好了，他现在肯定混得不错，也许早就家缠万贯，富得流油了。他会认我或者么闷墩，或者我愿意认他这个父亲吗？也不知他现在到底在哪里。关于他的去向早就成了传说，一种说法是他飞黄

腾达当大老板了，大小老婆都有几个，娃娃都养了一大群；另一
个说法是他被债主追债，隐名埋姓成了流浪汉，乱处翻垃圾桶；
再一种说法就是他早就被债主挑脚筋弄死了……呸呸呸，我怎么
会有这种想法？俗气，这些应该是闷墩的想法，不是一名释比该
有的想法。

　　真正的释比应该超越一切世俗之事。

精准扶贫

　　这世上的事往往是福无双至、祸不单行。正当我为家庭收入和繁杂琐事苦恼时，木珠又出事了。木珠被微耕机打伤，脚背都被打烂了，骨头和筋都断了。我早就给她说过，地里再累也挣不了几个钱，还是要想其他办法，但木珠就是不听劝，总想多种一点地，多喂两头猪。本来开微耕机是男人的事，但我家的情况特殊，我这个释比地里的活一向做得少，因为我早在十九岁那年就想通了，就知道地里刨不出黄金，发不了大财，还得想其他门路。但木珠是闲不住的人，这边儿子光明才学会走路，丢家里由我妈照看，那边她就开着微耕机下地里去，结果一不小心操作不慎就被微耕机打伤，被刀柄打了脚背。

　　木珠伤得很重，我立即送她到县医院，县医院没办法，让送省医院。我又连夜找车送省医院。好在三爸和杨斌他们知道后，都赶过来帮忙，这才住进省医院紧俏的病房并及时进行了手术。还好的是，省医院医生水平的确高，换了其他地方早就给木珠截肢了，但省医院还是选择了断肢再接，总算保住了木珠的脚。脚虽保住了，但十几万的手术费和治疗费还是压得我喘不过气来，我还得四处去筹、去借。我找杨斌和九斤妹借了一部分，找兰香借了一部分，卫东也给我借了一些，加上新农合报销一部分，算下来自己还得掏五六万。五六万啊，对于我家来说，就是掏空家底子也没这么多钱。而且除了木珠的手术和医药费，光琴一年读书的花销，光明的奶粉钱，木珠养伤换药后期理疗和跑成都的开支，加起来也是个无底洞。农村人病不起啊，辛辛苦苦几十年，一病回到解放前。陈壳子家就这样，老伴成植物人后，他家收入更低了，全靠吃低保过日子，还有其他几家家里有病人的，也是耗尽了积蓄，八方借钱，日子难过。我家也快成低保对象了，没稳定收入你有什么办法？管他呢，虱多不痒，账多不愁，事已至此，这些钱我只有厚着脸皮先借着，等以后有收入慢慢还。

我要庆幸的是，每当我遇到难关，身边还有九斤妹、杨斌、兰香这样的朋友愿意帮助我，愿意借钱给我，有大爸和远贵他们帮我照看着家里和地里，有牟家的亲戚伸出援助之手，要不然，纵有三头六臂我也忙不过来这些事，过不了这道关，翻不过这个坎。

正当木珠的伤病和家里的事忙得我焦头烂额时，远贵哥给我带来了好消息，说县上开始实施精准扶贫了。远贵哥把我和幺闷墩都统计上报为精准扶贫对象。主要原因还是我们兄弟俩挣钱无方，发家无策，运气又不好，总是摊上坏事、难事，家庭收入长期在蚕陵寨垫底，拖了蚕陵寨整村脱贫的后腿。

县上和乡上核对贫困户信息时，远贵哥又被"方"了一次，我们这里"方"的意思就是让人尴尬，让人难堪。"方"他的不是别人，正是我兄弟幺闷墩——幺闷墩又犯浑了，竟然狗咬吕洞宾不识好人心，不承认自己是贫困户。

县上来人核实信息，问他，你是不是贫困户？幺闷墩回答不是。又问他你一年收入多少？幺闷墩说不少。又问他你愿意当贫困户吗？幺闷墩说不愿意。就因这几句话，远贵哥被喊去给县上和乡上领导"背书"。

遇到这等奇葩事，远贵哥真是有冤无处伸，有口无处辩，有理无处评。其实通过解释和调查，县上和乡上都知道幺闷墩的情况的确符合贫困户标准，可幺闷墩自己都不承认自己是贫困户，这就让村上、乡上和县上相当为难了。有位领导甚至感叹，我见过的怪人多了，但从来没有见过幺闷墩这么怪的，事情好坏不分，脑袋有乒乓啊。

他算是说对了，幺闷墩生来脑袋就不够用，按四川话说就是脑袋长包了，进水了，脑袋有乒乓。

最后还是何小花化解了远贵哥的尴尬，解释了半天才把事情解释清楚，最终才让幺闷墩保住了贫困户的名额。依县上一位领导的意见，多一事不如少一事，既然幺闷墩自己都不愿意当贫困户，那就把幺闷墩的贫困户名额取了，以免今后留下后患。另一位领导不同意了，说国家有政策，绝不能漏登一名贫困户，你给他取了，万一哪天他反悔了，告你漏登，哪个敢承担这么大的责任？最后商量来商量去，登记肯定比不登记好，最终不得不把幺闷墩登记为贫困户。

看来，关于幺闷墩贫不贫困的事，要一些人来操心了。

当然，最后公示结果证明，幺闷墩和我家以及陈壳子、陈铁匠等十几家被确定为贫困户在全寨子是没有任何异议的。杨宝的老婆余婶就没有通过公示。没有通过的原因是说她家以前经济好，现在虽然没有经济来源，但瘦死的骆驼比马大，光杨宝留下来的家产就不像贫困户。余婶于是就站在寨子口骂人，骂告她的人没有良心，骂村干部整她害她，她还到村上告自己的子女不管她，说自己既没人管又没一分钱经济来源，理应当贫困户。

远贵哥也没办法，说："你家那么大的房子，家里有那么高档的家电，彩色电视都是全村数一数二大的，电话是最先安装的，洗衣机都是全自动的，冰箱都是双开门的，子女收入都不错，别人还说你金银首饰都有一大堆，你看你身上穿的、手上耳朵上戴的，光凭这些就通不过群众公示啊。"余婶也很委屈："这些都是杨宝在时买的，现在电视冰箱洗衣机家家都买得起，电器都不值钱了，杨宝现在活不见人死不见尸，我贫困户评不上，劳动力又没有，今后哪个来养活我？""你子女家条件都不错啊。"远贵哥提醒说。其实远贵哥知道她和儿子媳妇关系处不好，都不想在一个锅里舀饭。余婶说："讨了媳妇忘了娘，喂大都是白眼狼，现在的人都各顾各了，小时候你是儿女的恩人，长大你就是儿女的仇人，现在老年人有几个能指望得上儿女的。"

唉，这贫困户评的，想当的当不上，不想当的又取不脱，真让人烦心。这年已经从村主任改选为村书记的远贵哥比以前更操心也更心烦，而新当选的村主任就是上一届落选的王主任的幺儿子王勇。以前挂职第一书记的何小花顺利当选为副乡长，乡上有干部周转房，何小花就搬乡上去住了，而她在蚕陵寨的家就从此就空闲了。

不过余婶是否当贫困户的事很快就不用远贵哥操心了，因为余婶突然听说有人在广州看见了杨宝，还开了个药摊。于是余婶立即动身去广州找杨宝去了，这一去就再也没回来，听说是找到了杨宝。听到这个消息后，我也长松一口气，杨宝没死就好，否则我总觉得自己也有罪过和责任。

老箱子

　　何小花搬家时偶然从家里的杂物间里发现了一口老箱子，满是尘埃和蜘蛛网，灰尘积有一指拇厚。箱子被一把老式铜锁锁住，没人知道箱子里装的是什么。打电话问九斤妹，九斤妹又问在城里给她帮忙的荷花，荷花想了半天终于想起来，说是地震后维修加固时在老何端公的旧房子里发现的，估计是师爷老何端公失踪后留下的家当，猜想应该是释比作法的器具家什。当年老何端公是不准女人接触释比器物的，所以地震后发现这个箱子时，荷花也不敢贸然打开，放在杂物间就忘记了。何小花听了，知道释比器具的神圣，也不敢碰触，征求母亲荷花意见后，最终决定让我把这箱子拿走。

　　我去拿箱子时，突然闻到一股熟悉的生獐子皮气味，我一下就觉得这箱子和我有缘分。

　　当然为了避嫌和引起不必要的后续问题，我请了村书记远贵哥和新任村主任王勇来作证。我当着远贵哥和王勇的面把箱子上的铜锁撬了，打开箱子，让远贵哥和王勇协助清点箱内物品。毕竟是师爷留下的遗物，都是器具家什还好说，万一真有什么财宝古董什么的，弄不好就会闹出财产纠纷，所以接收这些东西还是程序稳妥些好。

箱内物品经远贵哥和王勇当场清点作证，有猴头帽、神杖、响盘、法印、符板、法刀、令牌、铜铃、拨浪鼓、神鞭、海螺、神器袋、图经等等，基本确认都是释比的法器家什，没有贵重物品，不过用生獐子皮套包着的两册图经还是我此前从没见过的，原来生獐子皮气味就是从这里发出的。我知道这是释比图经，成都的赵老师以前提到过释比有很多种图经，统称《刷勒日》或《摩萨》，师爷留下的这些图经不知记的是什么内容，我随手翻了翻，画在细麻布上的图经与释比法事基本吻合，与古唱经的内容也有些相似，但其中部分图谱还是有些让人似是而非。

管他呢，反正是师爷留下的东西，理应由我来传承保管，先拿回去慢慢琢磨再说。这些东西除了释比有用，其他人拿了也没用，况且这些法器多年前曾经彰显过无穷的法力，一般人也有所忌讳，不敢贸然触碰，特别是女人，害怕犯戒，得罪神灵和阿巴木比塔。

箱子拿回家后，打开箱子，箱内似乎还残存着当年法事的气味。我把所有法器都检查了一遍，确实都是祖师爷曾经作法用过的器物，但那两册图经我还不能完全理解。师父何端公曾经说过他师父有这些东西，可惜自从他师父失踪后，他就没有见过图经，没有想到的是，老释比把这些东西早就藏好在家里，而师父何端公至死都没有发现，没有一睹图经的真容。遗憾啊，怪不得师父曾托梦跟我说起过箱子的事，大概他到另一个世界时才得到这个信息，才来追悔。

释比图经的内容真是丰富，自从我开始研究图经之后，我就离不开图经了。我把自己关在家里，每天除了吃饭，其余时间都花在图经研究上。图经上的每一幅图，代表什么内容，表达什么意思，影射什么含义，生肖属相怎样相生相克，都需要我自己去揣摩，去研究。整整三个月，我都泡在图经的研究中。白天，我研读图经，晚上，我梦中是图经，跟人说话谈事都三句不离图经。木珠告诫我不要太痴迷，说听见我晚上说梦话都在说图经。

是啊，除了释比谁还会这么痴迷图经呢？我再一次感觉到，我又活成了真正的自己，活出了真实的自我，我不再是那个被烦琐俗事缠身的闷墩，我看见并坚定了自己传承传统文化的方向。

通过深入研究我发现，图经内容主要以日常生活和属相生肖相生相克为主，但又远不止这些内容，还有部分与古羌历史传说相对应。有些内容很浅显，而有些内容却深奥难懂，难于理解。我文化程度不高，身边又没有谁可以帮助我，我只能自己慢慢感悟、揣摩、思索。有时，我会茶饭不思，为一幅图谱整整思考三天三夜，当最终答案出来时，我会高兴得如天真的孩子，手舞足蹈，声嘶力竭；有时，一幅深奥隐讳的图谱又会让我整整一星期甚至一个月冥思苦想而不得答案，我又会陷入深深的自责和逼闷中……

自从我深陷图经的研究后，基本就不管家里的生产和生活琐事。木珠的伤刚好，就一瘸一拐下地劳动，回家后还得忙家务，还得照管光明，虽然有我妈煮饭喂猪，但木珠还是很不放心，凡我妈做过的事，木珠一般都要补做，以防我妈影响家里。

我真的要感谢木珠，要不是得到她的理解支持，我是没有时间来研究深奥难懂的释比图经的。因为图经上的每一幅图都是几百上千年经师父的师父不断完善，不断总结，不断积累绘制而成，每幅图的每个细节都有故事、有寓意，色彩运用也是有讲究有忌讳并且有所指，蕴藏着深刻的含义，甚至有着厚重的文化背景和历史渊源。

就在我深陷图经研究不能自拔时，不知不觉中我得病了，而且是莫名其妙的病。症状主要是高烧、失眠、嗜睡、梦呓。木珠吓坏了，马上通知远贵哥，远贵哥喊了一辆车把我弄到县城住进医院，可在医院里住了十多天，检查了十多天，什么 B 超、彩超、胸透、CT 都做了，也没查出个子丑寅卯，也没发现什么症状。最后只有当成感冒医，开了一大堆药让我回家慢慢吃。

我自己也说不出来自己的病症在哪里，反正就是浑身乏力，头脑晕沉，一天到晚嗜睡又失眠，而且深陷梦魇不能自拔。具体做了什么梦，梦中记得清楚，醒后又很快忘记了，反正乱七八糟什么梦都在做。梦里印象最深的是雪山和海子，深渊和密林，还有无数稀奇古怪的异人异兽、异物异事、异景异象……

非　遗

　　奶奶颤颤巍巍穿过寨子来看我，裹携着一身老人味。奶奶说她见过这种病，是"恹病"，说我被什么东西恹着了，我们这里恹的意思就是中了魔咒，而我这个释比就是专治恹症的，现在这种恹症居然找上释比了，可想而知不是一般的恹症。奶奶也想赶走附在我身上的魔咒，她开始唠叨起多年来对牟家的那个诅咒，劝说亡灵或邪怪走远点，不要再来打搅我。我这才迷迷糊糊地听出来，原来多年来对牟家的那个诅咒是因为牟家祖上曾经与人结下过仇恨，并且报复了仇人，欠下了命债，而那个诅咒就是牟家的仇人所下的咒，所咒内容是牟家后人不得好报，断子绝孙。

　　既然是魔咒，医又没法医，药又不管用，病又查不出来。正当木珠为这事焦头烂额时，一个偶然的机会，木珠竟然发现弟弟幺闷墩可以治我的病。发现幺闷墩能治我的病那天是木珠去县城给女儿光琴开家长会的一天。那天家里没人照顾我，只留三岁的光明和我妈在家，木珠有些不放心，就喊幺闷墩来照顾我。毕竟多一个人多一双眼睛。

　　等晚上木珠赶回来时，竟然发现我安详地睡着了，而且还发出多日不见的沉沉鼾声，且再也没有了梦呓。木珠已经几个月没有见我这么安稳这么踏实睡觉了，她觉得很奇怪，问幺闷墩是不是给我喂过什么东西，吃过什么药。幺闷墩说没有，又问幺闷墩对我做过其他什么，幺闷墩回答没有。这就让木珠奇怪了，难道我需要幺闷墩陪伴才能睡个好觉？后来幺闷墩走后，我的病立即发作了，又失眠多梦。让幺闷墩过来照顾我，我的病马上就好起来。几次三番后，木珠终于发现问题所在，是幺闷墩照顾我时，没事时就吹羌笛，幺闷墩的羌笛声仿佛充满魔力，听到羌笛声，我仿佛又看见了蓝天白云，绿山坡碧草地，悠闲的牛羊，翩飞的鹤群，千回百转的河流，从草原深处飘来的女人的歌声，牧民们悠扬的吆喝声……我的情绪渐渐稳定下来，恹病症状有了好转，我就可以睡上一个好觉。

知道羌笛声有这个神奇疗效后，木珠专门去买了几张羌笛独奏碟，放给我听。才开始效果还好，我一听羌笛声就安静下来，听后就能安静睡个好觉。但多放几次效果就不好了，毕竟羌笛的曲子单调有限，就那么几首曲子反复播放，重复的曲调会让人厌烦的。后来木珠发现，录下幺闷墩吹奏羌笛的声音效果更好，因为幺闷墩心中本来就没有什么曲谱，他所吹奏的曲子大多都由着他的兴致，随着他的心情随意吹奏而成，也就是说，幺闷墩每奏一首曲子，都是他即兴自吹自谱，任意发挥的。

听了一段时间幺闷墩的羌笛，我头不再昏，脑不再钝，也不再失眠，梦也做得越来越清晰、越来越明亮。我梦到了圣洁的雪山、深蓝的高山海子，我梦到了阿巴木比塔和羌山诸神，也梦到了各位家神，还梦到了图经《刷勒日》中的诸位人物。在梦中，他们的姿势都活泛起来，他们的故事都生动起来，他们的寓意都清晰起来，让我立即就理解了图经中深奥难懂的内容，让我脑清目明，一下就释然了图经中难解的寓意。

成都赵老师不知从哪里打听到《刷勒日》图经重现天日的消息，风尘仆仆赶到蚕陵寨，直接到我家找到我，要求一睹图经的真容。这时，我的怔症已经好得差不多了，精神状态也恢复原样。我把图经拿出来，小心地递给赵老师，赵老师一见到《刷勒日》图经，就像见到圣物一样，激动得呼吸都沉重了，连声说奇迹奇迹，没想到还有保存这么完好的图经，还说这是民族文化的瑰宝，并且专门去洗净手后才敢翻阅图经，以示对圣物的尊敬，弄得我都后悔自己随手翻阅图经太不严肃、太不尊重。赵老师看完图经后，说这是他第一次见到这么完整的，画在细麻布上的《刷勒日》版本，他曾在博物馆中见到过残损的《刷勒日》，像这么完整品相又这么好的图经，完全称得上我们这个民族的文化瑰宝。

赵老师的话把我镇住了，我先前只觉得这册图经不过是师爷传下来的工具书，没想到赵老师对图经的评价这么高。在和赵老师的进一步交谈中，他谈到了羌族的历史，羌族原始宗教研究，羌文化传承发展的当务之急，还说图经《刷勒日》研究课题，已经被列入了社科院民族文化研究课题。

对于图经的解释，赵老师是专家。我于是向他请教了一些不了解的图经内容，他也向我咨询了释比法事的更多细节，包括一些禁忌、一些器物、一些暂时解释不清楚的东西。经我和赵老师几天来的细细研读、交流，终于把图经的大部分内容破解了。赵老师很激动，他说这部图经从历史来看至少传有几十代了，图经中还蕴含着许多难解的历史文化信息，以待今后继续研究。而且赵老师还建议我把图经捐给国家保存，说如果照我这样保存，乱翻，要不了几年，图经就会风化损坏，民族文化的瑰宝就会被破坏，那将是这个民族的巨大损失。

既然赵老师说得这么严重，我也听赵老师的话，让远贵哥给政府捎句话，就说自己愿意捐出图经，反正图经真正的主人是我师爷，我有幸与图经有一面之交已经三生有幸。以我现有的条件，我是不能再继续保存图经了，要是图经真的坏在我手上，那我岂不成了我们民族的千古罪人，这顶帽子太重了，会压死人的，我戴不起。

县上很重视这事，安排县档案馆直接开车到我家，按接收古书典籍的程序与我办了交接，给我开了捐赠证书。从此后，这部《刷勒日》图经就保存在县档案馆了，听说还成了县档案馆的镇馆之宝，连省州档案馆、博物馆几次想借调都没有借调走。先前我们怎么也不会想到图经竟然会如此金贵呢。

卫东教授专程为图经的事再次来到蚕陵寨，他研究的课题也涉及释比图经方面的内容。接待他的是远贵哥和我，吃住安排在我家。晚饭酒过三巡，卫东教授借着酒性大发感慨，他说蚕陵寨的变化让他感到既惊奇又痛心，惊奇的是蚕陵变化太快，痛心的是已经看不到蚕陵寨原有的风貌和传统文化了。他发现蚕陵寨已经不是当年的蚕陵寨了，变得陌生、变得没有传统文化气息。"你们蚕陵寨与我在其他地方看到的寨子越来越一样了，"看得出卫东是发自肺腑的感慨，"再这样下去，再不及时抢救，我们这个民族最宝贵的传统文化将消失殆尽。"

远贵哥和我都对卫东的话感到吃惊，面对他的感慨一片茫然，不知他到底看到了蚕陵寨什么变化，是什么变化戳到了他的痛点，引起他这么大的反感和担忧。

　　"好比温水煮青蛙，你们已经习惯了周围的巨大变化。"卫东把自己的担忧说了出来，然后他推开窗户指给我们看。窗外的蚕陵寨到处都是新修的房屋，家家屋顶都装着电视卫星天线，村道都是新修的水泥路，寨子和城市一样安装了路灯，蚕陵寨在不知不觉中已经充满了现代气息。"蚕陵寨还有谁家修房建屋用传统建筑工艺？学生娃娃还有几个会说羌语？年轻人结婚还有几个在山上办传统婚礼？青年男女还有几个穿本民族服装？传统节日还有多少人会组织参加？传统仪式还有几个人会主持？……"卫东列举了一大堆蚕陵寨的变化，他不说出来我们还真不当一回事，他这么一说出来，我和远贵哥也觉得他说的有一定道理，和以前一对比，连我和远贵哥都大吃一惊。是啊，我们总希望身边的变化越大越好，希望村寨越来越现代，越来越洋气，觉得这一切都是应该的、是理所当然的，可就是谁都没有停下来想过这个问题：照这样下去，我们的民族传统文化到底流失了多少？丢掉了多少？还能坚守多久？

　　"现在社会发展变化这么快，我们蚕陵寨也不甘落后啊，"远贵哥有些不服卫东的话，和卫东争论起来，"你们这些大城市的专家，一看到我们农村有点变化，就觉得是破坏原生态文化，是破坏生态美、破坏原始美了。但你们也要考虑我们的感受，现在谁不愿意过城里人的生活？只是没有条件，有条件的早就搬城里去住、去打工了，剩下来的你让他们怎么坚守原生态文化？这种坚守能当饭吃、能当衣穿、能当钱花吗？"远贵哥越说越来气，"前几年我也接待过一个摄影家，据说名气还挺大，他到我们这儿拍老寨子，我全程都陪同了。在这个摄影家眼中，他巴不得我们蚕陵寨不开发、不进步、越原始落后越好，最好不通电，没有电视、没有手机，那样才好上他的镜头，那样才叫原生态文化。按他的想法，他的照片倒是保存了原生态面貌，抓住了原始美，可我们不能为了迎合城里人的猎奇口味、乡愁心理而不发展、不进步、不开发啊，谁不想过城里人一样的现代生活？如果条件允许，我们高半山人也都想搬到城里去住，去过你们城里人那样的舒服生活。"

远贵哥说起这事就生气，因为那个摄影师对蚕陵寨的卫星天线、水泥村道、PV 排水管道、电杆电线、通信塔等东西都特别反感。他也太偏激了，把这些都看成了对蚕陵寨原生态风貌的破坏，而这些基础设施都是村上、乡上和县上花了大力气经过多年积累才建设起来的。别的不说，光全村水泥村道的铺设，材料和运输成本就是河坝的一倍还多。现在蚕陵寨好不容易建好了基础设施，有了点现代气息，城来人一来，指手画脚的，开口就说我们不珍惜自己的传统文化，甚至破坏原生态文化、原始风貌，简直在说屁话，饱汉不知饿汉饥，站着说话不腰痛。

卫东见远贵哥反感他的话，他停止了争论。"其实这种情况很多地方都有，发展和保护的问题是一个很难协调，很难实现双赢的问题，"卫东说，"我现在研究的课题就是民族传统文化怎么实现发展与保护双赢的问题。我发现一个悖论，也可以说是一个怪圈，有时候花了大价钱的，反而容易把事情搞砸。"我有些不明白，问卫东指哪方面，卫东说，"比如你们村那几个地震后维修的羌碉，羌碉本来就是蚕陵寨人自己修的，地震后给国家报项目，列入文物保护维修项目，这样一来，就只有具有资质的公司才有资格来维修碉楼。结果就那么几个残碉，国家投入几百万经费都没有维修出个名堂，到现在还是架满脚手架，成了半拉子工程。"卫东是指我们村的那几个古碉。远贵哥说:"这些都是上面来的专家说了算的,我们村上根本插不上手,老百姓意见也大,我们跟群众讲清情况后,群众也理解了什么叫资质,什么叫专业维修。有时想起来都可笑,当初我们祖辈父辈修的碉楼,现在却告知我们自己没有资格维修了,怎么也想不明白啊!其实让我们自己去维修也就几十万可以搞定的事,但没资质就不行,有资质就能挣钱啊。"卫东解释说:"当然了,没资质谁也负不起这个责任,资质就是一种责任,国家认可的责任,不是你们想象的那么简单。"

然后我们又谈到语言、习俗、歌谣等等民间文化面临失传的问题,谈到最后,大家意见越来越统一,也深感问题越来越严重,形势越来越紧迫,责任越来越重大。再这样搞下去,没人来管这些事,蚕陵寨仅存的传统文化将会随波逐流于物欲中,要不了多久,蚕陵寨就和县城边上的那些村子从内容到形式一模一样了。

如果这样的话,蚕陵寨还是蚕陵寨吗?在卫东的提醒下,我突然觉得蚕陵寨跟我小时候突然发现自己是一个"我"一样,蚕陵寨也该重新认识自己,找准自我,找回寨子的自我意识,重回传统的、文化的、自然的蚕陵寨生态。而且我这时才意识到,只有在传统的寨子里,才有释比存在的生态。

酒喝得差不多了,问题也发现了,重要性也认识到了,但具体怎么去做,我们也没办法,最后还得卫东自己提出问题自己解决。好在北京来的教授起点高,关系宽,说话有分量。"这件事我去找你们田县长谈,实在不行我找省民委的同学,让他们出面,蚕陵寨就是蚕陵寨,跟其他寨子不一样,一定要保存好寨子的原始风貌，保存好原生态的民族传统文化。"卫东说，"我们不能再看着自己的民族文化这样流失下去而无所作为了。"

果然，卫东田野调查结束后，立即到上任不久的田县长那里去反映情况。田县长听后，高度重视此事，马上召集李玟副县长和文体、旅游等相关部门，专门针对蚕陵寨的情况进行研究，限期拿出整改保护措施，并且将此事具体落实给了新提拔的李玟副县长。

对蚕陵寨的事，李玟副县长是再熟悉不过的，而且她既是曾经的建设者，也是参与者。无论当初新农村建设还是后来的地震灾后重建，李玟都全程参与了。可以说，用不着卫东提建议，找问题，蚕陵寨存在什么问题，哪家人是什么情况，蚕陵寨的穷根病灶在哪，李玟都一清二楚，更不用说蚕陵寨几乎一半的家庭里都有李玟当年教过的学生。所以针对卫东教授反映的情况，不用田县长安排怎么做，李玟就知道怎么来应对这些问题了。

"硬件的问题都不叫问题，都是可以补救的，可以恢复的，"李玟说，"蚕陵寨经过多年建设投入，基础设施在全县高半山村寨可以说是走在了前头，关键还是软件问题，也就是人的素质的问题。"李玟在与卫东教授的沟通中也说出了政府的无奈，"传统文化的东西，特别是非物质文化这一块，政府也不好大包大揽。比如语言这一块，大家都知道，学好了汉语好在国内找工作，学好了英语可以到外国找工作，学好羌语只有在寨子、在家里交流，其他地方用不上，有多大的实际用处呢？"李玟谈起传统文化来跟卫东教授一个尿性，只要开了头，不撒完就不舒服，"再比如释比文化这一块，我们也列有传承人经费，可年轻人不愿学你让谁来传承？老释比以前还有收入，有威望，现在年轻人很多都不相信这些了，请释比的越来越少，政府总不能把他们全部养起来吧。这保护和传承说起来重要，做起来很难操作啊，这样说吧，保护传统文化已经不是钱的问题了，政府光拿钱也只能治标，治不了本。"

　　虽然李玟副县长说的都是政府层面的难处，但通过和卫东的多次沟通和深入交谈，最后还是达成了一致意见，那就是要拿出具体措施对全县即将灭失的传统文化进行保护，特别是非物质文化这块，要结合精准扶贫项目和国家传统村落保护等项目的实施，对蚕陵寨这样的特色村寨给予重点保护，无论是在资金还是项目上都要重点倾斜和扶持。具体项目由文化体育局与扶贫、旅游、民宗局等部门共同研究，拿出方案，予以落实。而且在李玟的建议下，把蚕陵寨对口联系的部门调整为文化体育局，实施项目都由文化体育局牵头相关部门，拿出可行的实施方案，予以项目争取和落实。

　　于是，蚕陵寨精准扶贫就增加了部分非物质文化遗产保护项目。

传承人

　　项目启动后，最先受益的竟然是幺闷墩。经过调研，县上把幺闷墩列为了州级非物质文化遗产羌笛的传承人，而且多部门配合，扶贫移民局给产业扶持项目，县残联给幺闷墩每年固定的残疾人补贴，民宗局也将幺闷墩的羌笛作曲纳入了他们的项目，文体上也多次安排幺闷墩参加公益表演……村民看到幺闷墩受到政府这么多项目的惠顾，都说，别看幺闷墩闷头闷脑的，其实是在装闷，心里精明着呢。你看他外表看起来闷，心里一点不傻，比哪个都聪明。你看，地震以后，他什么事不做，什么心不操，甩手撂脚的，可啥子好处都捞到手了，换了其他人，哪个得行？

　　这话很快就传到卡卡组阿满那里。阿满等了几年终于等到了这句话，这句让她对幺闷墩的智商从此有了信心的话，这句发自乡人内心的足以证明幺闷墩不傻的话，这句让她与幺闷墩有了喜结良缘的自信的话，这句在空中幻化成红双喜大字的话。既然这么多人转变观念，说幺闷墩聪明、不傻，阿满心中郁积多年的疙瘩也就不解自开，堆积在心中的那团乌云立即化作了满天彩霞。阿满也不食言，她将自己同意与幺闷墩处对象的表态告诉了木珠。木珠喜出望外把这事告诉了我，由我转达弟弟幺闷墩。

　　那天，我去告诉幺闷墩这事时，幺闷墩竟然没说一句话。我问他同意不，他不开腔，问他不同意？他也不开腔，只是脸越胀越红，头越埋越低。只有我最知道他的心思，幺闷墩是在害羞哩。他虽然什么话都没说，什么态也没有表，但他的这种态度就是一种没有反对意见的表态。他什么都不说，其实就是同意了这事，这一点，我最懂幺闷墩的心思。

　　看着弟弟一言不发的样子，我既嫉妒又心理不平衡，真想狠狠地骂他个痛快，子的幺闷墩，你这辈子才安逸哩，什么事都一副不理不睬的态度，什么事都不动脑不动手不动脚，可有什么好事情都被你遇到了，有什么好机会都被你赶上了，你这辈子运气也太好了嘛。你看，你现在是一句话不说，一句腔不开，竟然把媳妇都哄到手了，换了其他人，哪个做得到？

　　幺闷墩嘴角露出一丝不易察觉的暗笑，让我似乎有种上当受骗的感觉。

　　幺闷墩和阿满就这样成婚了。俩人的婚礼是蚕陵寨有史以来最奇特的一桩婚礼，因为在整个婚礼仪式上俩人都没说过一句话，而是用表情和手势回答了所有的问题。参加婚礼的人都说，你看幺闷墩高兴的，脸都要笑烂了，白捡一个媳妇，这才叫傻人有傻福。

　　仔细想一想，我觉得弟弟有时真的不傻，很多事情他一不动口二不动手，最后却都达成了自己的愿望，实现了自己的目的，甚至比那些又吵又闹的人得到的实惠还多、实现的愿望更多。即使需要他说，他也不说 YES 只说 NO。比如新农村建设，就因为他说这不好那不好，就成了重点关照对象。村上给了他不少的照顾和优惠，还特意安排他们这些不稳定因素到处去旅游，包吃包住一分钱不花；灾后农房重建，他甩手甩脚什么事不做，都是亲戚出面跑前忙后帮忙，他就分到了自己的房子；精准扶贫他不想当贫困户，村上和县上还不得不让他当，而且有什么好事和优惠政策都优先考虑他，害怕他说不满意；要讨媳妇了，也是不说不做就让阿满心甘情愿就到了他的身边……

可以这样理解，党和国家的政策好了，财力强了，就有能力让"爱哭的娃娃多吃糖"了，幺闷墩虽然不是爱哭的娃娃，但他实实在在地享受到了"多吃糖"的待遇。

婚礼之前，我还是按习俗领着幺闷墩和阿满到大闷墩和爷爷的坟头去上坟。香蜡燃上后，随着纸钱熊熊燃烧，我感叹大闷墩这辈子真是苦命，太不划算。跟幺闷墩的命相比否泰若天地，形成鲜明的反差。大闷墩有家庭了，我和幺闷墩却不是他的儿子；大闷墩吃了那么多苦，自己连房子都没有修一间，全靠爷爷奶奶给他分了两间房；大闷墩操了那么多心，自己的愿望却没实现一个，最后的命运也是中年早逝……而幺闷墩却完成相反，什么心不操，什么事不做，空手空脚的，一天到晚吹着羌笛耍，可结果却是什么好处都得到了，很多愿望都实现了，很多优惠政策都是第一批享受。这人啊，不认命不行，我的命就跟我爸的命差不多，鸡命，全靠自己刨来吃，不像幺闷墩的命，猪命，就是睡着躺着，什么事不做，却不愁吃喝。

幺闷墩和阿满的小日子本来还算过得去，收入也足以应付日常开销。可一年后，阿满竟然生下一对龙凤双胞胎，让这小两口的经济一下就捉襟见肘，拮据起来，日子就开始过得紧巴巴的了。对于家庭收入有多少，开销够不够，幺闷墩一概不管，家庭收入和开支都由阿满负责操心。开支不够怎么办？阿满也没办法，东西不够就经常回娘家去拿，香肠腊肉、米面粮油什么的，什么合适拿什么，家里也不干涉她；人手不够，就把自己的母亲接过来帮忙带小孩；阿满奶水不够，两个儿女的奶粉钱就成问题了，回家拿一两次钱还可以，经常回家拿钱，家里要有钱才行啊，阿满父母也不富裕，于是阿满没钱买奶粉就只有找木珠了。

虽然我家仍旧穷，大闷墩治病时又留下一屁股烂账，木珠受伤也欠了很多账，但木珠还是挤出钱来，经常给双胞胎侄儿侄女买奶粉。当妈的人最能体谅当妈人的辛苦，木珠再怎么帮幺闷墩我都没意见，我唯一苦恼和自卑的是自己既不会挣钱，又不会农业技术，既没有当好一名释比，更没有当好一个农民，结果只能让木珠和光琴光明跟着我受苦受穷受累。

不满升

接下来我家又错过了一个更大的致富机会。地震前蚕陵寨陆续有人开始在县城周边买房置地，那时候县城边一套带院子的旧房加上一两亩地也才六七万块钱，地震后涨了一些，也不到十万就能买到。蚕陵寨前前后后就有二三十户人家在县城周边农村买房买地。比如老王书记、余校长、九斤妹、何大福、杨宝儿子杨春，王浩几弟兄等等。当时杨斌也曾劝我在城边买房买地，如果当时我买，借钱贷款也能凑个几万元。可现在听说县城和周边房子和土地都涨成了天价，当初六七万能拿下的房子和地，十年不到，价钱涨了十几倍。当初在城边买房买地下手早的，家产动辄都上百万了。而且像何大福这些人，成都都买有房，也都涨价了。可我们坚持留在高半山的，每天还在为日常生活、鸡零狗碎的小钱犯愁，还在为人情世故和基本生活开支东挪西借，翻衣兜，扯指拇。

人无眼光，家无运气，命没生好啊。我现在才发现，关于钱财，关于发家致富，我或者闷墩跟蚕陵寨任何一个人的想法没什么不同，虽然我是释比，但我也是普通人闷墩，即使我不爱财，可闷墩应该爱财，可任凭闷墩怎么努力，财却不爱他，也不爱我，虽然我或闷墩都一直在努力，在奋斗。

看来这辈子我们一家命中注定与财富无缘，与发财无关了，尽管我们不停地做梦、不停地努力，可结果却是不停地错失良机。虽然我是一名释比，却连自己的机会和命运都预测不准，把握不好，真是愧对祖师爷。

有时我就要停下来思考，停下来好好想一想到底这几十年发生了什么，我活着是为什么？我的努力又是为什么？经验告诉我，人这一辈子一要健康，二要命好，三要环境处得好。何大福就有这样的命，早年他在县城边买地置业，房子都修了一大幢，盖成了宾馆，现在县城地价房价猛涨，他的家产一下就几百上千万了；村主任王勇年纪轻轻的，人家在蚕陵寨山下的九环公路旁占地修房，建停车场，建餐馆，为过往长途客车和旅游大巴免费加水洗车，现在一年光厕所收费都有好几万元；卫红当年在深圳打工，后来又到北京打工，找了个北京老头成家后，她也没个正经职业，闲耍在家当全职太太，没想到那老头继承了祖上的一套四合院，就在三环内，听说现在都值几千万上亿了。这之后，卫红每次带老头回成都，三爸和三婶对这个比自己年龄还大的女婿就客气多了，热情多了，也认了这门亲。而且邻居都说卫红有眼光，找了个金龟婿。其实卫红的老公也没什么本事，也是个耍公子，做不来实事，但别人环境处好了，祖上留有产业，起点就高于你的终点，命该他们发财。

甚至连幺闷墩都有这样的命，你看他什么事都不管、什么事都不用去做，什么心都不用操心，一样有房子有妻室有子女，比好手好脚的所谓聪明人日子也差不到哪里去。

命里只有八合米，走遍天下不满升啊。半辈子都快过去了，我才把这个道理想通，把这个问题看透。想通看透后就宽慰自己，认命吧，你这辈子再怎么努力就只能这样子了，好好当好一名释比才是自己的本分，关于发家致富的事就让闷墩去操心吧。自从我认命后，我就一门心思将精力放在释比技艺上——就让我这辈子定下性来，一辈子做好一件事——好好当一名释比。我仿佛再一次明白了什么是自我，什么是命中注定的责任，什么是自己该做和不该做的。

而且，从此后，我再次意识到有两个自我。我是释比中的自我，闷墩是现实中的自我。虽然我有时是我，有时是闷墩，但我觉得我更多应该是释比中的那个我。

然后我就决定，从现在开始，我要重新开启我的释比人生。

在我们蚕陵寨，现在已经没人和我竞争释比这个职业了，甚至也没人愿意来继承这个技艺。县上搞过一次非物质文化遗产展演活动，我代表乡上去参加。全县现存的释比加起来也超不过两桌人，而且一些刚入行的年轻释比技艺太差，只能勉强会一些简单、表皮的技艺。当然也有几位比较厉害的老释比，和我师父何端公当年的技艺不相上下，什么赤足踩红铁、赤膊缠红链，什么捞油锅拿火炭、穿腮打钎、吞签化骨、祈祷诵经、疗伤接骨等等都不在话下。表演完后，在县上统一组织的工作晚餐上，专门把我们几位释比聚在一起，围坐了两桌，以方便县上领导敬酒。我们这两桌刚好是师父一桌、徒弟和助手一桌。席间，释比们互通信息，共同的感觉就是释比技艺面临失传的窘境，年轻人很少愿意吃苦学习，释比唱经几乎找不到传承人……而且还有个最大的共性问题就是释比收入越来越少，已经到了不足以谋生的境地。

几位老释比都感叹，说以前释比的收入在村上是比较高的，年轻人就愿意拜师学习。现在当释比基本无收入，家庭主要收入来源还得靠地里的出产，靠家人的收入，靠国家的补贴。一个释比光靠一年零星做几桩法事，那点收入还不够养活自己，照这样下去哪里还有年轻人来学释比技艺？这个职业现在是既挣不了钱，更养不了家糊不了嘴，一天法事的劳动所得仅仅相当于在县城打工一天的收入，甚至还要少一些，看来这个古老的职业快要穷途末路了。我也发表了自己的观点，我说我们释比已经失去了原有的生态，而新的释比生态却还没有形成，一句话，过去永远成过去，现在还在徘徊，未来却看不见。

席到中途，县委马书记和政府田县长携四大班子领导到我们这桌来敬酒，把我们的情绪又激活起来，调动起来。马书记高度赞扬了我们的技艺表演，把我们奉为尊者，视为民族传统文化的传承人，要我们再接再厉，继续传承和弘扬好优秀的民族文化。我们所提的意见建议，所面对的困难和问题也都反映到领导那里了。田县长在后来的表态中说要落实好经费，专门用于释比文化传承工作。而所有的释比，没有纳入社保的，全部都纳入社保范围，对各级非遗传承人也按时足额发放传承人经费，县级每年二千、州级三千、省级八千、国家级两万。

有马书记和田县长的表态，经费得到具体落实，我们这些释比仿佛打了鸡血，激情又被调动起来。回到蚕陵寨后，我找远贵哥和王勇商量，希望重新成立蚕陵寨释比协会，远贵哥同意我的想法，可后来掰着拇指数了数，以前释比协会的那批长者死的死，老的老，走的走，到县城的到县城，剩下几个都是和释比不沾边的，只能敲边鼓打下手。协会的队伍一旦散了，再重新召集起来就困难了，最后剩下我这个光杆司令，再也拉不起协会队伍。没办法，协会只好和村老年协会一起搭台子，村上有什么大烦小事就由老年协会出面，涉及需要释比出面的才请我出面。而且自从我开始领取传承人经费后，村上安排的释比文化活动我都全部尽义务，不再按传统收粮收物了。

掉馅饼

国家精准扶贫项目实施后，任务重，事情多，李玟就经常到蚕陵寨下乡，指导工作，检查软件，忙得恨不能有分身之术。按县上的标准，自从我有了每年三千元的州级传承人经费，加上其他收入，我家基本能达到脱贫标准，就纳入了当年的脱贫指标。但我家外债太多，光大闷墩治病所借的钱都要还很多年，更不说木珠治病欠的钱了。尽管亲戚朋友没有催，但人活一张脸树活一张皮，别人不催你就不还，那也太无人品了，那不成了耍无赖？所以我家只要有点余钱，我和木珠就积攒起来，凑够一两千就还一两千，数目大了不能一次性还，就化零为整，积少成多，有多少还多少。我估算了一下，如果天年正常，没有其他大的意外开支，五年之内我们就能把大闷墩欠下的几万块钱还清，然后再花五年还木珠治病欠下的钱。还完账后，我家的日子就应该好过得多、轻松得多。

但计划没有变化快，正当我和木珠加紧挣钱攒钱还债时，光琴初中毕业考上了茂州高中。这一下，光琴用钱一下比初中多了许多，光一年的日常开支和生活费就增加了近一倍。光琴都长成大姑娘了，开支自然要增加许多。木珠有些不放心女儿成长的安全，为便于联系，还是给光琴买了手机。可自从光琴有了手机，话费一天天见涨，一个月最少都要几十元，问她怎么用的，她说同学间电话多啊，手机上网查学习资料啊，还说自己每月几十元算是班上节约的，同寝室的同学，同样家里是农村的，每月光手机费都要一两百呢。

"唉啊，好像没有手机就不叫高中生，就不能读书了，这书读的一个贵。"连木珠都开始抱怨起来。就这样，我的那点释比补贴刚好够光琴一年的手机费和她周末回蚕陵寨的往返路费，还不算她每月的生活开支和零用花销。好在这几年村上基础设施建好后，水果、花椒和蔬菜都比往年好卖一些，何小花建的网购平台又能及时发布信息。加之木珠能干持家，我家的收入还勉强能维持日常开销和人情开支，尽管时不时还要帮衬一下幺闷墩，补贴双胞胎侄儿女的奶粉钱。

李玟对口联系帮扶幺闷墩家。不久，李玟就给幺闷墩找到了事做，就是去县城景区游客中心演奏羌笛，每月包吃住有一千五百元收入，公司收入好时，节假日加班还有双份收入。以前有人给幺闷墩找过类似的工作，景区、县外都可以去，但幺闷墩就是一根筋犟到底，打死不去。但这次李玟给他联系的工作，他竟然没有反对，那就是表示同意了。也许是李玟还保持着当年老师的余威，也许是双胞胎儿女的经济压力让他不得不去，也许是阿满做通了他的思想工作，反正幺闷墩没说什么，自己就到县城景区打工去了。虽然收入不高，但总比一天待在家里无所事事强，毕竟会羌笛也是一门难得的技能，不是谁便哪个想吹就能吹，想学就学得会的。

而且，自从幺闷墩收入稳定后，阿满再也不为两个儿女的奶粉钱发愁了。

正当我家经济拮据之时，天上突然掉下了一个大馅饼，把我妈狠狠地砸中了。什么大馅饼？原来是一张大额汇款单，整整一万元，汇款人落款为吴有全，附言只有简单一句，好好养病，早日康复。汇款地址为广东某地，除此之外再无其他信息。我把汇款单拿给我妈看，告诉他吴有全还活着，在广东，给她寄了一万块钱用来看病。我妈看着汇款单，没有惊喜，一脸木然，好像并不认识那个叫吴有全的人，看来，纷繁的往事在她头脑里都化作云烟散去，吴有全这个名字在她风平浪静的脑海里再也泛不起半点涟漪。

对于这一万块钱怎么安排，我征求奶奶和木珠的意见，正好要还大阿墩治病的借款，我们三个就决定把这笔钱用于还借款。我们没有把这事告诉阿满，因为没法向阿满解释清楚吴有全与我家的关系，其实也用不着解释，因为我把这钱用得正当，花得问心无愧就行了。这吴有全，几十年了，还能想到我妈，想到我家，还算有点良心，还算骗子中的好人，但吴有全现在到底过得怎么样，我们也不知道，依他那么聪明的脑袋，日子应该好过，只是但愿他不要再去骗人。

自从知道吴有全还活着，我似乎不恨他了，毕竟都是大地震的幸存者，人生苦短，又遇到这么大的灾难，能幸运活下来已经不容易了。人到中年，该想开的事，想不开的事，到了这个年龄，都应该想得开了。

书　屋

精准扶贫进入攻坚阶段，村上的事就多了起来，今天检查这个项目，明天检查那个项目。这段时间又要检查验收村农家书屋。这忙坏了远贵哥和王勇，地震前的图书都报损了，地震后图书馆新配下来的上千册图书都堆在村委会活动室的墙角，堆有几年了，都还没有登记上架。听说这次检查主要是检查图书的借阅使用情况。远贵哥和王勇立即组织人力，在乡上和县图书馆指导下，将所有图书立即登记上架，专门腾出一间房子作图书室。图书上架后，远贵哥和王勇动员全村人都去借阅。而图书管理员一职一时找不到人，以前我管过村文化室，远贵哥竟然想到我，让我暂时兼职图书管理员。因为县上是文体局在联系蚕陵寨，上级检查验收村上的文化设施，蚕陵寨是肯定跑不脱的，是绝对要被检查的。

对于图书我只有爱没有仇。看在远贵哥的面子上，看在国家对我家扶贫支持力度这么大的份上，看在我和我弟弟家是精准扶贫受惠比较多的家庭，看在每年国家都给我们发传承人经费，村上有什么需要应付的事，我肯定是全力配合，大力支持。于是我同意了当图书管理员。但我这人做事不喜欢弄虚作假，我向远贵提出要求，图书要真借真阅，要组织更多的人员借阅图书，发挥好图书的作用。远贵哥和王勇的回答当然是好好好，一定一定，虽然是应承，但至少表明了态度。

没想到国家配的图书还是很齐全的，什么百科知识，农村实用技术，地理、历史、文化、文学名著等等都有，短时间内看都看不完。想想小时候，余刚一本《西游记》就把全村小孩都哄到了他周围，一个个被哄得神魂颠倒，围着书团团转。那时一本《西游记》好金贵啊，现在有这么多的好书，人们反而离书越来越远了。

远贵哥通知了，也组织人来借阅了，但主动借书看书的仍然很少。二爸借过几本养猪方面的书，陈壳子爱借故事书，假期一些学生要借一些书，除此之外借书看书的就少了。你们不看我看，反正我既然当了图书管理员，就要管好书，用好书。李玟副县长也强调过，说验收不能出问题，大部分书都要有借阅的痕迹，要做好活动记录，蚕陵寨要给全县各村起好示范带头作用，各方面都要作示范，特别是文化设施方面。

但自从电视互联网进入家家户户，人们仿佛突然间变得更聪明了，有什么不能解决的问题，上网一搜一查，答案一大堆，仿佛网上什么事都能解决。家人有个什么病痛不舒服的，网上也能查能问，特别是年轻人，一天到晚几乎都离不开互联网，只要有空闲时间，都把手机抱着，在网上神游。这样，平常就没什么人请我这个释比去作法，我就有时间专心看书阅报。而且木珠也支持我多看书，多看农业技术方面的书，木珠希望我懂农业技术之后好好当一个农民，学会种植或养殖技术，这才是当农民的本分。至于释比技能，只能是节假日的技艺展示，或者说是民间传统文化的传承。我已经发现，自从有了电视、互联网，相信释比的就越来越少，人们早已不再把释比看得那么高高在上，神秘无比，而是习惯把它看成一种传统文化现象，一种技艺演示，一种传统生态，甚至是一种乡愁。

还别说，我还真是一个读书的料，可惜有书读的机会实在太晚了。在村图书室，我一坐进去就屁股不离椅子，一天可以读完一本书，有些薄的书我半天就读一本，而且我记性也好，凡是我读过的书基本都能记个八九不离十。我最喜欢百科知识和历史地理哲学方面的书籍。从这些书中，我逐步了解了当年向余校长提出的一大堆没有答案的问题，怪不得当年余校长被我问急了要骂人，原来这世界上我们不懂的知识、不了解的东西实在是太多了，光一部《上下五千年》，就蕴含了无数的历史信息，一部《十万个为什么?》让我懂得了很多基本常识。而且通过读书，有关我们羌族的历史，在我头脑中逐渐就脉络清晰起来，线索明了起来，我逐渐理清了我们这个民族的历史。

我知道我们古羌祖先有一部分最早是生活在大西北的游牧民族，是华夏民族的重要组成部分，历史上古羌祖先曾多次辗转迁徙，现在生活在岷江峡谷高半山的一支是语言文化和民族特性保存较完整的一支……书上记载的祖先故地那是地域辽阔、人口众多、历史悠久。反观我们蚕陵寨，虽然考据有几千年的历史，甚至还有蚕丛故里的记载，但实际从村史记载来看，几百年来的历史都残缺不全。除了村上议话坪上立的那块古碑、牟家等祖坟墓碑、土祖庙功德碑上有确切纪年外，其他更古老的历史和事件都没有确切年份，包括村口出土的汉墓，虽然物品为汉代物品，但具休是谁留下的，那是一段怎样的历史? 有什么重大历史事件?

有什么历史人物？都没有答案。正因为没有文字记载，对于后人来说，蚕陵寨上千年的历史都化作了尘埃，经时间的风霜吹打，了无踪迹，仅存残迹。

从古至今几千年，历史在我们这方水土选择了遗忘，或者说，因记录的缺失，我们自己把自己遗忘了。

唯一还残存的一点历史痕迹，记载在故事里，在传说里，在唱经里。比如开天辟地，比如羌人的来历，比如羌人和戈基人的战争，比如斗安珠和木姐珠的传说，比如英雄择吉格布的故事……我现在知道卫东和赵老师为什么要研究释比古唱经了，因为在古唱经中隐藏着我们这个民族残存的历史文化信息，这些隐藏的信息是可以考证，可以研究，可以比对的。我们羌人没有文字或者说文字早已失传，关于历史的记载跟三星堆文明一样，只见其物，难见其史。可是不管你器物再辉煌，如果文字记载是空白，只能叫历史谜团。幸亏我们还有释比古唱经，还有众多的文物古迹，多多少少可以填补部分历史空白，还原部分历史真实。

否则，我们就真的不知道自己是谁？不知从哪儿来？当然更不用谈往哪儿去了。

关于羌人历史，村上农家书屋的书不多，不够我看，我就打电话让卫东帮我找。卫东知道我对古羌历史感兴趣后，专门收集了几十本关于羌人历史文化研究的书寄给我；赵老师也给我寄过一本专门研究释比的书，叫《神圣与亲和》；何小花也有很多书，哲学的，文学的，人类学的，心理学的，我都借来看，管他能不能看懂，哪怕看个半懂也好。这些书让我看后对本民族的历史脉络越来越清楚，越来越明白，越来越自信——我现在终于知道释比这个职业的价值所在，我为自己是一名释比感到骄傲和荣幸，我不再拘泥于家里鸡零狗碎之俗事，不再拘泥于物质生活的贫乏，我暗暗发誓，我要做一名了解本民族历史的，懂得本民族心理的，坚守本民族文化自信的释比。

当我这样想时，正好我从电视上听总书记讲"四个自信"，而且村上立即就在宣传栏里做了展板，进行宣传。对于道路自信、理论自信和制度自信，非我等言及，而对于文化自信的提出，我太感同身受了，太有共鸣了。以前我展示释比技艺时，总觉得有些信心不足，畏手畏脚，害怕有人说我搞封建迷信，现在通过阅读本民族历史文化书籍，我对释比文化和技艺的认识有了质的提升，也就更加自信起来。关于释比，就是历史文化的传承者、传播者、记录者，我有信心当好释比，找好传承人，传承好我们的传统文化。

余刚突然打电话来告诉我一个好消息，说他给村上找了点钱，用于蚕陵寨村志的编纂。说关于村上释比历史这部分内容要让我提供。经询问后，我才知道是余刚爸余校长多年来一直在编纂蚕陵寨的村志，经过十多年的编纂，终于要编完了。对村志编纂这件大事，余刚也想出点力，就以村上名义给余校长找了点钱用于付梓。但涉及释比内容这一块，是余校长村志编纂中的薄弱环节，需要我提供些一些资料。

我到县上找到余校长，他现在除了编纂蚕陵寨村志以外，每天的任务还是他的老本行，给孙儿当"书童"兼保姆，每天定时接送孙子上学放学。我就我所知道的师父何端公、老何端公以及发现图经《刷勒日》等事告诉了余校长。余校长听后很兴奋，因为此前蚕陵寨的历史很多都是从老人的口述中来记载，一些是从牟家、王家、余家和何家残存的家谱中查找到的，一些是从古墓碑刻上查找到的，所追溯的历史最远到唐代，唐以前的就是口传和不会说话的遗址了，这次能将图经写进村志中，可以说是给这部村志起到了画龙点睛的作用。之后，我把余校长所修的蚕陵寨村志初稿复印了一本，拿回家仔细翻阅，对其中古羌文化部分提供了部分资料和修改意见，余校长都采纳了。

蚕陵寨农家书屋验收获得了好评，验收组的领导高度评价了我村图书的利用率和借阅量，评价说一眼就能看出大部分图书都是借阅过、翻阅过的，不像有些村的图书，还是崭新的，一点翻阅痕迹都没有，借阅率太低，书屋没有充分发挥好应有作用。你们看，就凭蚕陵寨农家书屋的使用情况，就知道蚕陵寨人文化水平和整体素质就要高得多。

远贵哥和王勇听了验收组的话，虽然心里高兴，可脸上还是挂满了尴尬，毕竟书记和村主任他们两人看书不多，或者说是真的忙不过来，没时间看书。

何小花陪同验收组一同来的，验收完后，工作餐就派到我家。因为我是图书管理员，辛苦了。现在精准扶贫已经进入到脱贫攻坚关键阶段，虽然工作纪律特别严，但受高半山条件限制，又不得不在村上解决吃饭问题，所以每次村上的工作餐都是按标准分派到有接待能力的农户家中，一则可以解决联系村干部的生活问题，另一方面也变相增加了农户收入。比如我家每次做一桌人的工作餐，用的食材都是自家喂的鸡、自家熏的腊肉、自家种的时令菜，根据工作餐要求，人均十多元标准，一桌就有两百多元的变现收入。碰上工作验收这种情况，一般由单位或乡上村上出面接待，标准就定得高一些。规定虽不能喝酒，但主人家热情主动提供的免费酒，不是公款买的，就可以以尊重民族传统礼仪的借口来品尝，遇到这种必须"入乡随俗"遵守民族风俗习惯的情况，再厉害的干部也不得不破例端杯。有次就连以高标准严要求出名的县纪委严书记都破例端了杯，否则就是看不起我们老百姓，嫌我们酒不好，不与民同乐，就是脱离群众，就是不尊重民族习俗——又有几个人敢冒"不尊重民族礼仪习俗"之大不韪呢。当年老红军打从我们这儿经过，再怎么讲三大纪律，一样也要遵守我们的民族习惯，一样要跟我们喝酒歃血为盟。在民族地区，老百姓看得起你才请你喝酒，你越能喝我们关系拉得越近，你酒量好我们就把你当英雄，酒喝好了，什么事都好说，什么难题都可以迎刃而解，这就是我们的酒文化。

不过领导也表态，从尊重民俗习俗角度可以端杯，不过喝酒也要把握好尺度，不能过量，不能拿手机乱拍乱发，不能闹出负面影响，吃完都要按标准付费——这个我们当然懂，只要你端杯，什么都好说。

接待完验收组，何小花说要介绍一个人让我认识。我很奇怪是什么样的人能引起何小花这么重视，何小花说先不告诉你，等你认识他你就知道这人值不值得结识了。

记录者

　　几天后，何小花带着她介绍的人来到我家，是一个比我年龄小一点的男子，打扮朴素，人长得有点道骨仙风。何小花介绍说他的名字叫刘史志，广东援建留下来的。然后刘史志就伸出双手，恭恭敬敬给我行了个传统的鞠躬大礼，让我一下有些不知所措了。这辈子，我还是第一次接受这样的大礼，而且一般场合下，几乎没人再行这样传统古老的大礼，除非一些特殊场合。

　　我就这样和刘史志认识了。刘史志之所以给我行这样的大礼，理由很简单，因为我是释比。刘史志敬重并崇拜每一位释比。在刘史志的眼中，释比已经不是普通人了，是精神的守护者，是文化的传承者，是先祖神灵的使者。所以每当他结识一位释比，他都行这样的大礼。他说，每见到一位释比都是他这辈子最大的荣幸，他的目标是要认识完羌寨所有的释比，并收集齐他们的音像视频资料。

　　刘史志就在蚕陵寨住了下来，就住何小花家老屋。刘史志住下来干什么？他要记录下我这个释比所做法事的全过程。哦哟，看来刘史志野心不小啊，他所做的事，还真不是一般人能做得下的。通过以后的接触和深谈，以及何小花的介绍，我才知道，刘史志是一位历史文化学者，一名狂热的释比迷。要说他迷到什么程度了，这么说吧，用何小花的话说，他已经迷到可以抛家离妻不要工作甚至与父母和家庭断绝关系的地步。

据说刘史志以前也有个幸福美满家庭，妻贤家睦，父母和谐。刘史志父母有钱，自己也有一份稳定的工作。"5·12"地震后，刘史志以志愿者的身份到汶川援建，他本来就喜欢研究历史，当他面对神秘的释比文化，一下就被厚重神秘的羌文化特别是释比文化所感动和震惊。一种天赋的责任感油然而生，他感到释比文化正在走向衰亡，亟需抢救性收集资料，虽然政府层面已经将此项工作纳入了非遗保护，但刘史志通过与释比们的接触，他被释比文化的古老神秘所震惊，觉得政府层面对这事还做得不紧迫，不细致，不系统，细节遗漏还多，他不能眼睁睁地看着这么宝贵的非物质文化遗产被老释比们带进棺材，无人传承。从此他就一发不可收，只做一件事，专门拍摄录制释比法事的音频视频，这一录就整整录了七八年。为此，他辞去了工作，与妻子也离了婚，家也不回了。父母和同事怎么劝说他都坚决不回去，他只有一个信念，他要抢救性录下羌区所有释比的唱经和技艺的音视频，为释比传承留下大量的第一手资料。

刘史志母亲多次从广东赶来劝他回去，劝说无果后，最后无奈地感慨："刘史志，你知道当妈的这辈子最骄傲和最痛恨的是什么？"刘史志说我不知道，刘史志母亲眼泪哗哗地瞪着他，"我这辈子以有你这么一个儿子而感到骄傲，也因为有你这个儿子而感到痛心，你怎么会是我的儿子？你要是其他人的儿子就好了。"

他母亲走时还说了一句更狠话："我这辈子就当没有你这样的儿子，就当我把儿子捐献给了国家。"看来他确实让母亲伤透了心。

　　母亲的话说到这个份上，刘史志只回了一句"你们以后会理解我的"，然后依然固我，继续他的释比资料收集。用刘史志自己的话说，我现在什么都可以放下，什么都可以不想，唯独这释比文化放不下，我可以少吃一顿饭，少睡一天觉，如果要让我少上一天山，少录一个镜头，我是绝对不答应的。我少上一次山就有可能少保存一份珍贵资料，我不能停也停不下来啊，你看老释比们的年龄，特别是八九十岁这批老释比，每年都有过世的，他们一走，那么多宝贵的东西都带走了，带进棺材了。这些珍贵的资料已经传承了几千年，是不可再生的，即将灭失的，失去了多可惜啊。

　　录完羌区八九十岁老释比的资料后，他又录六七十岁这批老释比的资料，等六七十岁这批录完后，他就录我们这批五十岁左右中年释比的资料了。不过我们这批中年释比比起老释比要逊色得多。比如给我录制时，只录制了一个多星期，刘史志就录制完我的法事和唱经的全套音视频，录完后他对我说，没想到五十岁这批释比中，还有传承和保存释比文化这么完整的。我也有疑问要问刘史志："你录老释比的不就行了，还录我们的有什么用？"刘史志说："你们自己是一点也感觉不到自己东西的宝贵和独特。在羌区，每一个羌寨的释比都有地域和文化差异，都有祖师传承下来的不同内容，我每录制一名释比，都能发现新内容、新东西，这些东西一般人是不了解的，只有当你真正开始接触释比文化，才会被它的博大精深所震撼。"顿了顿，刘史志很兴奋地说，"我录了这么多释比的唱经，只有你的唱经有现代的内容。"

　　"哦，是吗？"我很奇怪，"我真唱有现代的内容？我怎么记不起来了呢？"

于是刘史实给我播放了录音。确实，我上中下坛经唱完后，确实补充了很多现当代史内容，包括新中国成立，改革开放，党的民族政策，大骨节病防治，抗震救灾，甚至还提到了脱贫攻坚。但是，这些内容都是我在冥冥清唱之中自然生成的，自然唱出口的，甚至是醉后即兴编唱的，真的要让我清醒状态下回忆，反而回忆不起来了，这让我自己都感到吃惊。

就这样我和刘史志就成了朋友。刘史志对释比文化的狂热还不止这一点，听何小花讲完他的故事，那才是真让我吃惊。何小花说，刘史志这么多年一直是用自己的积蓄义务从事这项工作，他自己舍不得吃，舍不得穿，甚至连房租都交不起，只有住朋友家，但朋友家也不可能长住啊，他现在跟流浪汉一样，暂住在庙子里。

唉唉唉，真的要颠覆我的三观了。一想到刘史志这位汉族同胞对释比文化竟然这么狂热地痴迷，身为羌族的我们实在有些不好意思了，都为自己此前深陷世俗欲望而惭愧，为自己对释比文化的传承和保护不够上心，不够专一而惭愧。本来我们才应该是释比文化的忠实传承和保护人，可我这辈子总是心不在焉，迟迟进入不了状态，定不下心境。想想我学释比技艺的出发点有多可笑啊，小时候就为多吃几片肉，满足自己的食欲，我才成天追着师父要学释比技艺，而且学习过程中，还经常三心二意开小差，看到别人家有电视了，日子比我家过得好时，我甚至一度还想放弃对释比技艺的学习传承。对于我们自己的传统文化，我们珍惜的程度竟然远远不及外人，怪不得有句俗话叫"墙内开花墙外香"，我今天总算是彻底理解这句话了。

是刘史志给我好好上了一堂生动的传统文化保护课。刘史志走后，我对释比传承的观念又有所改变，对本民族传统技艺又有了新的理解，对国家花这么大的力气为我们传承人提供保障又有了新的认识。

县文体局通知我们说非遗传承人需要再次进行认定，我就到县上去参加释比等级认定了。原来我是州级传承人，随着老释比陆续离世，国家级和省级的指标就有了空缺，这就留给了我们升级的空间。这次我去评级，评委中竟然有赵老师，这让我没有想到。在进行完传统技艺演示后，又演示了各自的绝技。我当然是全力以赴，不甘落后，除了传统踩红铧，我还展示了捞油锅、剪纸人、捏面人等技艺，而且唱经也随挑随唱，而且也能随时进入状态，而且我又自然而然唱到了那些新编的内容，新编的唱词，那些新唱词内容和语句都很优美，仿佛冥冥之中有祖师在护佑，有神秘力量在帮我谱词。

最后评级时，赵老师也为我唱词的创新所震撼，建议给我评省级，有人却建议继续评州级，对我传统唱词之后的创新也褒贬不一。还有其他几位释比也不好认定。因一时没有定论，这事反映给了分管领导李玟副县长，李玟副县长一句话就把问题解决了。李玟给评委们表态说，不要管经费的事，你们只管严格按标准评。这样政策一给，评委们就放开了手脚，以前评级，害怕突破指标，最后没钱兑现，现在政府李副县长对经费表了态，评委们就按技艺如实进行评级。

于是我幸运地被评为省级传承人，评上后每年就有八千元的传承人经费。虽然我已经不太在意钱不钱的事，但一年八千元对于正在脱贫的我，对于我不断增长的家庭开支，那就是救急，就是稳定收入。单从这点来说，我要感谢党和国家的好政策。

后来才知道李玟为什么敢表这样的态。因为县委马书记、政府田县长得到州委、州政府的指示，要在脱贫攻坚工作中敢于创新，对于革命老区的百姓，要敢于突破政策给予扶持，比如粮食直补、林补、草原生态补偿、低保等等，只要沾一点边的，能统计进去的尽量统计进去；对于非遗传承人属贫困户的，要切实解决他们的基本生活问题，充满发挥他们的技能，帮助他们脱贫致富。

而且连陈壳子都被评为了州级传承人，他肚子里装着的那些陈年老窖故事让他有幸成了民间故事传承人。陈壳子这辈子好吃懒做吹牛皮，一辈子都在等着天上掉馅饼。可事情就有这么巧，县上需要一位会讲民间故事的非遗传承人，全县找遍，还真的没一位口才超过陈壳子的，肚子里有他故事装得多的。就凭这一点，他被评了民间故事非遗传承人，等来了固定收入，让他多年以来毫无理由的等待终于有了意料之外的收获。光凭讲故事就能拿钱，就能传承文化，这么好的事情竟然还真被陈壳子等到了。

就凭这一点，我觉得国家真是下了血本，花了代价，这么重视和保护民族传统文化。

我当上省级传承人后，我家的日子就宽松了许多，欠的债也快还完了。我现在已经可以一门心思从生产和家庭琐事中解脱出来，专心学习提高自己的技艺，温习传统唱词，完善新的唱词，慢慢物色传承人。而且我已有了奋斗目标，我要深入研究释比文化，提高自己的技艺，朝着国家级非遗传承人的目标努力。

国家统一给我们拨发传承人经费后，看到国家这么高度重视，村上就有年轻人想学释比技艺，陆陆续续有人来打听我收徒弟的事，我是来者不拒，愿学的我都教，但有个前提，就是要有思想准备，要吃得下苦，而且不能耍手机。提出这些要求后，那些打听者就少了许多，没有了下文。也是，光吃得下苦和不能玩手机这两个条件就已经让现在的年轻人畏首畏尾，不愿学习了。我对徒弟的不准玩手机的要求就是我看到女儿光琴每次假期回来一天到晚都玩手机而提出的，你一个学生，家庭还没有达到衣食无忧的水平，你不帮助家里做事，一天到晚抱着个手机，沉湎虚空，空费精力，这辈子你还能做成什么事？

刘史志曾提出要拜我为师。我说万万不可，你已经拜过那么多师父了，你的几个师父都是国家级传承人，都是我的师父师爷辈了，我只能叫你师弟，你不能称我为师父。刘史志谦虚地说："这各算各的事，在我的眼中，所有的释比都是我的师父，我研究你们，记录你们，敬重你们。你们才是民族文化真正的传播者、传承者。我只是做了一点应做的事，用摄像机、用录音笔记录下你们的一切，这些事谁都可以干，我不做也有其他人来做，无足挂齿，无足挂齿啊。"

我说："你说错了，你不做，还真的没人能代替你做的事。"我想再补充一句，像你这样痴迷释比文化的，这辈子我只见过两个，一个是赵老师，一个就是你，但我没有说出口。

小花的婚礼

何小花要结婚了，和刘史志。

得到这个消息，所有认识何小花的人都说何小花不是疯了就是脑袋进水了。刘史志这样的人只能做朋友，不能做夫妻，因为他就是一个事业型疯子，他曾经失败的婚姻已经证明了这一点，在刘史志的眼中，只有狂热的事业，根本没有时间顾及家庭和子女。

"这些我都知道。"何小花给母亲荷花说起这事时，早就为母亲将要提出的问题备好了答案，"我们应该支持刘史志的工作，妈妈，要是爸爸还活着，他也会同意我的选择。刘史志为我们这个民族付出了这么多，相比家庭日常琐事的损失又算什么，家庭的小事在民族文化传承这个大事面前都不算个事啊！"何小花毕竟是研究生毕业，周围与她读书一样多的男士少之又少，而刘史志就是那种既能撼动她的矜持，又能潜入她的法眼的少之又少的男士。

"女儿啊，"荷花还是不放心，"你自己的选择做父母的本不该干预，但我心里总觉得不踏实，觉得你以后的日子会受苦。"

"妈，这世上就没有故事中理想美满的婚姻，我这辈子只想找一个能与他相互理解，说话距离不太远的人。是苦是累我都认了，你总不能让我和一个永远话说不到一起的人相处一辈子吧。"何小花犯起犟来一点不弱于姐姐九斤妹。

荷花叹道："理解也是一辈子，不理解也是一辈子，各家有各家的过法，各人有各人的活法，我不理解你爸，我们不是一样过了大半辈子。"然后就只能暗自揩眼泪了。

同意也罢不同意也罢，最终决定权还是攥在何小花和刘史志自己手里。在婚姻这事上，现在的家长又有几个作得了子女的主？包括刘史志的母亲，一样反对刘史志在羌区安家成婚，他可是家里的独生子，父母在广州的家业他是一点不关心，尽管他现在连基本的生活开支都困难。何小花和刘史志早已商量好，房子车子和婚礼等等开支，都由两人的积蓄和贷款解决，而刘史志除了他几百个移动硬盘的音视频资料和照相摄像设备外，再没有其他多余的钱财，最后商量下来，房子只能租了，轿车也不买了，婚礼也要简单办了。

何小花和刘史志甚至想把婚礼简化到外出旅游结婚一趟就行了。九斤妹听了他们的想法，坚决不答应。九斤妹说我就只有你这么一个妹子，你的婚礼我来负责，怎么也要办得体面点，像样点，不然别人要说闲话，说我们家没有老汉了，连个像样的婚礼都办不来。经九斤妹这么一说，何小花和刘史志又改变想法，他们商量好了，要办就办传统婚礼。

但要办成什么样的传统婚礼，意见又不统一。因为传统婚礼规矩多，什么开笼、赏孤、道喜、厨案、过礼、接亲、花夜升冠、坐歌堂、婚期忌口、换衣礼、出亲、送亲、接路、过"火焰山"、过桥过庙、新娘退火、新娘进门、新人掩煞、迎风接驾、堂中摆礼、周堂、交杯、婚宴、团圆饭、闹房、分客、拜坟祭祖、新人拜客、打发酒、谢客、回门……拉拉杂杂一大堆老程序，每一个程序都要做到位，做周全，折腾够。否则女方或亲戚就有意见，戏就不好收场，就得增加开支。

这些规矩一般是男方和女方的家长要提前协商好才行，特别是每一样规矩所涉及礼物的多少，都要"先说断，后不乱"。现在刘史志的父母根本不来参加婚礼，男方既没有亲戚而且男方也不是上门，这样的传统婚礼蚕陵寨从来没有办过，也不知该怎么办。最后还是已经当上了乡党委副书记的杨斌和九斤妹出面，请了县上一家最有民族特色的婚庆公司，为俩人量身打造了一台半传统的婚礼，还把他俩从认识到成婚的故事拍成了一部纪录片，由名气已经很大的歌手朵娜配背景歌曲，而且这部纪录片得到了省州及援建省文化影视部门的重视，把他们的婚礼拿去参加评奖，据说还得了一个国家级大奖，奖的具体名字是什么，记不起了，但我们蚕陵寨凡是参加了婚礼的村民都有幸被拍进了纪录片。后来纪录片还上了卫视，纪录片播放那一天，全蚕陵寨人都围坐在电视机旁，寻找自己出镜的镜头，找到后，就相互打趣，看哪个比哪个拍得好，数哪个比哪个镜头多，看哪个在镜头中出糗闹笑话多。

事后评价，都说何小花的婚礼办得好，连电视台都看得起的婚礼，能不好么？当然，全靠九斤妹的大力支持和蚕陵寨全寨人的默契配合。

刘史志把婚礼的纪录片寄给父母后，他父母是流着眼泪把片子看了一遍又一遍，看完后从此就原谅了他，而且还资助了他一笔经费，当然是以鼓励他传承民族文化的名义，否则刘史志是不会要他父母钱的。

　　兰香和何大福也参加了何小花的婚礼。兰香见到我老婆木珠后，格外亲热，姐姐过去姐姐过来喊个不停，句句话语甜甜蜜蜜，仅仅两天就跟木珠亲热得像闺蜜了。而且兰香有什么话都要给木珠说，包括她小时候喜欢我的事，包括她与前夫的婚姻，以及她和何大福之间的再婚，都毫不隐瞒，全部告诉了木珠。对于兰香的信任木珠非常感动，木珠说，你既然认阿墩为哥，以后我就是你嫂子了，兰香听后立即改口喊嫂子，直把木珠喊得心花怒放，骨舒心软，胜过亲人。

　　既然是亲嫂子，兰香说话也不避口，除了家里的好事要说，比如买房买车的事，比如出国旅游的事，比如发廊扩大规模的事，比如她和何大福所生儿子的调皮事……这些事都让她高兴，自豪。但另一件事却让她三天两头闹心，那就是她前夫儿子吸毒的事。这件谁也管不了的事。"这娃娃把我累的，我有时候想干脆把他弄进监狱关起来算了，说不定那样对他还好一些。"兰香提起这个儿子就伤心。儿子别名张街娃，近三十岁了还没个正当职业，又养成了一身坏习惯，难教育难管束。虽然这儿子和她没有血缘关系，但她仍然是孩子的家长，这包苦水她一直找不到人倒，现在见到木珠，她就想一吐为快："嫂子，你说叫我怎么办，都二十八九快三十的人了还这么不懂事，让他干什么都不想干，天天上网打游戏，喝烂酒，还 K 粉。何大福也不好管，又不敢打，不是自己亲生的你怎么敢打？传出去人家还以为我们不会当后妈后老汉，在虐待他。"

　　对于兰香的烦恼，木珠也只能听着，帮不上一点忙，虽然她听不懂什么叫 K 粉，也不好再问。兰香说："我有好几次都想干脆把家搬回蚕陵寨住算了，在山上没有游戏，没有歌厅，没有那帮三朋四友，天天让他和你们一起劳动，好好锻炼他一下，看他改不改。"木珠说："也不得行，你还以为蚕陵寨是老样子？现在蚕陵寨早就有网络了，蚕陵寨的娃娃读书回来，还不是一样上网打游戏，若不是农忙季节，又有几个下地劳动的？你以为他人在山上就走不了，现在山上交通方便得很，路早就修好了，随时都可以喊车到县城。"

"哎，我只记得蚕陵寨以前那个老样子，没想到蚕陵寨变化这么快。"兰香愣了一下说，"我还是喜欢以前的蚕陵寨，清静，自然，没有那么多外来干扰。以前我觉得蚕陵寨落后，不好，后来我走的地方多了，见得多了，观念就改变了，我觉得我们蚕陵寨虽然贫穷落后，但小时候在蚕陵寨过的那些日子真的是太有意思了，那才是真正有意义的日子，那才是我最值得回味的故乡，哪里是现在蚕陵寨能比的。"

木珠不同意她的看法，回怼一句："肥肉吃多了才想吃泡菜，那是你们城里人的想法，我们不这样想。"

兰香离开蚕陵寨时，让木珠有什么困难直接开口说，其他忙帮不上，资金上还是可以帮助一下的。木珠也是要面子的人，也知道人前人后不能把自家说得太穷，于是答复她："自从闷墩被评为省级非遗传承人后，家里经济压力就小多了，今年我家李子、花椒收入都还可以，已经可以脱贫了。"兰香主动提出的帮助并没有得到木珠的响应，还是有点失落，跟有钱买不到东西的那种失落一样。

兰香的失落似乎注定与钱有关。她回县城后不久，就跟她前夫的儿子张街娃大吵了一场，张街娃控制不了吸粉，三天两头找兰香要钱，要不到钱时竟然拿刀逼着兰香给钱，把兰香吓得脚瘫手软，何大福赶来劝说还被张街娃刺伤了，好在只是皮外伤，没大碍。这事之后，张街娃提出要分家，让兰香把他爸留下的房子还给他，从此他就和兰香一刀两断，互不相关，他也不认兰香这个后妈了。为此事，兰香伤心了很长一段时间，不知道该拿张街娃怎么办。最后和何大福商量，张街娃已经是成年人了，他爸留给他的家产分给他算了，难得帮他管理，管他今后怎么败家那是他自己的事，他要拿去赌、拿去败都由他自己，实在是管不起了。下了这个决心后，兰香满脸无奈，不停地抹眼泪："我实在不忍心看他这样败下去啊。"何大福说："男孩子懂事迟，他迟早会懂事的，你看我，不也是现在才懂事吗。""他要是像你年轻那样，我反倒是放心了，"兰香说，"你再匪，也没像他那样去吸粉啊。"

"匪"在我们这里表示调皮到极点的意思，这句半贬半褒的话准确地概括了何大福年轻时的不懂事，直到有了家庭，有人管着了，才真正懂事。

何大福的预言并不准确。自从房子分给张街娃后，他立即就转手变卖了，还了二十多万账，剩下十多万他说是拿到成都去做生意，这一去就再也没有回来。直到他入狱被判死刑，兰香才知道他到成都根本不是做生意，而是投靠了当地的一位社会大哥，给别人当小弟、打手，四处放水收账，跑腿要账，帮人扣车扣物，打架斗殴，直至失手致人死亡，欠下命债。后来这位社会大哥坏事做太多，被定性为黑社会，人民政府把他依法镇压了，判了极刑。张街娃等一众手下小弟、打手也跟着被判刑，当然是根据罪行轻重判的，张街娃罪重，涉及多桩命案，被重判死刑。

兰香永远记得自己去和张街娃告别时的情景。那天张街娃是隔着玻璃和兰香说话的，张街娃一见兰香脸色就暗淡下来，兰香看他时只知道哭。兰香是看着张街娃长大的，这么多年一起生活，多少还是有些感情。张街娃看着兰香，想喊她，却不知怎么开口，最后他只恨恨地问："我小时候犯错误你为什么不打我，你为什么不使劲打我？我好想被你痛痛快快打一顿了，像亲妈那样打我一顿，可你为什么就是不打我？你不配当我后妈。"兰香一边哭一边说："我是爱你的啊，我怎么舍得下手打你？"张街娃说："我现在才明白，你这不是爱，你这是害了我，我小时候做了错事你从不打我，不教育我，让我分不清对错，辨不清是非，落到现在这个下场，这世上就没有人管过我。"

张街娃这样责怪兰香，令兰香万分委屈，寸断肝肠。其实也不怪兰香，当初兰香和张街娃父亲结婚时，张街娃都十几岁的大男孩了，兰香也才二十多岁，怎么下得手管教他。后来张街娃父亲死后，张街娃也成年了，兰香就更是由着张街娃的性子，只知呵护放任，不敢严管。虽然后来与何大福成家后，何大福有时要呵斥管教张街娃几句，但张街娃这只耳朵进那只耳朵出，哪里听得进去半句。没人管得住的人，自己又不懂事，加上交往的朋友也不三不四，张街娃这辈子就此成废人一个，现在落到被判极刑，也是他的命啊。

张街娃被执行了死刑，死得孤独而冷清。安葬张街娃时，兰香请我去做的法事。张街娃被安葬在他爸的坟墓旁，因为是骨灰盒，也不占地方，就挨着他爸将他的骨灰盒埋了。我按传统仪式做了法事，让死者安静认命，让生者不再悔恨伤悲，继续坚强活着。其实从我内心来讲，我是不愿做这桩法事的，张街娃的死是坏事做尽，犯了国法，罪有应得，不配让我给他做法事。但是看在兰香请求的面子上，看在我与兰香兄妹般的感情上，我还是做了。我是为兰香好，希望兰香尽快忘掉此事，摆脱心里的阴影，驱散胸中的雾霾，迎来霞光万道，不要再为这事纠结、伤心和自责了。

也许张街娃自知理亏，也许是早已认命，他死后，再也没有为难过兰香，即使某天不慎闯进了兰香的梦里，也只是老老实实低头站在兰香面前，露出满面悔恨和悲伤，等待兰香出手打他，处罚他，再也没有责怪和为难兰香。

看到张街娃的下场，何大福有时会独自感叹，幸好当年自己进监狱蹲了那么多年，在监狱育新学校受到了教育，学习法律懂得了道理，认识了自己，重新做人。要不然继续犯浑下去，膨胀下去，老子天下第一，弄不好就和张街娃的下场一样，迟早会犯更大的事。然后何大福继续感叹，幸好成了家，幸好有兰香管束他，若不是遇到兰香，没个人来管束自己，说不定自己又会走老路，去跟社会上那帮人鬼混，迟早会出事的。

此事之后，何大福和兰香专程到成都文殊院去求了一次签，结果预示他俩今后还有一道难过的坎，为此他俩跪求大师破解办法。在得到大师的启发和指引后，何大福和兰香回蚕陵寨捐了一万元的善款，用于维修土祖庙，以祈求神灵保佑，化解今后的灾难。而且自此以后，兰香就请了皈依证，一改旧习，诚心向佛。当然不是进寺庙皈依，而是请回一尊观音在家供奉，一有空闲就念阿弥陀佛，菩萨保佑，而发廊的生意却照旧打理，生意和念佛两不误。

舅　舅

　　为编纂村志的事，余校长来找过我几次，我也上县城去过余校长家，都是有关师父何端公和老何端公的生平往事。比如什么时候开始称端公为释比，什么时候开始认定释比为非遗传承人，参加过省州县哪些重大庆典活动，《刷勒日》年代的考证，老何端公相关法器历史信息的考证等等，都是蚕陵寨村志中很有分量又很有特色的内容。而且村志还记录了吴有全的事，只作记录，不作评价。余校长最终打听到了吴有全的消息，是通过他儿子余刚打听到的，说吴有全在广州做生意，且早已成家，至于他当年的欠账还清没有，就没人知道了。

　　听到这个消息，我也很是吃惊。原来吴有全不回蚕陵寨是在外早已有家了，有家好啊，就有人管他了，否则再像年轻时那样骗人，迟早是要出事遭报应。我回家后，面对我妈一个人时，故意说起吴有全还活着，想看我妈有啥反应，结果让我失望，我妈听到这个名字，和听到其他陌生人的名字一样，没有一点异样反应。看来，"吴有全"这三个字已经彻底从她的记忆中抹去了。

　　一段时间，舅舅经常来接我妈回娘家探亲，有时一去就一两个月不回，就住舅舅家。才开始我还对舅舅的频繁到来没有一点其他想法，直到我听到一些风言风语才开始起疑心。那些风言风语像山上的野蜂一样，嗡嗡乱响，然后冷不丁地刺你一下，让你钻心一样疼痛——你舅舅在追求你妈，你舅舅与你妈本来就不是亲兄妹，你妈是你舅舅家抱养长大的。

　　这又是平地一声惊雷，让刚刚天气晴朗一点的牟家又晴天转阴，似乎正在酝酿着狂风暴雨。听到这些闲言碎语，我骑着火三轮直接就去了舅舅家，希望问明事情真相。我去时，舅舅一家人正在一起吃饭，我妈正陪着两位老人坐在饭桌上，我妈满面阳光，让人一眼就误以为她很幸福。

　　舅舅对我的到来很是吃惊，连问我几句为什么不早点打个招呼，不提前打个电话。我本来想好了要斥问舅舅的话，因见了我妈疑似幸福的表情，话到嘴边却突然说不出口了，我只好说："我接我妈回去。"舅舅说："等你妈多耍几天嘛，你也看得出来，这是她的老家，她在这里很自在。"我说："不行，她必须回去，马上就跟我走。"

　　舅舅脸上一下就充满了失望，那失落的表情，仿佛我把我妈接走，是抢了他家的宝贝一样。我妈倒无所谓，我让她回去，她就听话地去收拾东西，然后上了三轮车，准备跟我回去。不过走时，舅舅还是给我妈准备了一大包物品，我说不要，我家有，舅舅说你家是你家的，这是我的心意。

　　这之后，我就尽量不让我妈回娘家了。舅舅来过两次想接我妈走，都被我以各种理由拒绝了，我对舅舅的无礼，让木珠都有些看不明白，责怪我对长辈无礼，对舅舅态度不好。

　　舅舅第三次来接我妈时，直接就和我们牟家摊牌了。舅舅开门见山，直接就和我谈，"我不是你亲舅舅，"舅舅说，"从今往后，你叫我叔叔就行了。"我不明白原因，舅舅于是告诉了事情真相，原来我妈是舅舅家从亲戚家抱养的，舅舅和我妈没有血缘关系，舅舅和我妈从小一起长大，现在俩人都老了，能在一起生活相互都有个照应，不孤单，也好孝敬我妈的养父母。"如果你真的关心你妈，就应该让她活得高兴、幸福，让她有家庭温暖，你也是过来人了，应该没有老年人那么保守，"舅舅说，"你也看得出来，你妈每次回我家都很快乐，很高兴，她喜欢回去，回到她从小生活的地方。"

舅舅的话里有弦外之音，我听得出来，而且与我预感的一样。但我假装听不懂他的话，我知道舅舅是老单身汉，我妈也单身几年了。舅舅是希望自己身边有一个伴，但他和我妈在一起，我总觉得是让我妈在冒险，在败坏牟家的名声。

"那我也有话说，"我也直话直说，"你给我妈带来了风言风语，我们当子女的听不进那些闲言碎语，见不得别人背后指指点点，至于回不回娘家，要我妈自愿才行，不是你想接她走就能接走的。"舅舅碰了一鼻子灰，此后就很少到我家走动了，我妈也很少回她娘家了。

我妈虽然暂时不回娘家，但此事似乎并没有完，而且又发展出了另一个情节。舅舅去找我弟弟幺闷墩说话，表达他的意思，结果被幺闷墩打了一顿——真是怪事，舅舅到底对幺闷墩说了什么，竟能惹怒一向憨厚的幺闷墩出手打人？

我到县城去处理这事，舅舅被幺闷墩打得住进了医院，好在只是软组织损伤和皮外伤，躺两天输点液就什么问题都解决了。我问幺闷墩打人原因，幺闷墩憋得满脸通红，一看他的样子，就知道他受了委屈，跟他小时候在小学受委屈后出手打人的表情一模一样，不过具体受了什么委屈我搞不清楚，舅舅肯定惹怒了幺闷墩他才会发那么大的脾气，不恰当比喻一下，幺闷墩就是那种"咬人的狗不叫"，你不让他委屈，他是不会主动动手的。

舅舅到底给幺闷墩说了些什么，直到后来我才知道，原来舅舅竟说他是幺闷墩的亲生父亲，要认幺闷墩作他的儿子。

我的老天，幺闷墩难道打了自己的爸？难道舅舅真是幺闷墩的亲爸？我一直没弄明白的问题竟然由肇事者主动公布了答案，我到底该不该相信？知道存在这种可能后，我觉得我家一下就混乱起来，牟家好名声的大厦再次摇摇欲坠，失去根基，即将倾覆。

在这关头，我妈却突然头脑清醒地让我送她去舅舅家，我还以为自己听错了，我妈又重复对我说了一遍："送我到你舅舅家去。"

虽然我心里不愿意，但我从来没有这么清楚地听我妈这样命令我，而且我也从来没有违抗过我妈清醒时的话。我只有老老实实地开着三轮把我妈送回她娘家，到家时，我喊舅舅出门接我妈，舅舅走出家门，惊愕地看着我妈下车，他脸上被幺闷墩打的伤都还没有完全好。舅舅愣了那么一阵，突然眼泪就掉下来了，埋着头过来接我妈，帮着提包裹。我发现舅舅一边走一边不停地揩眼泪，我就有些可怜并理解舅舅了。

但我还是不想久留，坚决要马上离开，舅舅一定要留我吃饭，我拒绝了。我只说了一句："其他什么都不说了，你必须对我妈好一点，否则的话……"舅舅连连点头应诺。然后我跨上三轮头也不回地走了。一路上，我心里空落落的，有点伤心，似乎又有那么一点的兴奋，伤心的是我妈竟然对舅舅比对我还亲，高兴的是，我觉得我妈似乎有了归宿，似乎找到爱她的人，她这辈子身边终于有了一个能够相伴她，死心塌地爱她的男人了。

关于我妈和舅舅的秘密，我谁也不告诉，有什么风言风语，我也假装没听见。遇见幺闷墩后，我也告诉他是妈妈主动要回舅舅家的，我只是告诉幺闷墩，以后要是再受什么气，绝对不能对舅舅动手，舅舅始终是我们的长辈，对长辈动手是犯忌的，要遭雷打的。这事我甚至连木珠也隐瞒了，木珠也不怀疑。对于我妈和舅舅的关系，我是抱着睁只眼闭只眼的态度，任其自然发展。

一旦想开之后，我并没有发现有天塌下来那样大的事发生，也没有发现牟家名声的大厦倾覆，我这才发觉，现在的蚕陵寨人对这些事早已麻木了，见惯不惊了。人们一天到晚玩耍娱乐方式很多，哪有更多的时间来管这些闲事。

村　官

天虽然没塌，地又开始动了起来。有段时间，山下突然传来类似地震般的响声，轰隆隆闷响，我怀疑自己出现了幻听，为了证明不是幻听，我问远贵哥是不是也听见了这声音。远贵哥听了哈哈大笑："你连炮声都听不出来？这是山洞里放炮的声音，成都到九寨沟的铁路都开始修了，就从我们蚕陵寨旁边的山洞中通过，今后到九寨沟，到兰州都可以坐火车了。"

哦，原来是成兰铁路修到我们这儿了，我从新闻里听到过，没有想到这么快就动工修建了，厉害。原来我还觉得我们蚕陵寨山高路远，远离尘世，现在火车也开修了，村道和通信网络早通了，蚕陵寨仿佛一夜之间不再孤独，而是被绑在一个巨大的车轮上，跟着这个车轮轰隆隆地滚动着，勇往直前。

当然也有滚不动的情况。下寨村就为修铁路的事天天找县上，找修铁路的公司，说灰尘影响花椒水果蔬菜的收成，放炮影响房屋安全，建渣影响环境，工程车影响道路通畅……县上和乡上天天协调，这边按平了那边又开始，用当地话说就是"七跷八拱"的。杨斌和何小花为这事天天做工作，晓之以理，动之以情，累得个呼儿嘿哟，成效依然不明显。杨斌最后感叹，还是蚕陵寨村民纯朴，工作好做。下寨子村人都掉进钱眼眼里了，只认钱，不认人。其实大家心里都明白，修铁路要说没有影响是不可能的，但核心问题还是企业能拿多少钱来解决问题，只要钱到位了，问题就好解决。

大家访乡跑县不嫌累，而跑前累后，苦口婆心的反而是杨斌、何小花他们这批乡镇干部、村干部。上面说了，群众利益高于一切；上面又说，稳定压倒一切。干部拿了国家工资，你就得跑前忙后，你就得做好群众工作，你不做这些哪个做？责任重于泰山，农村工作不好做啊。

陈壳子都差一点去，被我劝住了。他的理由很简单，说他老婆没钱看病。其实村上和乡上已经多次给他凑过医药费了，可问题是植物人吃药无效，没法医治，全靠护理。新农合可以报销部分医疗费，但护理费没办法报销。残联每年可以补助残疾经费，轮椅什么的，但护理费无法解决，还得陈壳子自己想办法。陈壳子之所以听我的劝，还是因为我这个释比的身份不代表村干部的立场，且劝说他的那些说词，也是站在公道立场。我劝陈壳子只一句话："将心比心，其实你我这辈子真的没有给国家贡献过什么，国家现在还把我们列为传承人，给我们发传承人经费，你我还有低保、林补，不算地里的收入，你好好算一下，光'一卡通'上的钱，一年下来都有好几千块呢，而且国家还报销新农合，贫困户报销比例也高，政府对我们已经够仁义的了，哪还好意思去？"

陈壳子叹了一声说："你说的这个道理我也懂，我也不是胡搅蛮缠不讲理的人，只是看见别人去，很多问题就解决了，我不去，这些问题能解决吗？"

"你闹吗总要有道理，有政策才能解决问题，"我说，"没道理没政策啥问题解决不了。"我说这些是长期听远贵哥做工作听会的。其实我也是咸吃萝卜淡操心，别人关我什么事？只是我觉得陈壳子的目的太牵强。如果他真有道理，我都要帮他，别忘了，我年轻时也是闹过乡政府，蹲过派出所，进过学习班的。而且最主要一点，我是看不惯现在有些人太得寸进尺了。杨斌为人处世我是知道的，很讲公道，何小花更不用说了，可自从他们当了乡干部，一些老百姓总觉得他们没有帮自己说话，开始处处为难他们，说他们当上干部就变心了，胳膊肘儿往外拐了，做工作尽在维护政府，不维护群众。杨斌就不说了，何小花一个弱女子，一天到晚口水都要说干了，政策都讲透了。最怄人的是有些人油盐不进，认死理，弄得乡村干部经常受气，但即使是无理取闹，你也拿他没办法。说老实话，真的是应了杨斌的那句话，现在的乡干部是"女人当男人用，男人当牲口用"。

何小花第一次怀孕胎儿就是被气掉的。当然不是蚕陵寨的人气她，其实蚕陵寨是没人敢气她的，惹她生气的是下寨子的人。那次本来何小花头一天已经做通了村民的工作，而且与企业都达成了补偿协议，可第二天县上就打电话让何小花他们去领人，原来那些人当晚就反悔了，想提高补偿标准，又碍于答应过何小花的情面，他们便悄悄约了几个人，背着何小花第二天一大早就到县上。何小花听到这消息，人都快气炸了，昨天才做通了工作，而且答应得好好的，怎么一过夜就反悔了，这不成了屙尿变，这人还要不要讲点信用啊。

结果这么一生气，便流产了，把刘史志气得差点要去和那几家人拼命。当然后来那几家人知道何小花流产的事情后，还是很难为情的，又拐弯抹角托人来道歉，说自己不懂政策，听信别人谗言，现在知道错了，也同意企业的先前谈好的补偿标准。

荷花和九斤妹一直在县上忙，荷花知道女儿流产的事后，在县城只要一碰到下寨子的人，就给他们摆谈起这事，打脸下寨子人，说下寨子人不讲信用，弄得那几位脸面无光，此后每次上县城，那几位在街上碰见了荷花，都远远地躲着她。这人一旦失了信用，那就是自己扇自己的耳光，自己扫自己的颜面，当然，个别死猪不怕开水烫的除外。

木珠有时都会挤兑我："你这人怎么越来越像个村干部了呢？讲些话尽偏心乡上、村上，自己家里的事反而不操心。"我能说什么呢？难道我说自从我把村图书室的书读完后，我更懂政策了，更明白道理了，更知书识礼了，更不像个农民了？不能这样说啊，那不成了"老太婆戴刺犁花——人家不夸自己夸"了。但是说句老实公道话，国家的惠民政策对我们少数民族地区真的是政策优，投入大，措施实。那次到县上参加释比技术展演大会时，马书记在会上就通过给我们摆事实，讲道理，一下就让我们头脑清醒了。通过马书记的讲话，我才知道马书记的父亲是一名老红军，而且马书记还讲当年他父亲跟随红军过草地时，说红军大领导曾经表过态，说吃了当地老百姓的粮，割了老百姓的青稞，拉了老百姓的牛马，对不起当地老百姓，今后革命成功了一定要好好补偿一下这方养育过红军的土地。马书记讲到动情时发出长声感慨："你们没有去过内地农村，国家补助哪有我们民族地区高，优惠政策哪有我们这里多，要珍惜国家的大好政策啊，现在虽然提出城市反哺农村，但国家财政也不是钱多得花不完，国家还要搞那么大的建设，投入那么多的基础设施，能拿出这么多钱来扶持我们民族地区，来扶贫，国家财政也不容易啊，我们自己县自己财力有限，更拿不出钱，全靠国家财政转移交付才能保工资，保运转。"

　　用老百姓的话来说，虽然马书记讲的这些都是大话官话，但大话官话不代表就是假话，大话官话并非就不是老实话。

　　除了读书使我进步，我还有了更大的进步，我竟然学会了使用手机微信。是光琴教会我的，同时也教会了木珠。光琴假期回来说，老师让我们家长加入班主任设立的手机家长微信群，要求至少要有一名家长加入，今后有什么事好在微信里通知联系。我先让木珠加，木珠说我在挖苦她，说我知道她认不了几个字，故意为难她。这一下我就没有办法了，于是我不得不在光琴手把手的教学下，笨手笨脚学着上微信，花了半天工夫终于学会使用微信的语音文字输入，学会了使用微信的基本功能。而且我还给自己的微信号改了个好听的名字，叫作尔玛释比。

失　踪

　　微信没上两天，微信亲友群里就传来了坏消息。是三婶寻找三爸的消息，三婶到处打听近几天有没有人见过三爸，说已经三天不见三爸的人影子，不知三爸跑哪里去了，走哪里死哪里也不打个招呼，这么一个大活人，生不见人，死不见尸的，如果再没有三爸的消息就只有报警了。

　　大爸、二爸以及远贵和我立即就忙起来，我们租了辆车赶到都江堰，帮三婶找人。三爸一个大活人，活得好端端的，怎么说不见就不见，说没有就没有了呢？难道他在给我们玩躲猫猫，玩人间蒸发游戏？

　　三婶见到我们立即就眼泪汪汪，一把鼻涕一把泪的。这几年来，她跟三爸没有少吵过架、拌过嘴，现在她和三爸退休没几年，关系刚有所改善，突然间三爸的失踪让她连吵架的对象都没有了，这让三婶如坠冰窟，倍感孤独，一提到三爸，心里就空落落的，看她那伤心样，还是对三爸很上心，很在意的。

　　三爸失踪最后还是报了案，当地警方全力出击，上级领导也高度重视，批示一定要找到人。除警察外当地还动员了几百民兵进山搜寻，也不见三爸半点踪影。从三爸失踪前最后的天网录像看，三爸失踪前上了一辆短途车，中途下车进山后再也没有了消息，手机定位也只显示曾经开过一次机。反正几百民兵进山，前前后后搜索了近一个月，把周围几十座大山搜了个遍，却依然不见三爸的半点影踪。卫东、卫红也坐飞机赶回来寻找父亲，可他们除了寄希望于警方，也没有更好的办法。

就这样，我们牟家最值得夸耀的三爸，一辈子忙忙碌碌连培养一点业余爱好都没时间的三爸，就这样流星一样划过天空，消失在大山深处，消失在未知世界。这人的命啊，真是说不清道不明，按理说，三爸忙了一辈子，累了一辈子，到了安享幸福晚年的好时光，子女都成家了，两口子退休费也用不完，成都、都江堰都有房子，他每天都在暴走健身，一切都显露出三爸有一个霞光满天的晚年，有一个幸福美满的家庭，他一个大活人怎么说消失就消失，说蒸发就蒸发，说没有就没有了呢？

我真心希望三爸还活着，甚至希望在梦中梦到三爸，希望三爸托梦让我知道事情的真相，但梦不是想做就能做的，想托就能托的，我虽然做梦，但我怎么也梦不到三爸，或者说三爸根本就不愿意走进我的梦里。

回蚕陵寨后，我们给亲戚邻居都打过招呼，让大家对我奶奶隐瞒此事，毕竟奶奶已近九十高龄，经不起这个不幸消息的风吹雨打。这辈子她最喜欢的儿子是三爸，最争气的儿子也是三爸，拿钱孝敬她最多的也是三爸，如果她知道三爸失踪的事，她可能连怪罪那个久远诅咒的机会都会失去，因为她不可能禁得住这次打击。我们跟卫东卫红和三婶提起这事，卫东卫红和三婶都统一口径要瞒着奶奶。毕竟奶奶已风烛残年，若三爸失踪的消息透露给她，必将是吹熄她生命之烛的最后一口气。

　　奶奶有一天突然问大爸，说老三很久都没有回蚕陵寨了。大爸就编故事，说："你老三被卫红接到北京去住了，北京很远很远，回蚕陵寨都要坐几天的车，走很远的路，老三在帮卫红照看小孩，很忙，暂时回不来。"然后将卫东卫红事先准备好的一些零用钱塞到奶奶手中，告诉她是老三给她寄的零用钱。奶奶拿着钱，也不用，拿个布帕子包着，她一直在攒钱，攒她过世后的葬礼钱。她甚至已经为今后每位抬棺材的、下葬的、开路的都准备好了红包，希望死后这些红包能帮助她安安稳稳、顺顺利利地到达另一个世界。

　　有时，奶奶甚至会抱怨自己活得太久，埋怨自己怎么这么老了还不死。大爸听到她的抱怨就骂她："别人想多活几年却活不到，你倒好，活得不耐烦了。"奶奶说："人老了，糊涂无用了，啥子事都做不了，还活着干什么?"大爸说："你好好活着，要活到一百岁，我们蚕陵寨还没出过一个百岁老人呢，活到一百岁国家都要免费供养你。"奶奶继续抱怨："活那么久干什么，鼻流口水的，丢人现世嗦。"

　　奶奶虽然无啥大病，可她活着的目的却是在等待死亡。

半山云朵

卫红突然来蚕陵寨了，由何小花陪同，考察蚕陵寨旅游资源。卫红老家在蚕陵寨，但她却从来没有来过寨子。三爸失踪后，卫红回来寻找三爸的这段时间，与何小花意外摆谈起蚕陵寨的旅游开发。卫红被何小花想搞民宿的想法所吸引，反正她正好有一大笔储蓄，还有一帮有钱朋友，都想找好的投资项目，于是决定到蚕陵寨看看。

我和远贵哥热情接待了卫红，还带她看望了奶奶、大爸和二爸，也看望了我妈。奶奶见了卫红亲热得不得了，把卫红端详了一遍又一遍，一会儿给卫红拿苹果，一会儿又塞核桃，一会儿又给卫红抓瓜子，还一个劲地劝卫红吃，吃。幺阿墩不在家，我带卫红认识了弟妹阿满，又认识了木珠，木珠和阿满对卫红也特别亲热，有这么一位多年不见的大姐，已经是北京人的大姐，整个牟家人都觉得沾上了幸福的荣光，而且听说卫红家住的四合院值几千万上亿元，都吓得直伸舌头，就是把全蚕陵寨的房子加起来，也值不了那么多钱啊，那房子难道是金砖银瓦的？

卫红看了蚕陵寨的环境后，感到非常满意，"想不到蚕陵寨的环境这么优美，空气这么新鲜，地势这么超凡脱俗，天这么蓝、云这么白，跟欧洲很多民宿山庄的环境有得一比。"卫红是见过大世面的，她说跟欧洲有些地方有得一比，那肯定是有得一比了。"我觉得，"卫红说，"蚕陵寨水电路通信等基础设施都已具备，离成都又这么近，搞高端民宿前景会很不错。"何小花说以前也有过这种想法，但没人来投资。卫红说："那是他们没眼光，他们怎么能看到蚕陵寨的卖点？说实话，蚕陵寨的卖点还是很多的，只是你们自己看不见。对于大城市人来说，你们这里的阳光、空气、净水、星空、峡谷、森林、雪山、草地、云海、民俗、建筑等等都是别处不具备的稀缺资源，都是不错的卖点，加上特有的传统民族文化，再营造一些野性、一些浪漫、一些神秘，走高端化民宿路子肯定有前途，我回去后找个设计师来好好设计一下，再约几个朋友来看一下，合适就在这里搞众筹，投资民宿。"

卫红果然说到做到，她才带了几批朋友上蚕陵寨考察，就敲定了通过众筹方式投资蚕陵寨民宿旅游。此前我们还不懂众筹的意思，经卫红解释，原来就是合伙做生意，钱多多筹，钱少少筹，合伙做生意名称太土，改称众筹后，这做生意的事就高端大气了。民宿搞起来后，既可对外营业，股东们又可节假日自住，投资消费和娱乐享受两不误。城里人做生意的鬼点子真多，城里人的脑袋真是够用。何小花开始还为卫红他们的客源操心，卫红却说一点也不操心客源，因为她带来的那几位朋友，都是粉丝上万的大 V，微信群好友上千的群主，光是这些资源已经足以满足蚕陵寨近几年的客源。

蚕陵寨民宿旅游正式启动了。卫红以租赁方式租了蚕陵寨二十多套已经没人居住的老房子，然后按设计师的统一设计进行内外装饰装修。本着既保持原始风貌，又要具备较高档次的硬件要求，设计师和工匠们将蚕陵寨的石头房子进行了精心设计和包装，对每一件器物、每一个摆件、每个饰品都经过精心设计，确保从任何一个角度拍摄，都能自成一景；从任何一处取景，都能拍出一幅不错的相片。县上也高度重视此事，李玟副县长为此三天两头带领旅游等部门前来指导协助，并切实解决了水电、通信增量扩容和污水处理、环评等实际问题。经过县乡村和卫红他们的一致努力，短短不到一年时间，蚕陵寨既古色古香又面貌一新的传统民宿便打造好了，还取了个好听的名字，叫半山云朵。

半山云朵试营业期间，把省内外主要的新闻媒体和艺术院校的专家教授、省内外著名作家都请来试住，得到了他们的高度称赞，有人把它称为仙居会所，有人把它称作世外桃源，有人把它称作观星胜地。最让游客们惊奇的是民宿建有一个无边恒温泳池。人泡在泳池里，头顶蓝天，远观雪山，身傍游云，转眼就能俯瞰大峡谷，再加之周围的原始森林、草地、云朵和花圃，人在水中，水在天边，水天一色，自然天成，天然绝美。白天是蓝天白云艳阳，夜晚或皓月当空，或月亏似镰，或繁星满天，或银河奔流……二十多间民宿都开了全景天窗，每间民宿都可以躺在床上看月亮，数星星。加上设计的独具匠心，让游客无论站在什么角度拍摄，无论是远景近景小景，都能拍出一幅幅自然天成的美图。加之前几批入住的大多是城市白领、艺术家、作家、文青、高知、情侣……有他们在网络圈子宣传和炫耀，半山云朵开业不久就成了远近闻名的网红民宿。网上传闻，人生一世怎么也应该来体会一下半山云朵的独有情怀，体验那种人在天上游，身在云中浮，梦在星空飞的超然感觉。后来还与周边城市的几家大型婚庆公司达成了长期合作协议，在此住宿的准新人们，随手乱拍都是绝美自然的婚纱照。这样一宣传，一造势，网上订房的人往往要排十天半月的队才能预订上，遇到节假日，提前一个月都不一定能订上房，简直就叫一房难求。

虽然房间有点小贵，但对于特定消费人群，这才叫消费，这才叫享受，这才叫情怀。

半山云朵的经营模式极大地刺激了蚕陵寨。蚕陵寨先前搞旅游的那几家人也开始学着半山云朵的做法，模仿装修，准备接待游客。但卫红他们与旅游部门及时制止了他们的无序行为，卫红与村上早就商量好，凡加入半山云朵品牌的，必需按卫红他们的统一要求进行标准化包装，否则就有可能坏掉这个品牌。村上搞旅游的那几家以前也上过当，知道品牌包装的重要性，吃过无序竞争的亏，最后与卫红他们谈好了，以半山云朵——蚕陵寨为连锁品牌，由卫红他们公司统一租赁管理，然后返聘房主规范经营，通过这种方式解决了蚕陵寨此前旅游投入较大的那几家的现实问题，这样既可扩大规模，又可杜绝无序竞争。从此后，蚕陵寨说了这么多年的旅游业终于热闹起来，红火起来。

旅游搞起来后，我家跟着沾光。木珠在半山云朵找到了事做，在餐厅厨房打杂、帮厨。蚕陵寨和下寨子的一些高中毕业生或职校毕业生、大专生也有应聘到半山云朵当服务生的。卫红经常请我去表演释比技艺，主要是应客人之邀搞表演，当然不是天天演，得根据客人的爱好和要求，定单演出。比如爱好摄影和民俗的就想看我们的表演，教授专家和高知们也喜欢我们的演出。这时，我们蚕陵寨几乎家家都是演员了。我当仁不让表演释比技艺，王二娃表演咂酒酿造，陈壳子演说民间故事，大爸二爸他们没什么技艺，就穿一身羌装表演服饰，阿满的两个双胞胎兄妹也成了全天候的民族娃娃，小模特儿，他俩还不满四岁，穿上民族儿童服饰，就是憨态可掬的民族娃娃，特可爱特上镜，用网上的话就叫萌。那些爱自拍的客人，见了他俩就拍个不停，很多还要求合影，特受欢迎。为此，卫红和阿满商量好，由阿满带着她的双胞胎儿女到半山云朵打工，旺季每月二千元包午餐，任务就是配合客人拍照，展示民族服饰。

幺闷墩听了，都想回村里打工了。卫红没让他回来，毕竟县城景区的游客要多得多，收入要稳定得多，幺闷墩应该在那个更大舞台上表演。半山云朵还处于创业阶段，客源小众，演出这块不是主业，主业还在经营民宿上。

世上有些事真叫福无双至，祸不单行。半山云朵刚红火起来不到一年，蚕陵寨的旅游刚有了点起色，可天灾偏偏就要和蚕陵寨作对。这次天灾是公路塌方，在离蚕陵寨几公里一个名叫实大关的地方，发生了山体高位塌方，从山顶滚落而下的几十块巨石砸坏了去九寨沟和大草原的十多辆轿车、客车，还砸死了几名游客，甚至一名进藏援建的内地医院的院长也因此殒命，实在遗憾。这次塌方影响是全国性的，随着山体的险情排查和道路的封闭整治，交通部门对公路进行临时管制，限时通行。游客受此惊吓，都不敢来了，半山云朵刚刚有了点起色，为安全起见，不得不暂停营业。

好在卫红和他们的那些众筹朋友并不靠这个生活，众筹民宿反正是远景投资与休闲兼顾，暂停就暂停吧，天灾是没办法的事，怪谁呢？要怪就怪老天爷，但老天爷是你敢责怪的吗？不过卫红还是到蚕陵寨的老庙子烧了香，敬了菩萨，捐了功德，祈求山神和财神保佑，以求得心理上的安慰。卫红还问我敬不敬天神木比塔，我说不用了，木比塔从来就不保佑升官发财这些事。

协　会

　　民宿旅游暂停并没有影响蚕陵寨多大的经济收入，蚕陵寨的主要收入还得靠土地，靠李子、花椒、蔬菜丰收。

　　这几年，各地都在成立协会、合作社，听说沟口乡的花椒协会办得好，"六月红"花椒不仅进入了大超市，还出口国外，甚至打入了法国香水市场。远贵哥也去参观学习了，回来后立即就成立了蚕陵寨李子协会，远贵哥被推选为协会主席。总结近年来蚕陵寨稳定收入来源，除了花椒收入稳定不怎么掉价外，能卖上好价钱的就数李子。

　　大量引种李子是远贵哥当上村主任后的事，品种主要是青脆李和红脆李。才开始推广种植时，没有几家愿意种，害怕像当年的苹果一样，烂市后卖不上价。但自从三年前远贵哥所种植的青脆李和红脆李都卖上好价钱后，蚕陵寨人看到了李子市场价好，不等远贵哥动员，都自觉地砍苹果树种李子了。远贵哥卖得最好的批发价是青脆李六元一斤，红脆李八元一斤，成都重庆来的贩子开着货车，守在地边收。那年远贵哥光李子一项，收入就二十多万，这样的好价钱，再次带动起全寨人大量种植李子。蚕陵寨李子能卖出好价主要有三个原因，一个是口味好，果脆；二个是打了时间差，正好错过全省李子销售旺季；三是打药少，正在申报有机水果品牌。

连老杨书记农忙季节都不在城里待了，而是赶回蚕陵寨护理他的李子。村里有几户以前跟着杨斌常年外出打工的，现在也回来了，说没有技术打工越来越困难，外面开销又大，不如回家投资李子种植。而且县上还组织各乡农副产品外出展销，其中李子又获国家食品博览会金奖。短短几年时间，李子就超过花椒，成了蚕陵寨的主要经济来源。

李子收入起来后，李玟副县长就忙着蚕陵寨贫困村脱贫验收摘帽事项，三天两头带着单位和乡干部到蚕陵寨突击指导工作，给贫困户建档立卷，完善软件资料，把杨斌、何小花、远贵哥和王勇等一天到晚忙得团团转。特别是有时上面今天要这样安排，明天又要那样安排，软件今天要这样做，明天要那样改，屁大点事都要全程留痕，要有图文或音视频佐证，弄得贫困户怨声载道，极不耐烦。陈壳子就多次向远贵哥抱怨："早晓得当贫困户有这么麻烦，我就不当这个贫困户了。"远贵哥反驳他："陈大爷，你就担待一点嘛，人家没当上贫困户的意见大得很呢，说风凉话你又不是没有听见，昨天还有人向我抱怨，说什么'好吃懒做国家补助，勤劳勇敢国家不管'，国家怎么不管了？水电路通信基础设施几百上千万，哪样不是国家投入？林补粮补各种补助哪一样老百姓没有享受？国家补助和投入力度这么大，有些人还不知足，贪心不足蛇吞象啊。"

陈壳子说："我不是那种人哈，明天你们取脱我的贫困户帽子都可以，反正这个贫困户当起来麻烦，你们今天喊我这样说，明天又教我那样说，弄得我都不知道该咋个说话了。"远贵哥说：

"我当然知道你不是那种人，所以才敢跟你说这些，现在正处在脱贫困攻坚关键阶段，国家的投入不容易啊，干部天天下村也不容易，就差给贫困户刷锅洗碗冲厕所了，贫困户如果都还有意见，那就实在是没有摸着良心说话了。"

陈壳子说："我不是说有意见，就是嫌太麻烦。"

远贵哥说："我们比你们还麻烦都不嫌，你们反而倒打一耙嫌麻烦，你以为贫困户那么好当？国家的钱那么容易哄到手？国家补助只是暂时的，长远看还得实实在在搞好生产才是正事。"

远贵哥之所以当着陈壳子说这些话，是知道陈壳子这个"民间广播电台"有着极大的宣传示范作用，只要能做通陈壳子的工作，陈壳子就会义务去给你宣传，村上就他这么几个能说会道的，他们的嘴巴就代表着村民的嘴巴，他们观念的转变直接关系到其他贫困户观念的转变，远贵哥当了这么几年村干部，这条经验还是摸索出来了。

我家也种了一些李子，不多，两亩地不到，近几年卖价还可以。其实地里的事还算不忙的，我家新近又增添了另一件事才是让我忙前跑后，那就是每天接送光明到中心校读书。"现在娃娃读个书怎么这么麻烦，"我抱怨，"哪像我们小时候都是自己走去读书，上学放学哪个管你？"木珠反对我说："以前怎么能跟现在比，以前路上哪有这么多车，哪有这么多危险，现在家家都买车买三轮，都在接送娃娃，我家不去接送，班主任都不敢让光明自己回来，出了安全问题哪个负责？"

道理也是，以前我们都在村小读书，现在生源少了，为提高教学质量，学生都集中到中心校读，一二年级学生小，学校要求家长接送，三四年级大一点之后，就可以不接送了。光明今年才读一年级，我得接送他两年。幸好我家还有辆农用三轮，接送光明时三轮一蹬，方便多了，当然有事忙不过来时，我和其他几位家长也相互帮着接送，不过，安全问题我们是小心了又小心。

以前我还嫌自己家穷，挣不到钱，可在不知不觉中，我家的日子慢慢就越来越好过了，而且我家又换了一台大的液晶彩电，65寸的。不过现在家家都有大彩电了，彩电再大也不稀奇，已成普通家电用品，不值得炫耀。十几年前两千多买的旧彩电换下来，效果还好好的，收废品的只给几十元，都懒得卖了，丢在杂物房里接灰。村里条件好的，很多家里都买了汽车，条件差点也买有面包车。木珠动员我去考驾照，说考上了我们家今后也买辆面包车。我推托了几次，不是我不想开车，而是我听说驾照难考，我一个释比，这把年龄了还要低三下四到驾校学驾驶，考驾照，面子上实在有点挂不住。木珠埋怨我："你一个男人家不去学车，难道让我一个跛脚爪手的女人去学？我要是好手好脚的，我早去学了，还懒得给你说这么多空话，费这么多口水。"

我家虽然有了很大的变化，但没有想到的是，弟弟么闷墩家的变化那才真叫天翻地覆，那种变化让我都心生嫉妒，自愧不如。

城里买房

幺闷墩竟然在县城买房了，对于我来说，简直是惊炸天的消息。

这几年高半山农户到城里买房置地的越来越多，已渐成风气。总结历史规律，只有乱世时高半山的房子才值钱，人们才愿意往高半山躲避。现在国泰民安，正逢盛世，人们不再需要躲避什么，城里什么条件都好，只要经济允许，谁不愿意往城里搬？

幺闷墩买的是城边农村旧房，是老旧的三开间砖木房，外加一块半亩大的自留地，总共花了二十多万。幺闷墩怎么会有这么多钱呢？我想不明白，问幺闷墩后才知道，他竟然在卖曲谱，就是他那些无意间吹出的羌笛曲谱，有音乐学院的专家教授专程来收录，前前后后收了几十首，付给幺闷墩好几万元。再加上幺闷墩两口子"一卡通"国家补助和地里的收入，此前在民宿打工的工钱，还有在亲戚处借一些，我也借给他一万元，他又去信用社贷了几万元款，就凑足钱把房子买了。之后，把房子维修加固一下，粉刷一新，房子就像模像样了。

从买房这件事上我已经看出来，多年来我一直小瞧幺闷墩了。我没有想到，幺闷墩在不知不觉中，竟然有这么大的魄力，竟然敢在县城买房置业。当然我也知道，幺闷墩敢下这样的决心，还得阿满点头才行，或者就是阿满的决策才让幺闷墩敢下这么大的决心，出手这么大的动作。后来木珠告诉了我真相，的确，在县城买房的主意是阿满出的，阿满定的，阿满定了的事，幺闷墩是绝对服从，全面贯彻的。问阿满为什么要到县城买房，阿满给木珠比划，都是为了让她那对双胞胎娃娃能在县城读幼儿园，读小学中学。而且幺闷墩还给阿满找到一个好差事，就是在羌城里弹口弦，绣羌绣，给游客作活态传统民族文化展示，每天管一顿饭，有五十元收入。这样阿满就带着她的双胞胎儿女到县城上幼儿园，当城里人去了。

没有比较就没有伤害。自从幺闷墩买房后，木珠三天两头埋怨我，说我连弟弟幺闷墩都不如。人家幺闷墩看起来憨痴痴的，可心里精明着呢，腔不开气不出，尽干大事情。两个人竟然都在县城找到了工作，还买了房子，娃娃也弄到县城读书了，一点也看不出来，幺闷墩竟然还有这么大的魄力，这么大的本事。

这让我说什么好呢，我当然希望幺闷墩能过上更美满更幸福的日子。至于我和木珠的日子，我还是很知足的，虽然和条件好的家庭比，我家还穷，但和以前的日子比，不愁吃不愁穿的，电视也换那么大的了，天天都有肉吃，日子好过多了。唯一不满足的一点，就是总觉得钱不够用。特别是节假日，遇到亲戚朋友婚丧嫁娶的礼钱，逢年过节待客等花销，一年要开支好几万元。光琴高中毕业又考上了大学，一年又得多花一两万，抚养光明花钱也不少。我家一年的总收入李子花椒加上国家补助再加上传承人经费等等，全部加起来也就刚够应付这些支出。当然不敢和幺闷墩比，更没能力到县城买房置业。

虽然自我感觉穷，但是比起此前又累又苦的日子，我还是心满意足。至少我现在有电视看，有手机用，有三轮开，香肠腊肉也吃不完，国家对我们传承人也非常重视，而且我们一家人都身体健康，连我妈都不再犯病，反正这样的日子我是满足的。虽然我家还买不起汽车，没钱到县城购房置业，但对于我们这样的高半山普通百姓，没病没痛，住房新建，吃穿不愁，一般的家用电器都买得起，情来礼往也能应付，还能得到国家的一些补贴，有个病痛新农合又能报销一部分，这样的日子该知足了。

我也曾翻遍历史书，又有哪朝哪代的农民有现在这么轻松，这么富裕呢？我这么想是不是也太不求上进，太容易满足了？当年那股一心想挣大钱发大财的干劲哪儿去了？当我产生这种想法，我马上打销了这种念头，不，这不是你的人生目标，你是一名释比，你该干好一名释比该干的事，我反驳和安慰自己。

《蚕陵寨志》

　　《蚕陵寨志》即将付梓，印刷前，余校长让我帮着再看看，校对校对。

　　余校长编纂的村志有点拉拉杂杂，记流水账一样。他把蚕陵寨总共有多少台汽车、摩托车，有多少台电视、电脑，有多少洗衣机、手机，有多少农用三轮等等统统写进村志。结果到县史志办找老师指导，老师告诉他说写这些东西意义不大，现在全县绝大部分家庭都已经普及了这些家电消费品，今后的家电消费品只会越来越多，越来越便宜，更新换代也快，这些普及了的东西，家家户户都有，写入村志没啥历史意义。但余校长坚持认为还是写进去好，毕竟对于蚕陵寨来说，这些东西曾经是非常重要和贵重的，能反映出蚕陵寨的变化和生活水平的提高，虽然现在不值钱了，但也是蚕陵寨发展的一段记忆和缩影。

　　我校对蚕陵寨村志时，突然觉得在志书大事记里记载的一个事件应该和我们牟家被诅咒有关。奶奶不是经常说牟家遭到过诅咒，具体什么原因她也说不清，这个诅咒应该很古老了。我从大事记中发现，一百多年前牟家曾经与邻村荀家发生过一次大的家族械斗，起因是荀家朝里有人，想借铲烟之名，来打压牟家。结果事态闹大了，成了双方各聚集上百人的真刀真枪的械斗，最后两边都互有死伤，苟家死得多一些。在攻打蚕陵寨时，苟家被蚕陵寨坚固的堡垒和迷宫般的巷道绕晕，遭到伏击，死伤惨重。后来，在牟家的带领下，蚕陵寨一路反攻，把苟家打得丢盔弃甲，苟家从此家道败落，一部分土地还被牟家占了去。自此苟家就和牟家成了世仇。

这些都是1933年叠溪大地震之前的事，后来叠溪大地震发生后，大部分村寨都遭到了重创，有几个村寨还遭到毁灭性掩埋。苟家所在的村寨地处断裂带上，遇上山体崩塌，更是遭到灭顶之灾，能够从地震逃生的苟家人更是寥寥无几。蚕陵寨离震中有十多公里远，加之寨子坚固，没处在主断裂带上，躲过了这次灭顶之灾。

除了这次械斗所积世仇，从大事记的记载中再也没有见过牟家与谁有过深仇大恨了。奶奶所说的那个诅咒，应该是源于这次械斗，源自苟家残存后人的仇恨。毕竟双方在械斗中死伤了那么多人，这段深仇大恨岂是一个诅咒能够抵消的。虽然地震让这段世仇不再延续，但只要苟家还有人在，诅咒就不会停歇。

当然，牟家肯定也对苟家下过诅咒，而且更为灵验，要不然苟家的下场怎会这么惨？所受天谴和报应会那么准、那么灵？当然这些都是我的推测，推测如果准确合理，也会符合历史事实。这个推测我对谁也没说，我希望忘记自己这个推测，毕竟现在苟家人已经没几个记得这段历史了。况且大家都经历过三次大地震，能够在大地震中幸存下来的，已经是不幸中的万幸，与那些遭灭顶之灾的村寨相比，还有什么深仇永难忘记？还有什么大恨会变成死结，永远解不开？

对于这些世仇和积怨，我觉得应该向前看，往好处设想，而不是朝后观，开历史倒车。就此事我和余校长讨论过，余校长在村志中对这段历史的记录也只有短短的几段话，余校长说："这是志书，对历史事件只作记录，不作评价，后人自有公断。"虽然余校长不对历史事件作评价，他儿子余刚却很想听我们对现实中的高半山农村的发展谈想法、作评价。

脱　贫

　　蚕陵寨脱贫攻坚验收前，已经升职为省政府副厅级领导的余刚亲自率领省上的一个工作组到蚕陵寨调研。我和陈壳子等贫困户自然都成了调研对象。在看了我家、陈壳子家等贫困户的家庭情况，了解家庭收入后，余刚总体感觉还是满意的，只是对蚕陵寨的软件资料提出了一些建议意见。

　　当晚李玟副县长安排旅游部门让半山云朵值班人员恢复营业，让余刚他们调研组一行感受一下半山云朵民宿的独特魅力。其实值班人员就是木珠，木珠还是请了几个帮手，提前忙了一天，终于让半山云朵餐厅和住宿临时恢复营业，接待了余刚一行。

　　余刚一行都是遍游世界，见过大世面的，余刚通过对半山云朵经营状况的调研，发出感慨，说半山云朵起点高、定位准、特色新、管理规范，跟沿海和欧洲一些高端民宿都有得一比，还说我们村重视新乡贤，引进卫红及其合伙人进行成功投资，为民族地区高半山旅游业找到了一个突破点，为今后乡村振兴提供了一个把"绿水青山、空气阳光、蓝天白云、寂静星空"资源变资本的"无中生有"的范本，在高半山条件具备的地方值得借鉴推广。当然余刚也提了一些建议，比如怎样提高当地服务人员水平，怎样带动村民致富，怎样加强环境保护，怎么开拓更大的市场等等。最后余刚表态，让李玟与州县交通部门联系，修路期间对乡村旅游车辆要网开一面，确保通行，不能让刚有点起色的乡村民宿旅游受交通管制影响。

余刚虽然是省上领导，回到家乡还是很谦虚的。晚上我私人请他喝酒，为他开了一坛咂酒，有这么多亲人敬酒，余刚还是破例端了酒杯。酒喝得差不多了，余刚三句话不离工作，他说此前他说了那么多，其实最想听的还是我们贫困户的真心话，想听听我们对脱贫攻坚的真正想法。

我说什么好呢，国家什么都为我们设计好了，大包大揽想周全了，这本来是好事，如果蚕陵寨是一般的寨子，没有特色的寨子，那就很好。可正因为蚕陵寨比其他寨子多了许多历史的沉淀，文化的厚重，更多的民族特色，所以在建设发展中怎样保护又成了最大的问题，特别是传统文化这一块。

我说："按我现在想法怎么说呢，反正精准扶贫和脱贫攻坚政策都很好，干部也努力，措施准、力度大，为贫困户脱贫起到了助推作用。但还是有一些遗憾，所有这些其实都是站在国家的角度为我们村设计好、安排好了的，其实没人知道我们自己在想什么。"

"那你说给我听听，你们自己到底在想什么？"余刚对我的说法很感兴趣。"你想听我就说，说错了你不要怪我。"我说。"咋敢怪你呢，兼听则明嘛。"余刚宽慰我。于是我告诉余刚："我说说我个人的想法，其实我们寨子的人想法还是很多，很复杂的，一部分人一有条件就想方设法搬到城里去，像你们城市人那样，过上城市生活，娃娃读书能进好学校，老年人有个病痛离医院近。像我们这个年龄段的人，去不了城里的，就希望蚕陵寨在传统文化保护上还要加大力度。你看，自从村上有电视、有网络后，村上集体活动越来越少，想搞些传统民俗活动，人都组织不齐，再这样下去，几千年来的传统文化活动会就此中断，蚕陵寨也将会跟县城周边的村子一样，失去自己的特色，今后要想找一个传统文化生态保留较好的村寨，都很难找了。"

余刚说："你说得好，我听着，你继续说。"

我说："我跟远贵哥都有这种想法，现在什么事什么项目都由上面统一安排，村上只能被动执行，想自己搞一些项目，改变一些搞法，自主权太小，再这样下去，村上会越来越没有主动性的。今后养成什么都听上面安排，什么都被动接受，自己不动脑筋，拿来主义，最后的结果，什么建设都规范成一种标准模式，寨子就会失去自我，传统特色文化生态一旦改变，蚕陵寨将不再是蚕陵寨……"我还想继续说下去，县上陪同余刚的领导使劲给我递眼色，暗示我不要再说了。

我见余刚听得一脸严肃，我便停下话题，又说了村上其他反响好的话，这才让余刚不那么严肃。余刚最后的感叹是此次调研收获很大，他回去要向省领导专题汇报，民族地区高半山无论是产业还是传统文化生态都有自己的特殊性，今后全省统一实施的项目，还是要因村施策，尽量兼顾这种特殊性，加大"放管服"力度，最大限度调动村一级积极性。

我敢这样说，是经过了脑袋，深思熟虑了的。我一直在思考，如果我们这一代再不为寨子的前途和命运思考、操心，做一点具体的事，我们的下一代也许就不用考虑这个问题了，或者根本不需要考虑这个问题了。因为下一代又有多少人会继续留在高半山？多半都搬到镇上、公路沿线和城里去了，变成了城镇人。对于农村高半山，没有了人气，就等于什么都没有了，今后谁还回得去？也许大部分人永远都回不去了。少数人也许还会坚守，不管是文化，还是产业，还是生活方式。但这种坚守又能坚守多久？几千年形成的传统村落文化、传统文化生态，没有了人气，还怎么传承保护？

不说远了，就从我们身边说起，大家不都在想方设法离开蚕陵寨，离开高半山吗？连幺闷墩都离开了，还有谁不想离开？木珠三天两头旁敲侧击我，说光明今后还是要送县城读书，如果在县城买了房，今后就可以转户口，不用托人找关系，直接就可以在县城读书了。我也打听过县城的房价，一套三居室房子最少也要三十多万，以我一年的收入，收入好时，一年节余不了一两万，收入差时，到年底就没余钱了，哪敢奢望到县城买房。

木珠说："再没钱，迟早还是要买的，现在房价涨那么凶，迟买不如早买。你以为今后光琴、光明还跟我们一样，会在高半山待一辈子？看这形势，今后高半山是留不住人的。"

木珠的话没错，是啊，今后光琴他们这批年轻人长大后，绝大部分都会读书考大学，离开蚕陵寨，甚至离开茂州城，到时候蚕陵寨还能留得住几个年轻人？肯定只有少数地里收入好的，在山上有产业的能留下来。年轻人走了，老的迟早都会跟着走的，到那时我们怎么办？还不是得想办法在县城找个落脚点，管他好孬总得弄个窝窝。

"好吧，"我说，"从现在我就开始留意，看县城有没有合适的房子，有，我们就是贷款借钱也要买一套。"下了这个决心后，我觉得不是我而是那个叫闷墩的人又有了崇高的理想，又有了新的奋斗目标。我本来已经什么事都想通了，不想再为世俗和金钱操心了。但形势所迫，从今往后，我必须从脱俗回到现实，不得不继续努力，为想方设法在县城买房的远大抱负和理想而奋斗。

幺闷墩和阿满也在帮我打听县城卖房卖地消息，问到一处，是城边农户的宅基地，三分地不到，喊价二十万，讲价到十八万，而且要现钱一次性付清。我跟木珠商量，如果宽限我们四五年，一年付三四万，我们还敢下手买，但要一次性付清，我们确实没有钱，买不起，现在就是你让我到处去借，也不一定能借这么多，虽然亲戚朋友中也有有钱人，但借钱难，还钱更难，这个道理我懂。

还是慢慢看看再说，说不定有更便宜的、合适的，不一次性付款的。我这样想，弟弟幺闷墩听了我的想法后，说不，坚决地否定了我的看法。

远贵哥也在县城买房了，给他的儿子买的婚房，花了三十多万，加装修下来接近五十万，远贵哥和大婶拿出了二十万，他儿子光远自己在银行贷了二十万。光远在县城中职校读完"九加三"后，考上了乡农技员，耍的女友也是乡上的，俩人当然就得在县城安家。现在乡镇事业人员收入也不高，要买房还得靠父母垫首付，自己公积金贷款才行。

理想很美好，现实很残酷。我一个刚刚达到脱贫标准的农户竟然有这么大的奢望，我敢跟余刚说吗？余刚敢写进他的调查报告吗？不可能。

意　外

　　正当全县进入脱贫攻坚验收的关键期，蚕陵寨山对面富贵山下舅舅家旁边的新磨村又发生了一场震惊全国的山体滑坡，这就是2017年"6·24"山体高位滑坡地质灾害。整整小半匹山顺坡垮下来，一个村80多人全部被埋，时间又是黎明之前。谁又能料到"5·12"地震十年不到，又会发生这么惨烈的灾难呢？连我都没有一点警觉，那种青羊鸣唤声般的预兆也一点没有出现。总之，那天清晨，就这么哗然一下，一阵地动山摇之后，山脚下那个村就彻底消失了，全村人大部分都被埋葬了。

　　听到这个消息我如五雷轰顶，我妈和我舅舅家靠近新磨村，他们可好？我急忙骑上三轮直奔新磨村而去。当我去时，路上陆续有挖掘机朝出事地点赶去，道路也开始交通管制。幸好我骑的是三轮，还能从拥挤的路上挤过去。

　　临近新磨村才知道，出事地点离我舅舅家还有几百米，我心中的石头这才落地。此后，我加入志愿队伍想帮一点忙，但事发地点乱石一片，能侥幸活下来的可能性相当小。唉，羌人的生存环境真的太艰苦了，怪不得有钱的，有条件的，都往城市搬，往外地搬，从山上往山下搬。面对灾害，我也做不了什么，只能为他们做祈福仪式，希望能找到幸存者。那些大机械也做不了什么，县上领导、州上领导、省上和国家领导都来了，都强调一定要不抛弃、不放弃，哪怕有最后一点希望，最后一线生机，都决不放弃。但最后的事实表明，确实连最后一点希望都没有了……人在灾害面前真的很无奈，很弱小。

附近农户都暂时搬到避险点。我找到我妈，接她回到蚕陵寨住，舅舅不好意思跟随来住，就只有搬往临时避险点。此后很长一段时间，我妈都没有再与舅舅见面了。

这次灾害发生后，我县脱贫攻坚验收又推迟了一段时间。进入旅游旺季时，蚕陵寨半山云朵重新开业还不到一个月，九寨沟又发生7级地震，直接影响到了半山云朵的游客。连卫红都感慨，说没有想到我们这里地质灾害这么频繁，对交通和游客影响这么大，要在高半山做成一件事，难度不小啊。

女儿光琴给我带消息说，她有个男同学姓苟，在"6·24"灾害中成了孤儿，现在老师和同学们都想帮助他，可他再也没有心思读书了，问他想干什么，他说他想学释比。问他为什么不想读书却想当释比，他说他看了我为"6·24"遇难者做过法事，相信我可以和逝者沟通，可以和他死去的父母建立某种联系，他想学释比技艺，永远为他们村的遇难者祈福。

他的这种想法多么温暖，但我不骗人，事实上我不能跟死者沟通，只有当我进入某种迷幻状态，进入梦境中，或许我所看见的，所感受到的能与逝者建立某种微妙的联系，能诠释一些说不明道不清的东西。这种感觉类似于新生儿、双胞胎那种少有的第六感，类似于人人都曾有过的，在某一天突然就会莫名其妙产生"我梦中来过这个地方，我梦中预见过这事……"的那种曾似相识的先天预感。

　　光琴央求我收下这个徒弟。我怎么说呢，即使我要收，也要经过家长同意才行，况且这个小同学又处在人生的特殊时期，家庭遭受了特殊变故，他的想法谁能保证不是一时冲动？"爸，你知道他没有家长了，什么事只能他自己做主，"光琴央求我，"你就收下他吧。"

　　我这边还没有同意，没想到光琴周末放假直接就把这位苟同学带到了我家，而且苟同学一进我家门，就给我磕头，让我收他为徒弟。这让我和木珠都有些猝不及防，一时不知怎么处理这件事才好。管他是不是想学释比技艺的，来者是客，先按客人接待吧，虽然是小客人，但总归是客人。

　　于是，我们盛情招待了这位不幸的小客人，留他吃饭，一边吃饭一边给他讲道理，讲学释比的困难，讲学释比的未知前途。我让他继续读书，给他讲明读书和学释比并不矛盾，也不冲突，多读书有利于更好地学习释比技艺。释比只有在做法事时才是释比，平常该什么职业还干什么职业，毕竟现在专职释比的收入已经不能养家糊口了，还得有一项实实在在的职业技能才行。

　　这位苟同学还是挺听话的，听进去了我的劝说，答复继续读书，以后假期到我这里来学技艺就行了。

　　唉，我等了这么多年，终于等到一个自己主动要求学习释比技艺的少年。此前想学技艺的，要不由家长帮着打听，要不就是由家长带来的，没有一个是自己主动自觉自愿的，而且听到我解释学习所受的苦，所受的累，家长们转身就带孩子回去了，再不提拜师学艺的事。这释比技艺传承上千年了，传承的前提条件就是要有徒弟自觉自愿来学，不受引诱和强迫。如同我当年那样，为了口福才学释比的，强扭的瓜不甜，即使是为了口福，也要自己有主动性才行啊。前几次我们全县释比在县城聚会，许多老释比一样面对这样的问题，一样找不到自己主动学艺的年轻人，即使国家给的传承人经费已经提高了，还是找不到学徒。

既然这位苟同学想学，我也愿意教他。暑假一开始，他就来我这儿，住我家，我就专心教他背古唱经，教他简单的技能。苟同学记性也好，学得也挺快，只是他这人有些忧郁，不爱说话，没事时，就经常一个人独自坐在山坡上，望着家乡富贵山的方向发呆。

有一天，他终于露出了笑脸，说他晚上做梦终于梦见自己的爸妈了，而且说他爸妈告诉他，他们现在在另一个世界过得很好。听了苟同学的话，我似有所悟，然后给他准备了香蜡钱纸，让他对着家乡的方向磕头烧香，然后想对爸妈说什么，就敞开说，大声喊。苟同学于是对着家乡的方向述说着自己的学习情况，述说着对亲人的思念，述说着国家怎样安置受灾群众……说着说着，他已经泪流满面。我过去帮他揩干眼泪，对他说，你刚才所说的，你的亲人都听见了，他们放心了。

苟同学还不放心，问我他的亲人真的能听见他的话吗？我说真的，他们听得见。我一点没觉得自己在说谎，我确实感觉到他远方的亲人已经听见了他的述说，他应该已与逝去的亲人建立了一种神秘的联系。

有时，刘史志要到这里来与我探讨一些关于释比唱经的事，我也让苟同学参加，而且我还介绍他给刘史志认识。结果苟同学自从结识刘史志后，就经常到刘史志那里去，而且没过多久，刘史志竟然给他联系上了一所民办大学，愿意资助他读完学业。大城市的人真不简单，刘史志都这种情况了，他要真心帮助人，还是能帮上这样的大忙。

狡猾的诅咒

余校长来拿《蚕陵寨志》校对稿时，告诉我他专门到县档案馆查阅了牟家和苟家械斗的事。牟家和苟家械斗之后确实就成了冤家世仇，自此两家从不联姻。但是他不明白的是，为什么到了我家这一代，牟家要与苟家联姻呢？余校长说，他想了半天，终于明白，牟家与苟家迟早要冰释前仇，没有想到从我母亲这代开始，苟家就和牟家开亲了，就不再仇恨牟家了。

我没听懂余校长的话。我妈怎么会是苟家的呢？我妈姓杨，是杨家的人啊。

余校长说，他打听了，很多老年人都知道，我妈是杨家从苟家抱养的。我妈原来就是苟家的人，后来才跟着杨家改姓的。

我有些不相信余校长的话，我就去问奶奶。奶奶听了也大吃一惊，说只知道我妈是抱养的，具体是从哪家抱养的，她也不清楚，今天才第一次听人说我妈是从苟家抱养的，那不是我们的仇家吗？奶奶似乎突然明白了什么，这就是那个潜伏多年的诅咒啊，天煞的亲家啊，整了我们牟家几代人的冤枉，从此牟家要断子绝孙了。

奶奶的话把我都吓了一跳，牟家和苟家开亲难道有这么危险

吗？是老年人迷信吧。牟家怎么会断子绝孙呢？然后我就把我们
这一辈堂兄弟挨着一个个理了一下，不理不知道，一理吓一跳。
掐指一算，整个牟家的情况都在兑现着那个断子绝孙的诅咒：大
爸有一个儿子，现在成家了，但生的是一个女儿；二爸两个女儿
也都外嫁了，后代也没有姓牟的；三爸家卫东听说以前在日本找
了个媳妇，也离婚了，儿子随他母亲改了个日本名字，更与牟姓
无关；卫红家也没有牟姓后代。唯独我和幺闷墩都有一个牟姓男
子后代，可我知道，从血缘上说，也和牟家没有什么关系了。神
了，那个断子绝孙的诅咒难道真应验了？我一时也有些想不明
白，不过这事只有我知道，奶奶和大爸二爸都不知道。

　　再一想，连我收的徒弟竟然也是苟家的。这越来越印证那个
埋伏多年的狡猾的诅咒如一条蛰伏多年的毒蛇，多年来一动不动
隐在寨子里，默默设伏在我家，当时机成熟时，对牟家猛然出
击，以铁一般的事实兑现了那个多年来的诅咒。

　　我再不能沉迷在仇恨的阴影里，我要换一种思维。牟家至少
到我们这一代还没有断子绝孙，牟家与苟家的世代冤仇应该随着
地震，随着时间的推移，从牟苟两姓后人的记忆中抹去。现在的
人，人隔三代，谁跟谁还有多大的世仇？相逢一笑泯恩仇，老一
代的仇恨是老一代的事，跟后代又有多大关系？祖师择吉格布不
就这样想开的吗？

　　自从知道了我妈是苟姓后人，奶奶的状态就一天天差起来，
经常两三天头不吃不喝，大婶二婶去护理她，劝她吃东西她也不
吃，想弄她到医院看病她坚决不去。三婶听说后，请了医生专程
到寨子上给奶奶看病，也说不出病因。医生只一句话，老太太这
么大岁数了，大部分机能都衰退了，这是正常的衰老现象，这就

叫灯油耗尽，风烛残年。

　　既然医生都说奶奶灯油耗尽了，于是三婶召集大爸二爸和我聚到一起，商量奶奶的后事。其实也没什么可商量的，大家商量的都是奶奶死后怎样办丧事，怎样待客，怎样善后，这些程序我都很熟悉。但我觉得奶奶既然没病，我还得试一试，努一把力，看能不能让奶奶翻过这道坎，缓过这口气。

　　我在奶奶家里摆开释比法事摊子，开始为奶奶祈福祛邪。说老实话，此前我所做的法事，都是效仿师傅何端公的程序，依葫芦画瓢照着做，效果好不好全靠碰运气。自从我独自开展释比仪式后，我又重新来理解和认识这庄严的仪式。再后来我研读了《刷勒日》，读了《释比经典》《神圣与亲和》甚至还研究了《易经》，对释比的法事又有了新的认识。我现在更侧重于把法事看作一种庄严神圣的仪式，一种我们这个民族沉淀千年的约定和信仰，一种凝聚羌人千年精神财富和对自然认知的思维共识，在这种共识中，有坚定的信仰，有神秘的力量，有神圣的亲和力……当然也存在一股神秘的约束力，一种思维和道德的约束，一种这个民族对自然生态敬畏的约束，一种对这个民族存在方式的约束。

　　远贵哥就不止一次问过我，问我是不是真的会下阴，是不是真的能看见死去的人，真能与仙界或冥界联系？我想说真话，但他肯定不信；说假话，又在骗人。我只能回答他："有些东西还真是说不清，科学家不也说不清量子纠缠吗？"这样说既模糊一些，神秘一些，又能解释我有时能从梦中或幻想中去捕捉到事实真相的那种巧合，或者事实的真相就在按我冥冥之中的感觉或推理在发展。

　　这次给奶奶做仪式也是这样。不管从道具还是香火，我都尽量营造出神圣庄严的气氛，去还原千百年来形成的仪式的生态。我把亲人们召集在奶奶家的堂屋里，我要把他们所有人的祈福都加持到奶奶的身上，我知道亲人之间总有某种神秘的力量在联系着，在相互扶持着，纠缠着，我要通过大家的共同愿望来调动这种亲和力，以此加持和鼓舞奶奶的信心，延长奶奶的寿命。

　　至于是否能调动这神圣的亲和力，我也不知道，但我要坚定信心，我要尽自己最大的努力来调动这种力量。

　　我就这样信心十足地开始为奶奶祈福祛邪了。按程序做完传统仪式后，我开始吟唱释比唱经，我眼前幻化出《刷勒日》里的种种场景，幻化出师傅何端公当年的教诲，幻化出我梦中见到的神灵……我请求幻觉中这些看不见的神灵，呼喊他们的尊称，以前我还觉得他们是山神、树神、房屋神、火神、家神……现在我才发现，其实他们就是我们的环境——自然生态环境、生存居住环境、人文历史环境……几千年来，一代一代的释比们祈求的就是他们的保护，他们的给予，他们的奉献，他们与我们之间的亲和共处，他们与我们的和谐生态。除了物质的、自然的，还是人文的、历史的、非物质的。比如我为奶奶祈福，我就更注重人文这一块，我诵完唱经后，以唱词的形式告诉躺在床上的奶奶，牟家和苟家的那个诅咒虽然是一种印证，但更是一种化解，自从我妈踏进牟家的门槛那天，牟苟两家就开亲了，这个冥冥中的诅咒也就自然解除了，而且牟苟两姓都是经历过三次大地震的，苟姓还经历了高位山体垮塌，这么艰苦的环境都经历了，这么大的灾难都挺过来了，两姓的后代还有什么消不了的仇，化不开的怨，解不开的结？

奶奶，你就不要想那么多了，我们蚕陵寨还没出过一位百岁老人呢，我们都祈求你好好活着，给蚕陵寨争个光，长个脸，活过一百岁。

我说了这么多，然后又手撒荞麦面在奶奶床前烧了一通法火，其实就是一种消毒杀菌方法。这之后，我大声暗示奶奶，暗示困扰她的邪怪已经被我驱赶走了，那个古老的诅咒也被破除了，我们所有的亲人都盼望着奶奶翻过这个坎，长命百岁。

刚做完这些程序，静止了有那么几分钟。突然间，大家都听见奶奶在床上长吁了一口气，仿佛一声来自地底深处的声音问道："我这是在哪里?"大婶二婶她们立即上前将奶奶扶坐起来，给奶奶舒胸，给奶奶喂我在水碗里化的水，其实我化的就是一碗葡萄糖水。奶奶坐起后，大口大口将一大碗葡萄糖水喝干，我就知道奶奶缓过气来，迈过了这个大坎。

"我做了个梦，阎王爷不收我，说我这辈子的脚板印还没有收完。"奶奶说。我们这里有个传统习俗，人死后都要到生前走过的地方，把自己的脚板印收走，如果脚板印没有收完，另一个世界不会接纳你。

奶奶缓过气来是对我所做法事的最大鼓舞。师父只传给我了基本技能，但怎么操控法事，掌控场面，调动人气，暗示人心，这些都是我从奶奶这场法事中悟出来的。以前我觉得师父的法事相当神秘，有超凡套俗的神秘力量在帮助他，护佑他，现在我不这样认为了，我就觉得这法事完全就是一种心理疗法，一种有意识的暗示，一种群体美好愿望的和谐共振。我自己能有这种觉悟，这种想法，也许已经不是传统意义上的释比了，或者我根本没有掌握传统释比技艺的精髓，而只是借鉴现代的心理疗法来治好了奶奶的病，心病。

通过这次给奶奶治病，我越来越佩服我们先人对人与自然和谐关系重要性的先知先觉，对大自然神秘力量的敬重。再想想现在社会倡导生态文明，倡导人与自然的和谐，我们祖先所做的一切，一直都是按照这样来做的，按照这样来理解的，按照这样来传承的。从这点来说，我真是佩服祖先的智慧和远见，如果没有这样的智慧和远见，我们这个民族也不会保存这么完好的传统语言、传统习俗、传统技艺、传统文化……

我把自己的想法与远贵哥谈过。远贵哥说，我虽然是名共产党员，村书记，但我认为你说的都有道理，我们的传统信仰是万物有灵，多神崇拜，其实这不是宗教，更不是迷信，而是一种朴素的信仰，一种对自然的尊重，是祖先总结出来的人与自然和谐的一种规律，一种生动的实践。

经我这么提示，远贵哥说得更有理。是啊，我以前一直不理解为什么我们要请那么多的神，敬那么多的神，有事要对所有的神通明，而且仪式一定要庄严。现在我才知道，这真是祖先的大智慧，祖先所敬重的神灵，就是大自然里的一切，就是自然环境本身，就是我们生存生活的环境，就是让我们长久保持敬畏之心。如果没有祖先留给我们的敬畏之心，那我们还敬重大自然吗？破坏环境的事还能得到约束吗？与环境还能和谐友好相处吗？

还愿节

　　刘史志再来蚕陵寨时，我招待了他，和他一起讨论释比现象，讨论传统文化。刘史志提出一个新观点，让我觉得很有意思。他说，其实传统文化积淀千年，客观上形成了自己的一种生态，现在我们也需要保持这种文化生态的平衡和完整性。但现实问题是社会发展太快，环境变化太大，而保持这种文化生态的客观条件正在逐渐失去。就比如释比这一块，已经越来越没有传承的环境条件了，没有传承的人员了，国家即使投入那么大的力度，建设那么多的设施，真要继续维持传统文化的生态平衡，已经很难做到了。

　　"我们的下一代，都时兴玩手机打游戏看大片赶时髦，什么都与世界接轨，哪里还会有人对这些传统东西感兴趣，"刘史志感慨，"所以我现在觉得时间紧，时间不够用啊，还有那么多的资料信息没有收集到，还有那么多宝贵的非物质遗产流失民间，真可惜啊！"刘史志对自己的收集进度很不满意。

　　"你已经做得很好了，"我宽慰他，"顺其自然吧，时代在进步，社会在发展，旧的不去新的不来，有些东西失去就等它失去吧，新旧更替也是一种自然规律。"

"但很多东西失去就永远失去了，再也找不回来了，"刘史志依旧忧虑，"自然的生态还有恢复的可能，人文生态恢复起来就很困难了。"

堂姐卫红又来蚕陵寨了，现在旅游交通条件已经得到改善，她开始准备半山云朵的全面恢复营业。卫红有个想法，她找到远贵和我商量，说为配合半山云朵恢复营业，她想搞一个大型宣传营销活动，所有费用她来筹集。

只要村上不出钱，这事就好办。远贵哥马上同意，并表示他要向乡上和县上汇报这事，争取乡上和县上重视，而且最好要结合蚕陵寨脱贫攻坚和传统文化活动来搞，这样的宣传营销才有内涵，才有效果。

卫红说，当然了，我还要请村上所有的非遗传承人到时都来展示技能，表演节目。半山云朵今后的发展方向就是发掘传统文化，打民族特色牌，然后卫红又问我有什么建议。

我能建议什么呢。我想了半天，我觉得应该恢复我们蚕陵寨的还愿节。以前还愿都是小范围的仪式，还没有上升成节日活动，我一直有这种想法，就是要把还愿节搞成有影响力的大型文化节庆活动。可一说到馍馍就要用面来揉，要组织这么大型的活动，既要有人力物力，又要有大量经费才行，现在卫红既然提出来了，我觉得就可以结合半山云朵民宿的恢复营业，把蚕陵寨的乡贤、朋友、客人都请回来，热热闹闹搞个还愿节，通过活动的开展，让乡贤和客人们看看蚕陵寨的发展变化，让他们为蚕陵寨今后的长远发展出谋划策。

卫红听了我的建议说没问题，活动和接待费用都由她来赞助筹集，这是为蚕陵寨做好事，为蚕陵寨今后的长远发展做好事。

远贵大哥给乡上汇报，乡上给县上汇报。县上听后也非常支持。李玟现在已经升职为县委宣传部部长，文化口正属她分管的范围。李玟立即表态，说活动还要搞大一些，活动站位要高，特色要浓，影响要远，我们高半山农村能有卫红这样的新乡贤带头发展乡村旅游，为民族地区高半山发展找到了新的突破口，值得广为宣传，值得大书特书。涉及宣传报道请媒体请记者的事，李玟全部负责安排，同时还安排文化部门的老师专程上山来指导我们活动的开展。

没想到本来卫红想搞个营销活动，我想搞一个传统的还愿节，结果就被县上重视而成了一个大型的民俗文化节庆活动。好吧，既然县上这么重视，我也要把还愿节活动搞正式一些，搞隆重一些。县上文体局的指导老师来和我商量，我们参照了传统还愿节的仪式程序，又添加了一些有时代意义和正能量的内容。所突出的有三大主题：一是弘扬高半山羌寨的传统文化；二是宣传高半山旅游新的突破口；三是结合脱贫攻坚成绩的取得，宣传高半山农村新面貌。经乡村筹备组研究，三大主题具体分工负责是：第一主题弘扬传统文化由村上负责，由我具体组织；第二主题民宿旅游由旅游部门与卫红具体负责；第三主题展示新农村面貌由乡政府和村两委负责。后勤嘛，当然由村上与半山云朵民宿共同负责了。整个会务的组织、通联、安保都安排何小花具体负责。

看来这个活动，将会是蚕陵寨近几年来少有的重大节庆活动。于是村两委、半山云朵民宿，还有我们协会立即明确分工，分头行动，足足准备了两个多月，活动才基本筹备好。

活动开始前几天，陆续有客人和嘉宾提前来到半山云朵民宿。没有想到的是吴有全也受到邀请，提前回到蚕陵寨。接待他时，远贵哥让我去，我推说身体不好没有去。没想到晚上吴有全主动来我家，还带了一大堆礼物，说是给我妈的。木珠给他泡完茶后又去半山云朵帮忙，我就陪着他看电视。然后，吴有全开始了我预料中他会问的问题："你妈妈呢？"

"回娘家了，"我回答，"舅舅接她走的，舅舅灾后重建异地搬迁分了个大房子，才装修好。"

"哦，有你舅舅照顾就好，"他接着问，"你妈的病好些了吧？"

"好多了，"我说，"我妈基本恢复正常了。"

"哦，那就好那就好，"吴有全有些激动，又问，"我给你妈寄的钱收到了吧。"

"收到了，"我说，"都拿去还账了，谢谢你的钱。"

"不要说谢，用了就好，用了就好，钱本来就是拿来用的，"吴有全想了一会儿，又问，"你的伤好些了吧？"

"基本恢复好了，没留什么后遗症。"我想起来了，吴有全曾经到医院来看过我。吴有全就这样挑灯点火，有一句没一句地问着。我知道他心里在想什么，他也应该知道我心里在想什么，我们之间的关系就隔着那么薄薄的一层窗户纸，不管是谁，轻轻一捅，这层纸就破了。但我们谁也不想捅破这层纸，不想面对这层尴尬的关系。

"家里经济还困难吗？"吴有全看了看我家房子四周，最后说到实际问题，"有什么困难，你开个口，说一声，这点忙我还是能帮的。"吴有全说完突然拿出一张银行卡，递给我，"这卡里有几十万，你拿去添补家用吧。"

"我不需要，"我撒谎，然后把卡推还给他，"家里收入还将就，日子也过得走，自从我爸爸大闷墩的账还完后，家里就轻松多了。"我故意把"爸爸大闷墩"五个字说得很重，发音铿锵，我想他是懂得起我的意思，我明确暗示他，我只认大闷墩是我的父亲。

吴有全见我不要银行卡，说："那我给你个电话号码，今后有什么事给我打电话。"吴有全把一张名片放到我面前，我瞥了一眼，是什么公司的董事长，该不会又拿这些东西在骗人吧。

这时，有人来找吴有全，说卫红找他有事。见我们在一起，来人让我和吴有全一起去卫红那里，有事商量。于是，我与吴有全的谈话就暂告一段落，随后我陪他来到卫红的半山云朵接待室。卫红见了吴有全，礼貌地喊老辈子，吴有全也很客气与她握手，然后一看，在屋里坐着的竟然还有李玟部长，于是吴有全立即走到李部长面前，双手紧紧握住李部长的手："原来我们的领导也亲自来了。"

李玟礼貌地让吴有全坐下，然后说要和他商量事情。我觉得他们说的是大事情，就不好意思在场了，借口准备明天的事，出门离开。后来我才知道他们谈的是什么事，竟然是臭水塘的开发权问题。当初吴有全虽然没有把臭水塘开发出来，拖成了烂尾工程，但吴有全与乡政府和村上签有协议，开发权一直掌握在他手中，这次卫红找他谈的就是开发权转让问题，卫红要把开发权拿过来，所以还请了李玟出面协调这层关系。

美女出手，神通广大。果然，通过李玟的努力，县上还是把臭水塘的开发权拿到手了，但具体花了多少钱，属商业机密，无人知晓，反正是象征性的，不太多，看来还是李玟面子大、会谈判，给县财政节约了一大笔开支。

接下来两天，蚕陵寨还愿节就正式开幕了。请的客人很多，有北京的媒体、省州的媒体、网络媒体……嘉宾有余刚、卫东、赵老师、李玟、歌手朵拉，众多记者，相关旅行社，县上相关单位部门领导，本乡及友邻乡镇的领导，半山云朵众筹的部分股东……村上回来了的人也多，杨斌、九斤妹、何大福、兰香、何龙、老杨书记、余校长、幺闷墩等等，还特别请了刘史志。女儿光琴把她同学我的徒弟苟同学也叫来协助我主持活动，当然，更多的是本村或附近村寨甚至外县外省来还愿的客人。

吴有全提前来的，待了两天就提前走了，招呼都没给我打一个。

活动在祭祀塔旁边的空地上举行。因为还愿的太多，现场宰杀的祭品就多，一共宰了两头牛，十八只羊，三百多只鸡。反正是以前在这里许过什么愿，现在愿望实现了，就要按当初的许愿到此还愿。许愿最多的是生儿生女的，那个代表生殖神的巨大石棒立在那里几百上千年了，石棒的顶端经多年抚摸已经起了包浆，油光锃亮。按规矩，所有的祭品都要就地宰杀，部分拿来就地烹饪、分享，剩下的由村民均分后带回家，感觉有那么一点"打平伙"的味道。

我主持完仪式后，祭品宰杀就开始了。最先宰杀的是牛，两头牦牛一大早就被拉来了，三下五除二就被宰杀剥皮开膛，牛头被供了起来，许愿的人都挨着逐一上前许愿，我也许了愿，愿蚕陵寨繁荣昌盛，愿我们的释比文化世代传承……之后就接着宰杀祭品，牛宰了宰羊，羊宰完宰鸡。我二爸和王二娃等人是操刀手，都忙的年轻人有男男女女好几十号人，都有各自的分工，有宰杀的，有剔肉的，有开膛清洗内脏的，有烧火的，烧水的，煮肉的，准备调料的，切菜的，炒菜的，煮饭的，反正灶都架了十多个，锅也有十几口，烧烤架架了四五个。锅里炖的、煮的、烧的、炸的、炒的都有，这边忙的忙着，那边带了零食干粮和啤酒的也摆开了野餐摊子。

　　这时，来者是客，所有的食物都不分彼此了，不管是村民还是客人，大家的食物都拿来共同分享，享受大餐的人也没有高低贵贱之分，而且自己所带美食分享得越快，主人就越高兴。还没有到中午开饭时间，整个祭祀场就已经摆成了一个大型的野餐盛宴场所。人们在这里一边庆祝自己愿望的实现，祈求来年平安、丰收、财源广进、远离病痛……一边开怀畅饮，载歌载舞。这时，所有的美食、美酒都是免费的，你想吃多少就吃多少，想吃什么就吃什么，只要是锅里有的，架上烤的，地上摆的，你分享得越多，村民们越高兴——远方的尊贵客人都来分享他们愿望的实现，他们能不高兴吗？

　　当然最高兴的还是媒体记者。他们从头至尾拍摄着这古老的祭祀仪式，拍摄着穿戴民族盛装的男女老少，拍摄着宰杀祭品的盛大场景，拍摄着周围的绿水青山蓝天白云……拍累了，有人递上美食，有人敬上美酒，有人牵手跳舞。直到让你吃累，让你耍累，让你唱累……整个白天，就是所有人的美食狂欢。

　　吃到下午，一边吃又一边开展传统比赛，有射箭、推杆、举石、爬杆、拔河、抱蛋、下羌王棋……胜者可以得到啤酒、雨伞、毛巾之类的小奖品。在村上另一个场地，同步开展的还有其他活动，比如余校长编纂的《蚕陵寨志》就在半山云朵民宿里开的首发式；州县的摄影爱好者在民宿走廊里举办有摄影画展；县

上的羌族文学社提供和展示了一批本土的文学作品……乡上和村
上也抓住机遇，做了几个宣传展板，介绍蚕陵寨经济社会发展和
脱贫攻坚取得的成绩，对外公示了相关数据指标。结果陈壳子酒
喝多了，出于好奇去看展板，当看到其中一个数据写蚕陵寨农村
居民人均可支配收入已经达到一万五千八百元时，陈壳子竟然和
村主任牟远贵杠上了，说村上虚报浮夸，怎么会有那么高的人均
收入呢？说按他的估算人均一万元毛收入就已经不得了了，远贵
哥就给他解释什么叫人均可支配收入，说虽然你们老两口人均可
支配收入达不到一万五，但有些家人均都超过三四万了，比如今
年家里卖十几万斤李子的那几家，三四元一斤，算一算，一家人
轻松就有二三十万收入；还有干花椒几百上千斤的，收入也差不
多上十万了；还有养殖户，一头牛都管六七千元，一头猪至少卖
三四千元，羊的价钱也好，一只羊抵得上大半头猪了，你家当然
就被收入高的给平均了。再说，你家今年的苹果不也卖了好价
钱，人家何小花联系你们家，帮你在网上卖了好几千斤苹果，五
六元一斤，还打有机水果的品牌，你自己卖，一半的价钱都卖不
到……

　　这么一算账，算得陈壳子一下就没了脾气，对人均收入也就
哑口无言了。不过陈壳子还不服，说自家的苹果真的是有机水
果，从来不打药。远贵哥笑他，你还好意思说，你根本就是懒
得打。

　　还愿节活动结束后，村民们把剩下的肉分完打包，这才带着
醉意，心满意足地往回走。而此时，半山云朵民宿的文娱活动才
刚刚开始。晚餐后，客人们被邀请到烤羊场，参加半山云朵的烤
全羊篝火晚会。以朵拉为首的歌手们唱起了或古老或流行的羌歌

和流行歌曲；幺闷墩吹奏起了自己作曲的羌笛；九斤妹策划的羌绣时装表演在舞美灯光下也闪亮登场……之后又是集体萨朗舞蹈表演，又是咂酒开坛，然后开始分享美味烤羊。晚会进入高潮，由卫红策划的半山云朵焰火晚会也开始了，随着一朵朵美丽的烟花在星空下次第绽放，摄影家们纷纷架起相机，升起无人机，去捕捉美丽的烟花盛宴……

人们一边欣赏烟花，一边唱着、跳着、舞着，吃着烤羊，喝着青稞咂酒、啤酒和白酒。这样的日子，就是神仙的日子；这样的狂欢，就是极致的狂欢；这样的幸福，才是与人共享，与邻共乐，与村共荣的幸福……

看完烟花焰火，卫红说今天辛苦你了，然后邀请我到半山云朵体验恒温泳池，让我好好放松放松。我来到恒温泳池时，天色已晚，木珠在泳池搞后勤服务，见我来了，给我准备好了浴衣，我让木珠也下水，木珠害羞坚决不下水。我看了一下，泳池中有杨斌、九斤妹、刘史志、王二娃、何大福和兰香、余校长……幺闷墩也来了，他们纷纷向我招手，打招呼，嘿，他们还真会享受哩。

我下到泳池里，当温暖的池水漫过我胸口，我仿佛觉得自己真的变成了一条鱼。我移到泳池边，向下一看，夜空下，整个岷江大峡谷尽收眼底，谷底公路上的车灯在岷山脚下绕成了弯弯曲曲的灯带，神秘而梦幻；向前看，远山在蓝色夜空中形成一幅幅壮美的剪影，遥远而深邃；头顶的夜空中，硝烟已经散尽，星空越发清晰，银河遥远璀璨。我仰躺在泳池边，什么都懒得思，懒得想，懒得动，这辈子我从来没有这么放松过，没有这么享受过，这哪里是人间啊，分明就是瑶池，就是天堂，怪不得城市的人大老远都要跑到半山云朵来耍，原来我们高半山竟然可以变得这么美，这么让人享受，这么自然天成……然后，不知不觉中，我口中自然而然又开始生成了一句句更新更美的释比唱词……

突然间，我仿佛又听到了从森林里传来青羊的声声叫唤，这叫唤跟我多年前听到的那种叫唤声已截然不同，是一种欢快的叫唤，幸福的叫唤，和谐的叫唤。我终于听出来了，这哪里是青羊的叫唤，分明就是我们狂欢之后，大自然对我们欢娱的呼应和答复……

2018 年 12 月一稿

2021 年 4 月定稿